Volker Erbes

DIE SPUR DES SCHWIMMERS

###########################

DIE ANDERE BIBLIOTHEK

Herausgegeben
von Hans Magnus Enzensberger

Volker Erbes

DIE SPUR DES SCHWIMMERS

###########################

Roman

Eichborn Verlag
Frankfurt am Main 1991

1 ############ SEMESTERBEGINN

An dem Tag, an dem sich Felix Lothringer mit der Dame von der Museumsgesellschaft endlich verabredet hatte, lernte er noch eine andere Frau kennen. Er hatte den Brunnen im Keller des Instituts mit einem entschlossenen Griff neu geflutet und war, übermütig gestimmt, die Grafensteiner Allee mit ihren hohen Akazien hinuntergelaufen. Im Café Neubauer fand er alle Plätze besetzt, und so lief er pfeifend die fünfzig Schritte zum Café Bastian, das er sonst mied, zurück.

Die junge Frau saß an einem der kleinen runden Tische auf der Terrasse und durchforstete einen Stapel Photokopien. Er sagte »Hallo« und setzte sich zu ihr. Sie murmelte ebenfalls ein »Hallo« und bewegte ihr schmales Gesicht ohne aufzusehn mit diesem bedauernden Summen weiter über die graugeflockten Tabellen. Felix Lothringer, der sonst empfindlich war, lächelte nur. Er saß eine geschlagene halbe Stunde da und sah gelassen in die Runde. Auch als die junge Frau ihren Ordner zuschlug, mitsamt einer roten Ledertasche und einer zerlesenen Zeitung unter den Arm packte und ging, saß er noch immer da. Erst als die junge Frau zurückkam und sich vor ihn hinstellte, zuckte er zusammen und nahm die Hände von den Knien.

»Haben Sie für mich bezahlt?« fragte sie und fuhr sich mit der Hand durchs kleingelockte dunkelbraune Haar.

»Wieso?«

»Ich hatte es nämlich vergessen«, erklärte sie, indem sie ihren Packen auf das Tischchen fallen ließ und nach dem Kellner sah.

»Ich lade Sie ein«, sagte Felix.

»Unsinn«, gab sie zurück, setzte sich aber auf den von ihm zurechtgerückten Stuhl, auf dem sie eben schon einmal gesessen hatte, und kramte in ihrer Tasche.

Eine weitere Stunde verbrachte Felix Lothringer nun mit der Studentin Tina Rotermund auf der Terrasse des Café Bastian. Sie unterhielten sich über die Zustände an der geisteswissenschaftlichen Fakultät, und Felix erfuhr, daß auch bei den Volkswirten wegen überfüllter Seminare und fehlender beruflicher Perspektiven gestreikt wurde.

»Säße ich sonst vielleicht hier, eh?« fragte Tina Rotermund, »zur Stunde von Kuschmanns legendärer ökonometrischer Vorlesung?«

»Sie saßen doch hier und haben gearbeitet«, beharrte Felix.

»Zu irgendwas muß ein Streik ja schließlich gut sein«, entgegnete die Studentin der Volks- und Betriebswirtschaft. Sie nahm ihre zerlesene Zeitung, klappte sie noch einmal zusammen und hielt sie ihm vors Gesicht.

»Sie nutzen also den Streik, den die Fachschaft veranstaltet, um in dieser Zeit Ihr Studium voranzutreiben?«

»Das sind doch bloß Widersprüche!« rief Tina Rotermund und warf die Zeitung zurück auf den Tisch.

Felix Lothringer stieg die Treppe zu seiner Wohnung mit einem lang entbehrten Gefühl der Vorfreude hinauf, in die sich der klamme Hauch einer gewissen Furcht mischte. Doch als er die Tür hinter sich zuwarf, überzeugte ihn das angenehme Durcheinander seines dämmrigen Appartements von der völligen Richtigkeit seines Tuns. Er stauchte die Einkaufstüte auf den Küchentisch und ließ das Badewasser ein. Dann stellte er sich mitten ins Zimmer und sah auf den Monitor, der mit dem Rechner des Instituts verbunden war und auf dem sich in allen Farben des sichtbaren elektromagnetischen Spektrums die Turbulenzen des Wassers im Brunnen abzeichneten. In immer neuen Schwüngen und Schlingen füllten die Bewegungen des Schwimmers, der von zwei Lasern abgetastet wurde, die Fläche. Aber Lothringer sah nicht die sich wie bunte Faschingsschlangen entrollenden Kringel, die willkürlich und unvorhersehbar aus dem Nichts auftauchten und deren sprunghaft verwirbelte Formen zeigten, daß die Einlaufphase noch nicht abgeschlossen war. Er sah vielmehr Frau Lusine Schmuck, die Dame von der Museumsgesellschaft, wie sie, kräftige rotblonde Person, die sie war, mit ihrer überaus stabilen Körperlichkeit und ihrem kompetenten und gewinnenden Wesen alle Zweifel wie der große Zylinder verdrängte, der bald in die Zisterne hochgefahren würde, um dort die Wassermassen zu bewegen.

Felix Lothringer kannte Lusine Schmuck schon eine ganze Weile. Immer, wenn er einen der Vorträge besuchte, die im Lichthof des naturkundlichen Museums im Zweimonatsturnus veranstaltet wurden, sah er sie. Mal im grauen Kostüm, mal im weißen Angora-Pullover stand sie da bei den großgesichtigen Wissens-Eminenzen, lächelte freundlich, nickte und behielt das gläserne Portal und die Exponate in den Vitrinen rechts und links der Devon-Silur-Gruppe im Auge. Stets war sie ihm wie eins dieser Exponate erschienen, die nur für bestimmte Zeiten sichtbar wurden und im übrigen fest zur Eingangshalle des Museums gehörten; als Frau sah er sie etwa so, wie man Verkäuferinnen in Juwelierläden oder Barfrauen sieht: gerade weil sie so auffallend gut geraten sind, verbietet sich jeder Gedanke an einen persönlichen Kontakt mit ihnen. Und nur ein einziges Mal hatte er mit ihr gesprochen, vor vier Monaten, als Professor Pembruck, der Institutsleiter, mit seinem Vortrag an der Reihe war. Aber Lusine Schmuck hatte damals mit ihrer Frage nach der allgemeinen Gültigkeit des Schrebel-Exponenten bei der Kollision von Festkörpern nicht ihn gemeint, sondern den Referenten, der, wuchtig und fast einen Kopf größer, hinter ihm stand. Der Kontakt zu ihr hatte sich erst kürzlich hergestellt. Felix brachte die Unterlagen für den übernächsten Vortrag, der zum Semesterende gehalten werden sollte, hinüber ins Sekretariat der Museumsgesellschaft, und es war ein Zufall, daß gerade er es tat. Denn erstens handelte es sich um eine Programmänderung; der französische Gelehrte, der über die Präparation von Ammoniten aus Muschelkalk sprechen sollte, war verhindert, weil er kurzfristig vom nationalen Komitee zur Veranstaltung der Revolutionsfeiern zu einer Demonstration im Odéon verpflichtet worden war. Und dann hatte ihn der Kollege Mittenzwei von den Kristallzüchtern oben im eigenen Institut, der für den Franzosen eingesprungen war, gebeten, das Material für ihn hinüberzubringen, da er an diesem Tag einen Termin bei seiner Therapeutin gleich um halb elf hatte, den er nicht platzen lassen wollte. So hatte sich Lothringer, der im Institut auch ›der gute Lothringer‹ genannt wurde, den Umschlag in die Hand drücken lassen und war damit hinüber zur Museumsgesellschaft geeilt.

Es überraschte ihn, Frau Lusine Schmuck im Sekretariat anzutreffen. Aber da die Dame an dem gelben Schreibtisch, auf den die helle Frühlingssonne fiel, hier auf einmal so anwesend und so greifbar erschien, nahm er das Interesse, das Frau Schmuck, die eine Hand im rotblonden Haar, die andre ausgestreckt, ihm entgegenbrachte, gleich persönlich und befand sich auch sofort in einem kleinen Gespräch mit ihr. Nichtige Dinge, wie Schrebel-Exponenten und künstliche Kristalle. Er bemerkte mit leiser Befriedigung, daß Frau Lusine Schmuck beim Sprechen den Blick tatsächlich über den Kopf des Gesprächspartners hinweg ins Blaue richtete. Und als ihm auffiel, daß der dicke Umschlag für die Länge eines ganzen Satzes in ihrer beider Hände lag, gelang ihm sogar noch ein Scherz.

Trotzdem wäre damit die Sache auch schon wieder erledigt gewesen. Doch Frau Schmuck entdeckte nach flüchtiger Durchsicht der Unterlagen, daß der wichtigste Punkt, das Thema des Vortrags, noch offenstand. Er versprach, das Fehlende schnellstens nachzuliefern.

Ein glücklicher Umstand trat hinzu. Als Felix die breite Treppe zum Institut für Experimentelle Physik wieder hochstieg, um bei den Kristallologen das fehlende Thema zu reklamieren, kam der Kollege Mittenzwei mit schweren Schritten den Gang von der Photoemission her, der das Institut über den neuen Trakt zur Grafensteiner Allee mit dem Gebäude der Mathematiker verband. »Ilse ist krank!« rief er Lothringer zu, »die Sitzung fällt natürlich aus.«

»Ist das gut für dich?« wollte Lothringer wissen und fragte ihn nach dem Thema.

»Die Frustration von Kristallgittern bei fehlender Einstruktur!« schrie Mittenzwei die bronzene Stele Heisenbergs an, bei der sie standen.

»Bist du sicher?« fragte Felix.

»Das *ist* das Thema. Und noch etwas.« Kollege Mittenzwei zog zwei Karten aus der Westentasche. »Die schenk ich dir.«

Noch vor dem sorgenvollen Gesicht Heisenbergs machte Lothringer kehrt und erschien wenige Minuten später abermals im Sekretariat der Museumsgesellschaft. Er übermittelte Frau Schmuck das Thema, die es mit freundlich-unbewegtem Gesicht auf die Mappe schrieb, und dann fragte er, ob sie vielleicht an ein paar Theaterkarten interessiert sei; ein Kollege, der verhindert wäre, hätte sie ihm überlassen.

Frau Lusine Schmuck hielt die Karten gegen die einfallende Aprilsonne. »Das Ballettensemble. Missing Link. Donnerstag, den siebenundzwanzigsten.«

»Hört sich gut an«, sagte Felix, der die Karten gar nicht angesehen hatte.

»Kommen Sie mit?« fragte Lusine Schmuck, und Felix war irgendwie glücklich, daß der Ballettabend noch vor dem Vortrag der Museumsgesellschaft am kommenden Freitag lag.

Er packte, das Haar noch naß, die Einkaufstüte aus. Den Sekt hielt er, bevor er ihn in den Kühlschrank stellte, sacht an die Wange. Nicht nur, daß er innerhalb einer Viertelstunde zweimal Frau Schmuck, nahegerückt wie eine Nebelwolke im Spektrometer, gesehen hatte — die Schwierigkeit, sie auch persönlich anzusprechen, erledigte sich ganz nebenbei, indem er ihr zwei Karten, die für ganz andere bestimmt waren, zeigte. Und um sich selbst zu übertreffen, hatte sein lächelndes Glück auch gleich noch Frau Schmuck veranlaßt, ihn einzuladen. Trotzdem war es gar nicht Frau Lusine Schmuck, die aparte und kompetente Dame von der Museumsgesellschaft, an die Felix in diesem Augenblick dachte, sondern Tina Rotermund. Die kleinen Zufälle, die so absichtslos zur Bekanntschaft mit Lusine Schmuck geführt hatten, sie addierten sich und schafften einen Zustand neuer Qualität. Da war es fast selbstverständlich, daß er sich diese Flasche auch schon wieder aus dem Kühlschrank holen und sie drüben auf seinen leergeräumten und mit einer nachtblauen Decke überworfenen Tisch stellen sah. Und es war, überhaupt, nur ein Widerspruch, daß er nun mit der etwas irren Tina Rotermund auf die gemeinsame Nacht, die tief und blau und glitzernd war, anstieß, und so kam es ihm bereits höchst unwahrscheinlich vor, daß er diese Flasche mit Frau Lusine Schmuck, für die er sie gekauft hatte, heut abend nach dem Ballett hier bei sich zu Hause trinken würde.

Er ging hinüber ins Zimmer und warf einen prüfenden Blick auf seine Junggesellenhabe, den überladenen Tisch, das leidlich aufgeräumte Bücherbord, den unmodernen Kleiderschrank mit dem provozierenden Spiegel, das in zwei verschiedenen Farbtönen überzogene Bett. Er trat an den Computer, der mit immer neuen Würfen getreulich noch die kleinsten Turbulenzen verzeichnete, die der Schwimmer seit der Flutung der Zisterne heut mittag vollführte und der das bis ins nächste Jahrzehnt tun würde, falls das Wasser nicht durch den Zylinder, der bei erfolgter Füllung automatisch eingefahren wurde, eine Störung erführe. Denn so lange und noch länger würden die Turbulenzen, die durch das Einströmen des Wassers entstanden waren, vorhalten. Sie würden sich zwar abschwächen, aber ganz zum Stillstand kämen sie nicht. Auch wenn man das Wasser in der Zisterne ganz sich selbst überließ, würden sich immer wieder neue, unerklärliche Bewegungen bilden. Wasser stand nie still. Und der Schwimmer, der dank eines neu entwickelten Materialanteils fast das spezifische Gewicht eins hatte und sich darum annähernd wie das umgebende Wasser verhielt, zeichnete all diese unerklärlichen Bewegungen und Strömungen unbeirrt auf. Lothringer schaute auf die Kurven, die der Drucker daneben leis murrend auswarf und die schon die von dem Rechner verarbeiteten Bewegungen des Schwimmers darstellten. Er prüfte die Skalen, die auf der rechten Seite des Papiers erschienen und die Operationsgrenze des verwendeten Exponenten anzeigten. Lothringer überschlug das Material und fand, daß der Exponent der Gleichung, die dem Prozeß zugrunde lag, sich bereits dem Wert 3 näherte, obwohl das Wasser im Brunnen noch ganz von der Einströmbewegung bestimmt war und der eigentliche Vorgang der Turbulenzerzeugung noch gar nicht begonnen hatte. »Leicht frustriert«, murmelte er.

Pünktlich um halb acht saß Felix Lothringer dann mit Frau Lusine Schmuck von der Museumsgesellschaft auf zwei der besseren Plätze in der Neuen Oper. Im ersten Teil der Darbietung mit dem Titel *We go to*

School schritten die drei Hauptakteure, die in schwarzen Trikots steckten und auf den Köpfen spitze Hüte trugen, auf Stelzen durch den finstern Bühnenraum. Der Boden war durch fluoreszierende Linien markiert, denen die beiden Männer mit den spitzen Tüten und die Frau, die einen Doktorhut trug, zu folgen versuchten. Der Einfall bestand darin, daß die Linien, an denen sie sich wie eine Reihe von Blinden entlangtasteten, immer wieder an anderer Stelle aufzuleuchten begannen, so daß die drei beständig in die Irre stelzten. Da sie durch eine ausziehbare Holzkonstruktion, eine Art Riesenzollstock, miteinander verbunden waren, ergaben sich daraus allerhand bizarre Figurationen. Frau Schmuck neben ihm schien das Schauspiel zu genießen. Sie stieß gelegentlich ein gedämpftes »Sehr schön!« oder »Toll!« aus, was Felix ein wenig peinlich berührte. Dann ertappte er sich dabei, wie er Frau Lusine Schmuck zu seiner Linken plötzlich mit den Augen Tina Rotermunds betrachtete. Was würde sie wohl zu der rotblonden Dame in der treffsicher gewählten Robe neben ihm sagen? »Museumstussi!« — »Kulturziege!« preßte Felix zwischen seinen stumm artikulierenden Lippen hervor und erschrak, als Frau Schmuck ihn anstieß und mit einer kleinen begeisterten Geste ihres Kopfs zur Bühne wies. In der Mitte stand gesenkten Haupts die Frau, während ihre beiden Partner ihre spitzen Hüte nach den Seiten drehten, so daß ein mythisches Produkt entstand, eine Art hoffnungsloser Minotaurus des Wissens. Und als die zwei nun die schwarzen Tüten gegeneinander erhoben, ging ein Seufzen der Evidenz durch den dunklen Zuschauerraum, und auch Frau Lusine Schmuck, die Felix bei diesem Anblick noch einmal anstieß, gab ein kleines gedrängtes »Ahh« von sich.

Übrigens blieb es bei dieser zweimaligen Berührung. Denn der nächste Part, *Story* genannt, brachte so etwas wie eine Ernüchterung, obwohl er, jedenfalls nach

Lothringers Empfinden, viel gelungener war. Es handelte sich um eine moderne Version des Märchens vom Rotkäppchen, und vielleicht lag die tiefe Reglosigkeit, mit der das Stück aufgenommen wurde, an der Suggestion, die das karge Arrangement dort auf der immer noch pechschwarzen Bühne ausübte. An einem quadratischen Tisch saß eine blonde junge Frau, die von einem Mann, der durch ein Megaphon sprach und bebeständig um sie herumging, verhört wurde. Unter dem Druck seiner Fragen erzählte sie die Geschichte des armen Rotkäppchens neu und verriet dabei, so schien es, ihr Geheimnis. Ballett gab es bei diesem Stück sozusagen nur am Rande. Eine Gestalt sprang herein, tanzte ihre Figur und blieb dann irgendwo stehen, worauf die nächste Gestalt hereinsprang, tanzte und reglos verharrte, so daß die beiden am Tisch zuletzt wie von einem Wald im Schritt erstarrter Bäume umgeben waren. Auch Frau Schmuck blieb bei dieser Darbietung reglos und atmete nur tief. Da es keine Pause gab, schloß das letzte Stück gleich daran an. Plötzlich wirbelten buntgeputzte Leiber über die schwarzen Bretter und erstickten den Beifall, der sich, träg aus dem Parkett kommend, ausbreiten wollte. *Shrink!* Von rechts und links stürzten die Tänzer über die Bühne, kaum, daß ihre Kraft Zeit fand, einen federnden Spreizschritt zu tun, einen Sprung. Richtungsfreie, treibende Turbulenz; manche trugen Bretter vor sich her, einige leere Marmeladeneimer; Aufruhr der Körper und Dinge, die Augen fanden keinen Halt in der Entladung von Tempo und Kraft. Am hintersten Rand schoß eine blonde Frau — Rotkäppchen? — auf die Szene. Inmitten des Trubels hielt sie sich, eine Heroine in Lumpen, verlas schreiend die Botschaft von dem schmalen Streifen, der durch ihre Hand flog. Jäh rief sie in englischer Sprache erste und letzte Dinge ins Mikro und enteilte der tobenden Leiberkulisse. Die durcheinanderschießenden Körper trieben es auf die Spitze, Bretter und Blecheimer flogen, unerhört kraftvoll, unerhört diszipliniert geschleudert, von rechts und links über die Bühne — da brach die Musik ab, in einem Augenblick waren sie alle verschwunden. Ein Marmeladeneimer, wuchtig aus der Kulisse geschleudert, rotierte, rutschte über die Bretter, blieb in der Bühnenmitte stehn. Schimmerndes Blech. Dunkel. Jetzt schlug der Applaus auf wie unter einem hochgerissenen Wehr und brach sich auch schon an der Phalanx der Tänzer, die plötzlich, schweißtriefend, keuchend, am vordersten Bühnenrand standen und leer und wahnhaft in den Saal starrten.

Es war Frau Schmuck, die vorschlug, noch etwas miteinander zu trinken, und so saßen sie denn im ›Prima Klima‹, in der Nähe der Oper, wo es einen überraschend guten Wein gab. Ein paar Atemzüge lang hatte er fürchten müssen, Frau Schmuck könnte Sekt bestellen, was er als eine Art ironischer Niederlage begriffen hätte, aber es blieb dann bei einem Glas einfachem Badischen, den er überschwenglich lobte. Er starrte Frau Schmuck an, und wieder hatte er dieses Gefühl der grenzenlosen Solidität und Kompetenz, das diese rotblonde Dame mit ihren knappen treffenden Sätzen in jedem Augenblick umgab.

»Ich hatte vorhin den Eindruck, als hätte Ihnen die Aufführung gar nicht so sehr gefallen«, meinte sie jetzt ein wenig besorgt, so als hätte sie die Verantwortung für den Abend gehabt.

»Doch«, antwortete Lothringer. »Aber lassen Sie mich einmal vom Rotkäppchen schweigen. Schließlich war das letzte Stück außerordentlich künstlerisch. Auch wie die Bretter flogen. Und die Eimer. Ich hätte nie gedacht, daß ein leerer Marmeladeneimer —«

»Er war nicht ganz geglückt, dieser Schluß«, sagte Frau Lusine Schmuck. »Eigentlich hätte er so geworfen werden müssen, daß er noch rotiert, wenn das Licht ausgeht.« Und sie gestand mit einem etwas verlegenen

Lächeln, daß sie die Aufführung schon einmal gesehen hatte, und zwar mit gelungenem Schluß.

»Sehen Sie!« rief Lothringer. »Es war mir doch so, als ob, nach dem Verlauf der ganzen Sache, am Ende etwas anderes hätte herauskommen müssen.«

Frau Lusine Schmuck sah ihn an. »Was eigentlich sind Sie genau?«

»Turbulenzforscher«, sagte Felix Lothringer.

2 ################## *CHAOSKURS*

Als Felix am nächsten Morgen ins Institut kam, lag ein Zettel mit einer Telephonnummer auf seinem Tisch. Er nahm ihn, um ihn einzustecken, und er brauchte gar nicht zu fragen, wessen Nummer da stand. Horst Fetzer, sein Assistent, und Claus Raue, der Diplomand, standen im Türrahmen und grinsten. »Einfach mal anrufen«, riet Fetzer hinter seiner Gazemaske, und Raue machte: »Hm.«

»Danke«, meinte Lothringer. »Etwas Besonderes?«

»Die Kugeln spielen verrückt«, sagte Fetzer, indem er auf Raue zeigte, der seinen Stock bekräftigend auf den Fußboden stieß.

»Dann wollen wir doch gleich mal schaun.« Felix ging mit den beiden hinüber in den Salon. Er warf einen Blick auf den Monitor, dann sah er sich die Tabellen an. Die Graphik, die den Prozeßverlauf der letzten Tage veranschaulichte, wies eine beträchtliche Kaulbachsche Deformation auf. Der Wert des begleitenden Exponenten war dagegen eher als normal einzustufen.

»Bitte.«

»Ein Seltsamer Attraktor«, merkte Raue überflüssigerweise an.

»Sensoren kontrolliert?« Felix trat an den Tisch.

»Alles. Kugeln poliert, Filzbelag gebürstet, Lichtwerte der Lampen verglichen —«, leierte Fetzer.

»— die Stäbe gekreidet«, ergänzte Raue und wies den seinen vor.

»— alle Positionen mehrfach geprüft. Die Kette millimetergenau nachgestellt. Und dann, bei der neunten Karambolage, immer wieder bei der neunten Karambolage —« Fetzer warf sich in einen der Ledersessel, die, der Authentizität wegen, neben den grünen Lampen und den roten Plüschvorhängen in die Versuchsanordnung aufgenommen waren, und streckte resigniert die Beine von sich.

»Wann sonst, wenn nicht nach der neunten Karambolage sollten Streuwerte denn auftreten? Das ist ja nun der sattsam bekannte Punkt für den Beginn der Verzweigungen, oder?«

»Aber dann diese Zahl obenauf. Es ist wie ein Sprung«, meinte Raue.

»Es *ist* ein Sprung«, sagte Lothringer. »Seit wann treten die Kaulbachschen Merkmale auf?«

»Seit gestern mittag.«

»Wann genau?«

»Zum Teufel«, rief Horst Fetzer und sah nach. »Genau vierzehn Uhr sieben.«

Lothringer ging um den schweren Tisch, auf dem noch die Kugeln der letzten Karambolage lagen, herum. Dann studierte er noch einmal grübelnd die Graphik, die sich flimmernd auf dem Bildschirm hielt. »Ja, auffällig«, sagte er, indem er überlegte, wann er gestern mit diesem hochgemuten Griff die Zisterne neu geflutet hatte, um kurz darauf im Café Bastian Tina Rotermund zu begegnen. »Wie auch immer«, befand er, »macht einfach weiter. Seltsame Attraktoren suchen wir schließlich. Und Kaulbach kommen wir noch auf die Spur.«

»Natürlich«, sagte Horst Fetzer, dessen Haut heute wieder besonders schlimm war, und Claus Raue fettete mit einem mephistophelischen Lächeln schon wieder den Stock. Felix ging in sein Zimmer, er raffte ein paar Skripten zusammen, die über seinem Arbeitstisch verstreut lagen. Als er von drüben das beruhigende ›Klack‹ der ersten Karambolagen vernahm, warf er die Skripte wieder hin und verließ den Keller durch den Ausgang zum Hof, der vor allem bei schöner Witterung meist offenstand, um eine Konzentration der verschiedenen Gase, die sich bei den Gefrier- und Veredelungsexperimenten der Supraleitungsforscher nebenan bilden konnten, zu verhindern. Er durchquerte den Hof, über den der mächtige Schornstein des Heizwerks seinen grämlichen Schatten warf, und steuerte die Telephonzelle bei den Parkplätzen an.

Der Salon, wie er von den Physikern hier genannt wurde, war so etwas wie das Sorgenkind des Instituts oder besser der Chaosforscher, die in seiner linken Kellerhälfte hausten und sich gegenüber ihren Kollegen immer im Legitimationsstreß befanden. Dabei waren es die neuesten behavioristischen und experimentalkritischen Gesichtspunkte gewesen, die bei seiner Einrichtung dazu geführt hatten, daß inmitten der üblichen Meß- und Regelapparaturen zur Beschreibung kollisionsträchtiger Systeme ein ganz ordinärer, wenn auch gewichtiger Billardtisch nebst den milieutypischen Attributen wie grünen Lampen, roten Vorhängen und mächtigen Ledersesseln mit Roßhaarfüllung stand. Im Institut wurde gern über die sogenannten ›Billard-Semester‹, die so mancher Diplomand hinten im Salon verbrachte, gespottet; Tatsache war aber auch, daß gerade beim Billard die kollisionären Fraktoren, die ein System vom Regelfall seiner Funktion den Weg ins Chaos einschlagen ließen, besonders gut zu studieren waren. Lothringer fischte den Zettel aus der Tasche, und während er die Nummer wählte, überlegte er sich, wie er Tina Rotermund den Zusammenhang zwischen einem Seltsamen Attraktor und ihrer Begegnung am plausibelsten erklären konnte. Doch sie hob nicht ab.

Merkwürdigerweise war Felix kein bißchen enttäuscht. Er verließ das Universitätsgelände an dem weißroten Schlagbaum der Personalzufahrt. Schon stand er wieder auf der Allee. Er überquerte sie, lief unter den hohen Akazien, die ihr erstes Grün trieben, hin und warf einen Blick über die Terrasse des Café Bastian. Er ging pfeifend weiter, und diesmal war es das Neubauer, wo er, an einem kleinen Tisch hinter einem Blumenkübel, Tina fand. Sie begrüßte ihn mit einer Qualmwolke, die sie aus ihrem verzogenen Mund wie eine Fabrikpfeife abblies. »Darf ich?« fragte er und zog sich einen Stuhl heran.

»Da Sie ja schon sitzen.«

»Ich dachte, Sie wollten mich sprechen.«

Tina verdrehte die Augen. »Das war gestern. Ich wollte einfach mal sehn, ob Sie vielleicht geflunkert haben.«

»Geflunkert?« fragte Felix und drehte sich leicht nach der Seite.

»Ich hab halt einfach mal in diesem komischen Institut — Institut für Experimentelle Physik, ja? — angeläutet und nach einem Lothar gefragt.«

»Lothringer.«

»War das peinlich?«

»Keineswegs«, meinte Felix. »Ich hätte mich gefreut.«

»Hätte?« machte Tina und sah ihn über den Rauch, den sie nun über ihre übereinandergeschlagenen Knie ließ, an. »Sie *hätten* mir ja auch Ihre Privatnummer geben können.«

»Nun«, suchte Felix den Anschluß zu bekommen, »es gab, nach dem Verlauf des Gesprächs gestern, ja kaum einen Grund —«

»Beleidigt ist er, mein Dozent.« Tina blies ihren Rauch geradeaus, und Felix versuchte ihm durch eine neuerliche Drehung seines Oberkörpers zu entgehen. »Das ist nicht der richtige Ausdruck«, korrigierte er, aber Tina blieb auf Kollisionskurs. »Der Mann *hat* kein Privatleben!« rief sie. »Und er steckt, wie alle Nichtraucher, voller Komplexe; er ist intolerant!«

»Es stimmt, ich bin wirklich Nichtraucher«, sagte Felix.

»Aber es sind ja gar nicht die Nichtraucher, die intolerant sind«, fuhr Tina fort. Sie sog genüßlich an der Zigarette. »Es sind die Raucher. Denn bevor der normale sterbliche Durchschnitts-Nichtraucher auch nur *Papp* sagen kann, haben sie schon den Platz, die Luft, das ganze Zimmer vollgequalmt. Okkupiert und vollgequalmt. Und die Beweislast liegt nun bei dem armen Nichtraucher, der eigentlich nur fröhlich sein und in Ruhe seine saubere Luft schöpfen wollte. Bitte, die Beweislast liegt bei Ihnen, und der Genuß liegt bei mir.«

»Es gefällt mir, wie Sie reden«, sagte Lothringer.

»Nein«, machte Tina Rotermund verblüfft.

Felix bestellte sich einen Capuccino, und während er vorsichtig den Zucker einrührte, erkundigte er sich über die Fortschritte, die der Streik bei den Ökonomen machte. Irgendwie interessierte ihn dieser Streik plötzlich, als ob daran, ganz ohne Liapunow-Exponent und Kaulbach-Deformation etwas zu studieren wäre, das, wenigstens in seinem Bereich, sonst erst gar nicht in Erscheinung trat.

»Ätzend«, sagte Tina Rotermund. »Jeder profiliert sich. Plötzlich reden alle, die vorher nie etwas gesagt haben.« Sie hob den Zeigefinger. »Aber die politische Substanz ist o.k. Wenn sich viele um nichts Gedanken machen, entsteht auch etwas, wie Sie gestern richtig bemerkt haben.«

»Ja?« meinte Felix und konnte sich nicht erinnern, je eine solche Äußerung getan zu haben. »Sie engagieren sich also inzwischen?«

»Wo denken Sie hin!« rief Tina Rotermund ärgerlich. »Versuchen Sie nicht immer, mir etwas zu unterstellen. Laden Sie mich lieber ein. Zum Sekt.«

»Ich lade Sie ein«, erwiderte Lothringer. »Zum Sekt. Bei mir.«

»Aber nur zum Frühstück«, antwortete sie und versprach, am nächsten Morgen vor Lothringers Haustür zu stehn.

Als Lothringer ins Institut zurückkehrte, war es im Salon ganz still. Er ging hinüber und fand seinen Assistenten und den Diplomanden tief in den Ledersesseln versunken. Fetzer hatte die neueste Nummer von *Wissenschaft heute* über sein Gesicht gebreitet, Raue einen *Playboy* vom letzten Jahr. Felix schaute auf den Monitor. Die Graphik wies eine unverändert leichte Kaulbachsche Tendenz auf. ›Sei's drum‹, dachte er, ›wenn viele schlafen, kann nicht viel passieren.‹ Er kontrollierte flüchtig die Werte, die zur Graphik auf seinem eigenen Monitor gehörten, der die Turbulenzen in der Zisterne abnahm. Er sah, daß der Schwimmer leichte, fast regelmäßige Wellen zeichnete, was darauf hindeutete, daß der Zylinder eingefahren war und das Wasser in leichten Rundlauf versetzt hatte. Da er die übrigen Mitarbeiter des Instituts in einem fröhlichen Block über den Hof zur Teppich-Mensa gehen sah, voran Mittenzwei, nahm Felix den Aufzug nach oben und verließ das Institut durch den Haupteingang, der in seinem rosa Granit kalt und schimmernd dalag wie das Innere eines geschlachteten Ochsen.

Als er den Lichthof des Museums betrat, entdeckte er sofort Frau Schmuck, die ihm, angetan mit einem weißen Angora-Pullover, zulächelte. Bei ihr stand Professor Pembruck, der Leiter des Instituts, ein wuchtiger Mann in den Fünfzigern, der Haare wie verreiftes Riedgras und Halsfalten wie ein Hammerhai hatte. Auf das Lächeln Frau Schmucks hin wandte er sich um und gewahrte ihn ebenfalls.

»Der gute Lothringer«, rief er und packte die Rechte, die Felix, eigentlich um Frau Schmuck zu begrüßen, vorgestreckt hatte, mit beiden Händen. »Den muß ich Ihnen selbstverständlich vorstellen. Unsern guten Lothringer. Aus dem Keller. Seines Zeichens Chaosforscher. Dozent.«

Und so lernte Felix Frau Lusine Schmuck noch einmal kennen, diesmal mit dem ausdrücklichen Segen seines Institutsleiters. Auch Frau Schmuck ließ sich ihm vorstellen, und Felix erfuhr, daß sie mit vollem Namen Lusine Schmuck-Herbrechtinger hieß und Kuratorin der Museumsgesellschaft war.

»Tja, dann —« Und Professor Hansjörg Pembruck, der weiter auch nichts zu sagen wußte, enteilte mit wuchtigen Schritten, um sich noch auf ein paar Sätze mit dem Referenten des Abends zu besprechen, der inmitten der beflissenen Gesellschaft stand. Ein energisches Räuspern kündigte den Beginn der Veranstaltung an. Auf ihr gewinnendes »Bis später?« nickte Felix zweimal kräftig, und sie nahmen ihre Plätze ein, Frau Schmuck in der ersten Reihe vor dem Pult und Felix hinten links in der Nähe des Schaukastens mit dem versteinerten Quastenflosser. Er besuchte die Vorträge der Museumsgesellschaft durchaus nicht regelmäßig. Früher war er dort überhaupt nicht erschienen, weil er wissenschaftliche Vorträge vor einem Publikum gebildeter Laien haßte. Und erst als er einmal eine wirklich passable Auslassung über die großen Wirbelbildungen des Golfstroms gehört hatte, vielleicht zwei Jahre war das her, fand er sich gelegentlich hier ein. Und erst seit letztem Herbst, als ihm die immer so präsente Frau Schmuck aufgefallen war, kam er regelmäßig hier in den Lichthof des Naturkundlichen Museums. Nie hätte er sich diesen Vortrag ›Über die selektiven Ursachen des Artenschwunds‹ angehört.

Allerdings hatte es der Referent, ein doppelter Professor aus Luzern, nicht leicht, das Verschwinden der Laubfrösche aus der großen Linie der Natur, die er trotz Versiegelung der Landschaft und Treibhauseffekt unverändert am Wirken sah, plausibel zu machen. »Ich weiß, daß man in dieser Stadt neue Biotope geschaffen hat«, versuchte er zu Beginn seiner Ausführungen gut Wetter zu machen, »und auch das, glauben Sie mir, sehe ich in dem von mir ›Fertilisationslinie‹ genannten großen Zusammenhang.« Indes war die Reaktion auf diese extemporierende Vorgabe frostig, denn jeder im Saal wußte ja, daß die künstlichen Bachläufe, die als Bonbon für die Naturschützer auf dem Gelände der Bundesgartenschau anstelle der niederplanierten Kleingärten angelegt worden waren, gerade dieser Tage von einem Verwaltungsgericht für unzulässig erklärt worden waren und wieder zugeschüttet werden mußten. Aber der Doppelprofessor aus der Schweiz hielt sich auch nicht bei den Fröschen auf, ihm ging es vor allem um die Nutztiere und die Kulturpflanzen. Und seine Zuhörer erfuhren, daß diese kulturell der Evolution abgetrotzten Spezies besonders gefährdet und ihr Erhalt daher eine ganz besondere Aufgabe war. Als Beispiel führte der Gelehrte aus Luzern das vietnamesische Hängebauchschwein an, dessen Kopf zu Unrecht den Eindruck vermittle, als ob dort in den Fettpolstern des Kiefers Stoßdämpfer eingebaut wären, die jede Kollision überstünden. Das Gegenteil sei wahr. Das vietnamesische Hängebauchschwein sei gefährdeter als die erst »nach vielen Kriegen kürzlich gewonnene Freiheit der Menschen in jenen unsicheren Regionen der zivilisatorischen Fertilisation«.

Frau Schmuck saß reglos und kerzengerade. Als der Professor gerade einen endlosen Satz zu Ende brachte, wandte sie ihren rotblonden Kopf und sah zu ihm her, indem sie lächelnd nickte, dann die Augen einen Moment lang schloß und das Gesicht wieder nach vorn wandte. Auch Felix lächelte. Er lächelte sogar ungeniert den doppelten Professor aus Luzern an, der jetzt unter den aufwärts gebogenen Stoßzähnen des Mammuts, einen Strauß Ähren in der Hand, zum Schluß kam. Freundlicher Applaus rundete seine Rede ab wie warme Milch einen Teller mit Hafergrütze.

Felix bahnte sich seinen Weg durch die Zuhörer, die auf einmal alle laut aufeinander einredeten, hinüber zu Frau Schmuck; es schien wie ausgemacht, daß sie sich an der allgemeinen Ausgelassenheit hier nicht weiter beteiligen würden.

»Setzen wir uns ab?« fragte denn auch Frau Schmuck, und Felix antwortete ebenso verschwörerisch: »Auf und davon.« Als er, von ihren sanften Händen durch die Drehtür getrieben, zurücksah, gewahrte er Pembruck, der mit ausgestreckten Armen auf ein paar Herrn im dunklen Anzug und auf den doppelten Professor aus Luzern zuschritt. Sie traten in die laute Nacht, die vom Gebrumm der Autoketten auf dem Alleenring erfüllt war. »Was ist angesagt, Herr Dozent?« fragte Frau Lusine Schmuck, und auf die Gegenfrage Lothringers, ob sie sich vorstellen könnte, mit ihm auf einem vietnamesischen Hängebauchschwein über die Allee zu reiten, schlug sie vor, bei sich zu Hause noch einen Kaffee zu trinken, weil sie dann gar nicht über die Allee hinüber müßten, sondern einfach zu Fuß in die andere Richtung gehn könnten. Frau Schmuck wohnte gar nicht weit von ihm in der Robert-Koch-Straße. Es verstand sich von selbst, daß sie geschmackvoll eingerichtet war; Lothringer sah die elegante Spiegelkommode im Flur, trat mit einem »Aha« unter den Rundbogen, der in das mit einem hellen Tibeter ausgelegte Wohnzimmer führte, und ließ sich dann in den leichten Sessel nieder, den Frau Schmuck ihm anbot. »Es dauert, aber nicht lange«, sagte sie und nahm ihre blaue Strickweste mit den goldnen Ankerknöpfen von den Schultern. Während sie in der Küche das Wasser ansetzte, streckte sich Lothringer in seinem Sessel. Die Geräusche aus der Küche übten eine wohltuende, fast festliche Wirkung auf ihn aus. Und auch als Frau Schmuck wieder ins Zimmer trat und hinter ihm Geschirr aus der Vitrine nahm, änderte er seine bequeme Haltung nicht. »Sie waren auch nicht besonders erbaut?« fragte sie und stellte die Moccatäßchen auf den Glastisch.

»Ich werde Wildgräser züchten und — vielleicht — Gedichte schreiben«, antwortete Felix und starrte weiter auf den zartblauen Decorstreifen an der Decke.

Lusine Schmuck verlangte aber etwas über seine Arbeit zu erfahren. Sie wollte wissen, was ein Chaosforscher dort im Keller des Instituts, sozusagen hinter ihrem Rücken, denn so treibe.

»Spielen Sie Lotto?« fragte Felix.

Frau Schmuck verneinte. »Ich war lange mit einem Statistiker verheiratet.«

»Das ist schade«, sagte Felix und er erklärte ihr, daß Lottospielen, vor allem aber Gewinnen, im Grunde gar nichts mit Statistik zu tun habe. Wissenschaftlich sei die These von der statistischen Trefferquote etwa soviel wert wie die Faustregel, daß auf einen Lottokönig zwei Blitzschläge kämen. Dagegen sei wahr, daß der berühmte Sechser, wie überhaupt alle Treffer im Leben, vielmehr im Zusammenhang mit dem Chaos stünden. »Das große Glück«, meinte er und hob das blaue Moccatäßchen, »fällt darum eher in mein Gebiet.« Und er erläuterte der kerzengerade auf ihrer Chaiselongue sitzenden Frau Schmuck-Herbrechtinger, daß der Lotto-Komplex, also die Apparatur, die letzten Endes diese Kugeln und keine andern auswarf, ein System sei, das nur sehr lose mit der Wahrscheinlichkeit in Zusammenhang stehe. Auch mit der deterministischen Finesse, die traditionellerweise Ursache und Wirkung zusammenzubekommen suche, habe das nicht viel zu tun. Entscheidend für den Auswurf bestimmter Zahlen sei dagegen immer die spezielle Materiatur der Kugeln, der Staubgehalt unter der Plexiglashaube, natürlich auch die Art und Weise, wie das Gerät gewartet und gereinigt werde (was allerdings angesichts der tatsächlich auslösenden und bestimmenden Faktoren ein reiner Witz war); dazu die Raumtemperatur des Studios, die

Großwetterlage über der Stadt, der Stromverbrauch des Viertels und der Erregungszustand der Lottofee, die selber tippe.

»Nein!« rief Frau Schmuck.

»Doch«, entgegnete Lothringer, »denn sie bestimmt die Temperatur des Studios mit, natürlich auch seinen Feuchtigkeitsgrad, sofern ihre Hände schwitzen sollten. Das ist eben der Systemgedanke. Und es gehört zur Natur solcher Systeme, daß sie auf minimalste Toleranzen angelegt sind, um überhaupt funktionieren zu können.«

»Das verstehe ich jetzt nicht«, gestand Frau Schmuck.

»Ganz einfach. Sollten Sie diesen Sommer noch in die Lage kommen, eine Luftmatratze aufblasen zu dürfen, auf der — nur einmal angenommen — ein bunter Wasserball liegt: dann fragen Sie sich bitte, warum er, wenn sich das Kissen unter ihm wölbt, nach der einen Seite rollt oder nach der andern. Fragen Sie, forschen Sie! Unebenheiten des Grunds? Ein Steinchen? Eine Kippe? Wie rauh ist der unschuldig gemusterte Gummi Ihrer Matratze? Oder wie glatt? Ist der Ball wirklich rund? Wie blasen Sie? Bitte — das meinen wir, wenn wir von den kleinsten, den endlichen Verlauf bestimmenden Toleranzen eines beliebigen Systems reden.«

»Ob Glücksspiel, Urlaubsreise oder —«

»Wählen Sie — die Population der Laubfrösche, ein gelungener Abend: Nur weil sie mit aller Empfindlichkeit selbst auf kleinste Toleranzen reagieren, sind solche Systeme überhaupt existenzfähig in der unendlichen Vielfalt der konkurrierenden Bedingungen. Sind sie — lebendig.« Lothringer hob einschränkend die Hand. »Gerade das macht diese Systeme nun aber ironischerweise auch wieder anfällig — für kleinste und allerkleinste Veränderungen ihrer eigenen Startbedingungen. Die nämlich führen bei diesen Systemen sprunghaft zu völlig unsystematischen Folgen und Endpositionen, sprich zu dieser oder auch jener Zahl, die dann keiner erwartet hat.«

»Oder machen, daß der Wasserball nach links rollt oder nach rechts —«

»Wo ein dicker Mann mit einer Zeitung über den Augen und einer Zigarre in der Hand liegt. Und so treten auch die Lottokugeln, stellvertretend für Zugewinn oder Pech, Schlachtenglück und Seuche unter Einhaltung der bekannten Naturgesetze, scheinbar willig, trotzdem eigensinnig, den Weg ins Chaos an.« Lothringer lächelte. »Es ist also nicht die Wahrscheinlichkeit, die Sie dem Sechser näherbringt, um mal bei dem günstigsten Fall zu bleiben, sondern die sprunghafte Entwicklung einer spontanen Regellosigkeit. Also nur Mut. Lieben Sie das Chaos und gewinnen Sie.« Und er gestand der immer noch starr auf ihrer Chaiselongue sitzenden Frau Schmuck, daß dies der Anfang und das Ende der ersten Vorlesung sei, die er, zweisemestrig, zur Einführung in die Materie im Hörsaal 23 im Komplex B des neuen Hauptgebäudes halte.

Frau Schmuck hielt mit. Sie hatte Fragen. Ihr durch viele Vorträge bei der Museumsgesellschaft geschulter und kompetenter Verstand wollte nicht einsehn, was der veränderte Gesichtspunkt solcher alltäglichen oder besser, samstäglichen Systeme sei, wenn sie nun als ›chaotische Systeme‹ beschrieben würden. Aber Felix, der natürlich gerade auf diesen Einwand, der mit schöner Regelmäßigkeit immer zuerst kam, gut vorbereitet war, setzte ihr auseinander, das Neue und Bahnbrechende der Chaosforschung bestehe eben darin, erkannt zu haben, daß man den alltäglichen Systemen, dem trivialen Geschehen gar nicht ansehe, wie regulär oder irregulär, also bereits gestört, sie vielleicht seien, weil sie oft weitermachten wie bisher, aber in Wirklichkeit den Weg ins Chaos bereits angetreten hätten.

»Nehmen Sie ein schlichtes Federpendel, wie es, von einem Gewicht in Schwingung versetzt, brav auf- und absteigt, ja? Wenn Sie diese Bewegung jetzt aufzeichnen, also etwa auf eine Ebene projizieren, wird bei einer Feder mit einer bestimmten Materialkonstanten und einem bestimmten Gewicht eine Art Schnecke beschrieben. Hat sich das System infolge Reibung ausgependelt, kommt es im Zentrum dieser Schnecke zum Stillstand.« Lothringer malte mit seinem Zeigefinger den wie eine Spirale nach innen schnurrenden Weg des Federpendels in die Luft. »Anders ist es, wenn Sie die Reibung überwinden und der Feder immer wieder einen neuen Impuls geben. Jetzt wird ein quasi stabiler Zustand erreicht, die Figur wäre jetzt, je nach Zug unserer Feder, eine Ellipse. Sie können sich das natürlich auch in umgekehrter Weise denken, indem die Feder nicht ausgezogen, sondern zusammengedrückt wird. Wie bei einer der Federn hier in meinem Sessel.« Lothringer begann, um das zu demonstrieren, leise auf seinem Sessel zu wippen. »Natürlich ein Idealfall. Doch experimentell herstellbar. Wenn Sie nun aber den Impuls geringfügig erhöhen und immer ein wenig weiter erhöhen, ja, wippen Sie nur, bei Ihnen sind ja auch Federn drin — sehen Sie, dann verlieren Sie ganz schnell die Balance.« Und die beiden wippten, Lothringer in dem Sessel mit den steilen Lehnen, Frau Schmuck auf ihrer Chaiselongue. Erst hatten sie den gleichen Rhythmus, dann kamen sie auseinander. Dann hopsten sie fast ausgelassen, jeder auf seinen Federn, und bald kam es zu grotesken Formen des Miteinander und Auseinander. »Sehen Sie — und spüren Sie —: kein Mensch, kein Gott, kein Rechner kann jetzt noch — voraussagen, wie die Bewegung der Federn — projiziert auf eine Ebene oder besser — in einem Phasenraum, verlaufen wird . . . wir befinden uns —«

»— auf dem Weg —«

»— sind schon —«

»— im Chaos!« Und Frau Lusine Schmuck trieb die Federn ihrer Chaiselongue mit ihrer stabilen Körperlichkeit noch einmal mächtig ins Irreguläre, so daß sie gefährlich zu hüpfen begann, den Kontakt zu dem Tibeter verlor und sich mit ihren Händen schnell abstützen mußte, während Lothringer sich sanft auspendeln ließ und zwischen den Lehnen mit dem lakkierten Holz souverän zur Ruhe kam.

»Sichtbar gemacht werden kann diese chaotische und in keinem Augenblick vorhersagbare Bewegung, dieser Tumult der Federn, wie gesagt, in einem Phasenraum. Säßen wir jetzt bei mir, könnte ich Ihnen das auf dem Computer zeigen, und Sie würden staunen. Denn obwohl die Bewegung chaotisch ist, weist die dazugehörige Graphik sonderbarerweise Regelmäßigkeiten auf. Die graphische Darstellung einer halbwegs geordneten Federbewegung — aber es gibt zahllose andere Beispiele — schafft stets ähnliche Muster, konzentrische, platten- oder schieferähnliche Gebilde, wie — ja, wie dieser Blätterkrokant.« Und Felix griff sich aus der Schale ein Stück Konfekt, biß davon ab und zeigte Frau Schmuck, die wieder zur Ruhe gekommen war, das schiefrige Fragment. »Etwa so.« Er hielt das Schokoladenstückchen in Augenhöhe. »Anders bei chaotischen Zuständen. Hier erscheint auf dem Schirm, vorausgesetzt, man arbeitet mit der entsprechenden Gleichung, etwa dem Feigenbaum-Szenario, ein ganz anderes Bild.« Er steckte sich den Rest des Blätterkrokants in den Mund. »Und das«, sagte er kauend, »— sieht dann so aus — wie — nun, immer so wie ein über dem Knie zerrissener Seidenstrumpf.« Er leckte sich die Finger ab und fischte sich ein Tempo-Taschentuch aus der Jackentasche, um sie abzureiben.

Von Frau Schmuck privat erfuhr Felix weiter nichts, als was er schon gehört hatte, daß sie nämlich lange mit einem Statistiker verheiratet gewesen war und keine Kinder hatte. Eingehender schilderte sie ihre

Arbeit bei der Museumsgesellschaft, für die sie schon mehr als fünfzehn Jahre die Organisation versah. Zuerst sei es nur ein Sekretärinnenposten gewesen, doch dann sei nach und nach das Interessante dazugekommen — die Gespräche mit den Referenten, die Redaktion der Abdrucke ihrer Vorträge in der Museumsschrift, die wissenschaftliche Korrespondenz; und so sei sie, seit drei Jahren, geschäftsführendes Mitglied im Kuratorium der Gesellschaft, was neben einer gehörigen Portion Arbeit auch eine ganze Reihe von Entscheidungsbefugnissen einschließe. Etwa die halbjährlich wechselnden Ausstellungen im Lichthof des Museums. Frau Schmuck rief sich einige dieser Ausstellungen, die an Felix wie an fernen Kais gelöschte Tanker vorübergezogen waren, ins Gedächtnis zurück. Der Hund als Kulturbegleiter und zweites Gesicht der menschlichen Rasse. Eiszeitliche Galanteriewaren. Am schönsten aber waren die Ausstellungen, die nie zustande gekommen waren, wie die der berühmten Trommeln der Burogoa, die nicht stattfinden konnte, weil diese Trommeln traditionellerweise mit Menschenhaut bespannt wurden, die Einfuhr von menschlichen Häuten in die EG-Staaten aber verboten war.

»Sehr gut«, sagte Felix.

»Sehr schlecht«, erwiderte Frau Schmuck und nahm das Tablett mit den Moccatäßchen, um es hinauszutragen. »Statt dessen stellten wir kurzfristig eine Sammlung japanischer Kampfschurze aus und bekamen prompt eine Anzeige wegen Erregung öffentlichen Ärgernisses.«

Felix Lothringer stand auf, trat in den Erker, schaute auf die funkelnde Stadt. Frau Schmuck hatte inzwischen eine Musik aufgelegt.

»Wollen wir zusammen mal einen Lottoschein ausfüllen?« fragte sie. Felix trat zu ihr. Sie bewegten sich in kleinen Schritten über den honigfarbenen Teppich, und er war enttäuscht oder beglückt, daß Frau

Schmuck in seinen Armen sehr viel kleiner war, als sie ihm während zweier Jahre hindurch immer erschienen war. Er schob sie sacht vor sich her. »Würden Sie bitte Ihre Schuhe ausziehen?« flüsterte sie an seinem Ohr, und Felix bemerkte erst jetzt, daß Frau Schmuck auf bloßen Füßen tanzte.

3 ################## *AUSFAHRT*

Als Felix heimkam, stand Tina vor der Tür. Er zeigte seine Tüte mit den frischen Brötchen vor und ließ das Türschloß schnappen. Tina ging vor ihm die Stufen hoch.

»So hab ich mir das vorgestellt!« rief sie durchs Treppenhaus. »Ein Wasserkessel pfeift, und der Dozent ist unrasiert.«

Trotzdem machte sie sich in der engen Küche daran, Kaffee zu kochen, während Felix den Tisch deckte. Sie standen einander an dem weißen Brett, das aus dem Küchenschrank herauszuklappen war, gegenüber. »Den Sekt!« rief Tina. »Natürlich, der Sekt!« rief Lothringer, sprang hin und nahm die Flasche aus dem Kühlschrank. Es stellte sich heraus, daß er überhaupt keine Champagnergläser besaß.

»Macht nichts«, sagte Tina. »Noch mehr Tassen.« Und so stellte Felix zwei weitere Becher auf den Tisch und setzte sich, schlaff und gutgelaunt, zum zweiten Frühstück nieder. Er war entschlossen, einen weiteren Teil seiner Vorlesung zum besten zu geben, falls auch Tina Rotermund nach seiner Arbeit fragen sollte. Doch Tina wollte nichts dergleichen hören. Sie stippte ein mit Butter bestrichenes Hörnchen in den Kaffee, nahm ihr feingelocktes Haar mit der andern Hand im Nacken zusammen und brachte ihr Gesicht tief über den Pott, um sich das Hörnchen in den Mund zu schieben. Und auch als sie dann mit ihrem Sekt drüben im Zimmer saßen, Felix auf dem Stuhl am Schreibtisch, Tina auf dem ungemachten, aber unbenutzten Bett, interessierte sie sich mit keinem Wort für die Belange der

Chaosforschung. Den Computer, der die Farbkringel der Turbulenzen in der Zisterne wiedergab, beachtete sie wie einen Fernseher, der ohne Ton läuft und hilflos Bilder produziert, nämlich gar nicht. Auch die überall herumliegenden Graphiken aus dem Drucker überging sie. »Musik gibt es keine bei Ihnen, wie? Nein, bleiben Sie sitzen, es muß ja nicht sein. Im Gegenteil. Ich sollte mich freuen. Sie werden es nicht glauben, ich war vor einer dreiviertel Stunde schon mal bei Ihnen. Und ich bin bloß noch mal wiedergekommen, weil an diesem Scheiß-Samstagmorgen doch nichts mehr läuft. Sonst hätte ich mich gleich an die Strippe gehängt. Ich bin nämlich eine bezahlte Quasseltante. Mach das morgens, wie Zähneputzen. Marktforschung, Produktwerbung. Den Leuten was andrehn. Sie *bequatschen.* Aber samstags morgens ist das Geschäft absolut mau. Da sind die Männer zu Hause, und die sagen gleich: Ja, hören Sie, meine Frau hat nichts bestellt, die hat auch nichts zu bestellen, denn hier bin ich der Boß. Oder sie fangen an zu säuseln und wollen sich mit einem verabreden. Harter Job. Ich nehme an, es herrscht Rauchverbot? Bitte, bemühen Sie sich nicht, ich verzichte gern einmal.« Tina Rotermund wippte auf der Bettkante und sah zu Felix hinüber, der aber ganz gelassen in seinem Stuhl saß, einen Arm auf dem Tisch, den geblümten Topf mit dem Sekt auf dem übergeschlagenen Knie. Er lächelte sein schönstes Forscherlächeln.

»Hab ich was falsch gemacht?« fragte Tina, die einen Moment innehielt und im Zimmer umhersah, als suche sie das Telephon. »Natürlich, für einen Dozenten der höheren Physik alles Geplapper. *Laber — laber — laber.* Aber es gefällt Ihnen ja, so wie ich rede.« Sie beugte sich hinab und nahm ihren Sekt vom Teppich. »Prost.«

»Ganz recht, ich mag es, wie Sie reden«, sagte Felix. Die junge Frau warf ihr Haar. »Was hab ich für ein

Glück. Die schnelle Tina Rotermund trifft einen Typen, der ganz ruhig erklärt, daß er mag, wie sie quatscht. Wie ein Freund von mir sagen würde: Der Himmel von Teneriffa ist nicht so groß wie mein Glück. Na, Sie wären ein Kunde, Mann.« Und Tina fuhr fort zu reden mit ihrer spitzen, über alles springenden Zunge, und Lothringer hörte ihr zu. Ein bißchen klein, ein bißchen herb, was sie da so zum besten gab, aber enorm nach mehr schmeckend, fand er, etwa so wie rote Johannisbeeren. Es waren jetzt die Augen Frau Lusine Schmucks, mit denen er die laute Studentin der Volkswirtschaft und schnellmundige Verkäuferin von Telefon-Interviews betrachtete. Und als nun sein eigenes Telephon plötzlich läutete, hob er ab mit einer Bewegung, die so schwungvoll und so prompt war, als hätte er nur darauf gewartet.

Es war Claus Raue, der Diplomand, der sich verstrickt hatte in seinen Iterationen und nun Hilfe suchte bei dem Dozenten. Und der gute Lothringer, er hörte sich, im Angesicht Tina Rotermunds, die da auf seinem ungemachten, wenn auch unbenutzten Bett saß und gespannt herübersah, auf einmal sagen: »Raue, passen Sie auf. Wenn Ihnen die Karambolagen von gestern heute noch das Herz abdrücken, bitte! Ich jedenfalls — es ist Samstagmorgen, die Frauen wollen keine Staubsauger und die Männer keine Beschwerden — habe auch ein Privatleben. Stecken Sie sich Ihren Billardstock an den Hut oder züchten Sie rote Johannisbeeren — übrigens: ein bißchen klein, ein bißchen herb, man kann gar nicht genug davon bekommen —, aber verschonen Sie mich an diesem hellen Samstag mit ihren wissenschaftlichen Skrupeln. Genießen Sie den Blätterkrokant und zerreißen Sie mehr Seidenstrümpfe. Prost Kaulbach dann, bis Montagmorgen.« Damit legte er auf.

»Donner«, sagte Tina. »Ein Dozent hat Privatleben. Darf die arme Tina Rotermund sich da einklinken?«

Auf einmal befand sich Felix Lothringer draußen, Ackerflächen bogen sich hin, maigrüne Baumgruppen flitzten vorbei, der Wind stand ihm auf der Stirn, keine Möglichkeit zu reden, auch kein Bedürfnis nach Ausdruck, es ging nur los. Tina Rotermund am Lenkrad ihres weißen Cabrios sang laut zu irgendwelchen Radios oder sie sang, weil sie das Radio war. Manchmal sah sie ganz schnell zu ihm her, und dann lachte sie wie ein Kind, das bekommen hatte, was es wollte.

Von einem Parkplatz, den allein sie kannte, ging es einen gewundenen Weg, von dem nur sie wußte, hinauf. Zwischen dem Gras und den Stauden, die rechts und links hochzuschießen begannen, lagen noch die schwarzen Blätter des vorigen Jahrs. Der Weg verlor sich. Es ging steil bergab. Sie mußten rennen, gerieten auseinander zwischen Stämmen und Ästen, die kein Durchkommen ließen für zwei. Und plötzlich brachen sie aus dem Dickicht, standen auf grüner Wiese, rannten aufeinander zu. Ein blühendes Tal lag vor ihnen, Steinwürfe weit und hell bis unter eine weiße Wolke. Tina ließ ihn nicht weitergehn, bis er von der kleinen steinernen Brücke herab eine jener silbernen oder rötlichen Forellen unter sich gesehen hatte. Sie ging neben ihm her und erzählte von ihrem Vater. Lothringer schritt bedächtig in dem dunklen Anzug, den er immer noch trug.

Wo erst der kleine spitze Turm zu sehen war, traten jetzt die ganze Kirche, die weiße Friedhofsmauer und eine Reihe mächtiger Kastanien, schließlich das kleine Dorf, das dazugehörte, zusammen. Sie fanden das Gasthaus, und Tina lud ihren Dozenten zu einer Erbsensuppe ein. »Nicht durchpassiert, genau das richtige«, meinte sie, und auch Felix brach sich von dem Ranft Brot ein gehöriges Stück ab und brockte es, genau wie Tina das machte, in die dampfende Terrine. Bei dem etwas dünnen Kaffee, den sie, wenn auch aus einer großen Kanne, die nicht leer werden wollte, in ihre

Tassen gossen, sagte sie: »Ist Ihnen eigentlich aufgefallen, daß ich heute noch keine Zigarette geraucht habe?« Felix wußte nicht, was er darauf antworten sollte. »Der mildtätige Einfluß des Heiligen«, rief Tina laut. »Denken Sie doch bloß nicht, Sie hätten mich durch Ihre sanfte Tour *verzaubert*. So eine Art, die *mag* ich nämlich nicht. Ich muß nämlich gar nicht rauchen, verstehen Sie? Überhaupt nicht. Aber darum rauche ich jetzt eine. Sehen Sie, so weit bringt einen am Ende die Geduld.« Und Tina Rotermund rauchte mit großer Lust eine Zigarette, einmal, weil sie sich so gut wie schon lange nicht mehr fühlte und dann, weil sie eine junge Frau war, die sich von niemandem etwas sagen ließ.

Felix ließ es zu, daß Tina Rotermund ihn leis maulend aus der Ortschaft und zu ihrem flotten Cabrio zurückführte, das übrigens, wie sich zeigte, ganz in der Nähe des Dorfs gestanden hatte, und auch auf dem langen schnellen grünen Weg zurück in die Stadt sagte er so gut wie nichts. Ja, auch Tina schien von ihren Attacken an diesem Samstag erschöpft, und so hörte Lothringer sie unter dem Verdeck, das sie, da jetzt Wolken den Himmel bedeckten, zugezogen hatte, leis und unmelodisch singen.

So als müsse ein Bündnis, das einen Samstag bis um halb sieben Uhr abends unbeschadet überstanden hatte, nun einfach fortgesetzt werden, beschlossen die zwei, den weiteren Abend gemeinsam zu verbringen. Da sie beide wie aus einem Mund befanden, Kino käme nicht in Frage, knobelten sie. Falls Tina gewönne, waren sie dafür, in den Jazzkeller zu gehn; Felix wollte sie dagegen, als Revanche für die unpassierte Erbsensuppe, zum Italiener in der Elephantengasse führen. Da im dunklen Auto Tinas lange nicht ersichtlich war, wie es nun stand, und sie für ihre Fäuste und Finger immer neue Systeme fanden, kamen sie überein, beides zu machen.

Für Lothringer eine Premiere. Nie hatte er geglaubt, daß ihn Jazz, jedenfalls das, was er nun zu hören bekam, ernsthaft interessieren könnte. Hier unten im Keller entdeckte er, daß diese teils wüsten, teils elitären Klänge sein Trommelfell ordentlich reizten. Tina umgekehrt zeigte sich sehr informiert und kompetent wie sonst nur Kuratorinnen von Museumsgesellschaften. Sie kannte Titel und Namen, rauchte Kette und sah in der dunklen Pracht ihres über Stirn und Schulter fallenden schwarzen Engelshaars hinreißend aus.

Es war nach eins, als die letzten Phrasen unter dem Gewölbe verflatterten, und es war jetzt auch nicht mehr die Zeit, zum Italiener in der Elephantengasse zu gehen. Sie aßen, was auch viel passender war, am Affentorplatz eine Pizza im Stehen. Felix fühlte sich wie ein Saxophon, das drei Tage hintereinander gespielt worden war.

»Kann doch nur gut sein«, meinte Tina. »Wie wärs denn mit einem Espresso bei mir?«

Und sie fuhren durch die ganze Stadt zurück zu Tinas Wohnung, die Felix nicht in Augenschein nehmen konnte, weil nur eine winzige Lampe über Tinas Bett strahlte. »Chicago?« fragte er und verbrannte sich den Schlund.

»Cool Jazz«, sagte Tina Rotermund und löschte auch noch das kleine Lämpchen.

Er lag da, zugedeckt von dem schwarzen Plumeau, und sah auf das große geteilte Fenster. Dicke weiße Wolken wechselten mit starkem Blau. Drüben hörte er Tina unter der Dusche, wie sie laut und unmelodisch sang und auf die Seife fluchte. ›Es ist Sonntagmorgen‹, sagte er sich, und er konnte sich nicht erinnern, in den vergangenen zehn Jahren jemals ein solches Gefühl der Zufriedenheit gehabt zu haben. War es Trägheit? Erleuchtung? Alles war rund, prall. Aber alles wich auch ein wenig zurück, was er mit seinen Händen ergriff, und es wuchs dann in seinen Händen, wie dieses Plumeau, das er drückte. Es gab eine ganz ferne, schon abgelebte und gar nicht mehr wirkliche Zeit, in der Felix Lothringer solche Gefühle gehabt hatte. Es waren körperliche Gefühle gewesen, und sie waren ihm, der damals noch ein Kind gewesen war, sehr fremd und seltsam vorgekommen. Meist war ein Fuß betroffen, auch etwa das Bein bis zum Knie, manchmal die Hand. Riesig und geschwollen kamen ihm diese Körperteile dann vor, und es war merkwürdig, daß der Fuß, das Bein, die Hand (auch ein Ohr, nie aber der Kopf) dann doch niemals schwer oder klobig wurden, sondern im Gegenteil ganz leicht wie Ballons. Und entsprechend der vergrößerten Oberfläche schien sich auch die Empfindungsfähigkeit des Organs plötzlich vergrößert zu haben. Erleuchtet. »Ich hab's!« rief er, und Tina, die, ein Badetuch um ihre schmale Gestalt, das Haar naß, hereinkam, fragte: »Was?«

Felix lächelte und machte ihr Platz. »Be-Bop«, sagte er.

»Brav«, meinte Tina Rotermund und tätschelte ihm den behaarten Bauch.

Es war schon später Nachmittag, als Felix in seine Wohnung kam. Er stand noch in der Diele, als das Telephon läutete. Es war Frau Schmuck. »Wie geht es Ihnen?« fragte sie mit ihrer sicheren Stimme, die ihm jetzt allerdings, war es nun der Sonntagabend, war es das Telephon, etwas matt und gedämpft erschien.

»Oh — gut«, sagte Felix und er hatte Mühe, sich zu erinnern, ob er mit ihr nicht doch schon per du gewesen war.

»Ich dachte, ich muß mich noch einmal bei Ihnen melden; ich wollte«, sagte Frau Schmuck in der Muschel an seinem Ohr und in ihrer Stimme lag jetzt Wärme und Behutsamkeit, »Ihnen sagen, daß ich den Freitagabend doch sehr schön gefunden habe.«

»Den Freitagabend — ja«, echote Felix.

»Ich würde mich freuen, Sie wieder zu sehen«, kam noch einmal ihre behutsame Stimme. »Oder — was meinen Sie?«

Und so griff sich Felix Lothringer den dicken Block mit den abreißbaren Blättern und notierte als Termin kommenden Mittwoch. Dann zog er den Anzug, den er noch vom Freitagabend anhatte, aus, legte sich, ungewaschen und unrasiert wie er war, in sein Bett und versuchte, den Blick in den Abend gerichtet, das Gefühl wiederzufinden, das er heute morgen unter Tina Rotermunds schwarzem Plumeau gehabt hatte.

4 ######################## SPIEL

Im Keller war kein Mensch. Der große Rechner summte, und das Wasser unten im Brunnen rauschte einsam und ernst. Keiner hatte Urlaub beantragt, weder Fetzer noch Albert oder Ferdinand. Sollten die Kollegen beschlossen haben, zu der Versammlung im Hörsaal VI, die um 10 Uhr stattfand, zu gehn? Streik bei den Physikern? Lothringer fiel der Anruf vom vergangenen Samstag ein. Sicher betraf es nur Raue, den er so forsch abgebürstet hatte, die andern waren wahrscheinlich, aus welchen Gründen auch immer, triftig verhindert und würden im Verlauf der nächsten Stunde, bestimmt aber während des Vormittags mit ihren Entschuldigungen hier eintrudeln. Und Raue, der sonst immer der erste war — Lothringer wußte, wo Raue steckte. Er verließ also den Keller wieder und ging den mit Heliumflaschen und Aluminiumplatten vollgestellten Gang zur Haupttreppe vor, um zu den Kristallzüchtern im obersten Geschoß hinaufzusteigen. Im Vorbeigehn gab er Heisenberg den gewohnten Nasenstüber und gedachte der Unschärferelation, die alles so einfach, in Wahrheit aber doch nur kompliziert machte. Er ging an den Zimmern der Kristallzüchter vorbei, deren Türen alle offenstanden und in denen auch niemand war, was bei den Kristallzüchtern aber etwas ganz anderes und eher Produktives zu bedeuten hatte. Die Kristallzüchter nämlich begannen ihren Tag im ›Refektorium‹ genannten Defraktor-Raum, wo sie gemeinsam Tee tranken. Lothringer schritt durch die Halle, wo die Öfen standen, in denen die Kristalle wuchsen und die mit ihren Hochspannungs-Kringeln wirkten wie riesige Roboterfrauen unter gewaltigen Hauben. Er betrat das Refektorium dahinter, und wirklich hockten sie hier alle auf ihren Kissen am Boden, geschart um den Kollegen Mittenzwei, und natürlich saß unter ihnen auch sein Diplomand Raue, die Beine verknotet, das Gesicht nach innen gekehrt. Alle sahen sie Lothringer an, mit diesen langen Blicken, die aus großer Entfernung kamen. Es geschah hier eben weiter nichts, als daß man gemeinsam Tee trank, um einen richtigen Einstieg in die Forschungsarbeit an diesem Montagmorgen zu finden.

In einem gewissen Sinn entsprach dieser lange und flache Raum, der Ostgiebel des alten Instituts, dem Salon unten im Keller des neuen Instituts auf der Westseite. Während aber die Einrichtung im Salon dort experimentellen Charakter hatte und lediglich dazu diente, ein Beobachtungsverfahren milieugerecht zu spezifizieren, war das Refektorium hier oben so eingerichtet, weil es die Kristallzüchter so mochten. Unten zielte alles auf die Karambolagen; hier oben führte alles vom Verfahren weg zu den Bedürfnissen der Leute. Die Teppiche, die bunten Kissen. Das Teeflämmchen, hinter dem die Kontrollbirnen und Leuchtdioden der Apparate, die hier herumstanden wie geschmackvolles Hi-Tech-Mobiliar, dezent zurücktraten.

Lothringer räusperte sich. »War etwas?« fragte er. »Ich meine — am Samstag.«

»Am Samstag?« fragte Raue langsam zurück und blies versonnen über seine Teeschale, so als bliese er in verflogene Jahrhunderte. »Was denn sollte da gewesen sein?«

»Vielleicht Schwierigkeiten mit der Skalierung. Oder mit McIntosh.« Lothringer sah über die Köpfe der zum Palaver versammelten Institutsindianer. Der Defraktor im Hintergrund glotzte ihn mit seinem dicken Glasfenster an wie ein zufriedener Buddha, und einen Moment lang empfand Lothringer tiefe Bitterkeit über das blitzblanke Equipment der Kristallzüchter. Er sah die Hand Gabrieles, der Sekretärin aus der Photoemission, wie sie leise die Hand Mittenzweis, die auf einem roten Buch lag, streichelte. Raue wollte trinken, sah dann aber abrupt auf den Tee, über dem sich die ätherischen Öle in der Spannung der Wasseroberfläche zu Feigenbaumschen und Hénonschen Formationen krümmten.

»Ich habe keine Schwierigkeiten. Nein, denke ich«, sagte er und setzte dann die Lippen vorsichtig an seine Schale.

Lothringer, der gute, er störte. »Dann — entschuldigt bitte«, murmelte er also und zog sich zurück. Er durcheilte die Halle mit den Öfen, auch ›Bäckerei‹ genannt, in der es leise brummte und zischte, rannte die breite Treppe hinab und gelangte wieder in den Keller, wo immer noch niemand war, auch Fetzer nicht, der nun eigentlich hätte hier sein müssen.

Er ging in den Salon, kreidete einen Stock, setzte die Kugeln und stieß zu. Er rief: »Ja, bin ich denn blöd?«, warf den Stock hin, den er das letzte Mal als Assistent von Gottmann, also vor sechs oder sieben Jahren in der Hand gehabt hatte, verließ den Keller und begab sich ins Café Bastian.

Da saßen sie, tranken Kaffee oder auch Bier, rauchten und bemühten ihre willfährige Perzeptionsgabe. Belanglos für ihr eigentliches Gehirn, das weitgehend unabhängig von ihrem Wissen und Wollen funktionierte; belanglos auch im Hinblick auf den Zusammenhang, den die Seminare, Vorlesungen und Prüfungen darstellten, weil dadurch vorderhand überhaupt nichts weitergebracht wurde, sondern Wissen bewegt wurde wie graue Gerste auf Trockenböden. Und im Café Kleinbauer saßen mindestens noch einmal so viele, alle in dieser leichten Betäubung ihrer Wissensversessenheit oder -vergessenheit, und in allen Seminaren und Bibliotheken dieser ganzen universitären Quadratmeile — szientistische Illusionen! Auch die Massen, die streikten, sich jetzt um zehn im Hörsaal VI versammelten, um lärmend die Verbesserungsfähigkeit dieses lachhaft punktuellen und beliebigen Systems des Wissens zu postulieren und einzuklagen, sie befanden sich in einer besonderen Schräglage. Und selbst wenn er an jene dachte, die dieses Wissen tatsächlich erweiterten, hier im Institut vielleicht gerade noch Schwander, das Silbergitter-As und, wenn er einmal besonderes Glück hatte, zufällig, Mittenzwei: das waren doch zerstreute Explosionen, die nur weitere Meinungskrater in die Landschaft setzten.

So überließ Lothringer, ein Bein auf den nächsten Stuhl gestellt, sich irgendwelchen Kaulbachschen Impulsen und nahm nur am Rande den Schriftsteller Herbert Brenner wahr, der, ein schmaler, nicht mehr junger Mensch, dort bei den Koniferen vorbeiging, stehenblieb, über die Tische sah, sein sensibles, etwas schlaffes Gesicht mit den bedeutungsschwarzen Augen bedauernd verzog und weiterging. Auch unter seiner Schädeldecke mußte dieses Gewalle und Gewoge sein, das ihn umtrieb und ihn seine Notizhefte füllen ließ. Immer war Brenner unterwegs, flanierte durch die Straßen in seinen fliederfarbenen Hemden, den Blick stets nach Frauen geworfen, oder hockte in Cafés und Kneipen, wo er, dem Lärm und Qualm zum Trotz, wie entrückt Seite um Seite dieser kleinen Notizbücher vollkritzelte. Vielleicht wußte er sogar, daß es eigentlich nur dieses Rauschen war, auf das es ankam.

Im ›Tannenbaum‹, ein paar Straßen weiter, hatte Lothringer ihn einst kennengelernt. Sie waren ins Gespräch gekommen über einen Dritten, der plötzlich aufgestanden war hinter seinem Bier und laut das Ende aller politischen Diskussion gefordert hatte. Brenner fand das unmöglich, obwohl ihn die politischen Diskussionen beim Schreiben störten, er, Lothringer, fand diese Forderung damals originell und richtungsweisend.

Sie gerieten in ein langes Gespräch, an dem sich jener Dritte, der aussah, als wäre er gerade aus dem Karakorum zurückgekehrt, aber nicht beteiligte. Dieser Mensch stand später hinter seinem Weizenglas noch einmal auf, um den Anfang eines eigenen Gedichtes vorzutragen. Er trug diesen Anfang zweimal vor, stockte zweimal und ließ sich wieder auf die Bank unter dem roten Plakat mit der Aufschrift ›Alle reden vom Wetter — wir nicht‹ fallen. Brenner brach daraufhin erstaunt das Gespräch ab, notierte sich etwas in sein kleines blaues Buch und verschwand.

Lothringer verspürte einen Stich. Konnte das sein? War Brenner, dieser nicht unsympathische Mensch mit den schönfarbenen Hemden und der Andersen-Frisur, dem Chaos näher, einfach, weil er das gestaltlose Brausen, das in seinem Schädel war, wie die elektrischen Ströme einer Gewitternacht durch seinen Arm, die Hand, den Bleistift ließ? Aber das kam ja nur daher, daß er ein Schriftsteller war. In der exakten Wissenschaft galten andre Gesetze. Schwander extrahierte seine Ideen aus tausend enttäuschenden Versuchen. Und Mittenzwei — Mittenzwei zählte nicht, Mittenzwei, der beim kleinsten Einfall die Pipette fallen ließ und mit seinen Leuten erst mal zum Essen ging ... Doch da kam nun auch Fetzer, sein Assistent, der eigentlich um diese Zeit längst unten im Institut zu sein hatte. Auch Fetzer blieb jetzt bei den Koniferen stehn, die das Café gegen die Straße abgrenzten, und sah über die Terrasse des Bastian. Und auch Fetzer, so bemerkte Lothringer verblüfft, sah ihn nicht. Er drehte sich um und ging wieder, aber nicht in Richtung Institut und Chaoskeller.

Doch was war zu erwarten von diesem Pionier dort oben, der über dem Meer oder Magma seiner eigenen Tiefen hauste, von diesem Leuchtturmwärter, diesem Nachtwächter ... Lothringer schlug die schwarze Kladde auf und notierte: »Bei immer mehr Systemen, mikroskopischen wie makroskopischen, beobachten wir ein nicht mehr periodisches, sondern irreguläres Verhalten. Es weist gleichwohl bestimmte Merkmale auf, die, nach Frequenzen zerlegt, neue kontinuierliche Spektren zeigen. Sie sind nicht mehr auf die Vorgänge zurückzuführen, die als entropische Prozesse beschrieben wurden, vielmehr sind sie, wie etwa im Fall der Turbulenzen, als ein ›selbsterzeugtes Rauschen‹ anzusehen, dessen Qualität und Ursache noch im Dunkel liegt. Was dagegen gesagt und beschrieben werden kann, ist der begleitende Tremor des jeweiligen Systems, das im Übergang zum chaotischen Verhalten stets charakteristische Muster ausbildet. Diese neuen Frequenzcharaktere sind typisch für den Übergangsbereich im selbsterzeugten Rauschen. Danach verliert die kausale Determination ihre Bedeutung.« Lothringer lehnte sich zurück und sah hinüber zum neuen Hörsaalgebäude, wo gestreikt und gestritten wurde. Er schüttelte lächelnd den Kopf.

»Entschuldigen Sie«, sagte der Mann, der mit an seinem Tisch saß. »Könnte ich bitte mein Buch wiederhaben?«

»Wie?« fragte Lothringer. Er nahm die Faust von der Kladde.

»Danke«, sagte der junge Mann, griff sich die schwarze Kladde, steckte sie zu seinen Skripten, stand auf, paßte den Kellner ab und zahlte. Dann ging er, die schwarze Kladde mit seinem gelben Ordner zusammen unter dem Arm, davon.

Lothringer saß da wie vom Donner gerührt. Er war sich ganz sicher, daß dieser junge Mann mit der Armani-Frisur und dem gelben Ordner eben mit seiner, Lothringers, Kladde, in die er den Anfang seiner Abhandlung über die Natur der Turbulenzen für die *Neue Naturwissenschaftliche* geschrieben hatte, davongegangen war. Doch er widerstand dem Impuls, aufzuspringen und dem jungen Mann hinterherzulaufen. Irgendwie, so schien es ihm, paßte das Verhalten des Menschen zu den Gedanken, die er, Lothringer, in der letzten halben Stunde auf dieser Terrasse gedacht hatte, und darum, so mußte er, halb bedauernd, halb befreit, zugeben, stand auch der Anfang seines Artikels für die *Neue Naturwissenschaftliche* vielleicht im richtigen Buch. Er zahlte und ging, aber er ging ebenfalls nicht zum Institut hinab, sondern in die entgegengesetzte Richtung.

Das Schöne an diesem Zustand war ja die Willkür. In jede beliebige Richtung konnte er seine Gedanken lenken, und immer kam er irgendwo an, frappierend. Ob er an die kostbare Frau Schmuck dachte, die ihm gerade einfiel wie ein Amulett, gut gegen alle Selbstbezichtigungen und Skrupel, oder an die rabiate Tina Rotermund, die jetzt gerade eins ihrer sieben Telephone in Brand setzte. Oder an das eitle, das wunderbare, das verlorene Wissen —

»He, Alter —«

Es war Hans Nollendorf, auf den er hier, genau vor dem alten Kino gegenüber dem Deutschen Seminar traf.

»So was«, antwortete Lothringer und sah in die dikken Gläser, in denen die Pupillen wie riesige Barschaugen schwammen. »Gerade eben hab ich noch Brenner gesehn.«

»Brenner«, meckerte Nollendorf, »der steckt doch in einer ganz heißen Affaire.«

»Ach ja?« machte Lothringer, der Brenner nie anders als alleine gesehen hatte. Aber Nollendorf, das alte Klatschmaul, wußte, daß Brenner jetzt eine Freundin hatte. Krankenschwester, Wetterauer Hochgewächs, hübsch wie eine Barbie-Puppe und beweglich wie ein Go-Go-Girl.

»Wie ein Go-Go-Girl?« Lothringer sah sich nach den Leuten um, die sich hinter ihnen zu schaffen machten, um ein Transparent, das wie ein Bündel

Feuerwehrschläuche am Boden lag, vor die gekrümmte Fassade der ›Camera‹ zu hissen.

»Wenn du verstehst, was ich meine«, hechelte Nollendorf. Klar, Komplikationen waren hier programmiert. Das schöne Kind, es hatte noch einen andern, einen echten Massenheim, der es ihr auf der chirurgischen Gynäkologie, wo er Assistenzarzt war, besorgte. Natürlich, das gehörte zum guten Ton oder zum Gesamtbild dazu, das war auch nur eine Frequenz im allgemeinen Rauschen.

Sie sahen zu dem Transparent hoch, das die Studenten jetzt aufgezogen hatten. Ein Floß tanzte da auf einem aufgewühlten grünen Meer, in dem Dollarscheine und Müllfässer trieben. ›Wir grüßen die Große Französische Revolution‹ schrie ein grell ausstaffiertes Volk von Schlächtern, Priestern, Huren, die sich auf den Balken ineinander verkrallten. »Hab ich dirs nicht gesagt?« lachte Nollendorf laut und schlug seinem ehemaligen Studienkameraden auf die Schulter. Dann trennten sie sich, Nollendorf ging zurück zur Warte, um seine Kolumne für den *Stadtstreicher* zu schreiben, Lothringer die Allee hinab, um sich ins Institut zurückzubegeben.

Doch das Wallen und Rauschen, es hielt an. Vorn am Hörsaalgebäude, aus dessen Höhe lautes Schreien und Pfeifen kam, sah Lothringer plötzlich seinen Assistenten Horst Fetzer vor sich, der auch zum Institut eilte. Und weiter unten sah er Raue, Hand in Hand mit Gabriele, der Sekretärin aus der Photoemission, wie sie die Straße überquerten; die beiden verschwanden im Café Bastian. Lothringer beschleunigte seinen Schritt. Doch er bog nicht, wie Fetzer, an der rotweißen Barriere am Parkplatz auf den Betriebshof des Universitätsgeländes ein. Er ging weiter die Grafensteiner Allee hinunter. Er sah gerade noch, wie Fetzer die paar Stufen zur offenen Tür des Kellers hinunterstapfte, und dann lag das Institut auch schon hinter ihm.

War das ein Sektkorken, der von der Flasche flog, an die Decke prallte und wieder zurücksauste? War es die Kugel, die sich der lebensmüde Mr. Teller in den Kopf zu jagen versuchte? Oder war es eine Paillette vom Kleid der Dietrich, die da durch den Raum flirrte? Es war die Erde, auf der Suche nach ihrer idealen Gestalt, so wie sie ihr Schöpfer auf die Reise geschickt hatte in einer neuen Wendung ihres Geschicks, ausgestattet mit allen Daten fern summender Rechner und ganz in Turbo Pascal. Es war ein Spiel, das Lothringer hier mit seinem Atari trieb, aber es war ernstem wissenschaftlichem Fragen entsprungen, und sein PC dankte es ihm mit immer wieder neuen und überraschenden Funden. Das Menu, das er ihm diesmal aufgetischt hatte, war ein Set aus dem Programm ›Die Beste aller Welten‹ und hieß *Die beiden, die sich um die Erde drehn.* Etwas wie eine fiktive Variante planetarischer Gegebenheiten, die sich Felix da ausgedacht hatte, Sonne und Mond waren dabei nicht die beiden kittelknopfgroßen Laternen, dieser täglich grelle Strahler und das fahle Brillenglas der Nacht — eine spezielle Transformation hatte sie aufgeblasen zu gigantischen Scheiben, die da an den Horizonten auf- und niederstiegen. Es gab sogar eine Begebenheit in Lothringers Leben, auf die diese Vorstellung zurückging, eine, die mit seiner Berufswahl und seiner Forscherexistenz zusammenhing. Erst kürzlich war sie ihm in einer seiner schöpferischen Absenzen wieder eingefallen, und so hatte er sie gleich mit den Werten der aktuellen Charts gespickt und in die Röhre gesteckt. Einer seiner Lehrer, Dr. Defregger, der an der Schule Physik unterrichtete, hatte anläßlich der ersten Astronautenbilder, die damals von der Erde auftauchten, die Bemerkung gemacht, daß die Befremdlichkeit, mit der die Menschen auf die Erde sähen, die dort wie das Auge einer blau und weiß schäumenden Waschmaschinentrommel rotierte, im Grund eine ganz natürliche Reaktion sei. Könnten wir, so meinte Herr Defregger, die Erde durch Jahrtausende hindurch so sehen, wie sie auf diesen Bildern erschien, so würde sich dieses bodenlose, befremdliche Gefühl in uns sedimentieren und wäre dann das Eigentliche und Normale. »Stellen Sie sich einmal vor, was aus unserm Bewußtsein geworden wäre, wenn wir an unserm Horizont vergleichbar große Himmelskörper zu verzeichnen hätten. Die Sonne nicht dieses schwarze Loch im Firmament, durch das ständig Licht in unsere Welt bricht, und die Illusion der Helligkeit erzeugt; sondern wirklich ein feuriger Reifen, auf dem Glut und Dampf sich vermischen. Und der Mond nicht dieser abgegriffene Groschen, sondern groß und zerbeult wie ein javanisches Tam Tam.«

Also brachte Lothringer ein Modell ins Spiel, bei dem zwei etwa gleich große Sonnen sich um einen gemeinsamen Schwerpunkt drehten. Über die möglichen Bahnen sollte der Rechner Auskunft geben. Der fiktive Planet aber, auf dem der Bewohner nun stand und dieses Himmelsschauspiel betrachtete, er bewegte sich bei diesem Modell genau durch den Schwerpunkt. Er würde also nicht, wie die Erde, auf einer annähernd kreisförmigen oder elliptischen Bahn um eine der Sonnen fliegen, sondern sich in einer jo-jo-haften Auf- und Abwärtsbewegung zwischen den beiden Sonnen tummeln. Die Idee dieser Bewegung ergab sich für Lothringer aus der Überlegung, daß die Vorgänge in dieser Welt, seien es nun physische, ökonomische oder historische Prozesse, unbeschadet ihrer linearen oder zyklischen Natur, vom einzelnen doch immer nur als ein Gewinn oder Verlust seiner Lebenswirklichkeit, seiner Existenz empfunden wurden. Die Formel hatte er einem belgischen Anlageberater stibitzt, der seit Monaten Furore machte mit überwältigenden Börsenprogrammen, die seine Klienten über Nacht reich werden ließen, und der seine verblüffenden Strategien in einem

Buch mit dem ketzerischen Titel *Das lukrative Chaos* niedergelegt hatte. Es stimmte ja: Der einzelne Mensch nahm Preise, Krisen, Kriege nicht als zyklische Entwicklung wahr, sondern als ein katastrophisches Auf und Ab. Und dieses Auf und Ab integrierte Lothringer in sein Spiel, indem er den Planeten selbst, auf dem diese Vorgänge durchschaubar werden sollten, in eine solche Bewegung versetzte. Sofern dieser Planet nicht genügend Energie zur Flucht aus dem System hätte, würde er von den Sonnen angezogen. Er trat mit großer Geschwindigkeit durch deren Bahnebene, dann wurde er abgebremst und wieder zurückgeholt; so würde er durch die Ebene seiner Sonnen schwingen, wie ein Ball tanzte er zwischen ihnen auf und ab und spiegelte in seinen Beschleunigungen und Verzögerungen gleichsam die Unentschiedenheit seines Geschicks. Aber dies geschähe nur, falls die beiden Sonnenbahnen genau kreisförmig wären. Eine leicht elliptische Dehnung, und schon würde sich das Verhalten des Planeten drastisch ändern. Es hinge nun ganz von seiner Ausgangsposition und den Geschwindigkeiten ab, die zu Beginn seiner Laufbahn im System herrschten, von einer unwägbaren Vielzahl allerkleinster Störungen, die das System im Verlauf seiner Entwicklung erlitt.

Von besonderem Interesse waren da natürlich zuerst die Zeitpunkte, zu denen der Planet seine Sonnenebene jeweils passierte. Bei einer regelmäßigen Bewegung folgten diese Zeitpunkte in gleichbleibenden Abständen aufeinander, vielleicht jeden dritten Tag, wie eins der Ergebnisse auswies. Der Kalender der Bewohner jenes Planeten sah danach auf jeden Fall anders aus als der irdische, war aber durchaus noch ein Kalender. Sehr anders wurde die Sache aber nun, wenn Lothringer die Startbedingungen leicht verschob: wenn er etwa einen Kometen schickte, der den Lauf dieser fremden Erde in ihrer langsamen Phase am Scheitelpunkt oder in der

Sohle ihrer Pendelbewegung durch seine Anziehungskraft geringfügig verzögerte. Das System als Ganzes würde nicht betroffen, da die Sonnen groß genug waren und die Anziehungskraft des Kometen ihnen gegenüber vernachlässigt werden konnte. Aber der viel kleinere Planet — auf ihn wirkte der Komet ein und veränderte seine momentane Ausgangsposition. Lothringers Berechnungen (die eigentlich die Berechnungen McIntoshs, des Institutsrechners, waren, den er als stummes Großhirn all diese Bewegungen simulieren ließ) ergaben, daß schon die minimalste Attraktion, hervorgerufen durch den weit an seinem Firmament hinziehenden Fremdling, den kleinen Planeten ganz aus der Bahn würfe. Und jetzt war für sein Verhalten Turbulenz angesagt. Durch diesen Kuß, so fern aus dem Weltall gehaucht, war seine Bahn auf immer verdorben und der Weg ins Chaos offen. Für die Bewohner würde die äußerst geringfügige Attraktion des Kometen gar nicht spürbar werden, wahrscheinlich würden sie ihn aufgrund der Größe ihrer Sonnen nicht einmal sehen — um so unfaßlicher mußte ihnen erscheinen, was mit ihrer armen Erde auf einmal geschah. Lothringer, der noch eine ganze Reihe von Bedingungen, wie sie in der Entwicklung von Sternsystemen überaus häufig waren, eingespeichert hatte, war nun gespannt, was Mac, auf dem sein Atari aufsaß wie der kleine Reiter auf der Deichsel des Großen Wagens und durch die glitzernde Nacht verschwiegener Schaltungen fuhr, zu melden hatte. Er drückte die Taste. Zugleich schrillte das Telephon. Seine Hand blieb über der Taste stehn, unschlüssig, dann griff sie den Hörer. Tina Rotermund war es, die ihn anrief. »He, Dozent«, kam ihre Stimme, »bist du krank?«

»Wieso?«

»Im Institut null Reaktion. Schon den ganzen Morgen keine. Soll das Chaos sein?«

»Ich arbeite hier.«

»Daheim? Kannst du dir vorstellen, was am Donnerstag auf dich zukommt?«

»Himmelfahrt.«

»Ding-Dong.« Tina lachte. »Vatertag.«

Lothringer sah die kleine Erde, die über seinen Bildschirm schnellte wie ein Pflaumenkern. »Schöne Welt, ich grüße dich.«

»Mit anderen Worten: Hast du Zeit?« Tina kaute Marsriegel oder Gummibärchen.

»Programm?« fragte Lothringer, indem er sich die Totale gab.

»Überraschungsfahrt.«

»Die Route?«

»Auch klar«, sagte Tina, während auf Lothringers Schirm die beiden Scheiben erschienen, das Honig-Mandala der einen Sonne und die zerbeulte Radkappe der andern — und das kleine Jo-Jo, das zwischen ihnen kreuzte, ein impertinenter Punkt. »Wir fahren Mittwoch gegen fünf Uhr abends los, übernachten in der Jugendherberge ›Zum Feurigen Hirschen‹ und stehen Donnerstag früh vor der grandiosen Kulisse der französischen Atomkraftwerke, den Blick auf die süßesten Elsässer Riesenkarotten. Haha.«

Lothringer schielte zu seinem grünen Zettelblock, wo obenauf eine Date für Mittwochabend stand. »Die Sonne«, sagte er, »scheint nicht, weil ich bis Donnerstag früh einen kleinen gelben Zwerg finden muß.« Er hatte plötzlich eine Idee.

»Spielverderber.«

»Im Gegenteil. Ich habe nur schon mal was vorgespielt. Oder durchgespielt.«

»Eh?«

»Auch eine Überraschung. Aber Donnerstag. Ab zehn Uhr morgens abrufbar. Hörst du?«

Tina maulte, aber sie erklärte sich schließlich einverstanden, ihn erst am Donnerstagmorgen abzuholen. »Wenn die Überraschung doof ist, bring ich dich um.«

Felix verfolgte jetzt nicht länger die an die Unterschrift eines verliebten Kardinals erinnernden Bahnen des kleinen Planeten, sondern machte sich an ein anderes Spiel. Es war keine einfache Sache gewesen, das Programm für *Die beiden* zu entwickeln, aber er fand es wunderbar, auf einmal zwei Frauen zu haben.

5 ########## *MITTELANMELDUNG*

Das war nicht immer so gewesen. Lothringer lebte sogar schon eine ganze Weile für sich allein. Seit sich seine damalige Freundin von ihm getrennt hatte, vor nun fast vier Jahren, hatte er das Dasein eines notorischen Junggesellen geführt. Zuerst war diese Trennung für ihn ein Schock gewesen, und er durchlebte die Phase danach mit all ihren anklägerischen und bemitleidenswerten Ekstasen. Dann aber geschah so etwas wie eine Verwandlung mit ihm. Es war an einem Samstag im Oktober, eine prächtige Herbstsonne fiel mit ihrem ganzen Licht durch die schütter gewordenen Bäume. Er erinnerte sich später immer wieder daran, wie er das Tor des Botanischen Gartens geöffnet hatte: ein Kranker, der in Laub und Farbe endlich Linderung wollte. Der Wandel vollzog sich in dem Augenblick, als ihm die ovalen Schildchen auffielen, die überall im farbigen Gesträuch steckten. Erstaunt, daß auch die Bäume und Gräser ihre Wissenschaft hatten, ging er im großen Gelb des Gartens umher und dachte nicht mehr an Silvia. Getröstet tat er sich um zwischen den einzelnen Abteilungen. Unter einer ausladenden Kastanie saß er erst auf der linken der beiden Bänke und sah das Licht durch die Blätter scheinen, dann, als die Sonne weiterrückte, setzte er sich auf die rechte Bank und genoß dasselbe kleine Schauspiel noch einmal. Er stand auf, um sich davon zu überzeugen, daß er wirklich wieder hierhin und dorthin wollte. Er durchschritt den Alpengarten mit seinen Ranunculuceen und Veroniken, den saxifragen Polstern. Er sah vereinzelte Zeitlosen, sah einige dieser ovalen Emailleschildchen, die nur noch die Namen zeigten, nicht mehr die Blüten dahinter, Ehrenpreis und Becherglocken. Der Sommer war vorbei. Eine ganze Reihe von Sommern war vorbei; die Sonne lag nicht weniger verzehrend auf Ocker und Gelb. Er ging zur Heide hinüber, wo Föhren und Birken auf sandigem Gelände für ein klares Bild sorgten. Verblühte Hundsrosen, schwarzer Ginster. Pfeifengras schoß auf in weißgoldnen Kronen, Wacholder markierte Gefälle und Fläche. Überall Weile, überall Durchkommen; es ging darum, einen veränderten Blick auf die Dinge zu werfen. Im Hochmoor, wo es tatsächlich kühler, weil so viel feuchter war, sah Lothringer die Binsen, den Königsfarn und die Torfgränke schon wieder mit einiger Zuversicht an, die leicht an Übermut grenzte. Der Teufelsabbiß stand nicht weit vom Gottesgnadenkraut. Er befand sich in Gesellschaft ähnlich obskurer Seelen und bekam Lust auf starke Getränke. Als er den Sandpfad durch die Binnenheide zurückstapfte, vorbei an der trockenen Wiese, die nichts hergab, weil sie bis auf den Boden abgemäht war, freute er sich eines Verlusts, den er gar nicht hätte bezeichnen können. Er übte den ›milden Blick‹, wie er ihn einmal versuchsweise bei sich nannte, noch einmal an ein paar verschwimmenden Farben, auf deren Bezeichnung es nicht mehr ankam (Goldlack? Fackellilie?), dann verließ er den Garten und begab sich, ohne weiter noch auf den Brandhimmel, der sich in seinem Rücken jetzt ausbreitete, zu achten, zum ›Kiepenkerl‹ in der Feldbergstraße, keine fünfhundert Schritte entfernt.

Der Spaziergang durch den Botanischen Garten sollte für die Betrachtungsweise Lothringers nicht ohne Folgen bleiben. Er machte auf einmal eine Reihe von Entdeckungen. Es fing damit an, daß er Frauen zu betrachten begann ohne die Absicht, mit ihnen bekannt zu werden. So fiel ihm eines Abends in einem Bistro, wo er etwas aß, eine dunkle, vielleicht Zweiundzwanzigjährige auf, die, aus einer Gruppe gleichaltriger fröhlicher Leute, immer wieder zu ihm hersah. Sobald er jedoch ebenfalls zu ihr schaute, wandte sie sich gähnend ab. Erst dachte er an einen Zufall, aber es geschah einige Male. Schließlich, nachdem er seinen Teller zurückgeschoben und eine ganze Weile nur auf die Papierserviette zwischen seinen Händen gestarrt hatte, sah er, als er wieder ihren Blick spürte, abermals hin, und wieder drehte sie sich gähnend weg. Lothringer fand es bemerkenswert, daß diese hübsche Person offenbar gar nicht bemerkte, wie häufig sie inmitten ihrer gutgelaunten Freunde bereit war zu gähnen.

Es waren kleine Dinge, die ihm auffielen, Dinge, die ihm eigentlich schon während seines ganzen Lebens als Mann bei den Frauen aufgefallen waren und die er nur nie beachtet und nie ernst genommen hatte. Doch nun, da er keine direkten Absichten hatte, traten sie gehäuft und in staunenswerter Regelmäßigkeit auf. Gerade dieses Gähnen! Es fand sich auch in ganz anderen, weit unverfänglicheren Situationen. Frauen waren imstande, auf der Straße ein Gähnen zu produzieren auf nichts als die Tatsache hin, daß er ihnen als Passant, der andern Passanten auf zehn Meter Entfernung ruhig ins Gesicht sah, entgegenkam. Oder war er nicht nur Passant? Lag das Geheimnis dieses grotesken oder automatischen Gähnens vielleicht darin, daß er diesen Frauen eben gar nicht entgegenkam, sondern sich passiv verhielt, so daß es plötzlich *sie* waren, die ihm entgegenkamen und sich nun ihm gegenüber verhalten mußten? An den Diskussionen über solche Dinge, die auch unter den Kollegen gelegentlich geführt wurden und bei denen sich Mittenzwei exponierte und Gabriele immer wieder scharfzüngig werden konnte, beteiligte Lothringer sich dagegen nie. Ihm kam das alles nur so vor, als ob ein Stapel gutgemischter Karten noch einmal gemischt wurde.

Es war später Nachmittag, als er im Institut erschien. Fetzer packte gerade seine Sachen zusammen, Raue vollendete im Salon kollernd seine achtzigste oder neunzigste Karambolage. »Irgendwelche Kaulbachschen Deformationen?« fragte Felix.

»Was weiß ich«, meinte Fetzer und stopfte seine Brotdose in die Aktentasche. »Aber Pembruck war hier.«

»Was wollte er?«

»Zweimal war er da. Ich traf ihn vor der Photoemission, als ich von Schwander die Werte der letzten Aufnahmen haben wollte. Er läßt dich grüßen.«

»Mein Gott«, sagte Lothringer, als er Fetzers besorgtes Gesicht sah. »Es ist Montag.«

»Eben«, nickte Fetzer mit bestätigender Kümmernis, und da Lothringer auch nichts mehr von sich gab, wandte er sich zur Seite und verließ den Keller, wobei er sich an der Tür einen letzten Ruck gab, indem er seine Aktentasche entschlossen von der rechten in die linke Hand warf. Das mit Pembruck war natürlich dumm. Wahrscheinlich ging es um die Mittelanmeldung für die kommenden Semester. Als Institutsleiter saß Pembruck in der Vergabekommission. Er saß auch im Förderkreis, über den die Gelder aus der Industrie flossen. Ohne die Gelder aus dem Förderkreis war das Institut ein Subventionswitz. Vor allem die Kristallzüchter unterm Dach, die Laser-Leute im zweiten Stock und die Tiefkühlbrüder nebenan wären allein mit den regulären Landesmitteln verlorene Häuflein in verlorenen Schuppen, wie Mittenzwei ihre Situation unter Kollegen gern beschrieb. Das stimmte nicht ganz; eher war es so, wie es Henriette aus der Laser-Abteilung einmal ausgedrückt hatte: »Ich überziehe daheim mein Postscheckkonto und verschwende hier auf Kosten der Deutschen Bank.« Aber richtig war, daß die Aufwendungen der Industrie viele Projekte erst möglich machten. Das betraf zwar weniger die Chaosforschung, von der weder die Allianz noch die Deutsche Bank viel zu halten schien; der Etat seiner Abteilung war seit Jahren pazifisch stabil. Doch es wirkte sich unmittelbar aus. Als die Kristallzüchter, nach der Züchtung eines Industriediamanten, der brennend arbeiten konnte, ohne selbst zu verbrennen, noch Mittel übrig hatten, stifteten sie eine neue Beschichtung für die Zisterne. Und dank der Fusion von Siemens und Nixdorf bekam die Laserforschung ein völlig neues Equipment und schenkte ihren guten alten McIntosh dem Keller; unter Freunden, wie Lothringer meinte, sowieso der beste Rechner der Welt, stammte er doch noch direkt von den kalifornischen Gründern. Sicher hatte Pembruck als Institutsleiter ein Ohr für alle. Aber wenn er dastand in seinen legeren Anzügen, ein grau verreifter Mann mit undurchdringlicher Stirn und Falten am Hals, die Beine unverrückbar gegen den roten Belag der Institutsböden gestemmt, jeder Zoll ein Festkörperphysiker, dann fragte man sich unwillkürlich, was für Probleme man denn hatte. Immer stand er da, die Hüfte vorgestreckt, die riesigen Hände in den Hosentaschen, wo er spielte und grub, so als könne er die Gelder eben mal dort aus der Tasche holen, wenn ihm gefiel, was man sagte. Natürlich konnte Pembruck die Anträge kraft seiner Autorität für die einzelnen Abteilungen formlos weiterreichen, dazu war er als Institutsleiter befugt. Aber das tat er nicht. Er hatte etwas von der Knorrigkeit eines englischen Empiristen und etwas von der Perfidie der Neoliberalen, er ließ die Leute machen. Und wenn man sich in die Bresche warf, dann wurde auch Pembruck aktiv, dann setzte er sich ein. Wenn jemand aber die Subventionen als selbstverständlich ansah oder, noch schlimmer, die Mittelanmeldung über seiner Forscherarbeit vergaß, dann war das für Pembruck einfach nur die szientistische Katastrophe, das Eingeständnis wissenschaftlicher Bedeutungslosigkeit. Dennoch waren es nicht die Gelder, die zwischen Lothringer und Pembruck das eigentliche Problem bildeten. Nicht nur, weil er Professor für Festkörperphysik war und durch nichts zu erschüttern, Chaosforschung aber im Institut doch eher als eine Art fliegendes Windei galt, verhielt sich Pembruck, was den Keller anging, bei der Mittelanmeldung besonders permissiv. Tatsache war nämlich, daß es der Keller bisher noch nicht zu einer Professur gebracht hatte. Ja, so personalisierte Pembruck die rotausgegossenen Räume seines Instituts. Der Chaoskeller hatte keine H6-, nicht einmal eine H5-Stelle — da war ja alles klar: *das* war das einzige Chaos dort unten. Aber Pembruck ignorierte auch genüßlich die Situation, die diesen Mangel erst begründete. Vor Jahren schon, Felix war noch Assistent von Gottmann, dem Chaosforscher der ersten Stunde, hatten sie einen Antrag formuliert, in dem die Forderung nach einer Erhöhung der Mittel mit der Notwendigkeit begründet wurde, im Keller endlich eine Professur zu schaffen. Der Gedanke dabei, den er mit Gottmann nüchtern besprochen hatte, war, daß eine Professur der Chaosforschung, die damals noch dahindümpelte wie ein Schmugglerschiff, schließlich doch die nötige Seriosität und Attraktivität bei der Beanspruchung öffentlicher wie privater Gelder verleihen konnte. Daraus wurde nichts, weil Gottmann, der sich gerade mit einer Arbeit über die galoppierende Periodenverdoppelung bei dynamischen Systemen habilitiert hatte, prompt einen Ruf bekam. Er oszillierte seitdem zwischen Marburg, von wo ihn der Ruf erreichte, und Princeton, wo man seiner auch habhaft geworden war, hin und her, die deutsche Variante der Bifurkation — deren Verzweigungsgesetz Gottmann tatsächlich als erster entdeckt hatte —, drauf und dran, den Feigenbaumschen Seidenstrümpfen zwischen der amerikanischen Ostküste und den europäischen Eliteburgen den Rang abzulaufen.

Aber hier im Institut, hier blieb alles beim alten. Nicht nur, daß Lothringer, der sich vor Gottmanns endgültiger Übersiedlung noch habilitiert hatte, nun Gottmanns Funktion im Keller versah; die Tatsache, daß er zwar habilitiert, aber eben kein Professor war, führte zu unerquicklichen Effekten. Denn der Antrag, die Aufstockung der Mittel über die Schaffung einer Professur für den Keller langfristig zu sichern und die Chaosforschung damit aus dem Schattendasein herauszuführen, konnte jetzt natürlich völlig mißverstanden werden, nämlich so, als ob Lothringer diese Professur für sich selbst reklamierte. Und da jener Antrag noch lief und von Jahr zu Jahr und von Ausschuß zu Ausschuß weitergereicht wurde, wirkte es nun so, als ob die regulären Mittelanmeldungen, die alle zwei Semester einzureichen waren, immer nur peinliche Erinnerungen an diesen Antrag darstellten. Lothringer, das brave Arbeitspferd, das in Kohlhaasschem Eigensinn für seine endliche professorale Dickfütterung stritt, so sah es doch aus! Darum waren ihm Begegnungen mit Pembruck auch immer unangenehm. Pembruck, versunken in seine Halsfalten, grabend in der Tiefe seiner Taschen, tat natürlich, die Augen mit den schweren Deckeln zuhörend geschlossen, immer so, als ob er Lothringer genau verstünde. Manchmal hatte Lothringer darum nicht übel Lust, sich vor Pembruck hinzustellen, die Knie durchgedrückt, die Hände in den Taschen, und zu sagen: ›Hören Sie, Pembruck, Sie mögen ja ein ganz guter Physiker sein, was man so Physiker der alten Schule nennt, doch, Ihre Aluminium-Lithium-Legierungen unter fortgesetztem Zug und Druck — prima. Aber ihr Verständnis von Druck und Zug im Institut — gleich null. Da päppeln Sie den Speicher mit Beträgen, die Gautamo Buddha einschläfern könnten. Und reden auf den Institutsversammlungen von interdisziplinären Pilotprojekten und Grenzen, die da allenthalben fallen. Dabei war es ja, zum

Beispiel, gar nicht Mittenzwei, der aus Ihrer Alu-Mangan-Legierung den Quasikristall herausgelesen hatte, sondern Schwander, der sich den Brocken, den man in Ihrer Abteilung weggeschmissen hatte, weil er aus Versehen zu rasch abgekühlt worden war, mal kurz schnappte, die Probe mit einem gutgestreuten Elektronenstrahl durchschoß und auf dem Film dahinter prompt ein definiertes Muster mit fünfzähliger Symmetrie entdeckte. Das kann doch nicht wahr sein! schrien Sie und lobten Schwander überschwenglich. Ja, Schwander — aber haben Sie bei Ihren Besuchen im Keller jemals bemerkt, daß wir im Salon zum Auftragen unserer Karambolagen schon seit mehr als zwei Jahren eine Parkettierung mit fünfzähliger Symmetrie, wie sie für diese Shechtmanite typisch ist, verwenden? Ganz einfach so, weil wir mal nebenbei entdeckt haben, daß sich mit diesen fünfzähligen Parkettierungen stochastische Packungsphänomene darstellen lassen, die ansonsten völlig unerklärlich blieben? Ja, Lothringer, der Billardspieler, der gute, mit seinen Tricks. Schlagen Sie Ihre schweren Augendeckel nur auf. Es sind ja nicht nur die wissenschaftlichen Frustrationen, die von einem fehlenden Lehrstuhl ausgehen, sondern auch die persönlichen. Da, sehen Sie Fetzer, meinen Assistenten. Er möchte sich habilitieren. Aber bei wem? Und so häuft er Karambolage auf Karambolage und steckt seine Brotdose in seine Aktentasche und schleicht sich nach Hause, um sein Gesicht im Spiegel zu betrachten. Raue. Haben Sie mal mit jemandem gearbeitet, der schon siebenmal in der Geschlossenen war? Albert und Ferdinand, die muntren Diplomanden, die eines Tags hier hereingeschneit kamen, untergehakt, mit diesem simultanen Ferdinand-Albertschen Lächeln — sehen Sie, Pembruck, Ihnen sollte man ein solches Pärchen in die Abteilung wünschen, damit Sie mal erleben, wie langsam Zeit vergeht und wie unbekümmert die Arbeit mit g und E und s eigentlich sein kann. Druck und Zug — Mann, Ihre Aluminiumtöpfchen-Sorgen möcht ich haben! —‹ Lothringer, der seine stumme Ansprache mit kleinen bösen Bewegungen begleitete, erstarrte. Hinter ihm stand Raue. »Ja?« fragte er vorsichtig.

Raue hielt ihm einen Blätterstoß hin. »Hier ist die vollständige Liste aller Aberrationen der dreißigsten Versuchsreihe. Links die Feigenbaumschen Merkmale, rechts die Kaulbachschen Deformationen«, erklärte er in sachlichem Ton, wobei er leicht mit seinem kleinen Finger auf die entsprechenden Skalen wies. »Wie gehabt.«

»Gut!« sagte Lothringer und starrte auf den Fingernagel Raues, der rot lackiert war.

»Das ist überhaupt nicht gut«, versetzte Raue, »weil ich sie, so wie wir den Versuch angelegt haben, natürlich nicht mehr beeinflussen kann. Nun, man muß damit leben.«

»Ja, natürlich.« Lothringer studierte die Zahlen.

»Eine Möglichkeit wäre natürlich, diese Fehlwerte in Abhängigkeit zur Kaulbachkurve zu bringen«, fuhr Raue fort. »Oder gleich zu verschwinden.«

»Wie?« fragte Lothringer und sah Raue an.

Raue hielt seinem Blick stand. »Wissen Sie, was für ein Datum wir bald haben?« fragte er.

»Vatertag«, sagte Lothringer.

»Neunzehnter Juli. Sturm auf die Bastille. Mit dem Sieg der Revolution tauchen ganz andre Freiheitsgrade auf. Ganz neuer Blick auf die Schlösser. Aber was Voyager bringt, wissen wir nicht.«

Raue atmete, und der Ersatzschlüssel zu seiner Wohnung, den er an einem Kettchen um den Hals trug, hob und senkte sich. Raue hatte vor nichts mehr Angst, als seinen Schlüssel zu verlieren und nicht mehr in seine Wohnung zu kommen. Dann besah er sich seinen roten Fingernagel und sagte: »Ich habe übrigens die Mittelanmeldung für die Abteilung erstellt. Ich dachte, daß es für Sie einfacher ist, wenn es jemand anders erledigt. Wegen der Zeit und weil Sie dann nicht das Gefühl haben müssen, um etwas zu betteln. Sie liegt dort auf Ihrem Tisch.«

6 ############### JUPITERS AUGE

Lothringer traf Pembruck am nächsten Morgen im Sekretariat der Museumsgesellschaft. Er hatte die Mittelanmeldung in Pembrucks Büro abgegeben, erfreut, daß der Institutsleiter nicht da war und ihm Peinlichkeiten erspart blieben. Stehenden Fußes war er daraufhin ins Museum geeilt, um die Verabredung mit Lusine Schmuck für morgen festzuklopfen. Da stand Pembruck breitbeinig im Sekretariat und diktierte Frau Schmuck etwas in die Maschine.

»Ah, Lothringer«, rief Pembruck, »wie schön, daß man Sie einmal sieht.« Er schob die Brille auf die knorpelige Nasenspitze und sah Felix über die schmalen Gläser mit hellen Augen an. »Probleme?«

»Eigentlich nicht«, sagte Lothringer und trat an die Barriere, hinter der Frau Schmuck an ihrer Schreibmaschine saß.

»Das ist unser Lothringer. Der gute Lothringer«, stellte Pembruck vor. »Chaosforscher der zweiten Generation. Wohnhaft im Keller.« Er genoß die Verlegenheit der abermaligen Vorstellung.

»Ja —«, sagte Felix über die Barriere, und Frau Schmuck schaltete ihre Maschine aus.

»Wenn ich Ihnen helfen kann?«

»Ich habe gehört, bei dem Vortrag, den die Kristallzüchter bei der nächsten Veranstaltung der Museumsgesellschaft halten wollen, fehlt noch — der Titel?«

»Und?« sagte Frau Schmuck. »Haben Sie ihn?«

»Nein. Aber er ist in Arbeit, der Titel, das soll ich Ihnen sagen. Und — er wird Ihnen schnellstens mitgeteilt werden. Jawohl.«

»Ich danke Ihnen«, sagte Frau Schmuck und lächelte ihr kompetentes Lächeln. »Die Drucklegung des Programms ist nämlich — sehr bald.«

»Sehen Sie!« rief Lothringer und ging an Pembruck vorbei, der seine rechte Hand aus der Tasche riß und die Brille wieder hochschob. »Die Mittelanmeldung liegt auf Ihrem Tisch«, sagte er in die scharfen Gläser und ging durch die Tür.

»Danke«, rief Pembruck ihm nach, und: »Ich wußte es ja!« Und Felix Lothringer rannte die geschwungene Treppe im Gebäude der Museumsgesellschaft hinab mit einem Kopf, rot wie eine Gasflasche. Doch dann, bei der Anschlagtafel unten, wo die Plakate und Ankündigungen hingen — kein Anflug mehr von Peinlichkeit, gar Scham, er bewegte sich mit derselben, gleichsam nur oben angehefteten Leichtigkeit, den roten Kopf trug er plötzlich mit Stolz. Er hatte Frau Schmuck dort gesehen, Professor Pembruck, und er hatte sich gesehen, wie er zwischen den beiden hin und her fuhr wie ein Tölpel. Aber er war doch ein Tölpel. Er war ein Idiot, und das war wunderbar. Vom Standpunkt eines objektiven, dem des ›milden‹ Beobachters aus gesehen, war alles wunderbar und klar. Alle, die dort saßen, standen, gingen, sie versuchten doch nur klarzukommen mit der eigenen Unzumutbarkeit. Sich einzurichten in einem Leben, das wie ein wüstes Zimmer immer schon möbliert war mit den Stücken, die sie alle mitbrachten als ihr Erbteil aus den zufälligen Verladungen und Plünderungen, die ihre kleine Geschichte in einem großen Vergessen ausmachte. Pembruck, indem er mit gespreizten Beinen so fest dastand, daß die Gravitation gar keine andere Chance hatte, als diese lachhafte, unausrottbare Größe zu sein. Frau Schmuck in ihrer kompetenten Art, in weißen Angorapullovern, hinter flüsternden Olympiamaschinen. Er selbst, Lothringer, richtete sich ein, wohnlich in der milden Kammer seiner nichtlinearen verworrenen Systeme, wo er die geschwollenen Hände und Füße seiner Kindheit suchte. Und Fetzer richtete sich ein, um leben zu können mit einer Haut, die rauh war wie die Wand eines Hühnerstalls, wie gut er ihn verstand, ebenso Raue, den Diplomanden, der sich mit seinem Billardtisch ausgesetzt sah auf einem Meer von Freiheitsgraden ... Lothringer spürte, daß dieser Zustand, in den er nun schon seit einiger Zeit immer wieder verfiel wie in immer neue befreiende Ohnmachten, eben das war, worauf es ankam. Ja, Ohnmachten, das war genau das Wort für diese Serie von Absenzen oder Präsenzen ... Es mußte dafür eine Darstellung geben, wie es ja auch für das Auftauchen der chaotischen Kaskaden eine Darstellung gab ... wie es für die Kaulbachschen Aberrationen im Salon und im Attraktor des Schwimmers bestimmte Zeichen und Merkmale gab ... vielleicht *waren* das ja die Kaulbachschen Aberrationen ...

Lothringer ging nach Hause, wo er sich, völlig in der Ohnmacht oder Allmacht dieses neuen, dieses alten Gefühls an seinen PC setzte und mit fliegenden Fingern seine Eingaben machte. Es war schon später Abend, als das Telephon läutete. Es war Raue.

»Ich hänge fest«, verkündete er.

»Wieder mal.« Lothringer seufzte.

»Quatsch«, zischte Raue, »mein Modem steckt irgendwo in einer Kiste, und das Ding legt nicht mehr auf. Du mußt mich loseisen.«

»Ich?« begehrte Lothringer auf.

»Du hast doch einen Datex-Hauptanschluß —«

»Hör mal, Raue. Ich sitze hier daheim an meinem PC —«

»Ich auch«, unterbrach ihn Raue, »und ich arbeite am Parkettierungskapitel meiner Diplomarbeit. Dafür habe ich diesen komischen Rechner angewählt, und das Modem hängt jetzt. Wenn die morgen früh ihren Schalter umlegen, geht denen ein Licht auf.«

»Das ist doch —«

»Sehr dumm, jawohl, weil die Kiste nämlich von unserm guten Mac im Keller —«

»Du hast über den Institutsrechner angesteuert?«

»Ich offenbar nicht allein«, konterte Raue. »Darum häng ich ja wohl auch.«

Lothringer hatte keine Zeit, sprachlos zu sein. Raue dirigierte ihn zuerst in den Rechner eines Instituts am Alpenrand, dann ins Netzwerk einer landeseigenen Vermittlungsstelle.

»UH-DT 37495 DMP-SÄCKEL — aber das ist doch —«

»Die Gebührenstelle der Bundespost«, sagte Raue schlau. »Ist das verkehrt?« Und die Verbindung, die er wollte, war schon hergestellt. Der Rechner fragte nach dem Namen des Benutzers. »ROBESPIERRE«, gab Raue an, »sag ROBESPIERRE — das Paßwort ist TERREUR.«

Lothringer machte die Eingabe. Der ferne Computer öffnete seine Schleuse. »Wir sind drin«, meinte Lothringer, »aber der Rechner sagt, daß Robespierre dieses Wort nicht benutzen darf.«

»Dann geh mal mit KAMIKAZE ein bißchen rüber in dem feinen Stall. Da steht nämlich mein Pferdchen. GIVE HONEY SUGAR.« Lothringer tippte das ein, und der Rechner antwortete mit einem breiten ALL PRIVILEGES # SET PROCESS. Auf Raues Angaben hin spuckte er jetzt die Listen der Prozesse aus, und sie fanden den Nagel, an dem sein Modem hing. Lothringer tippte ein rohes KILL! Das Programm stoppte, das Modem war frei. Der Gaul wieherte, und Raue schwang sich mit einem kurzen »Dank dir!« auf, um in dem noblen Haus weiter über die erstaunlichsten Parkette zu galoppieren. Und weg war er.

Lothringer hockte vor seinem Schirm. »Mein Diplomand«, murmelte er. Aber was ihn weit mehr beunruhigte als die Tatsache, daß auch Raue über den Institutsrechner nächtliche Datenreisen unternahm, war die Möglichkeit, daß Raue über Mac unversehens auch einmal in ganz andere Programme einbrechen konnte. »An den Sturm auf die Bastille denken und darauf hören, was Voyager sagt.« Offenbar war Raue ein begnadeter Benutzer. Er spielte auf den Leitungen wie ein wahnsinniger Kreisler auf einer gefundenen Stradivari. Lothringer schämte sich sogar ein wenig, weil Raue bei aller wilden Reiterei fein säuberlich über die Bundespost abrechnete, während er selbst die Spesen seiner Lustfahrten im Datenland über das Institut laufen ließ.

Da klingelte sein Telephon abermals. Jetzt war es Lusine Schmuck, die er über seinen ausgedehnten Reisen ganz vergessen hatte und die mit einem kleinen Lachen zugab, daß ihr das Spielchen heute morgen sehr gefallen hatte. Sie erwarte ihn für den morgigen Tag um zwanzig Uhr bei sich zu Hause zum Essen. »Und was unser Dessert betrifft«, meinte sie noch, »so sind Erdbeeren obligat.«

»Erdbeeren obligat«, wiederholte Lothringer, und er war froh, daß er den Kontakt, der sein Telephon mit der Anlage verband, schon gekippt hatte.

Es gab Spargel. Denn es war die Zeit dazu, und er sah so hübsch aus, wie Lusine Schmuck lächelnd bemerkte, indem sie ihm die Stengel mit dem Petersiliehäufchen über den runden Tisch in der Eßecke ihres Wohnzimmers servierte. »Darf ich?« fragte sie und goß aus einem weißen Kännchen gelbe Butter darüber. Sie schauten einander an. Sie aßen, Frau Schmuck, indem sie mit einem leichten Schlürfen oder Seufzen erst die bläulichen Spitzen verzehrte, dann die Stengel, Lothringer, indem er die Stengel in zwei, drei große Bissen schnitt und verschlang und dann die Köpfe in den Mund schob, wo er sie mit der Zunge am Gaumen zerdrückte. Erst als sie die Gläser hoben und in der Abendsonne, die diesen Augenblick in ein schreiendes

Gefunkel von Licht und Kristall verwandelte, anstießen, sprachen sie wieder.

»Auf deine Zukunft«, sagte Lusine Schmuck.

»»Wieso auf meine?« fragte Lothringer. »Hat Pembruck über mich gesprochen?«

»Hm, ein bißchen«, machte Lusine. »Er meinte, du seist ein echter Chaot, aber wahrscheinlich doch ein guter Kerl.«

»Wie schon der Name sagt«, ergänzte Lothringer und führte die Serviette zum Mund, um dahinter leicht aufzustoßen.

»Ich finde, Pembruck ist ein außergewöhnlicher Mann«, fuhr Lusine Schmuck fort. »Außerdem setzt er sich für die Wissenschaft ein wie kein anderer.«

»Bei wem?« fragte Lothringer und er sah Pembruck, wie er dastand mit seinem grauverreiften Haar und Frau Schmuck von der Museumsgesellschaft einen Brief diktierte.

»Schweigepflicht. Aber ich sage es dir natürlich nachher«, lächelte sie und stand auf. Sie räumte die Teller ab und ging in die Küche, um die Erdbeeren aus dem Kühlschrank zu holen.

Es wurde ein schöner Abend. Frau Schmuck, die es sich auf ihrer Chaiselongue bequem gemacht und ihre schmalen roten Riemenschuhe auf den Tibeter hatte plumpsen lassen, erzählte Felix von ihrer Ehe, und sie tat es mit einem gewissen Vergnügen, fast so, als wolle sie ihren guten Zustand damit begründen. Ihr Mann, Herr Herbrechtinger, war angestellt gewesen beim Statistischen Landesamt und zuständig für die Erfassung aller möglichen und unmöglichen Daten von Relevanz; ein Typus Mann, der nur sehr schwer zu einer Meinungsäußerung oder einer Aussage zu bewegen war, wahrscheinlich, weil er ja wußte, daß alles entweder so oder doch nicht so war. »Warum also darüber reden?« Andererseits habe sich diese Haltung auch auf seinen Beruf erstreckt, den er nicht sehr ernst genommen habe.

Wie hätte er ihn auch ernst nehmen können, da es ja, wie er sich gern ausgedrückt hatte, seine Aufgabe war, die Lumpen anderer zu sammeln, um dem Staat die neuen Kleider zu machen. »Ich glaube, daß er überhaupt ein bißchen wie ein Kind dachte, dem man zu lange Märchen erzählt hat. Er saß da, die Hände gefaltet, und sah mich an. Und ich mußte raten, was er dachte. Ich sagte: ›Willst du etwas essen?‹ Und er schüttelte den Kopf. Dabei konnte es genau das sein, was er wollte. Ich mußte sozusagen ständig tippen. Auch eine Statistik. Aber es war gut, daß er schwieg. Wenn er auch noch geredet hätte!« Und Frau Lusine Schmuck-Herbrechtinger lachte, wobei sie ihre kleinen stabilen Füße unter die Wolke des Chiffonkleids zu drücken suchte. »Wirklich ernst genommen hat er nur seine Vögel. Hobby-Ornithologe. Da zog er dann früh morgens los mit einem Rucksack und der Kamera. Ab ins Revier.« Sie lächelte. »Aber wie das so geht. Eines Morgens steht er wieder auf, nimmt seinen Huckepack — und verschwindet.«

»Wie, willst du sagen —«

»Für immer, doch.« Frau Schmuck schien die Tatsache, daß ihr Mann sie eines frühen Morgens, als er zu seinen Vögeln ging, gleich ganz verlassen hatte, weiter nicht tragisch genommen zu haben. Sie war und blieb Lusine Schmuck, ob mit oder ohne Herbrechtinger. »Aber«, erläuterte sie, »das gehört ja auch nur in die Statistik. Wieviel Männer haun denn ab. Oder wann. Wieso also nicht morgens um dreiviertel vier.«

»Aber kann es nicht auch sein —« Felix machte eine unbestimmte Handbewegung in Richtung Fenster.

»Nein. Alles wurde natürlich abgesucht draußen im Ried. Den ganzen Flörsheimer Wald haben sie durchgekämmt, mit Hund und Sonde. Allein schon, weil mein Mann als Beamter im Ministerium ja auch Stufe I war, Geheimnisträger. Ich wußte, daß er weg war, noch bevor ich mir drei Stunden später das Frühstück machte. Er hatte seine Kamera nicht mitgenommen.« Frau Schmuck lächelte wieder und sie beugte sich vor, um nach ihrem Glas zu greifen.

Lothringer fragte sich, warum ein Mann wohl eine solche Frau verließ. Es mußte die Statistik sein. Dem einen gab sie Düsternisse, dem andern brachte sie Glück.

Schwungvoll setzte sich Frau Lusine Schmuck auf. Sie stellte ihr Glas hin und ging durch das Zimmer. Sie knipste die Stehlampe beim andern Sessel an. Ihr bloßer Fuß blieb auf dem Schalter, so als prüfe sie, ob sie die Lampe doch wieder ausmachen sollte. »Ich habe die Kamera noch. In ihr steckt noch ein Film. Ich überlege manchmal, ob ich ihn zum Entwickeln geben soll.« Sie nahm den Fuß vom Schalter. »Musik?«

Dennoch tanzten sie heute abend nicht auf dem weichen honigfarbenen Teppich.

Während der Wein in kleinen Schlucken durch seinen Schlund rann, sah Felix Lothringer zur Decke, wo sich der blaßblaue Mäander endlos zum Fenster hin fortbewegte.

Und am nächsten Morgen sah er ihn abermals. Der Mäander war jetzt nicht hellblau, sondern weinrot, und er lief an der Decke von Frau Schmucks Schlafzimmer entlang. Felix stak allein in dem wirklich mächtigen Polsterbett, und diesmal war es nicht das Fenster, das gegenüber lag, sondern die Tür des Schlafzimmers, die offenstand und den Blick auf den Spiegel der Garderobe freigab und den Wandschrank im Flur. Lusine Schmuck war nicht mehr im Bad, er hörte sie in der Küche hantieren. Aber es war auch nicht das schwebende Gefühl der geschwollenen Hände und Füße, Felix fühlte sich im Gegenteil sehr ermattet, wie nach langen Märschen durch farbige Wüsten, vom Gewicht Lusine Schmucks war sein Körper zerschlagen. Wenn ihn dennoch etwas an eine Situation erinnerte, die der in Tina Rotermunds Bett letzten Sonntagmorgen irgend vergleichbar war, so kam es eben von diesem geschmackvollen Ziermuster an der Decke. Ja, es war ein sehr altes Muster, und das in mehrfacher, vielfacher Hinsicht. Felix schlugmit der fflachen Hand auf die Decke, unter der er lag, und rie: »Natürlich!«

In kleinen quadratischen Ecken schritt das Muster voran. Es blieb stehn, wenn er hinsah, dann aber, wenn er die Figur, die in sich selbst wieder zurücklief, erkannt hatte, floß sie von neuem fort, blieb wieder stehen, so wie der beobachtende Blick selbst stehenblieb, um das Muster begreifen zu können. Und so hangelte sich das Auge, genarrt, aufgehalten, vorangetrieben, von Figur zu Figur, immer schon zur nächsten fort, der übernächsten, der Schwester. Ja, Schwester, denn ursprünglich waren es Wellen, was dieses Band aus viereckig eingefalteten Bändern darstellte. Die älteste Form war wohl auch die runde, die dem Wasser nachempfundene, dieses seltsam kühle und aparte Muster, das irgendwie immer an Kacheln und Bäder erinnerte (und damit allerdings auch wieder an das ehmals bildgebende Element), es war ja schon eine späte, klassische Abstraktion. Ornament, Zierat. Urbild war die Welle, wie sie sich erhob, einrollte und weiterritt. Ein Element und immer wieder neue Häupter. Fortsetzung des schon immer Entschwundenen, Band ohne Anfang und Ende, Linie, die sich verschlang, um sich selbst zu gebären.

Doch noch etwas anderes frappierte Felix an dem Muster dort oben. Die Welle war bordeauxrot und lief, entgegen der blauen an der Decke des Wohnzimmers, nach links. Und Felix schlug jetzt gleich ein paarmal hintereinander auf Lusine Schmucks Plumeau und rief: »Natürlich! Natürlich!«

»Was ist?« rief Lusine von draußen.

Für Felix schwammen die beiden Mäander, der blaue, nach rechts laufende aus dem Wohnzimmer und der rote, sich im Gegenuhrzeigersinn bewegende hier, ineinander und übereinander. Sie bildeten jene unerhörte Strömung, deren Enträtselung ihn damals wie ein Schlag getroffen hatte. Es handelte sich um diese so weit entfernte furchtbare Turbulenz, die von einem jungen Amerikaner wie ein Spiel begriffen und entziffert worden war. Lothringer hatte sich damals, von Bewunderung, aber auch Neid ergriffen, seinen Computer angeschafft und hatte diese seltsame Reise durch seine eigene Phantasie angetreten, mit allen Komplikationen, die ein solches Doppelleben als experimenteller Physiker und dahintreibender Vagant mit sich brachte. Und Voyager! Natürlich, das war es auch, man wußte nicht, was Voyager, dessen Mission im August dieses Jahres zu Ende gehen würde, noch alles bringen würde.

Damals, vor fast zehn Jahren, war es das Auge Jupiters gewesen. Dieser rote Fleck auf dem Planeten, der schon sichtbar geworden war, kurz nachdem Galilei zum ersten Mal seine Teleskope auf den Stern gerichtet hatte; Hooke sah ihn 1600, Donato Creti verewigte ihn in der Bildergalerie im Vatikan. Was war es? Je besser die Teleskope wurden, desto fragwürdiger wurde der Fleck. Je genauer man ihn sah, desto weniger begriff man von ihm. Im neunzehnten Jahrhundert, dem Jahrhundert der Spekulation und der dreisten Vereinfachungen, hatte es ein ganzes Bukett krauser Theorien gegeben. Etwa die Lava-Theorie, nach der sich dort ein Loch im Jupiter befinden sollte, aus dem ständig, wie Blut aus einer Wunde, Lava austrat. Oder die Neu-Mond-Theorie. Ein Trabant spann sich da aus und würde, irgendwann, aus dem Jupiter steigen, so wie Athene aus dem Kopf des Zeus. Aber auch im zwanzigsten Jahrhundert, dem Jahrhundert der Physik, gab es noch genug abstruse Vorstellungen über diesen roten Fleck, der inzwischen schon als ein riesiger Wirbel erkannt war, der niemals seinen Ort wechselte und niemals zum Stillstand kam. Noch 1939, Heisenberg hatte längst seine umstürzende Entdeckung gemacht, den Vätern des Atoms waren schon die ersten Söhne der Bombe entwachsen, kam, inmitten der weltgeschichtlichen Turbulenzen, die keiner vernünftigen oder menschlichen Regel folgten und ihren eigenen katastrophalen Sog entwickelten, die Ei-Theorie auf. Man hatte beobachtet, daß der Fleck sich leicht vor dem Hintergrund des Planeten bewegte, und folgerte daraus, der Fleck sei ein mehr oder weniger massiver Körper, der in der Atmosphäre des Jupiter herumtrieb wie ein Ei in einer Salzlösung. In den sechziger Jahren, die ersten Menschen hatten das Schwerefeld der Erde schon verlassen und tasteten sich wie embryonale Engel in andere Sphären vor, glaubte man noch, es handle sich um eine Gassäule, die aus einem Krater aufstieg. Dann kam Voyager.

Der Roboter, schon vor vielen Jahren ins All katapultiert zu einem Zeitpunkt, der ihn im Laufe seiner weiten Reise von den Gravitationskräften unseres Planetensystems wie mit unsichtbaren Schleudern auf immer neuen aufregenden Kurs schnellen ließ, unterwegs von einem Rendezvous zum nächsten, schoß auch an Jupiter vorbei. Nie zuvor waren Bilder aus einer derart intimen Entfernung von der Oberfläche des Planeten überhaupt denkbar gewesen. Jetzt sah man auf dem glänzenden Material direkt ins Auge des Gottes. Es waren farbige Stürme, die da umzogen in ungeheuren Rotationen, außer Kontrolle geratene blau-rotgelbe Wirbel um den auf der Stelle tretenden Maelstrom, ein gigantisches Oval, das nun tatsächlich als eine verwirrende Turbulenz kochender Flüssigkeiten — Helium und Ammoniak — auf die brennenden Netzhäute der Forscher trat.

Schnell war man aufgrund oberflächlicher Ähnlichkeiten mit einer Theorie zur Hand, die das flammende Inferno als Hurrikan sah. Doch die Beschreibung war nicht angemessen. Irdische Hurrikane bewegten sich in zyklonischer Richtung, im Gegenuhrzeigersinn oberhalb des Äquators, unterhalb von ihm im Uhrzeigersinn, wie alle Stürme in der Erdatmosphäre; sie waren sozusagen vereinzelte, auf die Spitze getriebene Mäander, die denn innerhalb weniger Stunden auch immer zur Ruhe kamen. Das rote Auge Jupiters dagegen, es rollte unaufhörlich, seit Jahrhunderten, Jahrhunderttausenden, vielleicht schon länger. Und dieser Zirkus raste und tobte in sich oder außer sich, und zwar, unnähnlich jedem irdischen Sturm, in einer antizyklischen Rotation! Da wußte man nun mehr, als man es jemals hoffen konnte, aber man wußte auch wieder nichts.

Es war dann Philip Marcus, einer dieser jungen unbeeindruckbaren Amerikaner, Astronom und Mathematiker, der sich der Sache annahm. Er schaute sich die Bilder an, immer und immer wieder, er sog den Wirbel, der dort, ohne je von der Stelle zu kommen, kochte, in sich ein. Doch Marcus ließ sich vom Feuer, das dem Fleck entsprang, nicht irremachen. Für ihn war es die Bewegung, die zählte. Und so verfiel er auf ein irdisches Modell, und zwar auf eines, das produktiver war als das des Hurrikans: den Golfstrom. Der lief den westlichen Atlantik hinab und verzweigte und verdrehte sich dabei auf geheimnisvolle Weise. Überall bildete er Wellen aus, die sich zu Schlangen und Kurven weiterentwickelten und lange, von der Hauptströmung weit entfernte antizyklische Wirbel bildeten. Aber ungeachtet dieser ausladenden antizyklischen, von ihm selbst erregten Wirbel blieb der Golfstrom, wo er war. Des weiteren gab es da noch andere atmosphärische Erscheinungen, die eine vergleichbare Dynamik aufwiesen: sogenannte *Blockings,* Hochdruckzonen, die sich, langsam drehend, ungeachtet der üblichen Ost-West-Drift, manchmal über Wochen und Monate hielten und ihre eigenen beständigen Muster im umgebenden Wetterbett bildeten.

Marcus ließ sich alle erreichbaren Photos des Roten Flecks, die über viele nationale Archive verteilt waren, kommen, so daß er eine ganze Serie hatte. Jupiters Auge lag nun gleichsam gebrochen in Hunderten von kleinen Spiegeln vor ihm. Marcus präparierte seinen Computer mit einem System von Strömungsgleichungen. Gar nichts Besonderes; er mußte ja nur das Wetter auf dem Jupiter simulieren, also auf einem Planeten von einer bestimmten Masse, der von kochendem Wasserstoff und Ammoniak umtobt wurde und sich dabei in 9 Stunden und 55 Minuten einmal um sich selbst drehte. Bekannt war ihm natürlich auch noch, daß eine solche Drehung eine starke Corioliskraft erzeugte, ein seitlich ablenkendes Moment, wie es etwa auf eine Person einwirkte, die über ein Karussell rannte. Philip Marcus ließ nun seinen Computer Farbbilder machen von den Vorgängen, die sich da oben abspielen mußten, immer schön den vielen prachtvollen Hasselblad-Photos nach, die er bei dieser Simulation verwandte. Zuerst passierte nicht viel. Dann aber machte er Dias von diesen simulierten Bildern, die er zu einem Film zusammensetzte.

Und das war die Offenbarung. In leuchtenden Blau-, Rot- und Gelbtönen verschmolz ein Facettenbild rotierender Wirbel zu einem Oval, das eine frappierende Ähnlichkeit mit dem Roten Fleck aufwies, »selbstvergessen wie eine Muschel inmitten einer chaotischen Strömung«, wie es in dem atemberaubenden Aufsatz, der das Experiment schilderte, hieß. Der Rote Fleck des Jupiter, das bewies dieses Experiment, mußte als ein System verstanden werden, das sich selbst erzeugte und durch nichtlineare Verdrillungen organisierte — es war ein in sich stabiles Chaos.

Felix war damals wochenlang wie narkotisiert. Die Simulation des Roten Flecks war so erstellt, daß, vom Südpol des Jupiter aus gesehen, Teile, die sich im Uhrzeigersinn drehten, rot erschienen, Teile der Flüssigkeiten, die sich im Gegenuhrzeigersinn bewegten, dagegen blau. Unabhängig von ihrer Ausgangsstellung neigten die blauen Teile dazu, auseinanderzubrechen, die roten dagegen, ein zusammenhängendes Feld zu bilden. Und dieses Feld setzte sich langsam und unerbittlich an jener Stelle fest, an der sich der Rote Fleck auf dem Jupiter befand. Und dort blieb er: stabil und kohärent inmitten eines dröhnenden Tohuwabohus. O ja, er erinnerte sich an diesen Schock, als er begriff, welche Möglichkeiten eine derartige Analyse mit Datenbefunden zuließ. Es war eine Sternstunde der damals noch ganz jungen Chaosforschung und sie war aufgegangen, brillant und unter allen begleitenden Schmerzen der lesenden und betrachtenden Augen im Institut: ein unbändiges Gefühl des Triumphs, aber auch die Peitsche des Neids, daß andere, mit großen Mitteln ausgestattet, das Chaos der offiziellen Wissenschaft vorführten wie einen Zeichentrickfilm. Nun, der Keller wurde damals entsprechend ausgestattet, Pembruck, eben frischgebackener Institutsleiter, hatte sich nicht lumpen lassen und ordentlich in seine Spendierhosen gegriffen. Und gleich darauf hatte auch er sich seinen Atari angeschafft und war, lange bevor McIntosh in den Keller kam, bald ein gewiefter Operator und Programmierer.

Doch noch etwas anderes hatte ihn damals beschäftigt. Es war ein Gefühl des ›Jawohl, das und nichts anderes!‹ und des ›Ich wußte es!‹, und das hing nicht direkt mit dem ovalen Fleck auf jenem fernen Planeten zusammen — es verband sich vielmehr mit der Tatsache, daß Marcus sich als eines ersten Verständigungsmodelles des Golfstroms bedient hatte. Dieses alten und weisen Stroms im Atlantik mit seinen weitauslaufenden Schlingen und Wirbeln, der dieses Meer wie ein gewaltiger verzweigter Nervenbaum durchzog. Das war es gewesen: Strömung, Wasserwirkung, sensibles Chaos.

Damals hatte er sein Gefühl noch nicht deuten können und lief herum in halb hypnotischer, halb leerer Not. Jetzt begriff er die Strömung, die es da in seinem Leben gab und die sich verzweigte, weit rollend mit der traumwandlerischen Sicherheit von einmal ausgesandten und nie mehr zur Ruhe kommenden Wellen.

»Was ist?« fragte Frau Schmuck, die jetzt hereinkam in die bordeauxrote Atmosphäre ihres Schlafzimmers, ihren seidenen Morgenmantel herabgleiten ließ und noch einmal zu Felix unter die Decke schlüpfte.

»Das rote Auge Jupiters«, flüsterte Felix, und Frau Lusine Schmuck sagte nicht nein.

7 ############### HIMMELFAHRT

»Welcome to the Machine — Hi Tina«, machte die Stimme, »Tag Tina, willkommen im Chaos.« Auf dem Schirm erschien diese Kontur, die entfernt an den Reifenmann von Michelin erinnerte, ein rundlicher Geist aus drei Kugeln. Aus einem Sturm eisheller Partikel wuchs er zwischen einem imaginären Horizont und einer wehenden Zeltplane heran, drehte sich, eine Spindel, eine Heuschrecke, eine Note, wurde größer und größer, nahm einen Augenblick mit seinem Bauch den ganzen Schirm ein, rückte sich dann, leuchtend grünes Ding mit Purpurrändern, zurecht, gewann Spannkraft und Stabilität. »Ich bin der Apfelmann«, sagte die Stimme, »und es gibt nichts, was du nicht von mir wissen könntest. Doch weil dein Wissen, erschüttert vom Leben, immer nur Teilwissen ist, werden die Fragen, die du dir stellst, vielleicht auch die falschen sein, und so kann ich dir gar nicht sagen, was ich weiß. Darum erzähle ich dir die ganze Geschichte noch einmal. Zuerst aber komm näher, schau dir den Apfelmann an. Du wirst sehen: alles an mir ist so, wie es ist.« Der Apfelmann griff sich das kleine Schild am linken Schulterrund, im Winkel zwischen Kopf und Hals, wie es Kongreßteilnehmer am Revers trugen, und das Schild vergrößerte sich über den Schirm, und es zeigte den Ausschnitt, der wiederum die gleiche seltsam gebukkelte Form hatte: im kleinen wiederholten sich diese eigentümlichen Buchtungen, die, grün und purpurn schillernd, die Außenhaut des Wesens bildeten. Genau besehen waren es wieder lauter kleine Wesen, die sich da, an Stummelhändchen haltend oder aneinandergelegt wie getrocknete Früchte, zum Winkel reihten. »Du siehst, wie ich gebaut bin«, sagte der Apfelmann, »ich bin durch und durch aus mir selbst, bin wirklich der, der ich bin.« Und abermals war da ein Ausschnitt, der sich vergrößerte und der noch tiefer in die Haut oder Hülle der Gestalt führte. Dieselben Muster, Stachelbeeren ähnlich, die mit ihrer runden und dennoch irgendwie zerfaserten Kontur einen Kreis weiterer Konturen bildeten. Einen Wirbelkreis von Kreisen, wie sich zeigte; alles war hier Oberfläche, Kontur, die Grenze zwischen dem aufgeblähten Stachelbeer-Leib dieses Geists und seiner befremdlich blau und gelb changierenden Umgebung war nur ein Kranz von Apfelmännern, Stachelbeer-Geistern oder wie immer diese Gebilde gesehen sein wollten. Wieder wuchs einem dieser kleinen Monstren ein Schild, noch einmal vergrößerte sich der Ausschnitt, abermals blühten Kugel- oder Kreismännchen grün und purpurn, dann fuhren tubenhafte Arabesken hervor, wie Schlangen, Seepferdchen, Korallen wuchsen und strudelten sie, hingezaubert von immer neuen Ausschnitten, die sich fortwährend vergrößerten, in immer wildern, maßloseren Strudeln verquirlten: und einander immer ähnlich waren, doch immer sie selbst blieben. »Bedenke, daß es nur die Oberfläche ist, die du siehst«, tönte die Stimme, »die Grenze zwischen Außen und Innen, hinter der weiter nichts liegt.«

Tina saß auf dem Bett Lothringers, das in dieser Nacht abermals nicht benutzt worden, aber ungemacht war, und starrte auf den Monitor, den Felix, der neben ihr saß, auf den Fußboden vor sie hingestellt hatte. Und während es draußen, entgegen allen Voraussagen, regnete, schlug der Apfelmann ein Fenster nach dem andern auf. Aus dem Nichts des immer fernen Wirbelpunkts, in den die Reise ging, drehten sich die komplexen Mengen, immer neue Seepferdchen-Agraffen, geometrisch-zauberische Schnecken wurden sichtbar,

Vergrößerungen von Vergrößerungen, Kopien von Kopien, eine Welt von Grenzen und von Differenzen, die sich verschraubten und verschränkten in chaotisch-strombolierender Evolution. Und dort im Uferlosen lag, Granat auf schimmernder Seide, wieder der Apfelmann.

Und noch einmal gebar sich die Form, füllte den Schirm, entfernte sich wieder, und jetzt wurden die Warzen und Buchten seiner Begrenzung zu Nägeln, zu Fingern einer Hand, in der er lag, und je kleiner er wurde, um so mehr erschien von der Gestalt: Arm, Haupt, ein Haar, Schulter und Bauch; und Haupt, Haar und Arm und Bein einer zweiten Gestalt tauchten auf, und nun standen sie da, die beiden, kunstvollbleiche Leiber, gebildet von einer fragilen Linie aus winzigen Karos, aus Treppen, und in den feineren Abschnitten, Fuß, Hand, Gesicht leuchtete ihre Struktur paillettenartig-frakturiert, wie um daran zu erinnern, daß alles, was wir faßten und gaben und weiterreichten nur Auf- und Abstieg, alles nur Grenze, ein einziges Meer winziger Schritte war.

»Lucas Cranach«, flüsterte Tina. Da erlosch das Bild. »Was ist!« rief sie. »Ende der Vorstellung?«

»Vielleicht hast du den Code geknackt, indem du das Original genannt hat. Aber du bist jetzt im Spiel.«

»Ach — geh!« machte Tina und griff sich ihren Sekt-Becher mit der Nummer 5.

»Probiers doch«, meinte Felix und schob ihr den Joystick zu.

»*Meine* Welt sieht anders aus«, warnte Tina.

Dann hörte es zu regnen auf.

»Weißt du, was wir jetzt machen?«

»Ich weiß es nicht.«

Und so trieb Tina ihr weißes Cabrio rücksichtslos durch die Stadt, deren Straßen noch glänzten, und nahm die Autobahn Richtung Mannheim.

Ringsum dampfte die Welt, aus den Schleiern tauchten zwischen jungen Weizenfeldern und Rapsflächen Kirschbäume, Wassertürme und Musterhöfe auf. Bahnanlagen mit Wagen, durch die der blaue Himmel fiel, während die Räder im Dunst verschwanden. Hunderte von Autodächern einer japanischen Marke glitzerten wie ein Blumenbeet. Über einem Kiefernwald hing ein Jumbo der Singapore Airlines wie eine gewaltige unbewegliche Drohne. Bei Darmstadt fuhr Tina von der Autobahn ab. Die Sonne hatte alle Feuchtigkeit geschluckt. Es war, als wäre ein Tuch von einem jetzt fertigen Bild genommen, so frisch war die Welt.

Doch das Ufer des Badesees war bevölkert wie eine Seehund-Kolonie. Sei es, daß jedermann heute den glänzenden Einfall hatte, nicht dorthin zu fahren, wo mit Sicherheit die Kegelbrüder und die schwitzenden Programmierer waren, sei es, daß es hier um Darmstadt gar nicht geregnet hatte. Woher kamen sie, diese Heerscharen bleicher Robben? Sie fanden trotzdem einen Platz, ihre Badetücher auszulegen und saßen dann, beide splitternackt, unter zehntausend Splitternackten.

»Welche Chance hat ein Teilchen T, in einer Menge U entdeckt zu werden, wenn die Menge U gegen unendlich geht?« witzelte Felix.

»Gar keine«, sagte Tina und winkte jemandem. Darauf sah sie Felix von oben bis unten an. »Aber ich frage mich, wie ich dazu komme, mit einem nackten Programmierer auf der Wiese zu liegen.«

»Weil deine Welt anders ist«, meinte Felix. Doch auch er machte eine Gestalt aus in der Menge, eine aufrecht sitzende Gestalt, deren runde Schultern und kohlblattartiger Haaransatz ihn stark an seinen Diplomanden Claus Raue erinnerten.

»Aber mal im Ernst«, sagte Tina. »Wie ist es möglich, daß eine gute Idee sich herumspricht, bevor du sie überhaupt gedacht hast. Denn ich habe nicht nachgedacht. Wenn so was auf dem Aktienmarkt passiert, dann passiert es, weil einer, der heimlich wie ein Dieb kauft, von einem andern dabei beobachtet wird. Es entsteht ein Trend, die ganze Welt bullt wie verrückt, und plötzlich stehen alle mit sehr dummen Gesichtern da. Aber hier sind alle glücklich. Kannst du das verstehen?«

Es war wirklich Claus Raue, sein erster Diplomand, der dort vorn mit krummen Schultern saß. Lothringer konnte sogar das Kettchen an seinem Hals erkennen, an dem der Schlüssel hing. Und dann schälten sich auch nach und nach die andern aus dem rosa Leibgewimmel wie sich entwickelnde Polaroidbilder. Dicht bei Raue lag Gabriele, eine zweiphasige Sinuswelle, und dann war da Schwander, der Silbergitter-Spezialist und Stracke, der ewige Assistent, den sie auch Härte zehn nannten, weil er sich in vielen Jahren aufreibender Institutsarbeit nicht verbraucht hatte und immer weiter assistierte. Ja, die ganze Blase vom Speicher und von der Photoemission lag dort, jetzt erhob sich, mit den Armen fuchtelnd wie in Trance, Mittenzwei auf die Knie. Lothringer glaubte sogar, daß die schmale, auffällig gebräunte Person mit den weißen Hautmonden auf Hüften und Brüsten, die sich der Gruppe jetzt mit gleichmütig wiegendem Schritt näherte, so als zähle sie die nackten Leiber, zwischen denen sie sich durchbewegte, leise mit, Ilse Unbill war, Mittenzweis Therapeutin. Aber da fiel ein Schatten auf sein Gesicht und auf Tina, ein junger Mann verdunkelte auf einmal die Sonne, stark und rot wie eins dieser französischen Collegebücher, die, zwirngebunden und wasserabstoßend, leicht ein ganzes Studentenleben halten konnten. Es mußte der Bekannte sein, dem Tina gewinkt hatte, denn er sagte lachend: »Wirklich lustig. Hi. Dich hier zu sehen. Heinz.« Er streckte Felix wie ein Brett die Linke hin, der sie, so gut er konnte, drückte. »Ein Studienfreund«, stellte Tina den Menschen vor, und die beiden Männer sahen sich an. »*Mein* Wetter«, lachte der blonde Heinz, der seine Breitschultrigkeit trug wie eine Rüstung, die ihm eine unvorsichtige Mutter mit auf den Weg gegeben hatte, um damit die Welt zu erobern. Seine Beine waren behaart wie mit Messingspan und es war klar, daß er stehenblieb, weil er Lothringer provozieren wollte.

»Hast du übrigens schon was von Freddy gehört?« wollte Tina wissen, und der Hüne verstummte abrupt.

»Freddy — ja«, sagte er dann und dehnte seinen Sonnenbrand noch einmal so richtig über seine breiten Schultern. »Freddy ist natürlich wieder in *New York*. Und in New York ist ja alles viel *größer*. Die *Autos*. Die *Häuser*. Die *Chancen*.« Laut rief Heinz die Worte in die Runde. »Dafür ist *Heinz* hier«, lachte er, auf seinen großen Füßen wippend, und die vier Frauen rechts von Lothringer, die es sich auf einer weichen Lamadecke bequem gemacht hatten, drehten sich, indem sie ihr zärtlich hingesummtes Gespräch zerfallen ließen wie ein Strickstück, weg.

Das wurde nun auch Lothringer zuviel. Er stemmte sich hoch und sagte zu Tina, die nur flüchtig nickte, daß er nun mal ins Wasser müsse. Er nahm seinen Weg durch die hingelagerten Leiber und trat dabei fast auf Henriette aus der Laser-Abteilung, die ihre birnenförmigen Brüste auf die Seiten ihres aufgeklappten Ordners gelegt hatte und ihn überhaupt nicht sah.

Das Wasser des Badesees war überraschend kalt, aber siebzig oder achtzig Meter Wasser, die erwärmten sich nicht nur so, weil die Maisonne eben mal schien. Dafür war es sauber, und wenn er den schmalen Streifen, wo man stehen konnte, hinter sich ließ, war er schon so gut wie ganz allein im See. Lothringer schwamm unbekümmert und rasch, und als er sich auf den Rücken drehte, weil er plötzlich doch einen

Zug in den Beinen verspürte, lag das Leibergemenge schon weit entfernt. Er konnte nicht einmal entscheiden, von wo er gekommen war; von dort, wo ein einzelner abgestorbener Baum stand, oder von dort, wo jetzt eine unerklärliche Turbulenz fünf, sechs oder auch mehr Menschen aufspringen ließ (ein diffuses Geschrei folgte etwa anderthalb Sekunden darauf). Rudernd drehte der sich wieder um und er dachte, daß er sich jetzt ziemlich genau in der Mitte des Sees befinden mußte. Er hörte auf, mit Händen und Füßen zu paddeln und überließ sich in einer kurzen süßen Versuchung dem Wasser, das ihm auf einmal gar nicht mehr so kalt vorkam. Er sank, und einen weiteren kurzen Moment glaubte er, daß er nur das Bein ausstrecken müsse, um den Grund zu erreichen. Er streckte, fast wie es ein Tänzer gemacht hätte, den linken Fuß, mit dem Ballen den Grund zu erreichen und sich dann, schwerelos, wieder nach oben zu schnippen. Da geschah es. Noch bevor er den Fuß ganz gestreckt hatte, riß ihm der Krampf ins Fleisch. Der Schmerz war überwältigend. Lothringer schrie laut auf, und indem er schrie, sah er auf der andern Seite des Badesees, dort, wo keine Menschen lagen und sich die helle Wiese mit einem braunen Absturz zum Wasser neigte, seine beiden Diplomanden Albert und Ferdinand, wie sie unter den maigrünen Zweigen einer Birke saßen, nackt, auf den Knien aufgeschlagene Bücher, aus denen sie einander vorlasen. Jetzt schauten sie auf, sahen ihn und riefen etwas, aber Lothringer verstand sie nicht. Er wußte nur, daß er jetzt nicht an sein linkes Bein denken durfte, nicht an den Muskel, die Wade — er mußte verstehn, was die beiden dort riefen, um jeden Preis, und dazu ließ er sein linkes und auch sein rechtes Bein, das hinab wollte, und den ganzen Körper bis zu den Schultern, der schon den hundertundfünfzig Metern da unten gehörte, ganz einfach hängen und paddelte mit seinen Händen wie ein Hund, um dorthin zu gelangen, wo Albert und Ferdinand ihm das Ergebnis ihrer Forschung, das auch sein Ergebnis war, zuriefen. Da fühlte er, wie ihn zwei Arme umschlangen. Eine Stimme flüsterte an seinem Ohr: »Da bist du ja.«

Er wandte den Kopf, um zu schaun, wer ihn hielt. Sein Blick fiel auf das Ufer, das er vor wenigen Minuten erst verlassen hatte, und es war unglaublich, was er dort sah. Die Menschen am Ufer hatten eine Kette gebildet, die sich bewegte. Nein, zwei Ketten waren es, die sich dort drüben bewegten, eine Kette von größeren stärkeren Leibern, sie bewegte sich von links nach rechts; und eine Kette von etwas kleineren Menschen, sie bewegte sich, etwas näher am Ufer, darum etwas unterhalb der ersten Reihe, von rechts nach links. Es mußte Mittenzwei gewesen sein, der auf diese Idee gekommen war, nur Mittenzwei von den Kristallzüchtern konnte die Menschen an einem Badesee dazu bringen, sich alle an den Händen zu fassen und um den See zu tanzen, die Männer in einer Kette nach links, die Frauen darin in einer zweiten Kette nach rechts. Wie einfach diese Lösung war, man mußte nur darauf kommen und die Leute dazu bringen. Lothringer hörte sich lachen, und da er keinen Schmerz mehr verspürte, verlagerte er seinen Schwerpunkt und stieß, kopfunter, hinab, wo es hell war und er unter einer Birke die beiden jungen Männer sah, die abwechselnd Steine ins Wasser warfen. Er versuchte, die Ringe, die dabei entstanden, zu zählen, doch was am Ufer dort so einfach ausgesehen hatte, verwirrte sich zu einem dröhnenden Komplex; in einem Dom zitternder Kreise trieb er nach oben.

»Geht es wieder?« fragte Tina. Schon ein paar Atemzüge weiter waren sie nur noch zwei Badende, Mann und Frau, die mit kräftigen Stößen auf das Ufer zuhielten, weil das Wasser doch noch viel zu kalt war und dieser Tag noch zu früh, um ihn auf irgendeine dumme Art zu beenden.

Einen handfesten Streit dagegen bekamen sie am Tag darauf über dem Börsenteil der *Frankfurter Allgemeinen:* Tina studierte, tiefe Schlucke aus ihrem Café au lait nehmend, intensiv die Kolonnen. »Das ist doch ganz klar ein Trend, sagte sie. »VEBA leicht minus, das schon seit einer Woche, Benz ebenfalls, dafür Rofernit heute, erstmals wieder seit neun Tagen, ein Punkt mehr.« Sie holte ein kleines Lederbüchlein aus ihrer Tasche, notierte sich die Zahl unter eine Reihe anderer Zahlen und tippte sie in den Kalkulator, der in der rechten Seite ihres Timers steckte. »Schon dreimal ein Punkt. Und immer nach neun Tagen. Das ist doch auffällig.«

»Und warum gerade Rofernit?« fragte Felix.

»Weil mich diese Aktien zufällig interessieren«, antwortete Tina spitz. »Ich habe nämlich welche.«

»Und wie sieht der Trend nun aus?« Felix beugte sich hinüber und trank aus ihrer Tasse, da seine bereits leer war.

»Es ist nicht so, daß nicht genug für alle da wäre, aber andern die Töpfe leertrinken mag ich nicht. Im übrigen ist der Trend gut.«

»Entschuldige.« Lothringer winkte dem Kellner und bestellte sich noch einen Café au lait. »Aber sag mal, was heißt gut?«

»Es geht langsam wieder aufwärts. Sehr langsam zwar, aber dafür um so sicherer.«

Lothringer machte sie darauf aufmerksam, daß der langsame Anstieg der Aktien über einen längeren Zeitraum überhaupt nicht bedeuten müsse, daß eine Aktie sich stabilisiere.

»Und warum nicht, Dozent?« fragte Tina Rotermund gereizt.

»Weil alle diskreten Veränderungen, so gesehen, über den Trend eben doch nichts aussagen.«

»Und was heißt das im Klartext?«

»Ganz deutlich zeigt sich das bei Einbrüchen«, erklärte Lothringer. »Jede Börsenstrategie scheitert, wenn sie von der Annahme ausgeht, daß eine Aktie bei einem Kursverlauf von vierhundert auf hundert Mark irgendwann einmal für dreihundertfünfzig Mark verkauft werden müsse.« Und er bekam seinen Café au lait.

»*Du* mußt es ja wissen.«

»Das gilt selbstverständlich auch für Rofernit.«

»Du *bist* doch ein Klugscheißer«, spuckte Tina jetzt über den Tisch. »Denn erstens geht es hier um Börsentrends und nicht um irgendwelche wissenschaftlichen Blablas. Wirtschaftsstatistik, falls du davon eine Ahnung hast. Und zweitens arbeite ich für mein Studium hart, während du dir dein permanentes Schneegestöber und deine komischen Girlanden vom Staat bezahlen läßt. So sieht es aus.« Heinz kam daher und sah sie da sitzen. Er trat zu ihnen hin und blitzte mit seinen blauen Augen abwechselnd Tina und Lothringer an.

»Und was Rofernit betrifft«, fetzte Tina Felix nun völlig herunter, »so hast du dazu mal *gar* keine Meinung, Knabe. Ich sag nämlich nicht meinem kreuzfidelen Papa ade, um mir dann von einem schlechtgelaunten Dozenten was erzählen zu lassen. Mein Alter mag zwar ein Sack sein, der Kohle hat und sonst nichts, aber er hat nie versucht, mir was einzureden. Siehst du.«

»Einzureden?«

»Da geh ich doch lieber zu den Chaoten, den richtigen, den Fachidioten im Hörsaal VI, als daß ich mir hier von subventionierten Pseudo-Chaoten den Kaffee austrinken lasse.« Sie klappte ihren Kalkulator zu. »Ha! Chaosforscher!« Dann packte sie ihre Tasche und den Wirtschaftsteil der *Allgemeinen,* und weg war sie.

»Tja«, meinte Heinz, »da hat sie wieder hingelangt. Darf ich?« Er setzte sich zu Felix an den Tisch.

»Das ist natürlich ein totales Mißverständnis«, rief Lothringer und sah Heinz an, der gutgelaunt, die Beine in den weiten weißen Hosen bequem gespreizt, auf dem

Stuhl saß, auf dem eben noch Tina Rotermund gesessen hatte.

»So was ist immer ein Mißverständnis«, meinte er und drehte seine Schultern, die immer noch rot sein mußten, mit diesem unverhohlen langanhaltenden Genuß unter dem Hemd, das ein Muster wie von zerhackten Melonen hatte.

»Dabei ging es doch gar nicht um Chaos. Obwohl: gerade in der Chaosforschung hat man ja ein intimes Verhältnis zu Zahlen, auch ökonomischen. Ironischerweise war es gerade Mandelbrot, der seine ersten subversiven Programme mit Baumwollpreisen gefüttert hat, verstehst du?«

Heinz nickte.

»Eigentlich sollte er einen Vortrag über Einkommensverteilung halten. Dann sah er auf der Tafel des Professors, der ihn eingeladen hatte, eine Skalierung, die haargenau der glich, die er vorlegen wollte. ›Wie kommt mein Diagramm auf Ihre Tafel, noch bevor ich meinen Vortrag gehalten habe? Haha.‹ Es stellte sich heraus, das Diagramm hatte überhaupt nichts mit Einkommensverteilung zu tun. Es stellte die Entwicklung der Baumwollpreise in einem Zeitraum von acht Jahren dar.«

»Logisch«, sagte Heinz.

»Und Mandelbrot, polnischer Jude, Flucht nach Paris, dort École Polytechnique, dann Jahre bei IBM, in Heights, *New York,* läßt sich, kaum ist er wieder daheim, die Baumwollpreise der letzten Jahrzehnte geben, verstehst du, dank des englischen Kapitalismus und der Zentralisierung des Markts waren auch die Baumwollpreise über einen Zeitraum von über hundert Jahren bekannt. Und Mandelbrot, als echter Sonderling vertraut mit so abseitigen Mengen wie Cantor-Staub, gewaschen mit allen Sierpiński-Manschetten und Mengerschen Schwämmen, sozusagen, findet auch prompt heraus —«

»Klar.«

»Die Zahlenwerte, die vom Standpunkt einer normalen Distribution aus nur Abweichungen hervorriefen, erzeugten, vom Standpunkt der Skalierung oder Maßstabsänderung her gesehen, plötzlich — Symmetrie. Wirrwarr als Symmetrie!«

»Na, weißt du«, sagte Heinz und seine blauen Augen sprangen von Lothringers Gesicht über die andern Tische und wieder zurück.

»Und nur darum ging es«, fuhr Felix fort. »So unglaublich das klingt: Mandelbrot, aufgegeben von der Forschung, durchgeschleppt bei irgendeiner IBM-Abschreibungsabteilung, die noch nicht genau wußte, was sie mit seinen abwegigen Geniestreichen anfangen sollte, fand heraus, daß das Ausmaß der Fluktuationen bei den Baumwollpreisen über einen Zeitraum von fast hundert Jahren, in denen ein Weltkrieg, eine Depression und noch ein Weltkrieg stattgefunden hatte — *konstant geblieben war.*«

»Meinst du?« Hinter den Koniferen, die die Terrasse des Cafés von der Straße trennten, tauchte jetzt Brenner auf, der das gleiche Hemd anhatte wie Heinz. Er schaute über die Terrasse, und als er entdeckte, daß Heinz das gleiche Hemd mit diesem Berserkermuster trug, drehte er sofort wieder ab und verschwand.

»Aber ja!« eiferte Lothringer. »Innerhalb einer Jenseitsmenge ungeordneter Daten plötzlich unerwartet eine Struktur.«

»Komm«, sagte Heinz und drehte seinen Sonnenbrand ganz vorsichtig unter dem Hemd.

»Signatur! Nichts anderes wollte ich sagen. Daß nämlich die neue Art, Dinge zu sehen, nicht die diskrete ist, sondern die gebrochene. Papa? Suggestion? Bei diesem 9-Tage-Progreß? Das Börsengeschehen muß man als eine Folge von Sprüngen begreifen anstatt als Kurve illusionärer Kontinuität.«

»Weißt du«, sagte Heinz bester Laune, »ich bin auch bei ihr abgeblitzt.«

»Ach ja?« machte Lothringer, entwaffnet.

»Natürlich. Komm.«

Und Lothringer trank nun mit Heinz zusammen einen Calvados.

8 ########### FREITAGSGEFÜHLE

Als er den Hörsaal VI betrat, weckte die Menge, die sich dort hin und her schob, in ihm eine Erinnerung an ferne Sommer. Lustvolle Zusammenrottungen, lange Tapeziertische, von Raubdrucken bunt. Aber es war ein Muhen und Blöken, was er vernahm. Dann ein Pfeifen und Johlen, als der Redner von dem großen Knirschen sprach, mit dem der Sozialismus allüberall zusammenbräche. Er sah sich um. Und wenn sich durch den Eisernen Vorhang auch die Kosakenstiefel schoben, zwar nicht, um unsere Demokratie zu zertrampeln, sondern um sich nun mit den Segnungen des westlichen Systems füllen zu lassen — Tina war nicht hier.

Es war Freitag, der 5. Mai, es war Europatag! Die Bäume standen im Saft, und die Welt wollte sich ausdehnen wie ein aufgeblasener Luftballon. In den Cafés saßen Studentinnen mit blauen Fähnchen, kleine Gruppen diskutierender Trotzkisten winkten lachend ab. Im Institut für Experimentelle Physik war Bewegung, als hätte es Bombenalarm gegeben, aber es war so, daß jeder seine Sachen raffte, um nach Hause zu kommen. Offenbar war das Wetter gestern zu Christi Himmelfahrt von allen als günstige Prognose für die nächsten drei Tage verstanden worden, jeder sah zu, daß er ins Wochenende kam. Lothringer war zum Institut geeilt, weil gewohnheitsgemäß jeden ersten Freitag im Monat bei den Physikern die informelle Fachschaftsversammlung stattfand, bei der Tätigkeitsberichte gegeben und Erfahrungen ausgetauscht wurden. Eigentlich waren diese Versammlungen bei allen beliebt. Sie befreiten einen von dem inneren Druck, nicht genug oder, was noch schlimmer war, zuviel geleistet zu haben; es stellte sich bei den Berichten regelmäßig heraus, daß die andern auch ›noch nicht soweit‹ waren. Außerdem gab es jedesmal auf Institutsrechnung ein Fäßchen Apfelwein, und die Kristallzüchter brachten meistens eine Riesenpizza oder einen Zwiebelkuchen mit, den sie in einem ihrer High-Volt-Öfen gebacken hatten. Ursprünglich hatten diese Treffen immer in der zweiten Monatswoche stattgefunden, aber auf Antrag der Mittenzwei-Truppe waren sie dann auf die erste verlegt worden, um zu verhindern, daß ein Freitag auf einen 13. fiel. Tatsächlich waren an einem Freitag, dem 13., einmal zwei Teilchenphysiker verschwunden und nie wieder aufgetaucht. Aber das war lange her, inzwischen hatten sich die Versammlungen oder die Freitagsstunden, wie sie genannt wurden, als ausgemachte Integrationsmomente der schwierigen Institutsverhältnisse etabliert. Es ging locker zu, und es war sogar immer ein bißchen spannend, zumal, weil Pembruck, wenn er auftauchte, kurz vor Schluß einen kleinen Zettel aus der Tasche zog und eine Liste förderungswürdiger Projekte verlas, die er von seinen Freundeskreisen aus Industrie und Wirtschaft hatte. Falls es gelang, ein eigenes Vorhaben diesem recht frei interpretierbaren Wunschzettel entsprechend umzumünzen, konnte man, da es sich um Gelder handelte, die nicht mehr ausgewiesen werden mußten, leicht einen Zusatzetat herausschinden. Dieser letzte Punkt, bei dem es auf Geistesgegenwart und Dreistigkeit ankam, wurde darum im Institut auch ›Freitagsroulotto‹ genannt, und es war klar, daß auch aus diesem Grund niemand gewollt hatte, daß der Tag auf einen dreizehnten fiel. Doch heute, da die Aussicht, daß Pembruck auftauchte, sowieso nicht bestand, weil alle gerade erst ihre Mittelanmeldung gemacht hatten, war offenbar niemand an der Freitagsstunde interessiert.

Im Hof standen jede Menge Autos mit Surfbrettern und Angelruten.

Als Lothringer die Treppe zum Keller hinabstieg, verschwand gerade Raue im Aufzug. Hinter der runden Verglasung des Treppenhauses sah er die Kristallzüchter wie eine bunte Wolke nach unten taumeln. Als er noch einmal hochsprang, um Raue, der gleich bei den offenen Fenstern im ersten Stock auftauchen mußte, noch eine Frage, die Kaulbachschen Deformationen betreffend, nachzurufen, ging Henriette aus der Laser-Abteilung mit einem »Ciao, Lothringer« an ihm vorüber und schlug ihn mit ihrem blauen Ordner leicht aufs Hinterteil, eine Vertraulichkeit, die sich überhaupt noch niemand bei ihm geleistet hatte. Im Keller stand Fetzer, die weiße Gaze in den Händen.

»Raue ist schon fort«, sagte er.

»Alle sind fort«, meinte Lothringer. »Es muß das Wetter sein.«

»Das Wetter!« lachte Fetzer auf. Gewöhnlich zog er, wenn er am Tisch arbeiten wollte, den Gesichtsschutz an, der verhinderte, daß die Schuppen seiner Haut auf den Filzbelag fielen. An sich war das nicht nötig, denn sie hatten einen Fehlerquotienten für Fetzer entwikkelt, der die Abweichung der Kugeln durch seine Hautschuppen hinreichend genau erfaßte. Aber Fetzer arbeitete trotzdem gern mit seinem Gesichtsschutz, weil er damit besonders erschreckend wirkte. Er sah dann aus wie ein Chirurg, der mit einem Billardstock Coronarverschlüsse freistieß, wie Raue es einmal treffend formuliert hatte.

»Du willst wirklich noch arbeiten?« fragte Lothringer.

»Arbeiten?« sagte Fetzer. »Bei diesem Wetter?« Vorsichtig legte er seine Maske zusammen.

Lothringer hatte für einen Moment die erschreckende Vision, allein mit Fetzer im Zwischengeschoß unter der Photoemission zu sitzen, an einem dieser wackligen Tische, und eine kalte Pizza zu essen, während zu ihren

Füßen unten die Leute in ihren Cabrios mit den Surfbrettern und bunten Badetüchern ins Wochenende fuhren.

»Ich meine«, sagte Fetzer langsam und sah Lothringer prüfend an, »daß du dich vielleicht nie gefragt hast, was ich mache, wenn ich hier im Keller gerade keine Karambolagen produziere.«

»Nun?«

»Ich spiele Pool-Billard.«

»Du spielst Pool-Billard?« Lothringer starrte seinen Assistenten an, der seinen Wangenschutz jetzt vorsichtig in seiner Jackentasche versorgte. »Abends? Pool-Billard?«

»Ja, genau«, sagte Fetzer. »Du wirst ja sonst verrückt. Immer nur Karambolage. Bandenspiel und Effetstoß. Weißt du, wieviel Effetstöße ich inzwischen voneinander unterscheiden kann?«

»Wahrscheinlich gar keine, genaugenommen«, meinte Lothringer. »Denn jeder Effetstoß ist notwendig ein wenig anders in seiner Anlage, folglich auch in seiner Wirkung. Eben darum arbeiten wir ja damit.«

»Und all die Nachlaufstöße, die Rückläufer. Millionen! Aber —«, Fetzer riß die Arme auseinander, »— stellt sich dabei auch nur *ein* Erfolg ein?«

»Ein Erfolg?«

»Du mußt die Kugeln auch mal in die Tasche kriegen.«

»Aber unser Tisch —«

»Hat keine Taschen, ja, genau. Weil wir das klassische, banale, blöde, kontinentale Karambolagenbillard mit nur drei Kugeln spielen. Tick, Trick — und Track. Klack.« Fetzer spuckte seine Worte wie Melonenkerne aus. »Das ists dann auch schon. Aber irgendwann brauchst du einen Erfolg. Mußt du Kugeln versenken. Da brauchst du Taschen.« Fetzer griff sich seine Brotdose, die Thermosflasche. »Und darum spiele ich abends Pool-Billard. Ich fahre mit dem Verkehrsverbund bis nach Wiesbaden, nach Mainz. Ich kenne alle Tische in Rhein-Main. Ich versenke und versenke. Mein Rekord liegt bei 490 Kugeln in einem Durchgang.«

»Dann bist du ja fast ein Willi Moscouri.«

»Nein«, sagte Fetzer und seine Stimme war heiser. »Ich bin ein Assistent, der bis drei zählen muß.«

Als Lothringer die Leipziger hochflog, um noch rasch einzukaufen, war es schon spät. Und alle neben ihm flogen sie, die Menschen des Quartiers, in diese, in jene Richtung, und sie erzeugten damit jenes allgemeine Freitagsgefühl, so als führe man auf ganz verschiedenen Geleisen gleichzeitig in mehrere konkurrierende farbige Wochenenden. Aber dieses Gefühl, es war weiter nichts als das Resultat eines Mischens und Mengens absurder Erwartungen. Die ganze Woche über kneteten und walkten die Menschen ihre Hoffnungen nieder, am Wochenende dann wollten sie etwas bekommen für ihre Mühe, da hatten sie Zeit für sich, wie sie glaubten, und da schauten sie, wo die Wünsche geblieben waren. Und ihre Wünsche, sie hatten sich verflüchtigt. Überall wurde gewalkt und gemischt, vom Buntsandstein bis zum Blätterteig. Das brachte die Dinge auseinander, aber es brachte Dinge, die zu allem Anfang entfernt voneinander lagen, auch wieder zusammen. Gedehnt, auseinandergezogen und wieder verworfen. Verlobungen, Konkurse. Sogar das Licht der Sterne über allem: es waren die Mischvorgänge in ihrem Innern, die Helligkeit und Farbe bestimmten. Zugleich eine Mischung von Dimensionen und Zeiten — während die galaktischen Gase in Sekunden diffundierten, nahmen die Mischvorgänge der Magmen Erdalter in Anspruch. Und so erging es eben auch den Menschen, dem senegalesischen Briefmarkenhändler wie der hessischen Bauchtänzerin, wenn sie freitags nach ihren Rosinen schauten. Oder nach einander. Da lagen die Richtigen oder die Falschen auch schon beisammen. Rühren, verwirbeln. Doch wo war Tina? Frau Schmuck jedenfalls hatte versprochen, sich noch vor Sonntag zu melden. Aber wo das Leben mischte, mischte eben auch das Chaos mit. Punkte, die eben noch beieinandersaßen, liefen auf einmal exponentiell auseinander, genaue Voraussagen gab es nicht, die Eulerschen Gleichungen versagten. Lothringer bemerkte zu spät, daß er wieder an der Kasse stand, wo die kleine rundliche Italienerin saß, die jedesmal, wenn er drankam, ihre Arbeit unterbrach. Entweder mußte sie dann Kleingeld holen, oder sie mußte die Hundertmarkscheine in die Umschläge tüten, beschriften und in eine Kassette stecken, die sie dann ins Büro brachte. Manchmal schloß sie ihre Kasse, wenn er drankam, auch einfach nur ab, stand auf, nahm unter dem Schuber einen kleinen bunten Kulturbeutel hervor und verschwand.

Aber wer war nun seltsam — die Menschen, die handelten, oder die Menschen, die dachten? Müßige Frage! Es kam gar nicht darauf an, exponentielle Bahnen wildgewordener Punkte zu verfolgen, deren Attraktor in jedem Fall seltsam war. Es kam darauf an, Kugeln zu versenken. Das war zwar nicht exponentiell, aber es war attraktiv. Nicht dieses mönchische Karambolagen-Billard mit nur drei Kugeln, wie die im Keller es spielten, sondern Pool-Billard. Mit sechzehn Kugeln. Mit zweiunddreißig. Ja, warum nicht gleich mit neunundvierzig? Das waren doch echte Freitagsrosinen. Knapper Sieg des Denkens, wenn man an dem Zeitungskiosk vorbeigegangen war. Und gleich wieder: dieses Rühren und Mischen. Gerade für einen, der beruflich mit Wahrscheinlichkeiten, Häufungen, der ganzen Mogelei des Zufalls zu tun hatte — das herbe Mißverhältnis zwischen der subjektiven Erwartung und der ungerührt stochastischen Generierung der Zahlen, es war ihm bewußt. Der kleine, der große Selbstbetrug. Jeder, der sechs Kreuze machte, tat es in der Gewißheit, auf das Glück vorbereitet zu sein. Sein Vertrag mit der Sieben, der Elf. Irgendwo dieses Nicken: er war jetzt dran. Oft hatte er ihn studiert, diesen Glücks-Effekt, beim Arbeiten mit dem Zahlenmaterial trat er auf und beim Hantieren mit den immer ungewissen Versuchsanordnungen; beim Aufstellen von Gleichungen — überall und immer, wo die Erwartung im Spiel war (*die* große Entdeckung zu machen: und da war er auch gleich wieder, der Belobigungs-, der Belohnungs-, der Nobel-Effekt). Aber die Wahrscheinlichkeit, sie war doch nur die Unwahrscheinlichkeit; Punkte bewegten sich exponentiell auseinander, wenn sie einmal beieinander zu liegen kamen im großen Blätterteig, so war das, stochastisch gesehn, eine Bolzmannsche Groteske. Glück war ein Fehler.

Das waren so die Gedanken, die den Flug die Leipziger hoch begleiteten. Kleines stechendes ›Aha‹, Taste, die erst gar nicht mehr gedrückt werden mußte. Im allgemeinen Freitagsprogramm längst gespeichert. Alle, die da standen, um ihre Scheine abzugeben, sie waren bereits die Verlierer eines Prozesses von morgen, der heute schon, aufgrund ihrer eigenen Verblendung, in Gang gekommen war. Und morgen, wenn die Lottofee ihre Hoffnungen mürrischer Vergeblichkeit überlassen würde — wo so viele Prinzen und Prinzessinnen getippt hatten! —, würden sie es immer noch nicht glauben können. Das Vielleicht, die verstohlenen Kreuze, ihr Vertrag mit dem Glück! Diese Leute dort am Schalter waren die eigentlichen Irren. Chaoten. Doch wenn er dann beladen mit seiner Tüte vom Kaufhof kam, gezeichnet von der kleinen rundlichen Kassiererin (stand sie etwa auf, um ihren Lottoschein abzugeben?), dann sah es auch schon wieder anders aus. Dann war der Vorgang, der so viele Kreuze und Enttäuschungen, aber eben auch Millionen zuwege gebracht hatte in so vielen Zufallsjahren, ein Bolzmannscher Wink, ein Verhulstscher Versprecher. Börsenlust? Ein Tip. Zwei Kästchen. Man war angemeldet. Sechs

Kreuze? Neunundvierzig Kugeln? Mittel-Glück! Effet-Millionen! Pool-Billarden!

Lothringer sah nebeneinander den Besitzer des kleinen Uhrengeschäfts fünfzig Meter weiter oberhalb der Passage und die Frau mit den langen glatten Haaren, die heute morgen auf der Versammlung im Hörsaal VI gesprochen hatte. Nollendorf stand da, den Blick in der dicken Brille direkt über dem Schein. Die Studentin, die in seiner Vorlesung stets in der fünften Reihe saß, an ihrem schwarzen durchhängenden Pulli eine viereckige Brosche mit der Aufschrift HATE. Lothringer beschloß, bis neunundvierzig zu zählen. Brenner kam raschen Schritts durch die Passage; er trug ein anderes Hemd. Er blieb abrupt stehn, übersah die Szene und kehrte um. Lothringer nahm seine Tüte vom Boden auf. Er ging, ohne getippt zu haben. Wie einfach. Es gab die schmähliche Alternative zwischen Denken und Handeln, Begreifen und Tun einfach nicht. Gelächter, Blödsinn ...

Der helle Ton einer Hupe drang ihm gellend ins Mark, und ein weißer Golf schoß keine Armeslänge an ihm vorbei wie ein wildes Tier. Das mußte es natürlich sein, durchzuckte es ihn, keinen Tippschein abgegeben, dafür auf der Kreuzung von einem Auto erwischt. Dann erst sah er die Hand, die sich hinter der Scheibe grüßend erhob. Es war Tina. Für ein paar Sekunden blieb Felix mitten auf der Straße stehn.

»Na, du bist mir vielleicht einer«, kam die weiche Stimme, und es war nun ein anderer Arm, der ihn von der Seite berührte. »Ich rufe noch: Paß auf! — Aber der Gute hört mich einfach nicht.«

Und Felix ging nun den ganzen Weg bis fast zu ihrer Wohnung mit Frau Lusine Schmuck, und er fand es auch gar nicht mehr weiter seltsam, daß sie ihm, als sie sich voneinander verabschiedeten, seine Tüte zurückgab. Und das ganze Stück bis zu seiner eigenen Wohnung versuchte er sich vergeblich daran zu erinnern, ob sie ihm auf der Kreuzung aus den Händen gefallen war oder ob Frau Schmuck ihm die Tüte einfach abgenommen hatte, weil er so hilflos wirkte.

9 *DAS PRIVILEG DER GARDEROBENFRAU*

Irgendwo hatte er gelesen, daß Depressionen oft die Geburtshelfer überraschender Erkenntnisse über sich selbst sind. Lothringer saß da in einem weißen Gartenstuhl unter blühendem Flieder. Er fühlte sich matt, aber befreit, wie nach einer überstandenen Krankheit. Dankbar registrierte er die Zuverlässigkeit, mit der die Einfälle, die sich irgendwo in der Weitläufigkeit seiner Person gebildet hatten, erschienen. Wie Wolken ballten sie sich zusammen, an denen der Blick entlangfuhr, um in Luft und Flocke endlich das Gesicht zu ertasten, bis er wieder zurücksprang auf das ganze überraschende Gebilde, das in seiner Majestät dann Einzug hielt in die plötzlich weit geöffnete Scheuer des Ichs.

So war es ihm vor ein paar Tagen mit den Mäandermustern oben in den Zimmern gegangen. Am ersten Abend, als er den Kopf zufällig in den Nacken geworfen und das Muster über sich entdeckt hatte, war es ihm weiter nicht aufgefallen; er hatte dieses blaue Ornament nur hübsch gefunden in seiner stilisierten Klarheit. Ebenso am vergangenen Donnerstag, als er das Muster abermals entdeckte, diesmal im Schlafzimmer Lusines, wo es, jetzt rot, sich umgekehrt von rechts nach links bewegte. Doch dann sah er das Ereignis plötzlich wie einen Schnitt durch eine vierzigjährige Pappel. Noch bevor er sich an jenes brillante Experiment erinnerte, mit dem ein gewisser Philip Marcus den großen roten Fleck auf dem Jupiter, diesem Chefdarsteller der Planetenschar, gedeutet hatte, war ihm eine andere Erinnerung gekommen, eine, die noch viel weiter zurückführte, in die Regen- und Sonnentage seiner Schulzeit. Es war gar nicht die Bemerkung seines Physiklehrers gewesen, die für ihn dann diese lebensbestimmende Wahl zur Folge gehabt hatte. Vielmehr war es ja so gewesen, daß er, umgetrieben von der Vorstellung firmamentfüllender Sonnen, ärgerlich über die impertinente Sicherheit Dr. Defreggers, sogar ganz fest entschlossen war, bestimmt nicht Naturwissenschaften zu studieren, sondern Geschichte und Deutsch. Er mußte lächeln und griff nach dem Orangensaft, den ihm Lusine Schmuck auf ein Tablett neben seinen Stuhl hingestellt hatte; denn eigentlich hatte sich die Alternative ja schon etwas früher gestellt — als er in Fräulein von Sydow, die Geschichte und Deutsch unterrichtete, verliebt war, aber genauso fanatisch Dr. Merseburg bewunderte, den Schularzt, der Meteorologie und Menschenkunde gab.

Dr. Merseburg war auch in der Schule, die Felix besucht hatte und die mit ihrem exzentrischen Lehrplan und den permanenten Subventionsnöten als morbid und elitär galt, eine ungewöhnliche Erscheinung gewesen. Von kleiner, eher zierlicher Statur, fegte er doch unglaublich energisch, die Kunstbände, die er immer zur Demonstration seiner Thesen mitbrachte, im Arm, von der alten Fabrik gegenüber dem Hauptgebäude, wo seine Praxis lag, in den Schulhof. Und mit diesem sanguinischen Impuls kam er, feurig-konzentriert, durch Zwischentüren eilende Kollegen nur knapp grüßend, kaum, daß die Pausenglocke verstummt war, in die Klasse gefegt. Einen Moment stand er da, die Bücher an den Leib gedrückt, den Kopf mit diesem schwarzen Besenhaar leicht schief gelegt. Aber da war es auch schon still. Dr. Merseburg lächelte unter buschigen Brauen, so als stelle er seine Autorität im Augenblick der Stille als Manöver bloß, als Kniff (»Kunst ist Arrangement«, war einer seiner beliebtesten Sätze). Dann legte er die Demobände aufs Pult, faltete die nervigen Hände oder steckte sie auch in die Taschen seines weißen Kittels und begann den Unterricht. Sein energisches, dabei ästhetisch abgezirkeltes Auftreten gehörte zum Plan. Es verlieh seinem Äußeren, das ansonsten eher an das eines Wildkräutersammlers erinnerte, diese homöopathische, gleichsam bis in die feinsten Dosen abgestimmte Professionalität. Die erste Epoche, in der Lothringer Dr. Merseburg erlebte, war die Meteorologie. Hier bauten sich bereits die Strömungen und Konvektionen auf; der Erdmagnetismus und die immer unzufriedene Atmosphäre, die großen Turbulenzen im karibischen Bereich.

Dr. Merseburg ließ alle Klassen, die er unterrichtete, Hefte anlegen, große Hefte im DIN-A-4-Format, die 32 Blätter aus Zeichenpapier hatten und mit einem roten Einband versehen waren. Seiner Meinung nach begriff der Schüler nur, was er gestaltend nacherschuf; und nur das blieb ihm im Gedächtnis, was er mit eigener Hand nacherzählt hatte. Entsprechend war das Zeichnen in Dr. Merseburgs Unterricht die eigentliche Disziplin. Wuchtig, zugleich wieder zart, belegte er die Tafel mit den Schraffuren seiner Kreiden, und dann stand er da, während die Klasse seinen vielfarbenen Regen in die roten Hefte zu übertragen suchte.

In der Anthropologie war dieser Paracelsus mit dem Negerhaar vollends der große Trickverräter. »Der Mensch«, rief er und sah über die Klasse, »ist Wasser, Wasser, Wasser.« Und so, noch bevor er die anderen Säfte, die den menschlichen Körper durchzogen, Lymphe, Blut, ziehen ließ, ließ er den Stoff ziehen, der allem zugrunde lag, und aus dem alles kam und bestand. »Alles fließt«, rief er, »aber nie geradeaus.« Er brach die blaue Kreide entzwei, so daß er ein Stück von einer halben Fingerlänge bekam. Er bewegte es schraffierend über die Tafel. Unter den kurzen und geraden Hieben der nervigen Hand wuchs Krummes, Rundes hervor — eine Welle. »Fluß. Bewegung. Strömung. Leben.« Der Schamane im Arztkittel, ein wenig schräg, ein wenig augenzwinkernd, ließ die Welle auf die Klasse wirken. Das war der Fluß, der sich durch die Ebene wälzte und seine Wasser einmal nach dieser, dann wieder nach der andern Seite warf. Typische Verlaufsform für alle Wasser von der Brenz bis zum Mississippi-Missouri. Dr. Merseburg machte den Schnitt durch den Lauf seines Wassers, diesmal mit weißer Kreide und quer zur Flußrichtung. Diesen Schnitt klappte er hoch und projizierte ihn über die Schleife. Eine Art symmetrischer Badewanne — dort, wo der Außenrand der Flußbiegung war, war sie steil und tief, auf der anderen Seite, im flachen Innenrund der Schleife, stieg sie dagegen nur allmählich an. Zwei Strömungen rieben sich in dieser Wanne, die Merseburg als zwei verschieden große Kringel mit Pfeilen zeichnete: ein kleiner, spitzer an der steilen Seite und ein großer, ausladender im innern, flacheren Bereich. Es gab also nicht nur die einfache Bewegung des Wassers den Flußlauf hinab — das zu Tal strömende Wasser bestand selbst aus zwei unaufhörlich sich drehenden Walzen, die gegenläufig aus der Mitte des Flusses rotierten, sich voranschraubten und dabei die Ufer vom Grund her ausschliffen. Die größere der Walzen hob dabei die seichtere, aber weiter ausgreifende Innenseite der Schleife aus, während die kleinere, die ihr sozusagen wie ein sich drehender Bohrmeißel auf der Stirn saß, die längere, steil ausfallende Außenseite der Flußschlinge grub. Doch schon beim nächsten Bogen drehte sich die Sache um. Dr. Merseburg machte abermals einen Schnitt: Jetzt floß die größere der Walzen in die kleinere und diese wechselte von der äußeren Seite der Flußschlinge in die innere. Die beiden Strömungen tauschten Ort und Funktion und kreuzten doch einander nur, um wieder je sie selbst zu sein. Dr. Merseburg, er demonstrierte diesen Wechsellauf des Wassers, und er vollführte mit seinen nervigen braunen Händen harte, beschwörende Bewegungen. »Hin. Her. Und so. Verwinden. Verdrehn. Und jetzt wieder so. Und so verschraubt. Alles fließt. Und weil es Leben ist — asymmetrisch.« Welle aus Welle und Schlinge auf Schlinge. Erst mit der blauen Kreide, dann mit der weißen. Rund, dann eckig. Erst Bewegung, darauf Ornament. Laufschmuck. Und schließlich stand Dr. Merseburg wieder da, lächelnd, in der Einfalt geheimer Rhythmen, ein Trickverräter der Schöpfung.

»Es geht dir gut?« Lusine Schmuck fragte es von ihrem Liegestuhl aus, in dem sie unter dem andern Fliederbusch lag. Es ging ihm gut. Und er war sich der Wirkung seiner Gefühle oder seiner Gedanken so sicher, daß er gar nicht antwortete, sondern sich in seinem weißen Gartenstuhl nur seufzend streckte. Und auch Frau Schmuck, die ihn sehr gut verstand, streckte sich ein wenig in ihrem gelbgestreiften Liegestuhl und wandte sich lächelnd wieder ihrem Exemplar der *Universitas* zu, das sie auf dem weißen durchschimmernden Fleisch ihrer Oberschenkel hielt.

Lothringer nahm seine Kladde zur Hand, die neben dem Orangensaft lag, und machte sich Notizen. Es war diesmal nicht der Ehrgeiz, den Stand der Turbulenzforschung für die *Neue Naturwissenschaftliche* zu bilanzieren. Das Projekt hatte sich unversehens verändert. Was ihm vorschwebte, war ein Buch, das die herkömmlichen Schwierigkeiten, die Bücher machten, einfach umging. Ein Buch, das man, wie er sich vorstellte, von jeder beliebigen Seite, die man aufschlug, her lesen konnte. Und auch so schreiben konnte, natürlich. Die Idee zu einem solchen Buch hatte er schon lange. Es war für ihn immer wieder mit einer gewissen Enttäuschung verbunden, wenn er die Arbeit eines Kollegen las. Die beste Regung, sie ging dabei oft verloren. Das Wort, das vielleicht ein Name war, der gerufen werden mußte, verhallte. Am Schluß das balkenschwere *Quod erat demonstrandum*, der Flug endete in einem Rübenacker von Quellenangaben. Ja, Staub, das war es, was von den Sternen übrigblieb.

Die erste Ahnung, daß Bücher ganz anders sein müßten als sie waren, kam ihm, viele Jahre her, er war noch Diplomand und sammelte für seine Abschlußarbeit, an einem dieser kleinen Tische in der Deutschen Bibliothek, die mit ihren großen Fenstern auf den See im Palmengarten schaute. Er saß stets auf dem gleichen Platz, ganz außen in der letzten Reihe. Keine zwei Schritte zu seiner Rechten lief die Glaswand, die den Saal vom Gang trennte, und hinter ihm war auch wieder Glas, so daß er, wenn er sich umschaute, das ganze Foyer mit seinen Stufen zur Garderobe hoch und den Türen zur Vorderfront der Bibliothek sehen konnte.

Eines Nachmittags, als er einer jungen Frau nachschaute, die nun schon wiederholt aufgestanden und hinausgeeilt war, traf sein Blick den Blick der Garderobenfrau, die dort oben hinter der Holzverschalung saß und die Eingangshalle, aber auch den Lesesaal überschauen konnte. Und er hatte in diesem Augenblick das merkwürdige Gefühl, *nicht ganz echt zu sein.*

Für die Garderobenfrau stellte sich das Leben in der Bibliothek völlig anders dar. Die Benutzer im Lesesaal mochten ja für sich selbst noch die Meinung haben, etwas Produktives zu tun, und das mochten sie mit ihrer Betriebsamkeit, ihren Bücherbarrieren, ihrem Hin und Her auch voreinander demonstrieren — für die Garderobenfrau galt da eine ganz andere Perspektive. Sie sah nur Personen, die sich die Nase rieben, mit den Knien wippten, aufsprangen, hinausrannten. Studenten, die wichtigtuerisch Bücher wälzten und im nächsten Moment lange Blicke nach den Studentinnen warfen, wie sie hinausrannten oder sich bedächtig wie Marktfrauen zwischen ihre Stapel plazierten. Sie sah nur junge Frauen über farbige Atlanten gebeugt, eine Haarsträhne im Mund, freudig erschreckt hochfahren, wenn sie ein schnauzbärtiger Kommilitone an der Schulter berührte; die den Blick vom bloßgelegten Muskel hoben und zu den Schwänen draußen auf dem Wasser schauten, schwermütig oder gedankenlos, bis sie nach trägen, zäh verfließenden Minuten den Blick wieder auf den rohen Muskel führten und der Zyklus sich dann wenig später wiederholte. Für die Garderobenfrau war alles ganz anders, weil für sie alles ganz einfach, einfach alles *richtiger* war. Denn sie wußte ja nicht, um was es in den Büchern ging und welche Wissenschaft dort getrieben oder nicht getrieben wurde. Sie sah nur, was zu sehen war: meist junge Menschen, die es nicht auf ihren Plätzen hielt. Ihr machte keiner etwas vor. Sie sah, was die Bibliotheksbesucher dort wirklich wollten. Aus dem Hin und dem Her, dem Als-Ob und dem Vielleicht extrahierte sie das Wesentliche. Die Garderobenfrau sah, was *echt* war, und insofern war sie ein wenig so, wie Gott war, wenn er sich für die Menschen, die er geschaffen hatte, wirklich interessierte. So oder ähnlich kam es Lothringer vor, und er betrat die Bibliothek in den folgenden Wochen bis zum Abschluß seiner Arbeit wie ein Laboratorium, wo echte und unechte weiße Mäuse mittels einer einfachen Glaswand durchschaut wurden.

Eine wissenschaftliche Arbeit würde es nicht, jedenfalls nicht in dem Sinn, wie Wissenschaft in all den Seminaren, Instituten, Bibliotheken verstanden und betrieben wurde. Aber das würde dann wohl an dieser Wissenschaft liegen, wie sie sich seit Newton etabliert hatte und von einer stolzen Horde von Scharmützel zu Scharmützel getragen wurde wie ein Schellenbaum. Überhaupt, datierte unsere Wissenschaft nicht aus jenen Tagen, als es diesem Europa wichtig war, sich gegen die Türken abzugrenzen, an die es schon Byzanz verloren hatte? Vielleicht war es ja auch umgekehrt, dieses Europa sah zu, daß es die Goldmachertiegel und Blutegel hinter sich ließ, um über Leibnizsche Integrale Ruck für Ruck zu den Sternen zu gelangen, wobei es am Ende die Teflonpfanne zurückbehielt und die Spenderniere des Unfallopfers. Vielleicht bedurfte es ja eines Tumults, um sie ein bißchen muntrer zu machen, eines Schellenbaums, um sie ein wenig aufzuwecken. ›Umzutürken‹, schrieb Lothringer in seine Kladde, und er genoß seinen Sarkasmus, denn es war ja auch seine eigene Wissenschaft, gegen die er hier mit osmanischem Sinn zu Felde zog, und er wußte ja auch, daß er diese Wissenschaft, die an den Rand des Universums klopfte und hier die Tür nicht zubekam, selbst mitentwickelte und weitertrug, ein weiteres kleines x war in der Kurve, die steil nach oben ging.

Ja doch, er hielt sich mit diesem Sarkasmus auch schadlos an seiner eigenen Zunft. Denn wenn er ehrlich war (und wenn es damals mit rechten Dingen zugegangen wäre), er hätte niemals Physik studiert, sondern eben Deutsch und Geschichte. Und er erinnerte sich unter der blühenden Parabel des Strauchs an die Feste, mit denen er den Geschichtsunterricht durch zusätzliche Lektüre begleitet hatte. Fridell. Spengler. War sein Geschmack in punkto Dichtung auch höchst konventionell (vielleicht, weil Fräulein von Sydow, dieses Übergretchen, eine höchst frivole Schwäche für die Klassiker hatte), so mußten für ihr zweites Fach die Spötter, die Verächter her. War es nicht außerordentlich *süß*, das rosenhafte Hervorbrechen der neuzeitlichen Vernunft mit dem Tag zu beginnen, an dem auch die schwarze Pest in Europa ausbrach? Aber als sie bei der mündlichen Prüfung, bei der sie als Beisitzerin zugelassen war und auf die etwas ratlose Bemerkung des Kommissärs vom Oberschulamt, was man denn jetzt noch fragen könne, mit ihrer sanften Stimme den Namen des Mannes zu hören begehrte, der für den Frieden mehr getan hatte als jeder andere, war für ihn auch die Geschichte erledigt. Nicht, weil er die falsche Antwort gab, sondern weil er, als Fräulein von Sydow sich bei dieser Frage lächelnd über den Tisch beugte, sah, daß der Kragen der weißen Bluse, die sie unter ihrem byronfarbenen Bolero trug, alles andere als sauber war.

So war er nicht auf einem Gymnasium gelandet, sondern im Keller. Lothringer leerte sein Glas. Dieses Buch, es wäre sicher auch ein Buch über die Liebe. Und es würde ihm damit vielleicht gehn wie mit den beiden Menschenschlangen, die er, als er über dem tiefsten Punkt des Badesees versinken wollte, am Ufer sah. Irgendwann fand man ja denjenigen oder diejenige, den man immer gesucht oder die man immer geliebt hatte. Und so war es denn genau richtig, daß Lusine Schmuck sich in diesem Augenblick vom Liegestuhl erhob und seine Gedanken mit der Frage, ob sie nun nicht hineingehen sollten, zerstreute.

10 # ATTRAKTOR UND KARAMBOLAGE

Alle schienen sich entschlossen zu haben, am folgenden Montag das Semester nun doch zu beginnen. Das Institut summte vor Arbeitslust, unter dem Dach bei den Kristallzüchtern sang es sogar. Trotz des hellen Sonnenscheins konnte man die Reflexe von Henriettes Lasern im zweiten Stock sehen, die farbige Streifen auf den Hof und den Betonbunker des gegenüberliegenden Heizwerks warfen. In der Festkörperabteilung, wo ein lithium-verstärktes Aluminium einem zweimonatigen Streßtest unterzogen wurde, hämmerte es, als würden dort Nieten in eine ganze Airbusflotte geschossen, und bei den Heliumkochern kündigten lange schlürfende Geräusche die Geburt eines neuen Supraleiters an.

Auch bei den Chaosforschern begann die Woche mustergültig. Da McIntosh offenbar, ohne daß ihn jemand angezapft hatte, das ganze Wochenende arbeiten konnte, waren sämtliche Karambolagen des laufenden Semesters auf einen Rutsch ausgerechnet worden; Fetzer und Raue ernteten, als Lothringer im Keller erschien, gerade die Datenschlangen, die aus dem Printer quollen, eine halbe Tonne Papier, bedruckt mit allen wünschenswerten Resultaten. Lothringer erbat sich die Ergebnisse, weil es klar war, daß er sich in dieser Woche würde hinsetzen müssen, um endlich den Kaulbachschen Deformationen zu Leibe zu rücken. Er hoffte, die Abweichungen vielleicht doch als weitere Muster chaotischer Selbstähnlichkeit dingfest zu machen, womöglich einen Seltsamen Attraktor im Prozeßverlauf zu finden; sicher war es nicht, es konnte sich auch tatsächlich um Irregularitäten ohne Wert und Anstand handeln.

Auch Albert und Ferdinand waren schon frisch bei der Arbeit. Sie hatten den Schwimmer die ganze vorige Woche beobachtet, um festzustellen, ob nach der Neubeschichtung des Brunnens und des Zylinders die Abweichungen im Attraktor des Schwimmers verschwunden waren. Denn auf den Bahnen des Schwimmers, der getreu die Turbulenzen im Brunnen dort unten verzeichnete, hatten sich ebenfalls unerklärliche Brüche gezeigt.

»Er läuft?« fragte Lothringer.

»Hüpft vor Freude«, meinte Ferdinand.

»Bei jedem neuen Kaulbach«, ergänzte Albert.

»Gut. Gebt mir täglich das Material. Ich bau ein Programm. Vielleicht finden wir eine Gleichung. Laßt auf jeden Fall McIntosh ran, er ist gerade gut drauf und hat diese Woche jede Menge Kapazität.«

»Wie das?« fragte Ferdinand, der sich gern ein wenig darüber mokierte, daß sie als Diplomanden beim Rechner nicht immer so ohne weiteres zum Zuge kamen.

»Erstaunlich, doch«, meinte auch Albert, indem er an dem antistatischen Lappen schnupperte, mit dem er die Beobachtungsbühne für den Schwimmer allmorgendlich säuberte, und ihn dann auch Ferdinand unter die Nase hielt.

»Er hatte eben ein gutes Wochenende«, meinte Lothringer und ging in sein Zimmer, um sich an die Arbeit zu machen. Die ersten Bedingungen hatte er rasch für sich abgesteckt. Es ging zunächst darum, den chaotischen Verlauf zweier Systeme zu beschreiben, deren Bewegungsformen sehr unterschiedlich waren. Während im Brunnen die Turbulenzen, die durch den rotierenden Zylinder entstanden, vom Schwimmer abgefaßt und direkt aufgezeichnet wurden, war es im Fall des spielintegrierten Billardtischs eine beliebige

Folge von Karambolagen, deren chaotisches Verhalten erst in einer längeren Serie dargestellt und interpretiert werden konnte. Dennoch gab es, was die Darstellung beider Systeme anging, keine Probleme. Der Schwimmer malte seinen Seltsamen Attraktor im Phasenraum brav als dieses bunte Spaghettigericht auf den Schirm, und das Impulsdiagramm des Billardtischs ergab, nachdem sie sich für eine Taos-Clay-Auftragung entschieden hatten, dieses vielfältig gebrochene Rautenmuster mit fünffacher Symmetrie und Fernwirkung ohne Periodizität. Und beide Systeme zeigten auch bezüglich ihres chaotischen Verlaufs im Feigenbaum-Szenario exakt die zu erwartende Reihe mit ihren Bifurkationen und Kaskaden. Soweit war alles, wie es der Chaosforscher erwarten konnte und wie es sich mit den Befunden der andern Chaosforscher rund um den Globus deckte. Neu und überraschend waren eben die Kaulbachschen Deformationen, auf die sie seit einiger Zeit immer wieder stießen.

Beim Attraktor des Schwimmers zeigten sich diese Deformationen als komplementäre Farbsprünge auf den Bahnen. Seine Abbildung war so programmiert, daß die Farbe des Orbits im Sinn des Spektrums wechselte. Anhand dieser Farbfolgen konnten die Winkelgrade des Schwimmers in allen Ebenen genau bestimmt werden, ebenso die Geschwindigkeit, mit der er seine Bewegungen ausführte; jede Farbschlinge entsprach einer Turbulenz. Bei den Sprüngen aber, die der Attraktor nun irregulärerweise machte, wechselte die Farbe mitten auf der Schlinge in ihre Komplementärfarbe, und zwar immer nur für die Dauer eines der Markierungspunkte, aus denen sich die Bahnen des Attraktors zusammensetzten. Dann lief die Kurve, als sei nichts geschehen, weiter. Diese Farbsprünge geschahen irgendwo auf dem Orbit; sie traten spontan auf. Doch wenn sie auftraten, und das war nun das typische bei diesen Aberrationen, dann immer in Serie. Kam die Kurve nämlich bei einem ihrer nächsten Durchläufe in die Nähe dieses Punkts, so machte sie wiederum einen Sprung, so als wiederhole sie den Bruch von eben oder imitiere ihn. Eine vollständige Serie Kaulbachscher Abweichungen baute sich über einen längeren, aber eben auch wieder nicht bestimmbaren Zeitraum auf. Irgendwo rechts oben konnte auf einer Bahn ein solcher Farbsprung auftreten. Dann, viele Bahnen später, einer links unten. Dann konnten in rascher Folge solche Punkte irgendwo hier oder dort auftauchen wie die Markierungslichter eines Flugobjekts auf einem Radarschirm. Es kamen mehrfache Sprünge auf einer Schleife vor. Es schien keine Regel dafür zu geben, wo der Orbit seine kuriosen Farbsprünge machte.

Ließ man jedoch in solchen Sprungphasen den Spektrographen mitlaufen, der die Kaulbachschen Punkte einsammelte und speicherte, dann entstand, wenn man die Aberrationen später wieder in den Phasenraum einspeiste, ein typisches Bild. Und zwar waren es regelmäßig halbmondförmige Schwünge, die von diesen Punkten gebildet wurden und die überall im Phasenraum verteilt sein konnten. Lothringer rief sich einen dieser aus langen Attraktorwegen gesampelten Schwünge, einen solchen Kaulbach auf seinen Schirm. Aber mehr, als daß es ein Kranz verschiedenfarbener Punkte war, konnte er eben vorderhand nicht sagen. Ließ man die ganze Corona einer solchen Serie über den Schirm, dann standen gleich ein Dutzend oder mehr dieser Schwünge da. Wie Halbmonde sahen sie aus. Oder wie mit glitzernden Juwelen besetzte Bananen, die von einer freigebigen Hand gestreut, nun da im Raum schaukelten. Ebenso konnte man sie als Dolche sehn oder Sicheln; jeder dieser bunten Steine war ja ein Punkt, in dem der Attraktor zerschnitten wurde.

Etwas anderes war es im Salon. Hier hatten sich die Kaulbachschen Deformationen zunächst nicht so offensichtlich gezeigt und waren zunächst eigentlich nur bei der Skalierung aufgefallen als zusätzliche Zahlen, die dem Prozeßverlauf nicht zugeordnet werden konnten. Zuerst dachten alle an einen Programmierungsfehler, der aber nicht gefunden werden konnte. Dann glaubten sie, daß der gute alte McIntosh Ausfallerscheinungen zeigte; aber alle Testprogramme, die man ihm gab, absolvierte er, ohne mit der Wimper zu zucken.

Es kam dazu, daß die Feigenbaum-Werte, die den jeweiligen Verzweigungsgrad des Systems anzeigten, präzis an ihrer Stelle saßen. Einziges Indiz waren diese Zahlen, die bei den Kolonnen, die der Drukker auswarf, immer dicht bei den Bifurkationswerten lagen und als winzige Höcker in den Skalen erschienen. Natürlich verfielen sie alle gleich auf den Trick, diese zusätzlichen Zahlen mit der Zeit zu korrelieren, die der Drucker brauchte, um sie zu drucken. Würde er länger brauchen, als für einen bestimmten Abschnitt im Diagramm vorgesehen war, hätte man den Fehler lokalisiert: er läge dann in der Printereinheit und wäre mit einem bestimmten Testprogramm zu orten gewesen. Aber das Überraschende geschah: der Drucker brauchte genau die vorgeschriebene Zeit, auch wenn diese zusätzlichen Zahlen auftauchten; er druckte sie, wie Raue ganz treffend formulierte, einfach schwarz mit. Sie erstellten ein Programm, das die rhythmische Frequenz des Printerkopfs abnahm und über den Monitor sichtbar machte. Und es zeigte sich ein erstaunliches Phänomen. Wenn die irregulären Zahlen auftauchten, erhöhte sich die Frequenz ein wenig, das heißt, der Drucker arbeitete für einen Moment etwas schneller, so daß die Zahl, die da nicht planmäßig erschien, gleichsam unbesehen mit durchrutschte. Aber noch erstaunlicher war, daß der Drucker auf diese irregulären Zahlen vorbereitet schien. Bei einer genauen Analyse des Frequenzgangs stellten sie fest, daß dieser Höcker, wenn man ihn vergrößerte, eine regelmäßige Form aufwies, nämlich nichts weiter als eine Parabel war. Die einzige Schlußfolgerung aus dieser deprimierend einfachen Tatsache war, daß der Drucker durch diese zusätzliche Zahl also nicht gestört wurde, sondern sie, gleichsam vorausschauend, mit ins Programm nahm. Er erhöhte seine Geschwindigkeit bereits, bevor die Zahl, die da zuviel war, ausgedruckt werden mußte. Er beschleunigte also schon im Vorfeld (machte Druck, wie Raue es, wieder mal treffend, sagte), legte sich das Material gleichsam zurecht und staute die Zeit, die ihm zur Verfügung stand. Er schob sich damit, wenn man so wollte, durch eine kurzfristige Frequenzanhebung der irregulären Zahl regelrecht entgegen, wie die Hülle des Eis dem Spermatozon, das in seine Nähe geriet. Das war das Bild, das bei diesem Befund allen im Keller einfiel, obwohl es keiner aussprach, auch Raue nicht.

Raue war es aber, der das Phantom als erster sah. Er hatte sich, wie er es in der Mittagsstunde gern machte, in den Sessel gegenüber dem seine Muster auswerfenden Computer gelümmelt, die Beine ausgestreckt, über dem Gesicht seinen *Payboy*. Und da hatte er es entdeckt. In diesen typischen fünfzähligen Kacheln des Taos-Clay-Musters, das sie für die Darstellung der Karambolagen gewählt hatten, tauchte es auf, ganz kurz und flüchtig, hier und dort aufblitzend in einzelnen Rosetten, die nur sichtbar wurden, weil sie in dem umgebenden Muster eine andere Farbe hatten als die, in der das Muster, Raute für Raute, Zehneck für Zehneck, gerade aufbaute. »Sie hat mir zugezwinkert!« schrie Raue so lange, bis alle im Salon erschienen. »Eben hat sie mir zugezwinkert!«

Sie wollten es zuerst nicht glauben und machten so ihre Witzchen. Aber Raue beschwor sie, sich in den Sessel zu setzen, sich zu entspannen, an gar nichts zu denken. Sie stoppten also den Prozeß und ließen die fragliche Sequenz abermals durchlaufen. Daß ein Kaulbachscher Wert aufgetreten war, bewies der Ausdruck: da war der kleine Höcker und da war, dicht bei der Feigenbaumkonstante, die fremde Zahl.

»Ich sehe nichts«, sagte Fetzer. Und auch Ferdinand und Albert sahen nichts.

»Jetzt!« schrie Raue, der die Simultanschaltung am zweiten Schirm überwachte.

Wieder und wieder ließen sie die Sequenz ablaufen, eins ums andere Mal flackerte das Kachelmuster farbig über den Schirm. »Ja —«, sagte Albert, erst zögernd, dann laut und bestimmt.

»Wir haben sie!« schrie Raue zitternd, der mit Lothringer zusammen die Skalen am andern Schirm überprüfte.

Es stimmte. Albert und Ferdinand riefen ihr »Ja!« oder »Natürlich!« immer genau dann, wenn die Zahl auftauchte. Und da Lothringer vorsichtshalber die Sequenz am Permanenter immer wieder etwas verschob, so daß sie nicht zählen oder heimlich auf ihre Uhr schauen konnten, war es natürlich völlig überraschend, daß ihr verblüfftes »Jetzt!« immer mit dem Durchgang der fraglichen Zahl zusammenfiel. Es war richtig. Wenn man sich, entspannt im Sessel sitzend, die Augen abgeschirmt, in aller Ruhe dem Geschehen auf dem Bildschirm überließ, konnte man auf einmal hier und da eine der Rosetten im Taos-Clay-Muster aufleuchten sehn. Das geschah ganz nebenher — die Dauer dieser partiellen Verfärbung währte nur Sekundenbruchteile. Ein momentanes Aufblitzen, ein Flackern. Es war wirklich ein ›Zwinkern‹ des Musters, und es war um so leichter zu übersehen, als das Auge ja damit beschäftigt war, die Ausbreitung der neuen

Farbe, die von einer der vielen Kacheln ausging und sich wuchernd über die ganze Bildfläche verteilte, zu verfolgen. »Ja!« rief Lothringer, und die andern am Kontrollschirm klatschten laut Beifall.

Übrigens war es auch hier im Salon gewesen, wo sich der Ausdruck ›Kaulbachsche Deformation‹ gebildet hatte. Kaulbach war in Wahrheit kein Begriff und war auch kein Entdecker, nach dem etwas benannt worden war. Kaulbach war einfach nur Unlust, war Saumseligkeit, Schlendrian. Wenn einer nicht mehr wollte oder einfach mal etwas ausließ oder vergaß, hatte er den Kaulbach. Wenn ein Versuch nicht klappte, eine Gleichung nicht aufging, steckte der Kaulbach drin. Man mußte ihm Tribut zollen wie einem Hausgeist, und man mußte ihn überwinden. Er war das übersehene Kabel bei der Schaltung der Sensoren und das vertrackte nichtlineare Glied bei glücklich sich fügenden Gleichungen. Manchmal verhielt er sich über Monate still und hockte irgendwo auf den summenden Generatoren, aber manchmal erwartete man ihn auch geradezu wie den Einsatz des Heimchens hinter der Wand. Und nur die, die schon sehr lange im Institut waren, wußten, daß Kaulbach ursprünglich einmal ein Professor gewesen war, der, von einer andern Universität hierher zum Institutsleiter bestellt, niemals gekommen war. Ein Semester lang hatte man auf ihn gewartet. Es waren die Zeiten gewesen, da sich Institutsräte und Revolutionäre Zellen gebildet hatten, als die Vorräte an Silberbromid dafür benutzt wurden, Forderungen nach Selbstverwaltung an die Wände zu sprühen und Heisenberg oben im Treppenhaus eine Karl-Radek-Brille trug. Auf einer Institutsversammlung, die neben einer Absichtserklärung zum herrschaftsfreien Dialog aller mit allen und der Einsetzung der Wissenschaft zum Wohl des Volks wie die Umbenennung des Instituts in ›Bessere-Welt-Labor‹ forderte, war Kaulbach zum ›Kommissar für Volksforschung‹ ernannt worden. Kaulbach trat mal an der TU Berlin, mal im Max-Planck-Institut in München, aber auch auf Massenveranstaltungen in Köln und Hamburg auf und hielt äußerst radikale Reden gegen den Meinungsterror der Boulevardpresse und über den Zusammenhang von Wissen, Dummheit und Macht. Seine Ausführungen, bejubelt, gefeiert, gipfelten regelmäßig in der Forderung, das Wissen abzuschaffen und durch ›Freie Volks-Forschung‹ zu ersetzen. Denn Wissen, so wurde ein Satz von ihm in einem Papier, das der Institutsversammlung vorlag, zitiert, war nur Besserwissen und mußte überwunden werden. Nur, Kaulbach kam nie. Und im übernächsten Semester, als die ›Rote Zelle Biochemie‹ ebenso verschwunden war wie das ›Revolutionäre Glied Mathematik‹ und das Kultusministerium angesichts rapide anschwellender Bewerbermassen auch bei den Naturwissenschaften den Numerus clausus einführte, erbot sich Pembruck, der damals Assistent des legendären Festkörper-Theoretikers Zubrügel war, das Kommissariat ehrenamtlich neben seiner Tätigkeit als Fachschaftssprecher mitzuverwalten. Das wurde einstimmig beschlossen, da jeder im Institut, ob dem Lehrkörper, dem sogenannten Mittelbau oder der Studentenschaft zugehörig, darin einen bequemen Weg sah, sich von der Revolution zu verabschieden, ohne doch in den Geruch zu kommen, sie einfach zu liquidieren. So übernahm Pembruck das Kaulbachsche Kommissariat, das in einem leerstehenden Büro in der Photoemission und einer ausgedienten Rotaprint bestand, mit der Miene eines Märtyrers. Allen war Pembruck, der damals schon diese stabile Statur hatte, aber noch lange Haare trug, die ihm das Aussehen eines gutmütigen Golem gaben, als der richtige Mann erschienen, den Kaulbachschen Stuhl kommissarisch zu halten. Und in einem gewissen Sinn war er das auch. Kaulbach konnte künftig alles sein, was irgend erstaunlich, heimlich oder auch exzeptionell war.

Daran war natürlich auch zu denken — welchen wissenschaftlich hinreichend präzisen Begriff man dem Phänomen der Attraktorsprünge des Schwimmers und dem Auftauchen der irregulären Zahlen am Billardtisch gab. Denn Kaulbachsche Deformationen konnten sie ja, genaugenommen, gar nicht genannt werden; im Unterschied zu Kaulbach waren sie ja gerade nachweisbar. Trotzdem, die Vorgänge mußten in einen eindeutigen Begründungszusammenhang gebracht werden, und es war eine entsprechende Nomenklatur zu entwickeln.

Während Lothringer an seinem Schreibtisch saß und überlegte, wie er den Kaulbach in eine wissenschaftlich exakte Form bringen und welche Gleichung er zu seiner Erfassung gegebenenfalls wählen sollte, kam Raue herein, um ihm die ersten Ergebnisse aus dem Computer zu überreichen. Es war ein Blatt mit einem einzigen, am unteren Rand ausgedruckten Satz.

»Was ist das?«

»Das vorläufige Ergebnis.«

Lothringer starrte auf das Papier. HAVE A GOOD TIME stand dort.

»Was soll das?«

Raue zog die Schultern hoch. »McIntosh hat gesprochen.«

Den ganzen Montag und auch alle folgenden Tage dieser Woche brachte Felix Lothringer damit zu, das Störprogramm in der Maschine zu finden. Daß es ein Störprogramm war, sah er leicht daran, daß die Sätze, die der Rechner mal auf Englisch, mal auf Deutsch, aber auch auf Spanisch oder Latein ausstieß, immer an die Stelle des zu erwartenden Zwischenresultats traten, wenn der Rechner also die Daten zusammenfaßte, um den Bifurkationsgrad des Systems zu ermitteln.

Jemand mußte den Rechner und das Programm schon sehr gut kennen, um diese Sätze so gezielt zu plazieren. Eigentlich, so überlegte Lothringer, während er ärgerlich ganze Schubkarrenladungen von Endlospapier wendete wie nasses Heu, konnte es nur jemand aus dem Keller sein, denn nur die Leute hier unten, *seine* Leute, waren mit McIntosh und dem Programm so vertraut, daß ein derart ausgebufftes Ausblocken gerade der Ergebnisse machbar war. Eine andere Möglichkeit bestand freilich darin, daß der gute Mac noch ein Programm von den Laser-Leuten irgendwo in seinem verschlungenen Gedärm trug, das sich nun — Institut war ja schließlich Institut, Kaulbach winkte immer und von überall — auf eine vertrackte Art mit dem jetzigen Programm des Kellers verband. Natürlich, wenn er die Montage des guten Stücks in Rechnung stellte, der ja noch von den Apple-Brüdern persönlich zusammengebaut war, damals in Silicon-Valley, California, in den irren Siebzigern . . .

Doch so weit *wollte* Lothringer nicht denken, es genügte völlig, daß McIntosh Monat für Monat, Tag für Tag, Stunde für Stunde und Sekunde für Sekunde mit abgeklärter Souveränität seine Operationen ausführte, alle, die man von ihm verlangte, indem man spielerisch die große Taste vor diesem Leuchtdiodenfeld schlug, hinter der diese phänomenalen Röhren steckten . . . Wer kam in Frage? Ferdinand und Albert hatten doch jetzt Zugang zum Rechner, sagenhafte Kapazitäten. Aber verstehe einer die jungen Leute. Vielleicht wollten sie Schabernack treiben, wie letzte Woche, als sie am See unter der Birke saßen, Steinchen ins Wasser warfen und die Ringe zählten. Fetzer? Hatte er ihm letzten Freitag oder an einem Freitag in den letzten Wochen nicht richtig zugehört? Spielte Fetzer Pool-Billard gegen McIntosh? Streute er Kalk in den Rechner? Ungelöschten Kalk? Und Raue? Über welche Parkette der ritt mit seinen

Kamikaze-Gäulen, das war nicht auszudenken, und der Teufel mochte wissen, über welche Privilegien Robespierre noch verfügte. Es war nicht nur die Bastille, wie er letzthin verriet, es war auch der Turm Brahmas, dessen tausend goldne Scheiben ständig umgeschichtet werden mußten . . .

»Was verkehrt?« fragte sie.

Mitten in sein wütendes Arbeiten platzte Tina, unschuldig wie eine vorzeitig aus der Haft entlassene Mörderin.

»Verkehrt?« rief Lothringer, überrumpelt, und er begann, da er sich gleichzeitig darüber ärgerte, daß ihn ihr plötzliches Erscheinen im Keller nicht recht freute, laut seine Kümmernisse aufzuzählen. »Alles ist verkehrt. Der Attraktor des Schwimmers ist seltsam, er ist mehr als seltsam, er ist absurd, hier auf dem Papier gehn die irregulären Zahlen spazieren, und der Rechner hat dazu noch eine eigene Meinung.« Er fuhr mit beiden Händen in den Papierstoß auf seinem Tisch, der auseinanderging wie eine Ziehharmonika. »Keine Gleichung ohne nichtlineares Glied und von allen Mitarbeitern verlassen. Chaos. Kaulbach total!«

»Ich meine mit uns«, sagte Tina Rotermund und lehnte sich an den Prozessor.

Felix sah sie an. Ja, was war eigentlich verkehrt? Daß er das Störprogramm nicht fand, war dumm, aber nicht allzu schlimm, solange es nur ein Störprogramm war und kein Virus, das Material zerfraß. Zu Kaulbach würde ihm irgendwann etwas einfallen, es fiel einem immer etwas ein. Nichtlineare Gleichungen — sie waren doch eigentlich das Schöne hier unten. Seine Leute schließlich, sie hatten diesen Freitag vor Pfingsten freigenommen, Fetzer, weil er einen Termin beim Hautarzt hatte und Raue, weil er mit einem Teil des Programms zur Landesstörstelle nach Darmstadt gefahren war, um es untersuchen zu lassen. Albert und Ferdinand hatten sich die letzten Werte des Schwimmers mit auf ihr Wochenendhäuschen genommen. Und mit ihnen, Tina und ihm, was war da verkehrt? Er wußte es nicht, ihm fiel auch nicht mehr ein, warum sie sich gestritten hatten, ob sie sich überhaupt gestritten hatten. Er griff sich an den Kopf. Wie lange hatten sie sich nicht gesehen? Eine ganze Woche. Das war alles und das war ja auch genug. Und das sagte er ihr.

»Stimmt«, meinte Tina. Sie sah sich um. »Das also ist der Keller.« Sie fragte, was denn ein Attraktor sei; es sei so eine intelligente Bezeichnung.

Lothringer schaltete auf den Brunnen, und nun quoll auf dem Bildschirm jenes seltsame Bündel, das wie das Rieseln eines farbigen Sands oder dünner opalisierender Ketten den Phasenraum in ein unendliches Geflecht von sinnlos-stimmigen Kurven verwandelte, Schleife auf Schleife türmend, sich nie wiederholend, sich selber nährend mit der ewigen Wiederkehr ähnlicher und doch ungleicher Formen.

»Hübsch!« rief Tina, die sich für dieses Geschehen, als sie es zuerst auf Lothringers PC zu Hause gesehen hatte, kein bißchen zu interessieren schien. »Spaghetti! Gleich läuft der Teller über!«

»Dieser Teller läuft niemals über«, sagte Lothringer und erklärte ihr, daß der Attraktor den Phasenraum, den er auf einen fernen, ungewissen Punkt hin durchlief, niemals ganz ausfüllen würde. »Er muß in alle Ewigkeit, beziehungsweise so lange wir ihn lassen, hinter oder neben sich herlaufen wie ein Stafettenläufer, der den Wechsel nicht schafft.«

»Warum?«

»Weil er ein Seltsamer Attraktor ist. Er kann sich, so lange er auch läuft, nicht wiederholen. Er kennt sich nicht.«

»Er kennt sich nicht?«

Lothringer führte Tina hinunter zur Brücke, wo sie in die Zisterne sehen konnte. »Schau hier in dieses Glas.« Tina beugte sich über das Kontrollfeld, in dem der Schwimmer, angestrahlt von den beiden kreisenden Lasern, direkt zu sehen war. »Das ist der Vagabund. Und da läuft er. Welle für Welle. Strudel auf Strudel. Und immer wieder fort. Auf den einen Wirbel, der ihn rechtsherum dreht, folgt einer, der ihn nach links wirft. Aufwärts. Oder auch hinab. Und nie die gleiche Bewegung, wie weit er auch schwimmt. Und nie der gleiche Ort, wo immer er sich dreht. Und kommt nie an.«

»Weil er ja verrückt werden muß«, sagte Tina, die den Tanz des Schwimmers durch den blauen Doppelstrahl fasziniert beobachtete.

»Er macht seinen Weg.«

Tina ging die Treppe, die sich um die Zisterne wand, hinab. Sie legte ihr Ohr an den Mantel des Brunnens, um dem Brausen, das aus dem gewaltigen Stahlbehälter klang, zu lauschen.

»Huh!« rief sie nach einer Weile laut, als sie über das Tosen und Rollen auf einmal zu erschrecken schien, dann stieß sie sich von der Stahlwand ab und sah Lothringer an.

»Hier sind schon Leute verschwunden«, sagte der.

»Hier ?«

»Vor zwanzig Jahren.«

»Da war ich ja noch im Kindergarten«, meinte Tina, die jetzt wieder zur Brücke hochkam.

»Es gibt natürlich jede Menge Beispiele chaotischer Prozesse«, erklärte ihr Felix, »und die Turbulenz des Wassers ist nur eins davon. Allerdings eins, das besonders interessant und komplex ist. In dieser Anlage freilich verläuft es unter den besonderen Bedingungen, die wir ihm durch die steuerbare Bewegung des rotierenden Zylinders verpassen. Die weitaus meisten dieser chaotischen Prozesse laufen mitten im Leben ab.

Nimm den Verkehr vom Frankfurter Kreuz. Oder wenn dein Wasser im Teekessel kocht. Tierpopulationen unter den veränderlichen Bedingungen der jahreszeitlichen Situationen und des Futterangebots. Seuchen, die auftreten und plötzlich wieder verschwinden. Die Vorgänge auf dem freien Markt, das Spiel an der Börse.«

»Ach, ja?« machte Tina, die sich an nichts zu erinnern schien.

»Ja, das Spiel vor allem«, sagte Lothringer, indem er die schwere Stahltür zum Gelaß wieder verschloß und Tina in den Salon führte. »Vor allem das Spiel. Hier fühlt sich das Chaos besonders wohl.« Er schaltete die Lampen unter den grünen Schirmen an.

»Verstehe«, sagte Tina und sah sich verblüfft um.

»Hier produzieren wir die schönsten Karambolagen der Welt«, fuhr Felix fort. Er trat an den Tisch. »Die Kugeln sind die Gehirne des Zufalls. Blind beim ersten Stoß. Kalkulierbar noch beim zweiten. Aber schon beim neunten Stoß gehn sie völlig eigene Wege.« Er nahm ein Queue und stieß in die Kugeln, die auseinanderplatzten, den Impuls verdauten und langsam verrollten. »Unvorhersehbar. Nach chaotischen Mustern. Einer erst entstehenden Ordnung gemäß.«

»Ach, komm«, sagte Tina, die sich eins von Raues Männer-Magazinen nahm, die im Sessel lagen.

»Wir können es oft selbst nicht glauben«, versicherte Felix, »dann probieren wir es immer wieder. Immer neu. Und werden täglich überrascht.« Er schaltete den Monitor an, das Taos-Clay-Parkett baute sich fingernd über den Schirm auf, seltsam verzweigt und intelligent, wie es schien, auf einen Punkt des Zufalls hin, der im Gewirr der Kacheln erst entstehen mußte, um das in einer Farbe immer wieder zerfallende und in einer andern Farbe sich immer wieder aufbauende Muster auf sein unerkanntes Gesetz hin zu erforschen.

»Und manchmal siehst du die Rose.« Lothringer stand da, die Hand über den Augen. »Wie ein Geschenk. Es reicht, wenn du die Augen etwas abschirmst. Im Grunde reicht es, wenn du dich entspannst und einfach hinschaust.«

»Na, hör mal«, sagte Tina Rotermund, die langsam weiterblätterte.

»Wieso auch nicht«, beharrte Felix, der jetzt zu ihr trat und ihr über die Schulter sah.

»Ist das die Wissenschaft?« fragte Tina. Und nun sahen sie beide auf die zeit- und ortlose Nymphe, die sich, flach wie Papier und doch erhaben wie ein Rosenblatt, auf dem grünen Filz des Billardtischs entspannte.

»Hat sie dir zugezwinkert?« fragte Felix und blies in Tinas krauses Haar, das ihn kitzelte.

»Hat sie dir zugezwinkert?« fragte Tina Rotermund zurück. Es war vielleicht die neunte oder die zehnte Karambolage, in die sie sich fanden oder in der sie sich fanden, oder es war der Zufall, der ihr chaotisches Betreiben auf denselben Punkt brachte, während der Schirm weiter Muster auf Muster baute und wieder verwarf und vielleicht auch die Rose bekam.

»Was machen wir jetzt?« fragte Felix und er fragte, als ob er sein Leben neu zu bestimmen hätte.

»Was weiß ich«, sagte Tina Rotermund und tastete nach der roten Kugel unter ihrem schmalen Becken.

11 ##### *SCHIFFSCHAUKELBREMSER*

Das Himmelfahrts-Programm, es wurde Pfingsten nachgeholt, und nun paßte es erst. Zwar war es nicht der Elsässer Hof, sondern ein Wirtshaus im Spessart, wo sie Station machten, aber der Laufacher Lump konnte es aufnehmen mit dem Vosgenauer Riesling, und am Abend fanden sie im schönsten Jossgrund hinter Lettgenbrunn eine kleine Pension, wo sie sich fürs Wochenende einmieteten.

Es war hier in der sonnigen Veranda des Speisesaals, wo Felix Lothringer erfuhr, daß Tinas Vater die auf dem Kontinent führende Fabrik für Feuerfeststeine besaß und daß darum seine Bemerkung über die Rofernit-Aktien weder sehr witzig noch sehr kompetent gewesen war. Nicht nur, daß die neuen Fertigungsanlagen bei Göttingen gegenüber dem Stand von '86 eine mehr als dreifache Kapazität aufwiesen, die den Betrieb, wenn '92 die Grenzen fielen, praktisch konkurrenzlos machten; die Firma, die seit fast hundert Jahren mit allerlei Schamotten Schmelzbirnen und Zementöfen auskleidete, hatte sich erst kürzlich die Schürfrechte für die Bauxitvorkommen in einem riesigen Gebiet am Mount Kimberley in Kanada gesichert, eines der größten bekannten Vorkommen dieses für die Herstellung von Feuerfeststeinen unerläßlichen Minerals. Sie hatte damit eine Rohstoffbasis bis weit ins 21. Jahrhundert, und darum brauchte er, Lothringer, Chaosforscher der zweiten Generation und selbst Chaot, sich um die Aktien der Firma, sie war übrigens eine Kommandit- und oHG, wirklich keine Sorgen zu machen.

»Aber ich *mache* mir keine Sorgen«, sagte Felix, der eine Art Riesenschnabeltasse vor sich sah, aus der flüssiges Gold in bis zum Horizont reichende Gußformen rann.

»Es klang aber so. Egal.« Tina stellte damit ein für allemal klar, daß sie mit ihrem »alten Herrn, dem Feuerfest-Polier«, zwar so gut wie gebrochen hatte, daß sie sich aber jede ironische Bemerkung über ihn verbitte.

»Aber ich *habe* nichts über ihn gesagt«, protestierte Felix.

»Um so besser«, erwiderte Tina Rotermund spitz. »Nur, damit du es weißt.« Im übrigen, meinte sie, gelte das auch für die Aktien. Sie habe sich nämlich nicht von ihrer Familie und »dem ganzen Zauber« abgemeldet, um sich dann von irgend jemandem anhören zu müssen, sie habe aber doch noch Aktien der Firma Rofernit, wie denn das zusammenpasse. »Das eine hat in meinen Augen überhaupt nichts mit dem andern zu tun. Warum soll ich mich von den Aktien trennen, bloß weil ich nicht so will wie mein Altmeister, eh? Und warum soll ich Aktien verkaufen, von denen ich weiß, daß sie abwerfen, abwerfen? Die Firma ist mir schnuppe. Aber sie ist *sehr gesund*. Und das mag ich. Kannst du mir folgen?«

Trotzdem, sie wußte gut Bescheid über Bauxit und Schamott und konnte eine Menge erzählen über Schmelzpunkt und rauhes Gemäuer.

»Rauhes Gemäuer?«

»Nun, wenn so ein Ofen ausgemauert wird, siehst du, dann werden die Steine derart versetzt, daß sie nach einem bestimmten System liegen, eins höher, eins niederer, ja? Und gleichzeitig werden sie so eingesetzt, daß sie in dieser Röhre — denn so ein Ofen heißt zwar Ofen, aber das ist eine Röhre, ein Tunnel, durch den ein Zug fahren kann, und der dreht sich; also: die Steine werden nach einem bestimmten System eingesetzt, in einer Spirale. Und wenn der Ofen sich dreht, dann dreht sich quasi die Spirale nach der andern Seite.« Und Tina verschraubte ihre schmalen Hände an den bräunlichen, stark behaarten Unterarmen über die Reste der Käseplatte, die ihr Menu abgeschlossen hatte.

Als Kind war sie häufig mit ihrem Vater in den Zementhütten gewesen, wo er die Auskleidung der Öfen mit den Rotermundschen Steinen immer selbst überwachte. Denn es waren ja nicht nur die Steine gewesen, die den enormen Drücken und der Hitze standhalten mußten, die Steine mußten ja gesetzt und gemauert werden, und hier lag der kritische Punkt der ganzen Geschichte. Was nutzten die besten Feuerfeststeine, wenn sie dem Ofen aus dem langen Maul fielen wie Zähne. »Dreißig, vierzig Meter. Und länger. Da kann schon was passieren. Und wenn einer ausfällt, lodert, wie wir sagen, dann verabschiedet sich gleich die ganze Platte. Dann gehts zum Brunnen.«

»Zum Brunnen?«

»Nun, was rumpelt und pumpelt mir da im Bauch herum. Und Reklamationen flattern auf Papas eichenen Schreibtisch. 1979/80 — ein ganz schlechtes Jahr. Da war fast alles hin.« Aber dennoch war der Gedanke ihres Vaters richtig gewesen. Alois Rotermund hatte schon Ende der sechziger Jahre, als die ersten Bauerschen Hochleistungsöfen zum Einsatz kamen und die Branche veränderten, beschlossen, die Steine nicht mehr zu mauern, sondern zu ›kleben‹. Das bedeutete eine Entscheidung für Kunststoff-Kitte. Nach anfänglichen Erfolgen gab es Einbrüche. »Die Steine schwammen im Kitt wie Weißbrot in der Suppe!« Aber nach Aufbau einer eigenen chemischen Abteilung, die konsequent nach ultraharten und feuerbeständigen Kitten suchte, wurde Ende der siebziger Jahre ein Polymer gefunden, das allen Anforderungen entsprach. »Seitdem«, meinte Tina und setzte sich eine blaue

Traube in den Camembert, »halten unsre Steine. Papp.«

Da waren auch Schatten im Bild. Oder sollte man sagen, düstere Flammen? Tina erzählte von ungemütlichen Heimsuchungen, bösen Visionen. So hatte sie in ihrer Spätpubertät handfeste Symptome. Sie wurde von Ängsten geplagt, ihr Vater sei in einem Drehofen, den er ausgemauert hatte, eingeschlossen worden. Und der Ofen wurde nun befeuert. Er drehte sich, die Flammen schlugen auf, und Alois Rotermund hüpfte von Stein zu Stein durch die Glut. »Das war schon ganz schön heiß«, meinte Tina und ihre schwarzen Augen sahen Lothringer groß an. »Natürlich wußte ich, das ist nicht möglich. Doch ich rannte nachts schreiend aus meinem Zimmer und auf den Hof durch die verschweißten Paletten mit den Steinen und schrie: ›Ihr wart es! Ihr wart es!‹, und wenn sie mich dann mit ganzen Händen voll Valium und Somnitan beruhigt hatten, sah ich immer noch Papa, wie er versuchte, wenigstens einen Stein aus dem Ofen zu brechen, weil, wenn einer der Steine rausgeht, dann verabschiedet sich die ganze Platte. . .«

Tina Rotermund erinnerte sich auch der rührenden Fürsorge dieses Papas, der nachts brannte und tagsüber ganz kühl am eichenen Schreibtisch seine Geschäfte versah. Er suchte ihre schlimmen Träume zu zerstreuen, indem er mit ihr gemeinsam durch den Mackenroder Wald joggte und alte Märchenbücher las.

»Alte Märchenbücher?«

»Ich mußte eine Therapie machen. Und da hat man mirs dann gesagt. Es kommt alles aus den frühen Märchen, die man mit seinem Vater erlebt hat. Man muß nur graben in dieser Grimmschen Finsternis, und irgendwann tritt der Blaubart ans Licht und verschrumpelt wie ein altes Blatt, und man lacht, und alles ist gut.«

»Wie schön.«

»Ha-ha-ha. In meinem Fall jedenfalls klappte das nicht. Hör mal, wenn der sich drehende Brennofen mit den heißen Steinen deine Vagina ist, in der du deinen Papa einschließt, um ihn nie mehr herzugeben. Na, weißt du, dann ist das wirklich *gar* nicht einfach. *Ich glühe!* Und mein Ofen, vier Meter im Durchmesser, bepflastert mit den besten Feuerfeststeinen der Welt, wenn das mal rotiert, dann hat kein Papa mehr eine Chance. Aber ich wurde ganz schnell gesund. Der Therapeut hielt bei Papa um meine Hand an.«

Tina nahm Felix das feierliche Versprechen ab, sie niemals zu therapieren.

»Ich habe überhaupt kein Talent zu so was.«

»Du *hast* Talent. Du bist skrupellos. Beweis: Du brauchst nicht mal eine Couch dazu.«

»Also war es auch keine Verführung.«

»Es war — eine Karambolage.« Und Tina sprach zum ersten Mal ein Wort fast zärtlich aus.

Mitten in der Nacht wachte Felix auf, weil er glaubte, Tina habe diesen Satz laut geschrieen. Aber Tina Rotermund lag neben ihm, schwimmend in einer Flut schwarzen Haars, und atmete nur leise. Die Nacht war dunkel, und kein Laut drang durchs offene Fenster. ›Was für ein Glück habe ich‹, dachte Lothringer, und da er nicht wußte, ob er damit seinen unterbrochenen Traum oder einen der vielen Sätze Tinas meinte, schlief er mit einem unförmigen Murmeln auf den Lippen wieder ein.

Beim Frühstück lernten sie ein Ehepaar kennen, das ebenfalls die Pension ›Eigertal‹ gesucht hatte, um ein harmonisches Pfingstwochenende zu zweit zu verbringen. Die beiden saßen laut disputierend auf der Terrasse und verstummten, als Tina und Felix hinzutraten, um sich an dem Tisch daneben, wo ebenfalls für zwei Personen gedeckt war, niederzulassen.

Felix war etwas verstimmt, aber Tina ließ sich bester Laune nieder, grüßte die Leute, die sofort zurückgrüßten, und bestellte sich zum Kaffee ein zweites Frühstücksei. Da sich Tina so hingesetzt hatte, daß sie den Blick über die Wiesen und Obstbaumhänge genießen konnte, hatte Felix die beiden im Rücken. Soviel er gesehen hatte, handelte es sich bei ihnen um nicht mehr junge Leute, sie eine das gelbe Sweatshirt und die türkisgrüne Lastexhose ungeniert ausfüllende Blondine, er ein hagerer Bonvivant mit Menjou-Bärtchen und schütterem, mit Wasser oder Brillantine zurückgekämmtem Haar.

»Morgenmuffel?« fragte Tina, da Felix trotz des starken Kaffees nicht recht in Fahrt kam.

»Ich kann das verstehen«, sagte der Mann in seinem Rücken und seine Stimme tremolierte wie bei einem Conferencier. »Ich bin morgens auch meist völlig schweigsam.«

Aber es gefiel Tina, sich mit den beiden zu unterhalten, und so rückte Felix seinen Stuhl ein wenig herum, und sie kamen ins Gespräch.

Die beiden waren aus Aschaffenburg, wo sie, wie der Mann in wortreichen Nebensätzen fallenließ, eine Boutique in bester Lage betrieben. Er betastete sein Bärtchen mit zwei Fingerspitzen. »First and Second Hand«, warf seine Frau etwas ungeduldig ein. »Aber für die Lage natürlich absolut funny.«

»Und Sie? Na, keine falsche Bescheidenheit. Wir merken, Sie sind auch nicht gerade Durchschnittsbürger«, lächelte der Mann, der sich mit Hugo vorgestellt hatte.

»Wir sind eher zufällig hier«, sagte Lothringer vorsichtig, da ihm die Vorstellung peinlich war.

»Und wir sind *nicht* verheiratet«, ergänzte Tina, die sich an dem Fragespiel kein bißchen zu stören schien.

»Na, bitte«, rief Hugo und sah mit triumphierendem Blick seine Frau an, die sich in dem Korbstuhl zurechtrollte und die kurzen Beine in den türkisgrünen Lastexhosen heftig übereinanderwarf. »Es ist immer dasselbe«, sagte sie und ließ die Zigarettenschachtel zurück auf den Tisch fallen. Sie bot Tina, deren fragenden Blick sie verstand, davon an. Tina nahm sich eine, beugte sich über den Tisch der beiden und ließ sich von der blonden Marianne Feuer geben.

»*Sie* sind auch Nichtraucher!« rief Hugo und drehte sich zu Lothringer um. »Sehen Sie.« Und Lothringer war es zum ersten Mal in seinem Leben unangenehm, daß er nicht rauchte. Aber Hugo nutzte den Augenblick, in dem die beiden Frauen interesselos an ihren Zigaretten sogen, um einige klärende Worte über seine Gattin abzugeben. »Sie ist keinesfalls schlecht«, sagte er, den Blick auf ihrer voll im Korbstuhl ruhenden Blondheit. »Verstehen Sie mich da nicht falsch. Aber sie ist auch nicht gut. Eigentlich«, meinte er und sein langer Zeigefinger beschrieb eine violinschlüsselartige Figur in der Luft, »ist sie eine Teufelin. Und sie weiß es. Marianne!« Er schlug seiner Frau herzhaft auf den türkisgrünen Schenkel.

»Ja, was ist denn?!« rief die ärgerlich und drückte ihre Zigarette aus.

Sie ließen sich dazu überreden, mit Marianne und Hugo an den Badesee zu fahren, der angeblich in der Nähe lag. Er lag zwar nicht in der Nähe, Tina kurvte dem alten Mercedes der beiden über allerhand Landstraßen und Staubwege nach, aber er lag am Grund eines gewaltigen Steinbruchs, und tatsächlich waren sie hier die einzigen Besucher.

Hugo schlüpfte aus seiner roten Unterhose und sah, die Lippen gespitzt, Marianne und Tina zu, die sich ebenfalls auszogen und ihre Kleider achtlos zwischen den überall herumliegenden Steinbrocken liegen ließen. »Sie nicht?« tremolierte er erstaunt, da Felix keine Anstalten machte, seine Sachen abzulegen.

»Nein«, sagte Felix. »Ich werde heute nicht ins Wasser gehn. Ich habe mir ein wenig Arbeit mitgenommen.«

Es stellte sich heraus, daß man den Beifahrersitz in Tinas Cabrio herausnehmen konnte, und so hatte Felix im Schatten eines dieser rotgestreiften Sandsteinblöcke einen ganz komfortablen Denkerstuhl. Die andern turnten, von dem gravitätisch magern Hugo geführt, den halsbrecherischen Weg den etwa zehn Meter hohen Steilhang zum See hinab. Felix konnte sie nicht sehen, aber er hörte das dumpfe Planschen, als die drei ins Wasser sprangen, und ihre Schreie, die sich in dem von Menschenhand geschaffenen Felsrund dort unten seltsam brachen.

Eigentlich hatten es die Gleichungen sein sollen, die Lothringer an diesem Pfingstwochenende aufstellen wollte, um den seltsamen Dolchen im Attraktor des Schwimmers und den irregulären Zahlen am Billardtisch endlich auf den Pelz zu rücken. Für eine Reihe seiner Kollegen war das Erstellen von Gleichungen keine Selbstverständlichkeit. Sie betrachteten die numerische Erfassung ihrer Beobachtungen oft als harte, undankbare Arbeit, die mit der physikalischen Forschung nicht in direktem Zusammenhang stand. Sie kamen daher auch gelegentlich zu Lothringer in den Keller, und Felix, der bereitwillig half, wurde nicht zuletzt auch darum im Institut ›der gute Lothringer‹ genannt. Ihm fiel die mathematische Abstraktion leicht, nicht, weil er etwa zum Abstrahieren neigte, sondern weil er, wie er selbst es ausdrückte, im Gegenteil ein anschaulicher Typus war. Er hantierte gern mit Zahlen. Es war sogar so, daß er sich beim Finden von Gleichungen, wie er das nannte, erholte von der mühseligen Arbeit an den Versuchsanordnungen und ihrer dauernden Überprüfung. Aber es gab eben auch einen Punkt, an dem die Anschauung sich festfraß wie ein Sägeblatt und es nur mit Druck und Zug und Krampf weiterging. Das waren die Fälle, wo er merkte, daß er nach einer Lösung *suchte,* nervös wurde, weil er sich dabei ertappte, daß er blind probierte, ohne Vorstellung, ohne Inspiration, und dann gab es auch meistens keine Gleichung.

Der Kaulbach war ein solcher Fall. Schon beim ersten Auftreten der Erscheinungen, vor allem aber die letzten Tage hindurch, beim entnervenden Suchen nach möglichen Fehlern im Programm des Rechners, hatte er bereits mit Gleichungen hantiert, obwohl er sich über das Phänomen noch gar nicht im klaren war. Mit partiellen Differentialgleichungen, die sowieso nur lösbar waren, wenn bestimmte Rahmenbedingungen des Systems, innerhalb dessen sie gelten sollten, festgelegt waren. Er hatte aber geglaubt, daß der Attraktor, den der Schwimmer beschrieb und den sie ziemlich genau kannten, diese Bedingungen hinreichend stellte und daß die Taos-Clay-Diagramme, die sie im Salon fertigten, auch das umgrenzte System beschrieben, innerhalb dessen das Auftreten der irregulären Zahlen erklärbar gewesen wäre.

Hier, an einem völlig fremden See, der in einer kühnen und abrupten Weise aus der Architektur eines mächtigen Steinbruchs entstanden war, stellte sich die Sache auf einmal ganz anders dar. Es war eben falsch gewesen, die Kaulbachschen Abweichungen als Ausreißer zu sehen, als Fehlerquote einer bestimmten Versuchsanordnung. So waren sie nie zu begreifen. Es waren keine Fehler, keine Deformationen, wie auch dieser Einbruch in den Berg mit seinen Abstürzen und dem Kessel in diesem Sinn ja kein Fehler war.

Denn was hier fehlte, es stand dort drüben auf der Höhe jenes Bergs. Das Schloß, aus den rotgestreiften Sandsteinquadern, die hier gebrochen wurden, erbaut, es war die Stimme dieser erhabenen Kulisse, die sonst nur als ein stummer Riß erschien. Lothringer legte das Voss'sche Handbuch beiseite, diese Schwarte, in der auf über tausend Seiten Substitute zu partiellen Differentialgleichungen aufgeführt waren, und dazu wiederum partielle Hilfsgleichungen, Krücken über Krücken, um sich *dem* Differential zu nähern, das den Übergang von einer Gestalt in eine andere endlich ermöglichen sollte, was doch niemals wirklich gelang, weil es nämlich keine gleitenden Übergänge gab, sondern nur Brüche, Steinbrüche ...

Es waren Vogelschwärme gewesen, die er heute morgen in den unwegsamen Augenblicken des Erwachens wieder gesehen hatte, keine Zahlen, wie er irrtümlich meinte, aber vielleicht waren es ja auch die Zahlen, die, der Erfüllung linearer Gleichungen überdrüssig, sich über einem Feld wechselnder Koordinaten auf einmal wie Vögel verhielten. Warum dachte er schon seit Tagen beharrlich an die Taubenschwärme, die sich am alten Straßenbahndepot bei der Universitätsbibliothek immer wieder in unvorhersagbaren Augenblicken erhoben? Wie auf ein Signal hin erhoben sie sich, ein kompliziertes Durcheinander schwirrender Flügel, das gleich darauf seine Bahn als strukturierte Wolke zog und, nach einer Runde um den Platz oder nach zweien, wieder auf dem Dach des Depots oder der neueingepflanzten Wiese davor niederging. Man spürte manchmal geradezu die Unruhe, die man erzeugte, wenn man durch seinen raschen Schritt eine der Tauben scheuchte, die da vor einem hin und her trippelte und pickte, das gelbe Auge schräg im gefahrvollen Himmel. Wie sie, die Flügel gebrauchend, einen Satz machte, aber dann just dort landete, wo man selbst, um ihr auszuweichen, hinschritt; und wie das dumme graue Tier mit seinen bösen Augen in Panik geriet, man spürte diese Panik förmlich und spürte schon den Punkt, wo sich die Unruhe der einzelnen, starrsinnig hin und her trippelnden Taube auf die andern grauen Tauben übertragen würde. Und aus dem ganzen kopflos herumpikkenden Verband eine schiefrige, ärgerlich klatschende Wolke machen würde, die über ein regelloses Durcheinander von Federn und Schatten hinaus auf einmal Höhe und dann diese hinreißende Ordnung gewann, in der der ganze Schwarm als stolze Staffel seine weithin fahrende entrückte Bahn fand. Das war einer dieser Übergänge von einem Zustand in einen andern, wie sie im Physikalischen Institut an den verschiedensten Stoffen experimentell erfaßt und nachvollzogen wurden. Phasenübergänge nannte man sie dort. Beobachtet wurde dabei, wie ein Material aus einem zunächst stabilen Zustand, durch Erhitzen etwa, in einen labilen geriet, zum Beispiel kochende Flüssigkeiten, die dann, durch eine chaotische Phase hindurch, in einen neuen Zustand übergingen, der dann wieder stabil sein konnte. Nun, bei Stoffen — Metallen, Fluiden, Gasen — war das durch Veränderungen in der molekularen Basis zu verstehen und zu beschreiben. Beim Taubenschwarm lag die Sache anders, hier war es ein System lebender Individuen, die, selbst jeweils aus einem komplexen Milliardengeschehen von Zellen und Prozessen bestehend, eine spontane Veränderung ihres Zustands herbeiführten und auf einmal ergriffen wurden von einem Signal, das sich dem ganzen Verband mitteilte wie eine Losung oder ein Lauffeuer. Über den Zustand panischer Regellosigkeit erhob sich der Verband (der soziale Organismus, konnte man sagen) und flog seine schwirrende Bahn, eine Kür, deren organisierender Kunstgriff, deren Kniff, deren Arrangement noch im dunkeln lag. Die Phasenübergänge. Lothringer notierte sich das. Er würde darüber nachdenken müssen. Der auffliegende Taubenschwarm. Die Übersprünge des Attraktors. Lothringer erinnerte sich, daß ihm ein Klassenkamerad und Zimmergenosse, es war Gabriel Merseburg gewesen, der Sohn des Schularztes und Meteorologie- und Anthropologielehrers, einmal von einem naturkundlichen Phänomen erzählt hatte, das er in einem Buch über das soziale Verhalten von Tieren beschrieben fand. Die Erscheinung hatte einen Taubenschwarm betroffen. Über einen längeren Zeitraum hinweg hatte der Forscher einen solchen Schwarm beobachtet, wie er, von seinem angestammten Schlag aus, seine Bahnen zog. Eines Tages war ein Habicht in den Schwarm gestoßen. Der Schwarm stob auseinander. Aber jedesmal, wenn er künftig beim Durchfliegen seiner Bahn an die Stelle kam, an der der Habicht zwischen sie gestoßen war, stob er wieder auseinander, um sich, nach tumultarischen Schreckmomenten, erneut zu formieren. Der Augenblick des Überfalls, das Drama, wurde immer von neuem wiederholt und als Bruch, als erinnernder Riß der regulären Bahn einverleibt.

Hatte er da seinen Störfall, die beharrliche Wiederkehr bestimmter Brüche im Attraktor, die sich auf seinen Bahnen als diese merkwürdigen, farbveränderten Punkte sammelten? Erinnerungspunkte? »Habichtskrallen«, murmelte Lothringer.

»Der Bademeister!« rief Tina Rotermund, die nackt dahersprang und ihn mir einer glitzernden Garbe kalten Wassers bespritzte.

Die beiden Frauen trockneten sich gegenseitig ab und legten sich auf große Steinblöcke, über die sie ihre Badetücher breiteten, in die Sonne. Hugo dagegen, nachdem er sich vorsichtig das Haar abgetupft hatte, säuberte mit dem nassen Handtuch regelrecht seinen ganzen Körper, von der Ohrmuschel bis zu den Zehen, wobei er zwischendurch das Handtuch immer wieder knallen ließ wie eine Peitsche.

Am gleichen Sonntag dämmerte Felix auch noch die Lösung für das andere Problem, die irregulären Zahlen in der Karambolagenkaskade des Billardtischs. Wie sich herausstellte, war das Zusammensein mit Marianne und Hugo gar nicht so furchtbar, wie er sich das, als sie vom Parkplatz ihrer kleinen Pension dem Wagen der beiden folgten, vorgestellt hatte. In ihrem Drang, einander ständig auf die Nerven zu gehen, waren diese Leute einfach ein illusionsloses Paar, das sich gegen die Ödnis des Zusammenlebens und gegen den unaufhaltsam fortschreitenden Körperzerfall mit allem fröhlichen Zynismus wehrte; dann, so fand er, gingen die zwei eigentlich ganz liebevoll miteinander um und waren dabei sogar recht unterhaltsam. Auch Tina schien an dem ständigen Gezerre und Getue der beiden ihren Spaß zu haben, und so stimmten sie dem Vorschlag zu, den Abend gemeinsam zu verbringen. Hugo hatte natürlich wieder eine fabelhafte Idee, wo man essen konnte, und es war irgendwie gar nicht erstaunlich, daß die beiden, die mit ihrem grünen Mercedes wieder voranfuhren, ein Lokal ansteuerten, in dem sie gewöhnlich, wie sie beim Eröffnen des Hauptgangs verrieten, samstags abends zu essen pflegten. Und so überraschte es Tina und Felix denn auch weiter nicht, wie sie anschließend über die nahe Autobahn gelotst wurden und in Aschaffenburg landeten.

Marianne und Hugo schienen im ›Pim's‹ bestens bekannt. Sie hatten, kaum stand ihre Flasche Ballantine's, die der Keeper aus einem Schränkchen holte, auf dem Tisch, ihr Thema schon wieder gefunden. »Du mußt natürlich deinen Whisky haben«, rief Marianne.

»Und du wirst ihn wieder leertrinken«, antwortete Hugo gutgelaunt und goß in die vier Gläser, die er in eine Reihe gestellt hatte, verschwenderisch ein.

Es war der Spielautomat, der Lothringer auffiel, einer dieser bunt flickernden Kästen, die mit ihren rotierenden Walzen und blinkenden Zahlen in jeder Kneipe hingen, unvermeidlich wie Zigarettenautomaten, und ihre Signale in die rauchgeschwängerte Luft schickten. ›Ja, das zwinkert dir zu‹, dachte

Lothringer, der über der ständigen Kabbelei der Aschaffenburger langsam doch müde zu werden begann. Die Lichter des Kastens, die nach einem bestimmten Schema immer wieder aufleuchteten, bewegten sich nämlich auf einmal genau nach der Musik, die aus den Lautsprechern über ihm klang. Exakt im Rhythmus des Stücks flammten die um die rotierenden Walzen mit ihren Erdbeeren und Ananas nach oben steigenden Zahlenfelder auf, stiegen taktfest pulsierend hoch, fünfzig, hundert, tausend, zehntausend, und fielen wieder in sich zusammen; über die ganze Fläche hin sprangen farbige Ziffern, Signale, *Play, Stop, Repeat,* wie aus einem Becher geschüttelt, aber nach der Laune eines glücklich vernickelten Zufalls eben genau im Gleichklang mit der Musik. Immer wieder baute sich das Schema auf, nach dem Leerlaufprogramm, das der Apparat absolvierte, wenn keine Münze im Schacht war, die nervöse Warteschleife zum neuen Spiel. Es brach zusammen, aber da die Musik weiter erklang, mußten die Zahlen, die Lichtkolonnen, die Kaskaden wieder und wieder aufspringen und ihre taktgenauen Würfe streuen.

»Hast du das gehört?«

Aber Lothringer hörte nicht, er sah. Vielmehr, er sah, was er hörte, hörte, was er sah. Das war es: das Geheimnis der Zahlen, die ohne Sinn und Verstand im Rechner auftauchten. Sie waren nicht irregulär. Sie folgten einfach einem bestimmten Rhythmus, einem Takt, der ihnen dann und dann befahl, aufzutreten und zwischen den Bifurkationswerten zu erscheinen. Es war nur so, daß man ihr Lied nicht hörte. Sie waren, genaugenommen, die optische Verwirklichung des Klangs, der, unhörbar, aber doch existent, irgendwo in der elektromagnetischen Situation des Systems tonangebend schwang. Es galt nur, dieses Lied zu finden. Den Blues zu haben, wie man das nannte, und sonst nichts.

»Siehst du«, sagte Felix und stieß Tina an, denn es war ja Tina gewesen, von der er diese Redewendung hatte.

»Was?« rief Tina, die nun wieder bei etwas ganz anderem war.

»Den Blues«, rief er und zeigte zum Rotamint-Automaten. Aber da wechselte die Musik, der Automat war wieder nichts als einer dieser dumpfen Kästen, die in trüber Lichtvermischung Groschenglück boten.

»*Das* ist doch etwas ganz anderes!« rief Hugo und machte eine wegwerfende Handbewegung.

»*Du* bist etwas ganz anderes. Nämlich voll!« replizierte Marianne.

Es endete damit, daß der grüne Mercedes sie hupend in eine düstre Straße lotste. »Unsere Boutique«, lallte Hugo durch das heruntergelassene Fenster und machte eine einladende Geste.

Tina dagegen, die wenig getrunken hatte, lächelte ein kurzes Adieu und gab Gas. Wenig später waren sie auf der Autobahn, dann, über verquere Landstraßen, die krumme Bäume mit weißen Schürzen in den Weg stellten, endlich wieder in ihrer Pension. Und es war hier, in ihrem kleinen stickigen Zimmer mit den altmodischen Vorhängen und dem kreisrunden Bett, wo Tina, sehr spät in der Nacht, über Felix noch einmal herfiel wie eine Füchsin über einen träumenden Hasen.

Zu einem weiteren Zusammensein mit den Aschaffenburgern kam es nicht mehr, da die beiden, als Tina und Felix nach dem Frühstück wieder von ihrem Zimmer kamen, gerade erst auf der Veranda Platz genommen hatten, grämlich Marianne, Hugo gutgelaunt. Es blieb beim freundlichen Winken. Und auch am folgenden Tag gingen sie ihre eigenen Wege. Wieder fuhren sie aufs Geratewohl ins maihelle Land, um in ungemähten Wiesen zu liegen oder unter Kirschbäumen, an deren Ästen sich bereits die grünen

Früchte gebildet hatten. Und als Tina und Felix am Montagabend zur letzten Übernachtung in ihre Pension zurückkehrten, waren die Aschaffenburger schon abgereist. Trotzdem war es noch einmal zu einer kleinen, sonderbaren, gleichsam imaginären Begegnung gekommen. In einem hohen Gras verlangte Tina Rotermund, die sich an diesem Pfingstwochenende auch als ernsthafte Chaos-Schülerin erwiesen hatte, zu wissen, was ein Phasenübergang war, wenn es schon, wie sie dem wiederholten Gebrauch des Worts entnahm, so wichtig für Lothringer sei. Felix, der sich auf die Knie stemmte, um Tina den Phasenübergang als das eigentliche Feld des Chaos zu erklären, sagte aber:

»Das darf doch nicht war sein!« Und er starrte über Tina hinweg auf den gegenüberliegenden Berg.

»Was denn?« fragte Tina und richtete sich auch auf.

»Der Schiffschaukelbremser!« rief Lothringer, dem eingefallen war, an wen Hugo ihn in seiner Art, mit dem nassen Handtuch herumzufuhrwerken, erinnert hatte.

Zu den aufregendsten Ereignissen seiner Knabenzeit hatte das Schiffschaukelfahren gezählt. Diese Schiffschaukeln waren auf den Jahrmärkten die beliebtesten Attraktionen, weil sie, anders als das Kettenkarussell, das einen fest an der Leine hatte, anders auch als der Autoscooter, wo der Spaß im Zusammenprall mit den anderen Wagen auch meist schon erschöpft war, einen besonderen Kitzel bereithielten. Man konnte in ihnen immer höher und höher schwingen, und das Aufregende dabei war, wie sich die Angst, die sich, je höher man kam, entwickelte, mit der Lust, beim nächsten Schwung noch ein bißchen höher zu kommen, merkwürdig mischte. Wenn man herabsauste nach dem toten Punkt und dieses laue Gefühl im Bauch verspürte, der hölzerne Boden der

Gondel schwand, die Knie weich wurden und die Kraft in den Armen, die sich an den eisernen Stangen rechts und links hielten, zu versagen drohte, dann schwor man sich, nie wieder einen Ruck zu tun, sich nie wieder mit dieser Schwungbewegung, die Kreppsohlen in die Bohlen gestemmt, über das Dach des Festzelts hinauszuschnellen. Doch wenn die Gondel dann den Tiefpunkt durchlaufen hatte und man wieder eins war mit dem Schiff, das man jetzt, wo es seine größte Geschwindigkeit erreichte, auch wieder ganz beherrschte, dann spürte man sich wieder — die Füße hatten Halt, die Arme Spannkraft, der ganze Körper war wieder gefüllt mit Energie. Und dann kam der Aufstieg, frei, ohne Angst, ein Atmen, das Zurückfallen aus dem triumphierenden Blick über den Festplatz, ein angenehmes Versinken, das einem noch einmal den Blick wie aus einem rückwärts aus der Welt fliehenden Raumschiff bescherte — und schon gab man, wenn die Schaukel jetzt wieder heruntersauste, erneut kräftig Schwung.

Es ging nicht ins Grenzenlose. War eine gewisse Höhe erreicht, wurde man abgestoppt. Dafür standen die Männer da unten auf der Rampe, braungebrannte Typen in taftenen Hemden, schwarzen Cordsamthosen. Es geschah durch einfache Hebelkraft. Hatte eine der bunten Gondeln den kritischen Punkt erreicht, zog der Mensch seinen Hebel und hob damit einen Balken, der sich genau unter dem Schiffskiel befand. Mit einem Knall fuhr die Gondel über das abgeschliffene Holz und wurde in ihrer Aufwärtsbewegung etwas gestoppt. In der Gondel merkte man das kaum, es war aber immer an diesem Knallen, wenn Holz an Holz schlug, zu hören, daß der Bremser wieder am Werk war. Er, der den Übermut dämpfte, aber auch Sicherheit gab, hatte immer dieses etwas längere, fettige Haar, er hatte immer einen Moustache. Er war immer ein Hugo.

»Das ist doch —«, rief jetzt auch Tina, die sich ebenfalls aufgesetzt hatte und nach dem Berg drüben sah.

»Das Schloß«, stellte Lothringer verdutzt fest. »Wir müssen uns jetzt genau auf der anderen Seite befinden.«

»Aber was ist mit dem Schiffschaukelbremser«, wollte Tina wissen. »Und dem Phasenübergang.«

»Stell dir ein Pendel vor«, erklärte Lothringer, »wie es hin- und herschwingt. Angestoßen schwingt es hin und her. Und wenn gar nichts weiter passiert, pendelt es eben ein wenig und kommt dann, aufgrund der Reibung, irgendwann zum Stillstand. Das ist ein sogenanntes dissipatives, also ein Energie verbrauchendes System.«

»Es hängt dann einfach still herab.«

»Genau. Das ist auch ein möglicher Zustand des Pendels«, führte Felix weiter aus. »Aber wenn es nun systematisch einen Impuls bekommt, also gereizt wird von einer steten Energie, wird die Reibung mehr und mehr überwunden, der Ausschlag wird größer, also die Amplitude, wie man das nennt, das Pendel schwingt höher und höher. Du kennst das auch, zum Beispiel von der Schaukel —«

»Oder von der Schiffschaukel —«

»Eben. Und irgendwann kommt dann der Punkt, wo das Pendel oder die Schaukel soviel Impuls hat, daß sie überschwingt. Der Weg ist jetzt nicht mehr hin und zurück —: die Bahn des Körpers ist jetzt eine Kreisbahn. Das ist ein Phasenübergang. Vom Hin und Her in die Rotation.«

»Was der Bremser verhindert.«

»Was er verhindert.«

»Tod allen Schiffschaukelbremsern.«

»Die trotzdem Künstler sind.«

Dennoch meinte Tina am Dienstagmorgen: »Sei mir nicht böse. Aber ich kann einfach nicht mehr. *Too much,* wie Marianne sagt. Ich muß mal wieder allein sein.«

So fuhren sie, obwohl dieser Dienstag frei war und der Vorlesungsbetrieb an der Universität noch ruhte, zurück. Tina setzte, es war noch nicht elf Uhr, Felix vor seiner Wohnung ab und verabschiedete sich mit einem Kuß. »Sei brav. Ich bin die ganze Woche jetzt nicht da. Tschüß, Guter.« Und fuhr nach Hause zu ihrem Papa mit den Feuerfeststeinen und den rollenden Öfen, um irgendwelche neuen Märchen zu beenden.

12 #### BLITZE, JEDE MENGE ARBEIT

Die ganze Stadt saß heute unter Bäumen. Lothringer hatte dies Volksfest draußen im Stadtwald, das traditonellerweise auf den Dienstag nach Pfingsten fiel, nie recht gemocht, genaugenommen hatte er das Völkchen an seinen langen Tischen dort immer sich selbst überlassen und statt dessen die Ruhe genossen, die an diesem Tag im Quartier herrschte. Heute aber kam er sich zwischen dem Canadian Pacific Hotel und dem Soziologenturm sehr verlassen vor, und so stieg er kurzerhand in die Linie 19, die zum Stadtwald fuhr.

Kaum daß er die ersten Schießbuden und Würstchenstände umrundet hatte, stieß er prompt auf den Tisch der Physiker. Alle saßen sie da, die Kristallzüchter, die Leute von der Photoemission, die Heliumverdampfer, Fetzer und Raue. Sogar Henriette vom elitären zweiten Stock saß da und Professor Karnak, der Ordinarius für Theoretische Physik. Mittenzwei dirigierte gerade seine Truppe. »Wunderbar«, rief er, »jetzt alle zusammen!« — »Wir sind auch nicht ganz ohne«, skandierten die Kollegen, »wir züchten den Einkristall!« Felix setzte sich zu Fetzer und Raue, wo noch ein wenig Platz war. Eigentlich war es der Platz, den sie für Ferdinand und Albert freigehalten hatten, die noch kommen sollten, mit ihm hatte niemand gerechnet.

»Na, schon fertig?« fragte Fetzer ganz unschuldig und es war nicht klar, was er meinte, Lothringers Ausflug, von dem er eigentlich nichts wissen konnte, oder die Gleichungen, die Felix übers Wochenende aufstellen wollte.

»Spiel hier nicht den Schiffschaukelbremser«, rief Lothringer gutgelaunt, und Fetzer sah erstaunt Raue an, der aber nichts gehört hatte und ein Glas vollgoß, das er ihm hinschob.

Lothringer haßte den Apfelwein, aber hier gab es nichts anderes. Aus dickbäuchigen Krügen, die aus riesigen Aluballons nachgefüllt wurden, strömte er in diese hohen, leicht konischen Gläser. Und er entdeckte plötzlich seine Liebe zu diesem Stoff, der gelb wie Ochsenurin war und sauer wie Essig.

Fetzer, der heute eine ganz besonders schlimme Haut hatte, musterte ihn von der Seite, und Lothringer versuchte ihm zu erklären, was es mit dem Schiffschaukelbremser auf sich hatte.

»Siehst du hier *einen* Schiffschaukelbremser?« fragte Fetzer.

»Natürlich nicht.«

»Wieso natürlich«, beharrte Fetzer. »*So* natürlich ist das nun auch wieder nicht.«

Raue mischte sich ein. »Wenn von zwei Leuten einer sagt ›Hier ist mit Sicherheit kein Schiffschaukelbremser‹, und der andre fragt ›Woher willst du das wissen‹, so kann das mit letzter Bestimmtheit nur bewiesen werden, wenn die beiden gemeinsam herumsuchen, und beide unter diesem Tisch —«

»Jawohl!« rief Henriette und schwang ihre Beine von der Bank. »Jetzt suchen wir zwei mal.« Sie kam um den Tisch herum und hob Lothringer sanft hoch, indem sie ihren Arm unter seinen schob. Und so ging Lothringer Arm in Arm mit der starken Henriette vom elitären zweiten Stock durch die Buden und Bäume, und sie suchten bei den Lotteriewagen, den Schießständen, den Grillrosten etwas, das sie beide schon wieder vergessen hatten.

Ein Trupp randalierender Eintracht-Fans, die sich lauthals darüber beschwerten, daß heute kein Spiel war, trennte die beiden. Als Lothringer, wieder aufgetaucht aus Alkoholwolken und rotweiß schwitzenden Trikots, sich umsah, hatte Henriette einen dicken Menschen am Arm, der ausschaute wie ein Besucher der Pelzmesse, der irrtümlich an einen FKK-Strand geraten war. Er wollte ihr nach, doch da packte ihn seinerseits jemand am Arm. Nollendorf. »Das hab ich mir doch gleich gedacht«, krähte er, obwohl das natürlich der blanke Unsinn war. »Trinken wir einen?«

»Immer.«

Lothringer war längst über das Stadium hinaus, in dem Betrachtung den Spaß verhindert. Und so zog er mit Nollendorf durch den feiernden Wald. Überall Querverbindungen, allerorten Zusammenhänge. Natürlich zählte man richtig, wenn man jetzt das Jahr 200 der Französischen Revolution zählte, aber viel wichtiger war ja, daß der Ost-West-Antagonismus aufgehoben war. Eigentlicher Indikator war der Krim-Sekt, der nun die Gemeinschaft überschwemmte. Denn der Krim-Sekt war eigentlich Massenheim-Sekt, der in die Sowjetunion für runde Rubel, Export-Zuschüsse gratis, vertrieben wurde. Die Überschüsse der Massenheim-Kellerei, sie kamen in Form der eigenen Flaschen, jetzt als Krim-Sekt deklariert, zurück. Es war wie beim Billard — einmal stoßen, zweimal treffen. Aber wer trank dann den Original Massenheim-Sekt? Dreimal! Die Nomenklatura von Prag bis Wladiwostok.

»Sag mal — stimmt das denn auch?«

»Hast du hier jemals auch nur eine Flasche Massenheim-Sekt gesehen?«

Lothringer sah durch gelbe Ringe von Apfelweingläsern aus einem Seitenpfad zwischen makellosen Buchen Brenner kommen, den Dichter, in einem starkgemusterten Hemd und in Begleitung einer Frau, die überirdisch schön war, aber so groß, daß sie mit ihrem aufgesteckten Haar die Fichtenkränze über den Eingängen der einzelnen Boxen berührte. Aber war es nicht so, daß eine Massenheim-Braut die Geburtshelferin einer Brutklinik in Bogota war? Nollendorf zog ihn weiter. Die Mafia? Sie ließ die Indios die Cocablätter ziehn und baute ihnen dafür Fußballplätze. Naturalwirtschaft auf dem Niveau des Organisationskapitalismus. Nebenbei wurde der Erzfeind zernagt, der Sozialkörper USA löste sich auf, und aus den toxischen Resten blühten Bananen.

»Bananen?«

»Bananen-Republiken. Die Exoten. Buenaventura. Ich könnte süchtig werden.«

Auf dem freien Platz zwischen den kreisförmig aufgestellten Lotteriewagen, Apfelwein-Boxen und Grillstationen an der Oberschweinstiege schleppten etwa zwei Dutzend junge Leute eine riesige abgestorbene Tanne. Alle trugen sie schwarze Büstenhalter und Strapse und wiesen sich durch ein Transparent aus als die ›Geschwister der Re-Pollution‹. Unter dem Beifall des Volks richteten sie den Baum auf, der mit Babywäsche, Kruzifixen und Präservativen behängt war. Sie sangen die Marseillaise in der Version der Beatles und forderten die Menschen auf, mit ihnen um den Baum zu tanzen. Und die Leute standen von den Bänken auf, ließen sich von den Mamselln die Gläser nachfüllen und drängten auf den Platz. Die Geschwister der Repollution erklärten die bisherige Geschichte für beendet und forderten Wiedergutmachung für entgangene Lust. Sie bekamen von den Mamselln frischen Apfelwein in die rautengeriffelten Gläser und stießen mit den Leuten an. Dann sangen alle zusammen *Love, Love, Love.* Es begann zu regnen. Paare bildeten sich. Man tanzte. Populäre Lieder wechselten einander ab, die Leute hielten, als es jetzt wie aus Kübeln zu schütten begann, die Gläser in den Himmel und tranken den Regen. Auch Lothringer, der sein Glas dergestalt wieder gefüllt sah, trank. Er sah Albert und Ferdinand, die beide mit einem der

Geschwister tanzten, übrigens Frauen. Nollendorf dagegen hielt einen Mann, was er aber aufgrund seiner Kurzsichtigkeit vielleicht nicht bemerkte.

Es war ein handfestes Gewitter, das jetzt auf den Stadtwald heruntertobte. Ein Blitz schlug in die Tanne, und die Menge lief schreiend auseinander. Unter den rettenden Bäumen sah Lothringer sich noch einmal um; die Tanne mit den Kruzifixen und Präservativen brannte lichterloh auf dem leergefegten Platz, sie sprang und knackte im rauschenden Regen. Dann stand sie schwarz und eingekrümmt da wie die Schlinge einer Mandelbrot-Menge, die in ihren Ausläufern diverse Julia-Ornamente kontrollierte. Im prasselnden Regen spazierte er auf einem der breiten Wege gemächlich davon. Das Blech der Schaubuden sang, die Roste der Grillstationen zischten. Vor ihm taumelten Albert und Ferdinand mit ihren bestrapsten Geschwistern. Einmal sah er in einem Zelt rechterhand, vor dessen Eingang sich die Menschen prügelten, Henriette, wie sie breitbeinig auf einem Tisch stand, auf ihrem hochgewölbten Busen ein Schifferklavier.

Die Leute ließen sich von dem Gewitter weiter nicht stören, sie suchten Schutz, wo das Gelände offen war, aber wo die Tische unter Bäumen standen, hielten sie sich trotzig und froh. Auch die Physiker, von einer starken Blutbuche geschützt, waren alle noch versammelt. Raue hockte da mit Gabriele, die den Arm um ihn gelegt hatte und ihn mit Brezelenden fütterte. Professor Karnak, dem Ordinarius für Theoretische Physik, saß eine der Mamselln samt Krug auf dem kurzen Schenkel. Die Kollegen aus der Photoemission hatten die kleinen empfindlichen Platten, die sie stets bei sich trugen, herausgezogen und fingen darauf die Blitze wie Fliegen, um sie einander zu zeigen. Von den Heliumverdampfern sah man nicht viel, weil sie alle unter dem Tisch verschwunden waren, um etwas zu suchen, aber die Kristallzüchter saßen fröhlich zechend und diskutierend in der breiten Mitte des Tischs. Da die Feuchtigkeit sich mit den leptomen Salzresten in ihren Haaren verband, sahen sie allesamt aus wie Antarktisreisende: auf den Köpfen, in den Augenbrauen und Bärten wuchsen ihnen dicke Krusten weißer Kristalle.

»Ich habe nachgezählt«, schrie sein Assistent ihm entgegen, und es erschien Felix wirklich so, als ob Fetzers Wangen dampften, »auf eine Frau kommen zehn Männer!«

»Aber nicht im näheren Umkreis«, widersprach Lothringer.

»Da verwischen sich die Unterschiede«, versetzte Fetzer, indem er auf eine hintergründige und trübe Weise lächelte. »Aber so lange du auch zählst, du wirst immer auf eine falsche Zahl kommen.«

»Wahrscheinlich, weil es Zahlen sind.«

»Unsinn, weil das Verhältnis nie stimmt.«

Lothringer sah Fetzer verblüfft an; einen Moment war ihm so, als ob Fetzer eben eine tiefe Wahrheit ausgesprochen hätte. »Du könntest aber etwas für deine eigene Wahrscheinlichkeit tun«, sagte er daher, und es erschien ihm, als ob er damit auch eine sehr tiefe Wahrheit ausgesprochen hätte. Aber warum roch es auf einmal nach Schwefel? Er sah zu Raue, der von Gabriele genudelt wurde wie ein Ganter. Die Heliumkocher wurden plötzlich laut, und weil es immer stärker regnete und im Donner ganze Sätze untergingen, so daß keiner mehr verstand, was der andere wollte, schrien jetzt alle.

Die Leute von der Photoemission, die auf einer ihrer empfindlichen Platten etwas eingefangen hatten, das völlig revolutionär sein mußte, steckten auf einmal die tropfenden Köpfe zusammen, dann rannten sie aufgeregt, um ihre Entdeckung zu sichern, Schwander voran, in den strömenden Regen. Ebenso verließen die Heliumkocher den Tisch, ohne sich untereinander verständigt zu haben, wie im Fluchtimpuls; unter Blitzen zogen sie traumwandlerisch Richtung Stadt. Auch Gabriele war, als die Leute von der Photoemission verschwanden, aufgesprungen und ihnen nachgerannt; Raue, der allen Halt verloren hatte und nach hinten wegkippte, konnte sich eben gerade noch mit einer Hand an der Tischkante halten. Er schob sich ganz langsam ein aufgeweichtes Brezelende in den Mund, stand auf und war auch schon weg, verschluckt vom Wetter, das jetzt so tobte, daß man die Buden gegenüber nicht mehr sehen konnte. Auch Fetzer, der eben noch mit bleichen Händen seine roten Wangen hielt, hatte sich plötzlich verflüchtigt. Die Kristallzüchter waren die letzten, die sich davonmachten. Wie Weihnachtsmänner tanzten sie mit ihren weiß überkrusteten Haaren schemenhaft zwischen den Bäumen, deren Konturen sich aufzulösen begannen.

Nur Lothringer saß jetzt noch da unter der Blutbuche am Tisch. Er hielt sein Glas gegen die Blitze, die Muster auf Muster aus dem Parkett des Himmels rissen, um das Element zur Erde zu lassen. Er rief noch etwas, den Phasenübergang und die Selbstähnlichkeit betreffend, dann verschwand er im Regen, eine Merseburgsche Schraffur.

Im Keller wurde es Zeit. In vier Wochen, zum 17. Juni, würden sich hier einige Kollegen einfinden, Turbulenzforscher der ersten Garnitur, um Erfahrungen auszutauschen, allgemeine und spezielle Probleme ihres Fachs zu diskutieren. Tandler aus Göttingen hatte sich angesagt und Lachmann aus Berlin; Mr. Sprong vom Iowa Technological Institute und sogar Korowski vom Allgemeinen Strömungslabor Dessau würden anwesend sein. Auf der Donnerstagsbesprechung gab Lothringer bekannt, daß er noch keine Gleichung gefunden hatte, und er bat Fetzer und Raue, es für die irregulären Zahlen des Taos-Clay-Rasters im Salon doch einmal selbst zu versuchen. Was Albert und Ferdinand betraf, die übrigens mit zwei verschüchterten, jungen Frauen erschienen waren, so wies Lothringer sie an, ihre Beobachtungen am Brunnen einstweilen einfach weiterzuführen und daneben das Material für das Turbulenz-Treffen vorzubereiten. Er zeigte sich überzeugt, daß sie diese Arbeit selbständig und mit der nötigen Umsicht zu leisten verstünden, und Albert und Ferdinand sahen triumphierend zu ihren neuen Freundinnen, die still in der Ecke saßen und ein wenig rot wurden. Er selbst wollte sich zurückziehn, um das Eingangsreferat auszuarbeiten, das die Ergebnisse ihrer Forschungen vorstellen und eine Diskussionsgrundlage für das Wochenende abgeben sollte. Und was die Kaulbachschen Aberrationen in den Attraktoren anginge, bemerkte er abschließend, so glaube er, daß sie ihnen noch im Laufe dieses Semesters auf die Spur kommen würden. Er ermahnte seine Truppe, wie immer, die Geduld nicht zu verlieren und dem Chaos ruhig ins Auge zu sehn.

»Denn das Chaos ist tief, aber dein Auge ist tiefer«, vollendete Raue.

Doch was konnte Lothringer schreiben? Vor Sprong und Lachmann mußte das Dargestellte bestehen. Tandler und Korowski wollten Deduktionen, Satz für Satz. Habichtskrallen, die an ein vergessenes Trauma erinnerten — er konnte so etwas sagen, und man fand es interessant. Aber konnte er es schreiben? Was war Turbulenz? Das fragte er sich doch in Wahrheit selber noch, seit er die Arbeit am Wasser aufgenommen hatte. Damals waren es Gollub und Swinney gewesen, die beiden Kalifornier, die eine Arbeit über rotierende Strömungen veröffentlicht hatten, bemerkenswert, doch nur ein erster Schritt. Er hatte sich daraufhin gleich dafür stark gemacht, auch hier im Institut mehr Turbulenzforschung zu treiben, Gottmann hatte ihn unterstützt. Und dann konnte er durchsetzen, daß der Beschleuniger, der zu jener Zeit ja auch eigentlich nichts mehr war als eine große stählerne Kammer, in der Gottmanns Pendel auf Abruf schwang, nach Gottmanns Fortzug unverzüglich umgerüstet wurde. Im Prinzip war es ja nur ein Suppentopf, in dem ein Zylinder rotierte, doch er war, verglichen mit den Behältnissen, in denen die Swinneys und Gollubs ihre Wässerchen rührten, ein wahrlich gigantischer Topf. Das Neue daran waren freilich nicht nur die riesigen Ausmaße der Anlage, das Neue war, daß der innere Zylinder sich hydraulisch anheben und absenken ließ; eine Reihe interessanter Strömungszustände wurde plötzlich simulierbar. Außerdem konnte der Antriebszylinder ganz in den Untergrund versenkt werden, wodurch sich diese mächtigen, über zwölf Meter hohen — oder eben tiefen — Wirbeltrichter bildeten, regelrechte Maelströme, die mit ihrem Schlürfen und Gurgeln den ganzen Westtrakt des Instituts erschütterten. Unumstritten war die Anlage nicht. Es gab Spott, es gab Häme. Gerade hatte Libchaber an der École Normale Supérieure sein berühmtes Experiment zum Fließverhalten von Turbulenzen gemacht, wobei er flüssiges Helium in einer Zelle maß, die gerade die Größe eines Stecknadelkopfs hatte.

Aber es war eines, flüssiges Helium gegen alle möglichen Störfälle zu sichern, um seine Konvektionsrollen messen zu können, und ein anderes, das Turbulenzverhalten jenes Elements zu erforschen, das groß und machtvoll wie kein anderes ins Leben trat. War Libchabers Heliumzelle aufgrund ihrer Winzigkeit ein wissenschaftlich ausgeklügeltes Wunder, allein schon ihre Herstellung ein feinmechanisches Meisterwerk, so stellte Lothringers Zisterne hier im Keller des Instituts gleichsam das wilde Gegenstück dar: den Schauplatz einer uralten Kraft, die schon seit Beginn der Zivilisation genutzt wurde, deren Verhalten aber weitgehend unbekannt geblieben war. Über ein Jahr hatte Lothringer mit Hydroexperten und Strömungstechnikern gebrütet, über Monate dann mit den Ingenieuren und Meistern der Vogtschen Turbinenwerke im schwäbischen Prielheim den Bau der Anlage diskutiert, geprüft, erprobt. Das Ergebnis konnte sich sehen lassen. Nirgendwo auf der Welt, weder im sowjetischen Strömungszentrum am Ob noch in Palo Alto in Kalifornien gab es eine Anlage, die für die Erfordernisse der Turbulenzforschung so gerüstet war wie der Brunnen. Neben dem hydraulisch fahrbaren Zylinder gab es eine Reihe externer Zurüstungen, durch die Rohrsysteme aller Art und Größe simuliert werden konnten. Und die Wände der Zisterne wie auch das Äußere des Antriebszylinders, auf den ersten Blick glatt wie Fiberglas, waren gespickt mit Widerständen, die, je nach Aufgabe, herausgelassen werden konnten und im Strömungsfluß dann für die allerschönsten Wirbel sorgten.

Da konnten sie die Augen nicht mehr verschließen, weder Korowski noch Sprong. Und Tandler und Lachmann, sie würden den Attraktor des Schwimmers endlich zur Kenntnis nehmen müssen. Der Schwimmer war die bedeutendste Errungenschaft seiner Abteilung. Wie lange hatten sie nicht experimentiert, bis die Sonde die ihr zugedachte Aufgabe erfüllte und getreulich jeden Wirbel und jede Welle verzeichnete! Der Schwimmer — erstmals wurden Turbulenzen im Phasenraum darstellbar, und er konnte zeigen, daß ihr Orbit ein Paradigma des Chaos, ein Seltsamer Attraktor war.

Einen Aufsatz mit den ersten Bildern dieses Turbulenz-Attraktors hatte er vor nun fast zwei Jahren in der *Neuen Naturwissenschaftlichen* veröffentlicht. Keinerlei Reaktion, weder von den Kollegen noch von der übrigen Fachpresse. *Nature* hatte den Abdruck des Aufsatzes und die Veröffentlichung der Bilder sogar abgelehnt mit der Begründung, die Schlußfolgerungen des Autors seien zu deutsch — *How German is it!*

hatte der Redakteur ihm geschrieben. Dabei war jetzt zum ersten Mal eine numerische Darstellung des Turbulenzproblems möglich: Das System seiner Gleichungen war vollständig, der Exponent, der Turbulenzverhalten anzeigte, isoliert. Nun, dazu mußte den Herrn erst mal was einfallen.

Der Exponent, freilich, er galt nicht uneingeschränkt. Tauchten im Orbit die Kaulbachschen Sicheln auf, wurde der Exponent irrational. Und diese Erscheinung war schwer zu erklären. Lothringer glaubte zwar, daß dies Verhalten des Orbits eng zusammenhing mit dem Quadratischen Maximum, das die Kurve, eine Parabel auch sie, an diesen Punkten erreichte, aber bewiesen war das eben noch nicht. Es gab für die logistische Gleichung, die er benutzte, bisher kein Beispiel, nach dem der Exponent eine negative Quadratwurzel darstellte und somit selbst ein Punkt der komplexen Zahlenebene war. Außer beim Billard im Salon. Tja: im Taos-Clay-Raster gab es das auch. Aber sollte er das eine Exempel mit dem andern stützen? Kaulbach mit Kaulbach erklären? Wenn Lachmann fragte, wo die fünfzähligen Symmetrien im Strömungsbild lägen, und Tandler wissen wollte, was denn an der Turbulenz nun Billard war? Sicher würde es gut aufgenommen in der Runde, wenn er verkündete, die irregulären Zahlen seien in Wahrheit Werte, die sich nach einem bestimmten Muster bewegten, zu der die Musik noch fehle; und, zu Raue gewandt, der die Attraktoren über die Schirme fuhr mit satanischem Lächeln, er wisse jetzt, was der Rechner dort habe, er habe den Blues. Mein Gott, der Rechner. McIntosh. HAVE A GOOD TIME! GEBEN SIE GELD AUS! Was hatte es zu besagen, wenn der Rechner ihm seit neuestem Sentenzen vorhielt, die wie ironische Kommentare zu seiner Arbeit zu verstehen waren? Kürzlich, als er versuchsweise einmal das Wort ›Banane‹ eingab, (neben ›Sichelmond‹ und ›Habichtskralle‹, auf die der Rechner nicht reagierte), hatte er ihm geantwortet: AUSGERECHNET BANANEN und ihm die gesamten Weltmarktpreise der Südfrucht über einen Zeitraum von zehn Jahren präsentiert. Aber vielleicht war McIntosh ja auch empfindlich, wie sein Assistent Fetzer oder wie Raue. Hatte McIntosh sich in Jahren, in denen er Chaos-Kärrnerarbeit leistete, *entwickelt?* Begann er etwa, mit elektronischer Häme und subversivem Charme, *chaotisch zu oszillieren?* Hatte er den *Phasenübergang?* Bedrückt dachte Lothringer auch an sein Spiel. Die beste aller Welten! Er hatte Mac wildern lassen in allen Pools rund um die schöne Erde — warum sollte Mac auf diesen Reisen im Datenland nicht so seine eigenen Erfahrungen gemacht haben? Gescheit geworden sein? Das kleine Licht auf der Deichsel des Großen Wagens — es leuchtete ihm heim ...

Mitten in seine Grübeleien platzte die Nachricht, daß die Leute von der Photoemission eine Entdeckung gemacht hatten. Als Lothringer in der großen Dunkelkammer im dritten Stock eintraf, war schon das halbe Institut versammelt. Vorn am Projektor hantierten Schwander, der Professor, und Stracke, sein Assistent, die Härte zehn, umkränzt vom dunklen Kreis der Diplomanden. Nahbei die Chaosforscher aus dem Keller, die auf die Entdeckung brannten. Hinten an der Wand, vom Lichtstrahl aus einer Ritze des Rollos überzackt, standen mit verschränkten Armen gelassen die Kristallzüchter, die ihrerseits schon vor Semesterbeginn eine Entdeckung angekündigt hatten. Die Heliumverdampfer tuschelten leis auf den Stühlen in der Mitte des großen Raums, sie waren die einzigen, die sich zur Demonstration hingesetzt hatten. An der Tür Gabriele, die jedem, der eintrat, zuflüsterte: »Ich wußte es. Schon am Dienstag.« Hinter Lothringer kam noch Henriette herein, die ihre Laser einmal am hellen Vormittag im Stich gelassen hatte. Dann begann Schwander, Licht-Riese und Silbergitter-Spezialist, mit der Demonstration.

Zunächst war es nur das vergrößerte Diapositiv einer belichteten Platte, das auf der Projektionswand erschien, offensichtlich das verzweigte Bild einer elektrischen Entladung. Man hörte das Räuspern aus der Ecke am Fenster, wo die Kristallzüchter standen, dann Mittenzweis Stimme, die deutlich vernehmbar sagte: »Aber hübsch ist es.« Allen war klar, daß es sich um eine der Platten handelte, die vor zwei Tagen während des großen Gewitters im Stadtwald belichtet worden waren. Schwander erklärte: »Unsere Platten, wie Sie vielleicht wissen, haben für uns auch eine aktuelle und dokumentarische Bedeutung. Ein Journalist geht nie aus ohne seine Nikon. Ein Versicherungsgutachter hat seine Polaroid dabei. Und wir unsere Platten. Eine Art photographisches Notizbuch für Beobachtungen, die spontan gemacht werden können und sonst unwiderruflich verloren wären.« Er schob das nächste Dia ein. »Diesmal hat sich eine ganz besondere Hand eingetragen.« Der pathetischen Ankündigung folgten ausschnittweise Vergrößerungen der Belichtung. Es waren die bekannten Verästelungen, wie sie bei solchen Entladungen auftraten; die ausfingernden Äste wurde immer gröber, weil das Material der Photoschicht immer deutlicher mitzusehen war, behielten aber ihre typischen Strukturen. Dann kam die Überraschung. An der Wand erschien ein Bild, auf dem diese Verästelungen plötzlich in der umgekehrten Richtung verliefen. Erst dachten alle, das Dia sei nur falsch eingeschoben, aber dann sahen sie auf dem rechten unteren Rand die kleine Gerade mit der darüberstehenden Zahl, die den jeweiligen Maßstab angab — das Dia saß richtig. »Sie sehen«, erläuterte Schwander, »daß die Faserrichtung der Partikel, die in der Emulsion den Entladungsvorgang sichtbar machen, sich umgekehrt hat. Dies, obwohl der Vektor, der die Ausrichtung des Gesamtbilds, wie Sie sehen —« (er schob eine Vergrößerungsstufe aus dem Zweitprojektor ins Bild) »— weiter bestimmt, in dieser Richtung liegt, wie bei allen Vergrößerungen vorher.« Auf der Wand erschien ein weiteres Bild, das eine ganz ähnliche Struktur aufwies, aber offensichtlich aus einer anderen Serie stammte. »Sehen Sie jetzt hier —«, kam Schwanders Stimme wieder, und jetzt war es ganz still in dem großen Raum mit den heruntergezogenen Rollos, »— ein Vergleichsphoto. Wir sehen die Struktur der Emulsion, die auf den Platten hier verwendet wurde. Eine spezielle Silberlegierung mit der für sie typischen Fernwirkung. Beachten Sie, daß die Fließbewegung der Partikel die gleiche ist wie auf dem Demonstrationsobjekt hier — nur eben spiegelbildlich verkehrt.«

Es war eine Weile still. Jedem war die Tragweite der Entdeckung klar. Trotzdem formulierte jetzt Mittenzwei vorsichtig: »Wollen Sie uns, Kollege Schwander, damit sagen, daß das übliche Reaktionsgitter Ihrer Emulsion sich auf dieser einen Platte plötzlich umgekehrt hat?«

»So ist es«, bestätigte Schwander.

»Aber wie konnten Sie bereits am Dienstag auf der Platte sehen, was erst jetzt bei der Vergrößerung von 10 μm erkennbar ist?« bohrte Mittenzwei weiter.

»Weil ich auf einen Blick die Winkelgrade der Entladungsäste erkannte. Sie sind typisch für bestimmte Silbergitter«, entgegnete Schwander.

»Aber — eine Silber-Legierung ist es?« hakte Mittenzwei nach.

»Silber ist immer dabei«, sagte Schwander, und jetzt lachten alle befreit auf.

»Großartig«, kam Pembrucks Stimme, genau in dem Augenblick, als Gabriele das Licht anknipste. »Eine hervorragende Demonstration.« Und der Institutsleiter stand da, mit durchgedrückten Knien, seine riesigen Festkörper-Hände wühlten in den Taschen seiner weiten Hose. »Ich bin stolz auf Sie.«

Die Entdeckung Schwanders wurde unterschiedlich beurteilt. Die einen sahen darin eine durchschaubare Volte der Photovoltik (so Karnak in einem halb hinter vorgehaltener Hand gezischelten Bonmot), die andern, etwa die Kristallzüchter, begriffen die Demonstration als eine unzulässige Vermischung von Darstellung und Experiment, weshalb auch, so Mittenzwei im Kreise seiner solidarischen Kollegen, der Strukturverkehrung der abbildenden Emulsion keine allgemeine Gültigkeit zukomme.

Die Chaosforscher dagegen waren von der Demonstration beeindruckt und hielten Schwanders ›Gegengitter‹, wie sie es gleich nannten, für eine echte Entdeckung. Für die Chaosforscher war, was Schwander vorgeführt hatte, tägliches Brot. Ihnen war die sprunghafte Veränderung von Systemen nur allzu vertraut. Und längst war ja auch bekannt, daß derartige Veränderungen vor allem im molekularen Bereich auftraten, und zwar gerade in Kristall- und Silbergittern. Und Fetzer führte überflüssigerweise die berühmte Belusow-Reaktion an, bei der ein Gemisch aus Cersulfat, Ascorbinsäure und Kaliumbromat ein regelrechtes Wechselspiel von sich in gegensätzlichen Farbwerten austauschenden Ionen erzeugte. »Meine Uhr könnte ich danach stellen!« rief Fetzer laut in den Saal, »meine Uhr! Und das nach weiter nichts als Zitronensäure und Kaliumbromat.«

»Jaja«, winkte Mittenzwei ab, der die Belusow- Reaktion natürlich auch kannte und als Kristallzüchter selbst eine Menge ähnlicher Vorgänge im Gitterwerk seiner Kristalle beobachtet haben mußte. Und ebenso kannten alle hier im Raum die Erscheinung beim Ferromagneten, bei dem bestimmte Temperaturen bewirkten, daß alle Mikromagnete sich spontan zu einem kohärenten Muster organisierten, ein verwirrend kooperatives Verhalten, das zu einer unerhörten Leitereigenschaft des Materials führte. Was gerade auch von den Heliumverdampfern erwähnt wurde, die schließlich mit solchen Supraleitern täglich Umgang hatten. Lothringer beteiligte sich nicht an der Diskussion. Und erst als Mittenzwei, der mit seinen Züchtern den Saal schon wieder verließ, ihm einen Rippenstoß gab und fragte: »Na, Guter, schon eine Gleichung?«, fiel ihm auf, daß er seit dem ersten Aufleuchten der Bilder Schwanders dort an der Wand alles blind in sich aufgenommen und bloß geträumt hatte. Was Schwander demonstrieren wollte, er hatte es bereits gewußt beim ersten ausfahrenden Arm des Blitzfragments. Aber dann war er versunken in die Ähnlichkeiten, die als Muster in ihm gespeichert waren, und über den vielen Abbildern, die er selbst unten im Keller verfertigt, die er in Jahren des Forschens und Lernens studiert hatte, ja, die er noch aus der Schule kannte, war er verstummt. Er sah alles vor sich, was einmal Spiel war, Lektüre und Traum: den Tanz der elektrischen Funken am Flurschalter, den Feenmantel des vereisten Fensters; die Oberfläche alter Gummibälle und den Grund schwarzer Töpfe, in denen Milch angebrannt war. Die wüsten Anatomien in halbdunklen Zimmern, die Zebrastirn der glatten Kiesel, die er gesammelt hatte. Wo waren die Anfänge all dieser Muster, wo die erste Form all dieser konkurrierenden Morpheme, die in ihrem Gezackt- oder Verdreht-Sein, ihrem Springen und Fließen, dem Einranken und Ausrollen, dem Verzweigen und Vernetzen alle miteinander verwandt waren ... Er mußte die Gestalt ausmachen, aus der sich all die zahllosen Gestalten seines Hirns herleiteten, die Form finden, die all den Formen, die er je in sich aufgenommen und geschaffen hatte, zugrunde lag und die die Form seines Lebens war, eben sein Muster, seine Biographie ...

Lothringer ging schweigend aus dem Saal, eilte durch die von Glastüren zertrennten Flure des dritten Stocks, lief dann die breite Treppe, die zum Foyer des Instituts führte, hinab und rannte schließlich das letzte Stück zurück in den Keller, an den Heliumballons und den Aluminiumplatten vorbei und in sein Zimmer. Er stürzte eben rechtzeitig an seinen Schreibtisch, um den Hörer des Telephons, das schon eine Weile geläutet haben mußte, gerade noch abheben zu können. Es war Lusine Schmuck, die vom Besuch bei ihrer Schwester zurück war und ihn am Abend sehen wollte. »Drei Tage war es nett, drei Tage anstrengend, und seit drei Tagen denke ich wieder an dich«, sagte sie, und das mußte wohl stimmen, denn eigentlich hatten sie ausgemacht, einander im Sekretariat der Museumsgesellschaft und im Institut nicht anzurufen. »Ich dachte mir, es wäre doch einmal schön, wenn ich zu dir käme«, sagte sie und es klang, als hätte sie diese drei Tage eben gerade davon geträumt.

Lothringer war dabei, den Hirtensalat, mit dem er Lusine Schmuck überraschen wollte, zu wenden, als Tina anrief. Auch sie wollte Felix noch an diesem Abend treffen.

»Wo bist du?«

»Noch zu Hause. Aber ich fahre jetzt los.«

Es gelang ihm, Tina davon abzuhalten, indem er vorgab, wahrscheinlich noch bis in die Nacht im Institut zu tun zu haben.

»Dann komm ich dorthin.«

»Paß auf. Treffen wir uns doch später im Jazzclub, das war doch sehr schön dort. Ich hocke seit fast einer Woche nur vor meinen Schirmen. Ich kann keinen Attraktor mehr sehen.«

Tina stöhnte. »Begeistert bin ich nicht«, meinte sie, »aber gut.«

»Wie lange fährst du?«

»Drei Stunden etwa.«

»Also um elf.«

Lusine Schmuck lobte seinen Hirtensalat und sah die versprengten Attribute seiner Junggesellenwirtschaft mit dem zärtlichen Interesse der gereiften Frau.

»Und hier arbeitest du auch?«

»Ich arbeite überall. Was hätte ich sonst auch zu tun. Siehst du, dieser ganze Ramsch, das ist eigentlich mein Quantum für heut abend.« Er zeigte aufs Terminal, und Frau Schmuck betrachtete mitfühlend die Massen von Skripten und Matrizen, die er in der Eile um seinen PC getürmt hatte. Auf dem Schirm rieselte der Attraktor des Schwimmers in farbfroher Gelassenheit. »Es sieht aus wie eine Schüssel Spaghetti, die nicht voll wird«, urteilte Frau Schmuck.

»Seltsam. Alle Leute, die das sehen, behaupten, das Umgekehrte zu sehn. Eine Schüssel Spaghetti, die überläuft.«

Sie küßte Felix auf die Nasenspitze, und Felix schlug einen kleinen Spaziergang vor, der Gesundheit wegen und um sich noch ein wenig zu unterhalten.

Kam es ihm nur so vor, oder war Lusine Schmuck an seinem rechten Arm, wie sie da langsam neben ihm herschritt in der abendlichen Straße, ein wenig schwer? Aber es war ja gar nicht ihr Gewicht, das an seinem rechten Arm hing, es war *seine* körperliche Schwäche, seine organische Unpäßlichkeit, die er sich seit dem Verlassen der Wohnung zielbewußt einzureden versuchte. Und außerdem *zog* er, *sie* ging im ganz normalen, ruhigen Abend-Spazierschritt.

»Ich weiß nicht —«, sagte Lothringer und blieb stehen. »Ich muß mir den Magen verdorben haben.«

»Ich merke nichts«, wunderte sich Lusine. »Im Gegenteil.«

Lothringer stöhnte. »Es hilft wohl nichts. Hättest du etwas dagegen, wenn ich dich nach Hause bringen würde? Ich habe ein Gefühl, als stünde ich auf Schlittschuhen.«

Lusine Schmuck bedauerte, aber dann war sie auch froh, früh ins Bett zu kommen und nach einer Reihe von gutgemeinten Tagen doch wieder für sich alleine zu sein. Sie küßte Felix nochmals auf die Nasenspitze. »Aber arbeite nichts mehr.«

»Um Gottes willen!«

Er absolvierte, schurkischer Schauspieler, der er jetzt war, seinen matten Schleich-Schritt bis zur Ecke Grafensteiner Allee, wo er sich umsah, und dann rannte er zur Warte vor und warf sich in ein Taxi.

Es war gut, daß er mit Lusine Schmuck keine weitere Verabredung getroffen hatte, denn Tina Rotermund besetzte ihn an diesem Wochenende wie eine Kommissarin den Tatort und war erst zufrieden, nachdem sie alle anderweitigen Motive ausgeräumt hatte.

Dabei fing es nicht besonders an. Tina war gereizt, als er, wohlgemut und auch ein bißchen aufgekratzt, im Jazzkeller erschien. Maulend erklärte sie, seine gute Laune sei eine Unverschämtheit ihr gegenüber, schließlich habe sie es fast eine Woche mit Irren ausgehalten, jetzt sei sie wohl wieder unter die Gesunden geraten. Es gab Verständigungsschwierigkeiten, die ›Midnight-Brothers‹ waren an diesem Abend einfach zu gut. Und so wechselten sie in die kleine Bodega zwanzig Schritte weiter. Dort, bei dem pelzigen Rotwein, unter dem schwarzen Kopf des leer ins trübe Licht starrenden Stiers, gestand ihm Tina, daß sie sehr unglücklich war. Zwar kannte sie das, immer, wenn sie nach Hause fuhr, gab es diese Spannungen, ungeachtet dessen, daß sie sich mit ihrem Papa arrangiert hatte wie mit einem Catcher; alle brüllten, wie gut sie einander fetzten und fertigmachten. Alle grinsten, vom Chauffeur bis zum Compagnon und Schachpartner Papas, der freien Zugang zum Haus hatte zu allen Tages- und Nachtzeiten und entsprechend immer dann auftauchte, wenn sie ihren alten Herrn wieder gerade so weit hatte, daß er ihr eigenes Leben endlich zu akzeptieren begann. Und dann gab es Steaks und Wein, es wurde Schach gespielt. Und keiner nahm sie ernst.

»Warum fährst du dann hin?«

»Weil du keine Ahnung hast.«

»Wieso denn ich?«

»Von Geschäften keine Ahnung hast. Du bist nicht groß geworden mit Geld. Geld ist bei uns zu Hause der eigentliche Punkt. Das einzige Argument. Nur wenn du *Geld* machst, wirst du gehört — was sie auch sonst immer sagen.«

Lothringer widersprach. »Aber wenn du das nun eben erkannt hast —«

»*Weil* ich es erkannt habe. Du schaffst das Geld nicht ab, wenn du in einer Hütte lebst. Und hör jetzt, bitte, auf, mir Ratschläge zu geben.«

»Aber ich versuche dich zu verstehen.«

»Oder mir Vorwürfe zu machen.«

»Bitte.« Lothringer fühlte sich nun seinerseits mißbraucht. »Ich habe keine Ahnung von Geschäften«, sagte er, »dafür bin ich Physiker, jawohl. Aber ich habe eine Woche lang hart gearbeitet, einen Strauß mit meinen Kollegen ausgefochten, die auch keine schlechten Ringer sind, ich bin nach Hause gerannt, habe geduscht, gegessen, keine Steaks, sondern eine Schüssel grünen Salat, und ich bin, ziemlich pünktlich, wie ich meine, dagewesen.« Er holte Luft.

»Ach, Lothringer —« Tina Rotermund, die schon ihr Glas gefaßt hatte, um es auszutrinken, stellte dieses Glas mit dem kleinen pelzigen Rotweinrest wieder hin und warf ihre Arme um seinen Hals. »Wenn es das alles wäre!« Ihre schmalen Schultern unter dem kleingelockten dunkelbraunen Haar, das am Hinterkopf von einer roten Spange zusammengehalten wurde, zuckten, und Lothringer sah, wie das Revers seines Jacketts, das er trotz der warmen Witterung trug, sich mit Tränen bedeckte. Und so sagte er nichts mehr und hielt Tina nur fest, und als der Besitzer der Bodega mit bedauerndem Lächeln hinzukam, weil es ein Uhr war, begriff er nicht ganz, wieso Tina in genau diesem Augenblick in die Tasche ihres Boleros griff, und, fast abgezählt, das Geld für die Zeche auf den schweren Holztisch fallen ließ, ohne auch nur ihr Gesicht von seiner Brust zu nehmen.

Es war ein regnerisches Wochenende. Tinas Cabrio kam nicht zum Einsatz, um so gemütlicher machten sie es sich bei ihr. Und Tina stellte unter Beweis, was für eine gute Tochter sie war. Sie machte ein Riesenfrühstück und servierte in ihrem großen Bett, das frisch bezogen war mit rosenfarbenem Satin.

Von den Schatten des vergangenen Abends blieb nichts. Lothringer hatte gedacht, daß er irgendwann von seiner Arbeit anfangen und sich davonmachen würde. Denn er hatte sich tatsächlich fürs Wochenende einiges zurechtgelegt. Auch über Schwanders Platte mit dem ›Gegenblitz‹ wollte er noch einmal nachdenken. Doch auch das war plötzlich Sache zweiter oder dritter Ordnung. Er streckte sich auf dem Satin, der bei jeder Bewegung wieder glatt und kühl war.

»Erzähl mir was vom Blues.«

Es gab Schemata, es gab Kadenzen, soviel war schon klar, diese Musik organisierte sich um bestimmte, wiederkehrende Formeln oder Floskeln, aber das war nicht das Entscheidende. Viel wichtiger war, was die Musiker daraus machten. Wie sie ein- und ausstiegen, um die Linie weiterzuführen oder zu brechen. Ein Motiv hernahmen, es umspielten, streckten, zerdehnten. Absprangen, um in Verfärbungen oder Verschattungen wie geistesabwesend zu versinken, in fremdartigen Akkordbezügen zu grübeln, dann doch, in einer plötzlich erhellenden Wendung, wieder das Motiv zu finden. Manchmal war es ein Gebräu gleichzeitig rührender Köche, dann wieder hatte man das Gefühl, es würde Eishockey gespielt. Das Thema knallte vor die Bretter, von den Stöcken des Trommlers flog es ins Piano und von dort auf einem Klarinettenlauf hoch in die Luft, wurde über Takte von der Posaune erstickt wie vom Tormann, der sich darübergeworfen hatte und sich mit der weithin sichtbaren Nummer 1 und dem unirdisch schimmernden Helm langsam darüber drehte.

Stundenlang hörte Lothringer an diesem Samstag Jazz. Von dem, was Tina gelegentlich erklärend sagte, behielt er nicht viel. »Aber das ist nun wieder dieser Bix Beiderbecke, das erkenne ich wieder, denn diese Aufnahme ist viel älter, das hört man. Das Cornett — wie stand da auf dem Cover? — ja: Das Cornett der Prohibition. Hörst du?«

»Jawohl, Papa.«

Es war gar nicht erstaunlich, daß er, als Lusine Schmuck ihn am Sonntagmittag endlich erreichte, noch weit weg war in seinem blauen, raddampfernden Chorus.

»Oh, du singst. Es geht dir wieder gut?«

»Gut?« fragte Lothringer, der einen Moment brauchte, um in die Situation zu finden. »Ja — gut. Eigentlich schon. Doch.«

»Ich hab es nämlich schon ein paarmal versucht, weil ich dachte, mein Gott, vielleicht hat er wirklich was.«

»Nun«, paddelte sich Lothringer wieder Wort für Wort nach oben, »ich hab am Freitagabend ein Valium eingeworfen —«

»Was?«

»Ein Valium 10, jawohl, das Telefon abgestellt und durchgepennt bis am andern Tag abends um acht.«

»Na, hör mal. Wenn jetzt wirklich was gewesen wär.«

»Und *Einfälle* hatte ich. Eigentlich war es ein Einfall von Schwander, dem Silbergitter-As, der hatte nämlich den Blues. Aber das erzähl ich dir noch —«

»Du hast heut abend die Gelegenheit.«

Und so saß er, keine anderthalb Stunden später, bei Lusine Schmuck im Erker ihrer schönen Wohnung bei Krabbencocktail und Chablis. Die letzten Regenwolken zogen dick und melancholisch über die Fenster, um den Abend endlich einer breiten Bernstein-Sonne abzugeben. Und weil bei Lusine Schmuck immer alles paßte und am Platze saß, gab es auch für den atmosphärischen Hintergrund Barockes. Und mit den Resten des Chablis und den Imitationen der Oboe verfiel auch Felix wieder der ganzen Kompetenz Frau Schmucks. Sie zog ihn an sich und sie nahm ihn in die Hand wie eine Feder und er wußte nicht, ob er Stahl war oder Flaum. Aber was er zu hören meinte, war der Generalbaß, der seinen Ziffern folgte, und so brachte die Durchführung das Thema unweigerlich auf den rötlichen Punkt einer französischen Suite.

14 ###### DAS DREIKÖRPERPROBLEM

Saskia und Heide waren Schwestern und studierten beide Kunsterziehung und Sport. Sie waren keine Zwillinge, sie sahen einander nicht einmal ähnlich, hatten aber von Kindesbeinen an alles gemeinsam unternommen. Beide waren sie, die eine im Alter von fast einundzwanzig, die andere im Alter von gerade neunzehn, in derselben Nacht vergewaltigt worden, als sie zum erstenmal getrennt ausgingen, nachdem sie entdeckt hatten, daß sie beide in denselben Kommilitonen verliebt waren. Darauf mieden sie beide lange Zeit alle Männer, und sie mieden auch einander. Beide traten, weil ihnen ihre Isolation unerträglich wurde, zum gleichen Zeitpunkt in die ›Freie Gruppe Körper Spiel‹ ein, die am Dienstag nach Pfingsten unter dem Namen ›Geschwister der Re-Pollution‹ im Stadtwald jene abgestorbene Tanne aufgerichtet hatte, um die Errungenschaften der Freiheit zu feiern. Sie begingen ihr Wiederfinden zugleich damit, daß sie sich mit Ferdinand und Albert zusammenschlossen. Sie ließen sich von ihnen in das Chaos einführen und den Schwimmer zeigen.

Die beiden waren nicht die einzigen neuen Zuhörerinnen, die Lothringer am folgenden Donnerstag in seiner Vorlesung sah. Gleich in der zweiten Reihe saß, in einem zitronengelben Baumwollpulli, die krausen Haare straff nach hinten gebunden, Tina Rotermund, und in der letzten Reihe hatte sich Frau Schmuck von der Museumsgesellschaft eingefunden, die heute ein lila Band in ihr tonblondes Haar geschlungen hatte. Er überzeugte sich mit einem Blick, daß die Geräte vorhanden und angeschlossen waren — Raue hatte alles präpariert. Er begann sein Kolleg.

»Das Dreikörperproblem«, erläuterte er seinen Ausgangspunkt, indem er den Hörsaal, wie es seine Gewohnheit war, mit schräggelegtem Kopf überflog, um die Zahl der Anwesenden zu schätzen, »beendet in einem gewissen Sinn die Ära der klassischen Physik. Als ein zentrales Problem der Himmelsmechanik taucht es ausgerechnet zu einem Zeitpunkt auf, da die Newtonsche Mechanik einen ihrer größten Triumphe feiert, nämlich die Entdeckung des Planeten Neptun 1846. Sie konnte gemacht werden aufgrund einer Voraussage, die aus kleinen Abweichungen der Umlaufbahn des Uranus getroffen wurde. Es ist die Zeit technischer Triumphe — Dampfmaschine, Eisenbahn, Schnellpresse treten auf. Auch die Zeit sozialer Entladung, Weberaufstand in Schlesien, Februarrevolution in Paris. Der Billardstock einer neuen Zeit war über den Tisch gefahren, notwendig gerieten alle Kugeln in Bewegung. Die Welt, wie sie sich seit dem Wiener Kongreß eingerichtet hatte, sie bemerkte ein Zittern — oder war es bereits eine Erschütterung? Anders: Zwei Körper lassen sich mit den Gesetzen Newtons mathematisch ohne weiteres aufeinander beziehen. Aber drei Körper —«

Lothringer sah über die Köpfe seiner Hörerinnen und Hörer. Es war ein kleiner Saal, es war der kleinste im Vorlesungsgebäude, er faßte nur etwa fünfzig Personen, wenn er voll besetzt war, aber heute waren etwa dreißig anwesend, und das war eine sehr gute Zahl. Da es meistens dieselben waren, die seine wöchentliche Vorlesung besuchten, kannte er fast alle der Anwesenden. Er hatte sich angewöhnt, die Abschnitte seines Kollegs nach Reihen oder Köpfen, wie er das für sich nannte, zu gliedern. Die Anfangssätze sprach er in die ersten Reihen, ein wenig zerstreut noch, tastend, aber auch testend. Er sprach frei, nach einem Gerüst von Stichpunkten und Zahlen, denn er hatte die Erfahrung gemacht, daß er am besten war, wenn er ›ganz ehrlich‹ vorging, also seine Sache einfach mit dem Interesse vortrug, das er selbst daran hatte. Hatte er Tritt gefaßt und sein ›Problem‹ in den ersten beiden Reihen sicher verankert, machte er eine kleine Zäsur. Er schaute auf sein Blatt und wählte, ganz wie bei einer Karte, das weitere Menu. Tatsächlich gelang der Übergang zum Hauptteil am besten, wenn er sich jeweils die Punkte aus seiner Liste herausgriff, auf die er, sozusagen, die größte Lust hatte; die zog er heraus und kaute sie dann vor aller Augen geruhsam durch. Wenn er selbst ein bißchen neugierig auf den Brokken war, hatte sich bestätigt, waren es seine Zuhörer auch.

»Und das ist nun die Situation«, fuhr er jetzt, nachdem er sich das Stichwort ›Die große Frage‹ herausgefischt hatte, gelassen fort, »in der die Schwedische Akademie der Wissenschaften, 1890, die Preisfrage stellt: ›Wie stabil ist das Sonnensystem?‹ Eine symptomatische Frage. Wenig vorher hatte Mayer das Gesetz von der Erhaltung der Energie formuliert, aber in Frankreich erwies sich auch die Dritte Republik als wenig haltbar, und das Zweite Kaiserreich funktionierte nur mit einer oktroyierten Verfassung. Wie stabil ist das Sonnensystem? Denn das Sonnensystem, das ist, wenn Sie es richtig verstehn, immer nur das System, das die Menschen, gewollt oder nicht, darin sehen, die Ptolemäer ebenso wie die Kopernikaner, die Weber wie die Kanzler. Übrigens: Bis heute ist es nicht möglich, die Trajektoren, also die gedachten Bewegungsbahnen dreier sich gegenseitig beeinflussender Körper, etwa von Sonne, Erde und Mars — oder Venus —, so zu beschreiben, daß zu jedem Zeitpunkt eine im deterministischen Sinn befriedigende Voraussage über das Verhalten der drei Körper möglich wäre.«

Dies war der ›Aufreißersatz‹, der, als Provokation gedacht, von ihm immer mit erhobenem Kopf und gereckter linker Hand in den Hörsaal gerufen wurde, um dem Hauptteil Ziel und Schwungkraft zu geben (die eindringliche Stimme war ein kleiner Akt kalkulierter Selbstentblößung, die Geste dazu hatte er Mittenzwei geklaut). Er traf damit meist jene Studentin, die, in immer schwarzer Kleidung, in der vierten oder fünften Reihe saß und an ihrer Jacke diese viereckige Brosche trug, auf der abwechselnd LOVE oder HATE stand; sie blickte ihn immer so gleichgültig an, als ob sie seinen Siedepunkt erforschen wollte, aber in Wahrheit, so glaubte Lothringer, mußte sie entweder völlig ignorant oder aber sehr intelligent sein. »Das also ist das Dreikörperproblem!« rief er und sah, daß die schwarzgekleidete Studentin heute eine Spange trug, auf der nicht LOVE oder HATE stand, sondern so etwas wie STREIT.

»Es war Poincaré«, fuhr er fort, und sein Blick ging von der Brosche der schwarzen Studentin mit der Aufschrift STREIT (oder hieß es STREIK?) gleich ganz hoch zu Frau Lusine Schmuck, die sich etwas aufrichtete und lächelte, »Poincaré, der die Frage der Akademie beantwortete und den Preis gewann. Ist die Welt noch zu retten? Poincaré konnte zeigen, daß eine deterministische Antwort auf die Frage der Akademie grundsätzlich nicht möglich war. Die Antwort auf die Frage nach der Beherrschbarkeit des Dreikörper-Problems — negativ. Aber, mit der negativen Beantwortung der Frage, ob das Drei- oder Mehrkörperproblem unseres Systems schlüssige Prognosen zuläßt, wurde zugleich ein neues denkerisches Konzept aufgestellt — die Verzweigungstheorie, die Bifurkationsmathematik. Neptun hatte sich an die Tafel gedrängt, der bisher beim Gelage der Kräfte nicht aufgetaucht war. Selbstgefällig konnte Newton sagen: ›Wir hatten ihn immer erwartet.‹ Aber Poincaré sagte: ›Immer nur als einen ungebetenen Gast.‹ Und es stimmte: Gesicherte Voraussagen über die Verlaufsform eines wie immer gearteten Systems enden prinzipiell im Netzwerk ihrer unwägbaren Ausgangsbedingungen. Poincaré hatte das deterministische Chaos entdeckt.«

Das war die Stelle, an der Lothringer seine Geräte bediente. Raues Arrangement funktionierte. Der Bildschirm des Monitors, der den kleinen Hörsaal überwachte, glühte auf. Lothringer erntete den Beifall für die sinnfällige Demonstration seiner Ausführungen stets im Mittelfeld des Saals, wo die ›Masse‹ hockte, die nie recht identifizierbaren, aber vielleicht treuesten Hörer, das ›Volk‹, wie er es für sich nannte. Heute saß dort, genau in der Mitte, ein stabiles Quartett, die Diplomanden Albert und Ferdinand mit den neu hinzugewonnenen Geschwistern Breisacher, Heide und Saskia. »Was hier zu sehen ist«, erklärte er die langsam wechselnden Graphiken auf dem Schirm, die teils wie bunte Jahresringe von Bäumen, teils wie merkwürdige exotische Tanzmasken, dann wieder wie Schnitte durch farbenprächtige Achate aussahen, »sind die Bahnen eines Doppelpendels in Poincaré-Auftragung. Stellen Sie sich bitte vor, daß dieses Oval« — die Tanzmaske aus dem fernen Java blieb stehn — »die Ereignisebene eines bestimmten Augenblicks ist, des Augenblicks, in dem wir den Phasenraum des Doppelpendels wie durch eine Tapetentür, eben den Poincaré-Schnitt, betreten. Jetzt stehn wir in diesem Ereignisraum, den Sie sich bitte vorstellen müssen als einen Torus, also eine Art eingedrücktes und in sich zurücklaufendes Ofenrohr, oder wie einen leicht ovalen Schmalzkringel, der von dem Bahnenbündel, den das Doppelpendel beschreibt, gebildet wird. Der Schnitt liegt vor uns, eine Art gläserner Schleuse, durch die dieses Bahnenbündel hindurchgeht, ähnlich den Fäden, die durch die Düse einer

Spinnmaschine schießen. All diese Farbinseln, -bögen und -schlingen entstehen aus den Punkten, die von dem Pendel bei den Durchläufen durch diese Ebene gebildet werden — durch jeweils zwei dieser Punkte fliegen gerade die miteinander gekoppelten Gewichte unseres Doppelpendels. Die eigentliche Revolution besteht nun darin, daß hier Formen auftreten, die mit dem System des Doppelpendels — einem ganz speziellen Dreikörper-System also — wie es da schwingt, scheinbar gar nichts zu tun haben. Sondern nur die kunstvoll hergestellte Projektion jener unsichtbaren Bahnen sind.« Lothringer ließ die Bilder weiterschreiten. Die Baumringe oder Ellipsen verzogen sich, bildeten Blasen und Inseln, merkwürdige Gesichter entstanden. »Poincaré hebt, wenn Sie so wollen, die Hand, und auf einmal, mitten im schönsten Zeitalter der Kabinettspolitik und der Großmachtträume, tauchen geheime Physiognomien auf. Das etwas Gespenstische dieser Schnitte«, kommentierte er die immer mehr ins Groteske und Absurde verrutschenden Masken, die ja nur Schnitte durch das Bahnenbündel eines mechanischen Systems waren, »rührt vielleicht daher, daß auf einmal Formen und Organisationen sichtbar werden, die gar nicht mehr in direkter Verbindung zu stehen scheinen mit den handgreiflichen physikalischen Realitäten.«

Aus den Tanzmasken wurden Libellen- und Mutantenköpfe, aus diesen wiederum schimmernde Drusen von fremdartiger, nur noch von fern an elliptische Ereignisse erinnernder Schönheit. »Poincaré hatte den Mut, sich dem Lauf der Welt einmal mathematisch zu stellen, und er fand, daß es eine Welt voller beunruhigender Gesichter war. Freilich — er sah sie selbst noch nicht, denn er hatte noch keinen Computer. Für ihn war die Entdeckung der chaotischen Verzweigung, der Bifurkation, tatsächlich so etwas wie das Auftauchen einer Mistgabel in einem Pavillon der Weltausstellung.« Lothringer schaltete den Monitor aus. Er stand auf und schrieb eine jener Formeln an die Tafel, mit denen Poincaré damals arbeitete. Mit der gleichen anspruchslosen Geste zeichnete er das Schema eines Doppelpendels daneben, um an diesem einfachen mechanischen System das Vertrackte des Dreikörperproblems zu diskutieren. Denn das Doppelpendel, das nichts anderes war als ein gewöhnliches Pendel, in dessen Gewicht ein weiteres Gewicht eingeklinkt war, so daß es aussah wie ein Kniegelenk mit rundem Fuß, war in seiner Konstruktion und Wirkungsweise wie geschaffen, um den chaotischen Weg, den selbst einfachstes deterministisches Geschehen leicht nehmen konnte, zu demonstrieren. Und in den verbleibenden fünfzehn Minuten seiner Vorlesung, wobei er mit seiner Kreide wechselnde Gesichter im Auditorium ansteuerte, um Krisenpunkte anzudeuten oder Phasenabläufe zu fixieren, operierte Lothringer mit den beiden Drehpunkten, die einmal im Aufhängepunkt des gesamten Pendels, also im Hüftgelenk, und dann im Aufhängepunkt des gekoppelten Pendels, also im Knie, lagen und die, bezogen auf die Gewichte, eine einfache mathematische Behandlung versprachen. »Ein lustiges Bein, das da durch die Welt der Physik schlenkert, lassen Sie uns seinen Weg noch rasch verfolgen.«

Und er beschrieb die möglichen Zustände des Systems. »Erstens nämlich«, und hier sah er endlich Tina an, die in ihrem zitronengelben Hemd in der zweiten Reihe aufsaß und ihn reglos fixierte, »es ist in einem stabilen Zustand, es bewegt sich überhaupt nicht.« Er lächelte ein wenig. »Ein Spezialfall wäre, wenn das Pendel gerade nach oben steht — ein eminent störanfälliger und fast nicht zu erreichender Zustand, vergleichbar etwa dem einer Schiffschaukel, die sich plötzlich überschlägt und einen Moment lang, zum Schrecken des ganzen Jahrmarkts, in der Luft oben verharrt, während die Insassen kopfstehn. Sie kennen das vielleicht von früher —«

Zweitens konnte das Doppelpendel periodisch schwingen, wenn die beiden Gewichte nämlich in einem konstanten Verhältnis zueinander schwangen, etwa das kürzere, untere doppelt so schnell wie das obere, in das es eingeklinkt war, wobei Lothringer mit seiner Kreide ungefähre kreisende Bewegungen zum treuen Mittelfeld hin machte, wo das neue Quartett saß. Ferdinand und Albert, alte Hasen, was die Bewegungen eines derartigen Systems anging, nickten bloß träge, während Heide und Saskia einander ansahen und hinter vorgehaltenen Händen loszuprusten begannen.

Wurde nun die Energie, die das geruhsam seine Bahn schreitende, beziehungsweise schwingende mechanische Bein antrieb, erhöht, der Drehimpuls also größer, gab es chaotische Erscheinungen. Die definierten Ellipsenbahnen wurden verlassen. »Es gibt zwar noch Bereiche, die in diesem Sinne zu betrachten sind, Inseln der Stabilität, wie Sie auf dem Phasenbild rechts im Monitor sehen können, doch im wesentlichen füllt sich die gesamte Ereignisfläche jetzt mit Punkten, deren Auftauchen nicht mehr zu bestimmen ist. Unser Bein beginnt zu zucken, zu hüpfen, es knickt hierhin und dorthin, will tanzen.« Er besah seine Hand mit der Kreide. »So kann man sich täuschen. Unser gelenkiges Bein, es beginnt, sich mit einem ungemein komplexen und äußerst individuellen System von Bahnen zu umspinnen. Wer sähe das diesem simplen Doppelpendel schon an. Sehen Sie: Wo für unser Auge nur ein krächzender Hans Huckebein auf der Tischkante wackelt und schlenkert und sich in seinen eigenen Drehungen verwickelt und stranguliert — für den Ereignisraum ein Faden- und Bewegungsbündel von komplexer Natur und ästhetisch singulärem Reiz.« Er sah die schwarzgekleidete Studentin mit der Spange, auf der STREIT oder STREIK stand, an. »Hans Huckebein bewegt sich im chaotischen Bereich, doch er erzeugt im Phasenraum, für unser zweites Auge hier, Muster und Struktur. Er ist ganz bei sich. Er hat den Blues.«

Die schwarzgekleidete Studentin mit der Meinungsspange ruckte ärgerlich den Kopf. Aber Lothringer fuhr, begleitet von den Doppelpendel-Schlingen im Phasenraum, die nun für diese Demonstration in Bewegung gesetzt wurden und die Ereignisfläche in einen Tümpel verwandelten, auf dem farbiger Regen ein Gewirr von Punkten und Kurven erzeugte, einfach fort. »Bei noch höheren Energien«, bemerkte er, »baut sich sichtbar wieder eine Ordnung auf, die Kurveninseln werden größer, mitten im fröhlichsten Tohuwabohu bilden sich wieder ernst zu nehmende Stabilitäten, die chaotischen Bänder verschwinden. Das hängt damit zusammen, daß bei hohen Drehimpulsen der dritte Körper, nämlich die Erde mit ihrer Gravitation, eine immer geringere Rolle spielt. Die Zentrifugalkraft der beiden andern Körper, der Gewichte I und II des Doppelpendels, also Knie und Fuß unseres Huckebein, ist so groß, daß g vernachlässigt werden kann. Die ganze chaotische Wallung — das können Sie hier in der Poincaréschen Auftragung gut sehen — reduziert sich dann also annähernd auf ein Zweikörper-Problem, für das es nun wieder eine definitive Lösung gibt.« Er sah zu Frau Schmuck hoch, die sich lächelnd ins rotblonde Haar griff und ihre lila Schleife berührte.

Lothringer trat im Bewußtsein, das vielleicht Beste wieder einmal nicht gesagt zu haben (was war mit dem Pointillismus, van Gogh, der Psychoanalyse?), seine paar Notizblätter in der Hand, auf den Flur. Tina Rotermund schoß auf ihn zu. »Das hält doch kein *Mensch* aus!« stieß sie hervor. »Wissenschaft als Keule. Geballte Ladung aus dem Schrein des Weisen!« Sie schüttelte mißbilligend den Kopf, und Lothringer gestand ihr, daß er das Gefühl hatte, viel zuwenig gesagt zu haben. »Das Beste nicht, verstehst du?« Über Tinas Schultern hinweg sah er Frau Lusine Schmuck, die lächelnd winkte und zum Aufzug eilte, der sich gerade öffnete. »Vielleicht sagst du nächste Woche einfach mal das, was du sonst nicht sagst«, zischte Tina. »Ich hab jedenfalls alles verstanden und nichts behalten.«

»*Ich* hatte sehr viel von der Veranstaltung«, sagte Saskia, die mit ihrer Schwester hinzugetreten war. »Ich auch«, meinte Heide und nickte ein paarmal heftig. »Und das will was heißen.«

»Na, bitte«, sagte Tina Rotermund spöttisch, »die ersten Fans.« Sie berührte Lothringers Arm. »Ruf mich bitte an. Es ist wichtig. Ja?« Dann verschwand sie mit ihrem gelben Baumwollhemd und den dreiviertellangen Shorts.

»Die kenn ich doch«, sagte Fetzer, dessen unrasiertes Kinn von Kalkblättchen starrte.

»Ich auch«, meinte Raue und tastete nach seinem Schlüssel. »Aber was hat das schon zu sagen an einer solchen — Universität!«

Alle sahen ihn an.

»Was ist?« rief Lothringer. »Gehn wir jetzt noch rüber ins Kleinbauer oder nicht?«

15 ########### *MANIFESTATIONEN*

Noch nie war es vorgekommen, daß Pembruck Lothringer auf sein Zimmer oben im Ostflügel des Instituts bestellt hatte. Heute ließ er ihm durch Frau Helene Söller, seine Sekretärin, mitteilen, daß er ihn unverzüglich zu sprechen wünsche.

Pembruck stand mitten in seinem Büro, dessen Wände mit Diplomen und Aluminiumstücken bedeckt waren, die Beine gespreizt, die Hände in den Hosentaschen. »Der *gute* Lothringer«, sagte er, kaum daß Felix eingetreten war, und Lothringer wußte nicht, ob es gönnerhaft oder vorwurfsvoll klang.

»Sie haben mich unverzüglich zu sich gebeten — direkt von der Arbeit weg —«, sagte er und mußte dann doch tief durchatmen.

»Das ist richtig.« Pembruck maß Lothringer von oben bis unten. »Was macht denn die Arbeit?«

»Oh, gut. Wir haben ein paar Probleme mit unserm lieben Mac, aber das ist nichts Ernstes. Die Arbeit rennt, und die Versuchsreihen, die wir im vergangenen Semester begonnen haben, die Attraktoren des Schwimmers, die Streuung bei den Karambolagen im Salon — doch — —«

»Dann ist es ja gut«, meinte Pembruck, und Lothringer fiel auf, daß er den Satz ja noch gar nicht zu Ende gesprochen hatte, in dem er Pembruck davon in Kenntnis setzen wollte, daß beide Versuchsreihen, wie vorgesehen, zum Ende des laufenden Semesters abgeschlossen sein würden. Er setzte noch einmal an. Aber Pembruck sah ihm mit stierem Blick von unten in die Augen. Es war zu spät.

»Schön, mal was von Ihren Aktivitäten zu hören, Dr. Lothringer«, begann der Institutsleiter. »Sie sind ja geradezu ubiquitär. Erforschung klassischer Systeme auf chaotische Ausrutscher, milieubezogene Untersuchung stochastischer Felder, Ausflüge in die Wissenschaftsgeschichte — sozusagen im Fesselballon — nun, dazu Computersimulationen die Menge — doch.« Er sah Lothringer noch weit über die Vollendung seines Satzes an, so als erwarte er einen Einspruch oder eine Entschuldigung. Nie zuvor hatte er ihn mit seinem Titel angesprochen. ›Dr. rer. nat., das sind Sie — Dozent, jawohl. Dozent. Eben. Aber kein Professor.‹ Lothringer war schon dabei, innerlich eine Entgegnung vom Stapel zu lassen, die von dieser ebenso feinen wie fiesen Unterscheidung Gebrauch machen wollte, da spürte er, wie er schon wieder rot wurde. »Worum es mir ginge«, sprach Pembruck aber da schon weiter, »worum es mir ginge, das wäre, die Situation hier im Institut überhaupt zu entspannen. Im Ganzen. Befriedigend. Für alle.«

Lothringer starrte auf Pembrucks Hals, der faltig aus dem von der Krawatte fest umschlossenen Kragen kam. »Ihre wissenschaftliche und menschliche Dignität in Ehren — über Ihren Antrag sprechen wir noch, er muß erst bearbeitet werden —, aber es ist doch so: Jeder glaubt, daß er den Etat für sich alleine braucht. Zu recht! Schwander und seine schönen Ergebnisse!« Pembruck sah, daß eine seiner gehämmerten Aluminiumplatten, die Trophäen seiner festkörperlichen Raserei, leicht schief hing. Er trat hinzu und schob das Stück um eine unsichtbare Wenigkeit zurecht. »Und darum, Lothringer, möchte ich Sie bitten, bei der nächsten Institutsversammlung einmal keinen zusätzlichen Etat zu beanspruchen. Verstehen Sie? Das sollte auch für Ihre Mitarbeiter gelten.« Er wandte sich Lothringer wieder zu. »Es tut sich was. Ihre Arbeit findet zwar im Keller statt, doch sie wird sehr wohl bemerkt.« Pembruck fuhr noch einmal mit der Fingerkuppe zärtlich-flüchtig über den aufgebogenen Rand des zerdellerten Stücks, das unten im Experimentalraum seiner Abteilung, der ›Schmiede‹, auf die traurigen Grenzen seiner Belastbarkeit gehämmert worden war. »Mehr kann ich Ihnen jetzt nicht sagen. Aber seien Sie versichert. Wir haben uns Gedanken gemacht. Es wird sich einiges ändern.«

Pembruck griff noch einmal besonders tief in seine linke Hosentasche. Die Audienz war offensichtlich beendet. »Und sonst?« meinte er noch und genoß die peinliche Unbestimmtheit seiner abschließenden Frage.

Als Lothringer die Haupttreppe vom zweiten Stock wieder hinabschritt, machte er sich Vorwürfe, daß er die Mittelanmeldung nicht selber besorgt hatte. Sicher wäre die Begründung weniger dramatisch ausgefallen. Andererseits hatte Raue aber wieder genau den larmoyanten Ton getroffen, den die Leute in den Ausschüssen, die etwas zu vergeben hatten, so liebten. Und von den Zahlen her war alles korrekt und begründet, daran konnte es nicht liegen, wenn Pembruck die Frage des Antrags einmal so ausdrücklich wegschob.

Und wenn Pembruck, der immer so tief in die Tasche griff, weiter nichts herausbrachte, als daß man sich ›Gedanken gemacht‹ hätte (wer denn? und über wen?), dann verhieß das eher üble Post — Pembruck sprach, wenn er etwas zu verschenken hatte, stets in der ersten Person. *Wir* haben uns Gedanken gemacht . . .

Lothringer ging nicht mehr in den Keller, weil er es vermeiden wollte, daß Fetzer oder Raue ihn fragten, was Pembruck von ihm gewollt hatte. Er mußte sich zuerst über ein Gefühl klarwerden, das er gehabt hatte, als er den Institutsleiter seine Aluplatte zurechtrücken sah. Pembruck war kein Mann, der in irgendeiner Situation verlegen werden konnte. Wenn er vom Thema abschweifte und wenn es auch nur für den

Augenblick eines Stäubchenfangs war, dann mußte mehr dahinterstecken.

Laut beklagte sich Tina darüber, daß er sie nicht angerufen hatte und daß sie es war, die sich wieder melden mußte. Felix, der es wirklich vergessen hatte, entschuldigte sich mit Pembruck, einer unglücklichen Mittelanmeldung und der ganzen undurchsichtigen Situation.

»Unglückliche Mittelanmeldung?« rief Tina am andern Ende der Leitung. »Was soll ich denn sagen? Mein Alter will mich enterben.«

»Das ist natürlich schlimm«, sagte Felix. »Wie kann ich dir helfen?«

»Helfen?« schrie Tina. »Du sollst mir nicht helfen. Du sollst einfach dasein. Was wäre denn zum Beispiel, wenn ich von dir schwanger wäre?«

»Schwanger?« Felix sprach das Wort aus, wie es ihm vorkam, zum ersten Mal. »Schwanger? Von mir?«

Tina lachte auf mit einem kleinen hysterischen Kieks. »Ja, das ist doch das letzte, worauf so ein Dozent kommt. Der Gute. Da schwadroniert er von Körpern und von Gravitation. Lothringert sich ganze Wochenenden durch runde Betten und Klatschmohnwiesen. Und stellt sich dumm wie ein Pennäler.«

»Ich verstehe nicht, bist du jetzt —«

Tina verlor die Beherrschung. »Du bist doch genauso blöd wie mein Alter. Erst mal Tatsachen schaffen. Und dann den Erstaunten spielen. Wie, *das* ist meine Tochter?«

»Tina —«

»Ihr zwei seid eine Sorte. Ihr seid Männer. Ignoranten. Ihr solltet eine Firma anmelden. Dann habt ihr glückliche Mittel. Und Töchter. Fusioniert! Heiratet doch!«

»Bitte, Tina —« Lothringer versuchte es noch einmal, aber Tina hatte schwungvoll aufgelegt.

Er rief sie zurück. Sie hob nicht ab. Er bestellte sich ein Taxi und fuhr zu ihr hin. Auf sein Klingeln keine Reaktion. Er ging auf die gegenüberliegende Seite und sah nach oben. Tinas Wohnung war dunkel.

Er rannte durchs Quartier, mit weitausholenden Schritten, mit den Armen fuchtelnd. Er sprach halblaut vor sich hin, so als sage er Pembruck die Meinung. Er sagte Pembruck die Meinung. ›Bitte schön, die Situation ist nun da. Chaotisch zwar, doch Chaos ist ja, was wir brauchen. Ja, schaun Sie nur, Sie haben es nie glauben wollen. Aber im Unterschied zu Ihnen bin ich eben kein Festkörper-Physiker, sondern ein Karambolagen-Heini. Witzig, wie? Der gute Lothringer, er hämmert kein Blech, er läutet die Glocken. Tja, Phasenübergänge. Da treten neue Qualitäten auf. Nun markieren Sie mal nicht den Grimmigen, Pembruck, glaubt Ihnen ja doch keiner. Und hören Sie bloß auf, da auf Ihrer Schatulle rumzutrommeln, ich weiß doch, die Mittel sind da. Und die Tatsachen sind geschaffen. Also spielen Sie nicht den Schiffschaukelbremser. Haha: Papa Pembruck. Damit hatte er nun nicht gerechnet, wie? Sie sehen: die wahre Leistung kommt stets aus dem Keller. Und nun lassen Sie mal Ihr Blech da und studieren Sie die Vererbungslehre.‹ Felix bekam in der Verwirrung seiner Gefühle schon wieder gute Laune. Denn eigentlich — was war daran schlimm? So besehen war es doch sehr gut. Erstaunlich. Überraschend. Aber gut. Im schlimmsten oder besten Falle wurde Tina enterbt und seine Frau. Sie trat nicht in den väterlichen Betrieb ein, dafür zog sie mit ihm zusammen. Das war ja überhaupt die Lösung. Felix blieb stehn. Nein, war sie leider nicht. Frau Schmuck. Sollte er hingehn und sagen: ›Liebe Lusine, es war ein wunderschöner Sommer und du bist eine herrliche Frau. Wunderbar, kompetent, in jeder Beziehung und in allen Lebenslagen, aber sieh: Ich bin jetzt Vater.‹ Nein, das war die Lösung nicht.

Lothringer ging mit viel behutsameren Schritten weiter. Es war noch nicht einmal das ganze Problem. Und wenn er ehrlich war, so wußte er noch nicht einmal, was für Tina und damit auch für ihn das Problem überhaupt war. Der Vater, von dem sie nichts wissen wollte, den sie aber immer wieder anrief im empörtem Brustton der halbemanzipierten Tochter? Der Feuerfest-Betrieb, in den sie nicht eintreten, aber auf dessen Aktien sie nichts kommen lassen wollte? Er selbst, dem sie sich anvertraute und entzog, den sie brauchte, den sie aber doch nicht akzeptieren konnte. Was war sie? Verrückte Studentin? Resolute junge Frau? Verzogene Tochter? Und er? Lothringer beschloß, in ›Harry's Pub‹ einen doppelten Espresso zu trinken. An der Bar saß Heinz, der seinen starken goldnen Arm wie einen Schlagbaum herabließ und ihn mit einem jovialen »Hallo, mein Freund!« begrüßte. Und Lothringer nahm Platz auf dem Hocker daneben.

»Auf mich!« rief Heinz der Bedienung nach, die den Bon eintippte und in die Kaffeemaschine griff. »Da kann ich mich jetzt endlich revanchieren. Das *freut* mich.«

»Ich glaubte, ich hätte mich zu revanchieren«, meinte Lothringer. »Für den Calvados.«

»Also zwei Calvados«, rief Heinz, und er schob Lothringer mit seinem blond bewollten Arm näher zur Theke. »Hauptsache, es passiert was. Ist doch egal.« Heinz fiel auf, daß Felix Kummer hatte. »Los, raus damit«, sagte er. Aber Lothringer wußte nicht, was er diesem massiven jungen Menschen mit der inzwischen ledergoldnen Haut und dem Kettchen im weiß schäumenden Brusthaar denn sagen sollte. So bemühte er abermals die Institutsmisere, die unglückliche Mittelanmeldung und die Ungewißheit aller Karambolagen.

»Und das ist alles?« lachte Heinz. Er drehte seinen starken bretthaften Körper um neunzig Grad, als wollte er sagen: ›Mir diese Probleme, bitte!‹ Dann wurde er unversehens vertraulich und fragte, seine Hand auf Lothringers Schulter: »Aber privat ist alles klar?«

Lothringer lächelte und sie stürzten den Calvados.

»Bei mir kann man das leider nicht sagen.« Heinz stellte sein Glas hin und sah noch einmal hinein, so als wäre dort drin der ganze bittere Rest seiner ausgestellten guten Laune. »Ich habe echt den Fehler gemacht, mich zu verlieben.« Er sah Felix an und nun war er es, der milde lächelte, mit dem ganzen großen braungebrannten Gesicht lächelte über so viel Harmlosigkeit, wie der Dozent sie da vor ihm auf den Hocker brachte. »Du kämpfst um eine Frau — was sag ich — du scheuerst dir — ach, stell dir einfach Heinz vor, wie er den Teddy macht.« Er bestellte mit großräumiger Gebärde noch zwei Calvados. »Du trinkst doch einen mit? Tja: Und dann läßt sie sich mal herab und gibt dem schönen Heinz die *Chance:* läßt mich *ran.*« Er warf die Arme hoch. In seinem großflächigen Gesicht war ein hinreißender Ausdruck von Selbstmitleid, und er sah in diesem Augenblick wirklich schön aus. »Und Heinz, die Hoffnung der Welt, das Goldstück der achtziger Jahre — *tut es.*« Seine Arme sausten wie Trimmgewichte herab und seine Hände griffen zielgenau die beiden Gläser. »Bitteschön: Und bufft sie an.«

»Was?« Lothringer starrte Heinz in die blauen Augen und wußte vor Überraschung nicht, welches der beiden Gläser er nehmen sollte.

»Sag ich doch. Einmal rein, einmal raus — fertig ist die Maus.« Heinz stürzte das Glas, das er in der Linken hatte, und das Wasser trat ihm in die hellen Augen.

»Sie ist schwanger und gibt Heinz auch gleich noch den Abschied.« Er sah sich hilfesuchend um. »Abgetaucht.« Er schien jetzt wirklich losheulen zu wollen.

»Hat Heinz *das* verdient? Er hat sein *Bestes* gegeben. Und diese *Töne!* Nullnummer. Dumpfmann.« Er sah abwechsend seine beiden Gläser an. »Aber du kennst sie ja.«

Lothringer war plötzlich, als hätte ihm jemand die Flasche mit dem Rest des Calvados über den Schädel gehauen. »Sag mal — meinst du etwa — — du meinst doch nicht etwa —«

Heinz sah ihn wie einen Verrückten an. »Na, die, bei der du das auch mal versucht hast.«

Lothringer aber, der fürchtete, Heinz mit seinen beiden Gläsern würde ihm jetzt heulend um den Hals fallen, sah die einzige Möglichkeit, mit der Situation fertig zu werden, darin, daß er mit einem »Es stimmt so!« einen Fünfzigmarkschein auf die Theke warf und ›Harry's Pub‹ wie durch eine Reihe von Drehtüren verließ.

Aber was waren die Probleme, die der Dozent mit seiner verunglückten Mittelanmeldung hatte und mit seinem Institutsleiter, der ihm vorauseilende Bescheidenheit verordnete, wo der Keller die wirklich fetten Brocken doch noch nie bekommen hatte? Das milde Satyrspiel am ersten Freitag im Juni, auf der eine Resolution zur Hochschulsituation ›Sommer 89‹ verabschiedet wurde, mit der Begründung, wegen der Hitze könne die Institutsversammlung keinesfalls über 16 Uhr ausgedehnt werden, zumal ein nochmaliger Aufschub des Freitagsroulottos unabsehbare Folgen für die Freiheit der Forschung haben würde? Denn plötzlich hatten sich, wo hier kaum noch zweihundert zur Streikversammlung kamen, im fernen Peking Zweihunderttausend versammelt, und sie hatten nicht bessere Stipendien, kleinere Seminare und mehr Wohnheime gefordert, sondern Meinungsfreiheit, unzensierte Presse und Demokratie. Und sie waren aus der Universität herausmarschiert auf die großen Plätze der alten Kaiserstadt und wiederholten dort ihre Forderungen für ein ganzes riesiges Volk. Und dieses Volk begriff die Rufe und reichte den Studenten Reis und Tee.

Und was waren die Probleme um eine schwangere oder vielleicht schwangere oder vielleicht von zwei Männern schwangere Studentin, die ihre Volks- und Betriebswirtschaft mit dem gutdotierten Telephon-Job einer Marketing-Gesellschaft finanzierte und die mit einem Papa überkreuz lag, der sie enterben wollte, weil sie sich weigerte, in seine Firma einzutreten, wo ein Volk, das die Milliardengrenze überschritten hatte und schon seit Jahrzehnten eine revolutionäre Pflicht in der Begrenzung des Nachwuchses auf ein Kind pro Mann oder Frau sah, nun aufstand und über die Errungenschaften einer Industrie, die den Gelben Fluß hatte schwarz werden lassen, Marktwirtschaft forderte und Privateigentum?

Und so ging ein Ruck durch die verfaßte wie die unverfaßte Studentenschaft, der Hörsaal VI war zweimal hintereinander voll wie ein Charterflugzeug, und die Resolutionen, die mit den chinesischen Kommilitonen Pressefreiheit und Eigeninitiative lobten, wurden einstimmig verfaßt. Ein Teach-in wurde veranstaltet, das die Aufgabe hatte, einen ›Chinesischen Tag‹, der in diesem Monat mit Folklore und Basar auf dem Flohmarkt-Gelände beim Schlachthof stattfinden sollte, zu unterstützen und zu einem großen multikulturellen Ereignis umzufunktionieren. Doch eine Woche vorher gab die chinesische Führung der Armee den Befehl, die Manifestation der Studenten zu beenden. Es war am ›Tag der Umwelt‹, und die Soldaten veranstalteten auf dem Platz des Himmlischen Friedens, wo die Studenten ihr Lager hatten, ein Massaker. Während der Umweltminister durch den Rhein schwamm, um zu zeigen, wie sehr die Wasserqualität sich seit seinem Amtsantritt verbessert hatte, und der

EG-Kommissär in Brüssel verkündete, Europa sei sich seiner Vorreiterrolle für eine Welt mit mehr Demokratie voll bewußt, gingen die Photos ein, auf denen Menschen von Panzerwagen verfolgt und wie Bambusschößlinge niedergemacht wurden.

Der Schrecken machte sich am Tag darauf Luft in einer gewaltigen Demonstration, die durch die Stadt führte und die zugleich der massive Boykott des ›Chinesischen Tags‹ war. Während aus Peking bereits die ersten Bilder von Studenten um die Welt gingen, die einzeln vor Schnellgerichte gezerrt und als schädliche Elemente verurteilt und öffentlich hingerichtet wurden, fanden die Kommilitonen hier endlich zur Gemeinsamkeit. Lothringer, der seit fast zwanzig Jahren zum ersten Mal wieder an einer Kundgebung teilnahm, war, Arm in Arm mit Leuten, die er gar nicht kannte, seltsam berührt von der lang entwöhnten Körperlichkeit einer solchen Manifestation und es machte ihm auch gar nichts aus, daß es eigentlich die pure Verlegenheit war, die ihn hier mitmarschieren ließ — waren es nicht immer die Widersprüche, die einem Zeit ließen, zu sich zu kommen?

»Könnte es nicht sein, daß er sich bloß darüber lustig macht?«

Es war Raue, der diese Vermutung äußerte. Er hatte, chaotisch-disziplinierter Besessener, sämtliche Ergebnisse der letzten Versuchsreihen im Keller noch einmal geprüft und mit einem eigenen Programm auf einem externen Computer, zu dem er sich durch eine seiner berühmten Schaltungen Zugang verschafft hatte, durchrechnen lassen.

Raue verwies auf die merkwürdigen Sentenzen, die McIntosh als begleitende Kommentare zu ihrer Arbeit immer mal wieder statt der zu erwartenden Zwischenergebnisse ausstieß, und es zeigte sich, daß er ebenfalls auf die typische Natur dieser frohen Botschaft gekommen war — all diese Sätze konnten sowohl als Fragen wie auch als Imperative gelesen werden.

»CARPE DIEM«, meinte Lothringer.

»DURCH LEICHTSINN ZU GEWINN«, konterte Raue und erwähnte einen belgischen Börsenmakler, dessen Visitenkarte er in einem der Programme Mac's gefunden hatte.

»Raue, du bist genial«, sagte Lothringer und merkte, wie er blaß wurde.

»Aber mal im Ernst«, fuhr der Diplomand, der seinen Zweitschlüssel um den Hals trug, fort, »wenn diese Sätze, wie blöde oder gescheit sie auch sein mögen, tatsächlich die Fingerabdrücke eines Besuchers sind, der sich bei uns im System herumdrückt: so bleibt als Ergebnis, daß hier irgendwo ein Portrait hängt.«

Portraits waren die gefürchteten Programmschleifen, die, weder Fehler noch Viren, Durcheinander und Verwirrung stifteten, indem sie den Algorithmus eines Programms immer wieder mit seinen eigenen Ergebnissen fütterten, bis das Programm aufgab, ›platzte‹, wie man es anschaulich nannte und unkontrollierbar Ergebnisse generierte, die mit der definierten Aufgabenstellung des Programms nichts mehr zu tun hatten. Wo sie herkamen, wußte man nicht; vielleicht waren es Mutationen.

»MACHEN SIE SPASS«, sagte Lothringer, etwas lahm.

»GEBEN SIE GELD AUS«, antwortete Raue und griff nach seinem Schlüssel. Lothringer sah, daß heute zwei Nägel an der Hand seines Diplomanden lackiert waren, was ihn sehr irritierte, denn Gabriele aus der Photoemission lackierte den Männern, die sie tröstete, immer nur einen Nagel, den des kleinen Fingers, und das auch stets nur beim ersten Mal. »Ja«, meinte Raue, »das ist wohl die Selbstbezüglichkeit. Das Programm iteriert.«

»Du meinst, es wirkt dann etwa wie unsre logistische Gleichung«, sagte Lothringer, der den Tatbestand, den sein Diplomand hier beschrieb, auch schon bemerkt hatte. Für einen Moment hatte er die Vision, daß im Bauch des Rechners, der sich plötzlich zu einem gigantischen Gewölbe erweiterte, zwei seltsame Gralsritter einander in leerer Rüstung gegenüberstanden, weil sie, ohne es zu wissen, mit dem gleichen Programm gefochten hatten. »Aber — was bedeutetet das für Robespierre?« fragte er darum, weil er sich über die Konsequenz eines derartigen Algorithmus noch nicht im klaren war und weil er seinen Diplomanden aus der Reserve locken wollte.

»Die Furie des Verschwindens«, entgegnete Raue, und jetzt lächelte er wie einer, der wußte, daß er gewinnen würde.

»Des Verschwindens?« fragte Lothringer, aber Raue geriet nun in eine merkwürdige Erregung, so als ob irgendwo eine Uhr liefe und er dringend dorthin müsse, um etwas zu beginnen oder zu verhindern.

»Die Guillotine«, flüsterte er. »Die Portraits, die sie macht, sind immer die letzten.«

Lothringer konnte sich des schlimmen Gefühls nicht erwehren, daß Raue abermals den gleichen Gedanken gehabt hatte wie er. »Mut, Raue«, beschwor er daher seinen Diplomanden, »die Mission findet ein glückliches Ende. Wie sagt der Chinese? Die Bauern haben eine bunte Decke und lachen im Schlaf.«

Nichts war aus Tina Rotermund herauszubringen, über Heinz nichts und über ihn selbst auch nichts. Und wo sie gewesen war, darüber verlor sie ebenfalls kein Wort. Sie sagte: »Ich bin hier. Reicht das nicht?«

Die ganze Angelegenheit hatte eine weitere Facette bekommen durch einen Anruf, den Lothringer am Abend vor der großen Demonstration zum Kundgebungsgelände am Schlachthof erhielt. Es war Hugo, der sich meldete, jener Mensch, der mit seiner drallen Marianne auf der Terrasse der kleinen Pension gesessen und sie angesprochen hatte. Der Schiffschaukelbremser mit dem nassen Handtuch, der den See im Steinbruch so ›reizvoll‹ gefunden hatte.

»Spreche ich mit Herrn Dozenten Lothringer?« fragte er mit dünner Stimme, und alle tausend getrunkenen oder nicht getrunkenen Whiskys rannen über alle Theken, an denen jemals verstörte Schwimmer gesessen hatten. »Sie sind allein, Felix?«

»Was gibt es?« Lothringer verspürte einen gewissen physischen Ekel, der sich nicht so sehr auf die Person Herrn Hugos und seiner drallen Frau im Jogging-Anzug bezog, sondern darauf, daß dieser Mensch offenbar seine volle Identität ausgekundschaftet hatte, und er legte alle Kälte in seinen Satz.

»Es geht um jene junge Frau. Ihre damalige Begleiterin. Sie erinnern sich?«

»Tina!«

»Tina, ja. Wir hatten uns mit ihr getroffen. Genau gesagt, die junge Frau hat uns dann hier in Aschaffenburg besucht.« Hugos Stimme zitterte ein wenig. »Aber dann verschwand sie überstürzt. Und seitdem machen wir uns ein wenig Sorgen.«

»Nun, ich weiß auch nicht, wo sich Frau Rotermund befindet«, sagte Felix so ruhig, als es ihm irgend möglich war, aber auch seine Stimme zitterte etwas, und zwar weniger, wie er beschämt erkannte, weil dieser Mensch und seine unselige Marianne sich über seinen Kopf hinweg mit Tina verständigt hatten, sondern weil er selbst nicht wußte, wo seine Freundin war.

»Wenn die Dame —«, begann Hugo wieder, und jetzt hatte er wieder sein ausholendes Tremolo gefunden.

»Ich wünsche es auch nicht zu wissen«, schnitt Lothringer ihm in einer trotzigen, alles nur noch verschlimmernden Aufwallung das Wort ab und legte auf.

Was Wunder, daß er sich an Frau Lusine Schmuck von der Museumsgesellschaft hielt. Nachdem er sie über eine Woche nicht gesehen und sich nicht einmal telephonisch bei ihr gemeldet hatte, sah er sie jetzt fast täglich. Und Lusine fragte auch nicht weiter, sie schien seine gewundenen Erklärungen ganz in ihrem Sinn zu akzeptieren und war nun einfach für ihn da.

»Geht es dir gut?«

»Ich weiß nicht, ob ich Pembruck trauen kann. Was hat er vor? Kennst du ihn eigentlich genauer?«

»O ja, schon seit das Physikalische Institut ausgegliedert wurde und seinen eigenen Bau bekam. Damals war Pembruck noch Assistent von Zubrügel, inzwischen ja längst Emeritus und, wie ich gehört habe, Verfasser von erotischen Novellen. Er war gutaussehend, arrogant und wußte, was er wollte. Und er war in mich verliebt.« Lusine Schmuck lächelte. »Doch dann kam Herbert, und Pembruck wurde selbst Professor.«

»War das nicht, nachdem sie im Keller den Beschleuniger gebaut hatten, der dann nie in Betrieb genommen wurde?«

»Kann sein. Ich weiß aber noch, daß Pembruck damals auch in der Kern-Enquete war, die hier das Zentrum einrichten wollte.«

»Eben!« Lothringer erinnerte sich jetzt wieder, daß Pembruck in jener Zeit, als er bei Zubrügel war, auch in der Teilchenphysik, die damals Babenberg leitete, engagiert war. Offenbar mit Erfolg, denn Babenberg, der Ausschußarbeit haßte, hatte Pembruck statt seiner in die Enquete-Kommission delegiert, wo er sich für den Bau des Beschleunigers stark machte. Doch aus irgendeinem Grunde wurden die Bundesgelder dann in die Anlagen bei Karlsruhe und Hinterwalde gesteckt. Die Kern-Enquete stand damals ziemlich dumm da, eine Reihe von Leuten, so auch Babenberg, ging fort, zum Teil nach Karlsruhe, zum Teil nach Hinterwalde. Pembruck überstand die Blamage, indem er sich für den verwaisten Lehrstuhl seines Professors bewarb, der sich vor den permanten Attakken der radikalen Studentenschaft auf eine der damals gerade neu gegründeten Bundeswehr-Hochschulen rettete. Pembruck hatte zwar keine Habilitation vorzuweisen, aber er hatte als Vermittler jede Menge *faits accomplis* im Kampf gegen die ›alte Ordinarienuniversität‹ geschaffen. Es gelang ihm, die Abteilung im Osttrakt des Altbaus rasch zu sanieren, weil er sich den Teilchen-Etat, der für den Aufbau der Kernforschungsanlage im Neubau bereits genehmigt war und nicht mehr gebraucht wurde, sichern konnte. Das war vom verwaltungstechnischen Standpunkt aus sicher eine Sauerei gewesen, aber alle sahen damals, als die letzten Zuckungen der Revolte durch die Flure zitterten und die endgültige Formierung der Fachschaften nach dem neuen Rahmenplan ins Haus stand, darin so etwas wie einen Akt des Widerstands gegen die Bevormundung der Forschung durch das Land, eine Art Selbstbehauptungs-Anarchie im großen Ordnungs-Halali, und solidarisierten sich mit ihm. Seitdem war Pembruck anerkannter Festkörper-Spezialist und hämmerte seine Bleche.

Die Teilchen-Physik führte dagegen nur noch ein Schattendasein, finanziell und personell ausgeblutet, wie sie nun war. Zwar versuchten die Studenten der Abteilung, die in der Abwanderung fast des gesamten Lehrkörpers eine Chance zur Selbstorganisation sahen, mit einem Sparetat und allerlei rätedemokratischem Zeremoniell ein Beispiel nicht-autoritärer Kernphysik aufzuziehen, doch die pausenlosen Debatten und der Justitiar des Rektors machten sie schnell mürbe. Als dann auch noch zwei der Studenten beim Versuch, den Beschleuniger anzufahren, spurlos verschwanden, wurde das von der Universitätsleitung zum Anlaß genommen, die Abteilung ganz aufzulösen. Es gab Gerüchte, gab Verdächtigungen, die Studenten der Gruppe ›Wilder Kern‹ sprachen unverhohlen von Sabotage, gar Liquidation, die Universitätsleitung, die das Verschwinden der beiden als subversiven Akt begriff und eine Verbindung des ›Wilden Kerns‹ mit der damals gerade sich etablierenden Terrorszene sah, ließ die ganze Anlage bis auf den doppelten Stahlmantel des Beschleunigers demontieren. Der Keller des erst kürzlich vollendeten Neubaus mit dem Gelaß stand darauf viele Semester lang leer, bis Ende der siebziger Jahre mit Professor Gottmann die Chaosforschung dort ihren Einzug hielt. Der tief im Erdreich sitzende Mantel des ehemaligen Beschleunigers wurde der Ort, wo künftig Gottmanns großes Pendel schwang. Als er, dem Ruf nach Marburg und Princeton folgend, das Pendel mitnahm, wurde, noch auf seine Fürsprache hin, in dem Gelaß die Zisterne gebaut, in der Lothringer dann seine Turbulenzforschung begann.

Übrigens hatte Pembruck auch in dieser Angelegenheit damals eine nicht ganz durchsichtige Rolle gespielt. Zwar war er zwischen der Gruppe ›Wilder Kern‹ und der Administration als Vermittler aufgetreten, und die Verwaltung mußte ihren absurden Vorwurf der Subversion öffentlich zurücknehmen, aber in dem Gutachten, das unter Pembrucks Leitung erstellt wurde, war von einer objektiven Gefährdung der Betreiber, die von der Anlage ausging, die Rede. Und das hatte letzlich zur Demontage des Beschleunigers geführt und für die Gruppe ›Wilder Kern‹ das Aus bedeutet, auch wenn es auf dem kalten Weg der gutachterlichen Risikoabschätzung geschah. Pembruck wurde noch einmal als Vermittler gefeiert, er festigte mit dem Gutachten seine Stellung als Sorgenvater des Instituts, dessen Direktor er bald darauf werden sollte. Die Reste der Gruppe ›Wilder Kern‹ verstreuten sich wie die Partikel eines Atoms; und wohin das Geld floß, das als Landes-Anteil für den Keller bestimmt war, bis Gottmann antrat, danach fragte kein Mensch mehr.

»Vielleicht siehst du in ihm ja ganz unnötigerweise einen Feind«, meinte Frau Lusine Schmuck. »Vielleicht denkt Pembruck ja wirklich an dich.« Und sie stand von ihrem honigfarbenen Tibeter auf, um sich zu Felix auf die Chaiselongue zu setzen.

Als er Tina wiedersah, hatte die eben seinen Diplomanden Raue in ein heftiges Gespräch gezogen. »Aber das ist etwas ganz anderes«, rief sie und schlug mit ihrer kleinen Hand auf den grünen Filz des Billardtischs. »Ohne Engagement gibt es keine wirklichen Resultate!«

Raue stand da, gesenkten Kopfs. »Ich denke, daß diese Diskussion etwas älter ist als wir, im übrigen kommt es darauf an, den Kontakt mit den Problemen nicht zu verlieren«, sagte er und fingerte seinen Schlüssel an dem Kettchen an seinem Hals von rechts nach links.

»Ha-ha«, machte Tina. Dann gewahrte sie Lothringer, der eingetreten war, aber nichts gesagt hatte. »Ach. Der Dozent, der aus der Kälte kommt. Still und heimlich, weil er vielleicht was aufschnappen kann, was nichtlinear oder chaotisch ist. Stimmts?«

»Das muß nicht dasselbe sein. Gehn wir rüber zu mir?«

»Aber ja.«

Sie blieben vor Lothringers Arbeitstisch stehn. Beide sahen sich um, weil ihnen zugleich auffiel, daß sie einander nicht einmal begrüßt hatten. Es war Tina, die zuerst ihre Sprache wiederfand und ihm mit knappen und etwas überstürzten Worten mitteilte, daß sie nun eben wieder da sei und große Diskussionen überflüssig fände.

»Oder reicht es dir nicht, daß ich da bin?«

»Du machst es dir einfach.«

»Aber ich *habe* es nicht einfach, Spaßvogel.« Sie setzte sich auf Lothringers Stuhl, legte die Beine auf den Tisch und zündete sich eine Zigarette an, obwohl überall Verbotsschilder hingen. »Alles in Ordnung hier?«

Lothringer, der weiter stehen blieb, sah sie an. »Du rauchst wieder.«

»Ja, ich rauche wieder.« Sie sog und blies.

»Nun, das ist deine Sache.« Lothringer sprach in den Rauch, der um ihn herum aufstieg, und er empfand es als noch ärgerlicher, daß die Worte, die er machte, den Rauch aus Tinas Zigarette zu den bekannten Schwenkschen Turbulenzen verquirlten, über die er als Strömungsforscher so gut Bescheid wußte.

»Ja, es ist *meine* Sache«, betonte Tina Rotermund. »Wie auch das andre meine Sache und nur meine Sache ist. O.k.?«

»Ich dachte, daß es, wenigstens zur Hälfte, auch meine Sache wäre.«

»Dann hättest du ja vorher etwas sagen können. Oder?«

Lothringer starrte sie an. Er wollte etwas erwidern. Dann entdeckte er verblüfft, daß es darauf nicht ankam. Und er sagte: »Die Sonne scheint. Wir können machen, was wir wollen!«

»Siehst du, *so* gefällst du mir«, rief Tina. Sie sprang auf, schlang die Arme um seinen Hals und küßte ihn heftig.

Raue tauchte in der Tür auf, die nicht verschlossen werden konnte, und Lothringer sah noch, wie er die Linke mit dem Schlüssel an die Lippen führte wie ein Kreuz. Aber sie waren schon draußen, hatten den Hof mit seinen Schatten bereits überquert und liefen Hand in Hand unter den Akazien dahin, um den Abend für sich zu behalten.

17 ############### *NEUSEELAND*

Keiner glaubte zu diesem Zeitpunkt, daß es je wieder regnen würde. Mit sommerlicher Kraft brannte die Sonne auf Menschen und Dinge. Die Streikbewegung brach zusammen. Eine neuerliche Studierlust erfaßte den Campus. Sogar Nollendorf, der sich immer gern in der Rolle des nutzlosen Spötters gefallen hatte, fuhr plötzlich, einen dicken Block unterm Arm, durch die Cafés, ganz der subkutane Chronist seiner Zeit, dem es oblag, mit schnellem Strich den fatalen Gang der Verhältnisse zu analysieren. Ja, nun mußte man sie wieder anders lesen, die Geschichte der chinesischen Revolution. Strukturelle Gewalt, gezielter Terror, das waren ja doch auch immer feste Kostgänger im Reich der Mitte gewesen. Ein ganzes Ensemble zyklischer Repressionen gab es da, von den Schrecken der Bodenkollektivierung über die Kampagne gegen die Rechtsabweichler bis zu den ungedeckten Blüten der Kulturrevolution. Und Nollendorfs Stift flog übers Papier, weil er Gedanken nicht einfach haben und verschwenden durfte, sondern sie nun doch, wie er nebenbei erläuterte, gezielt einsetzen müsse, um aus dem Ghetto des notorischen Linksjournalismus und aus der persönlichen Misere endlich herauszukommen.

Und er schrieb gleich weiter, weil die Welt sich ja auch weiterdrehte und weil die persönliche Misere doch immer nur ihr unverstandener Reflex war. Kolumbien? Das Land, wo Menschen wie du und ich ihr Lambarene schaffen wollten? Es war eine Handvoll Männer, die, den Borsalino auf der schwarzen Locke, zwischen den Lippen einen zerbissenen Zahnstocher, der Regierung da ein Angebot machten. Wenn sie samt ihrer in vielen Dealerjahren gerafften Dollars endlich gesellschaftliche Anerkennung fänden und das Geld in Ruhe investieren dürften, so ließen sie vom Kokainhandel ab. Kurz vor dem Jubeltag der Wiederkehr der glorreichen Erstürmung der Bastille kamen die Killer um Bürgerrechte ein. Soviel Selbstbewußtsein hatten diese Männer, die sich auf die notleidende Bevölkerung beriefen, der sie Sportplätze stifteten und Spitäler, und so groß war das aus der Fixervene gezogene Vermögen, daß sie ihrem Staat, gleichsam als Zugabe, anboten, auch noch die gesamten Auslandsschulden des Lands zu bezahlen, so daß es aus der kolonialen Abhängigkeit endlich entlassen wäre und neu anfangen könnte. Der Vater eines dieser Killer, selbst ein gefürchteter Koloß, der sein Übergewicht in weiße Lederkoller und texanische Karohemden lud, appellierte an das Weltgewissen, seinen Söhnen, die jung und verblendet, aber im Herzen gut seien, den Weg zurück in die menschliche Gesellschaft nicht zu verwehren; er appellierte an die Christenpflicht, diese Männer, die allesamt noch nicht einmal so alt waren wie Lothringer oder Nollendorf selbst, als die verlorenen Söhne der Zeit wieder anzunehmen.

Wie lang war die Küste Englands? Es hing doch lediglich von der Elle ab, die man anlegte, um die sich von Bucht zu Bucht, von Zunge zu Zunge schlängelnde Küste zu vermessen. Nahm der Geometer einen Zirkel, der von Spitze zu Spitze etwa einen Meter maß, und steckte damit den Küstenverlauf ab, kam er zu einem bestimmten Ergebnis. Wiederholte ein anderer nun diese Prozedur mit einem Zirkel, der nur auf einen halben Meter geöffnet war, kam er keinesfalls zu dem gleichen Ergebnis. Denn seine Halbmeter-Schritte, addiert, ergaben auf einmal eine deutlich längere Küstenlinie. Die Ursache dieser geisterhaften Verlängerung lag darin, daß der kleinere Zirkel die Unregelmäßigkeiten erfaßte, über die der größer aufgespannte hinwegschritt. Er erfaßte nämlich auch die kleineren Buchtungen und Zungen, die der größere Zirkel notwendig auslassen mußte, weil sie allemal schon kleiner waren als seine starr zwischen Spitze und Spitze fixierte Länge. Und je kleiner nun der Maßstab gewählt wurde, je enger also die Spitzen des Zirkels zusammenrückten, desto mehr Unebenheiten der Küstenlinie erfaßte er, Buchten, die die Größe des Hinterns der Königin hatten, dann solche von der Größe eines Kinderkopfs, einer Männerfaust, schließlich von Daumen, Kieseln, Stecknadelköpfen, Staubkörnern ... Es war klar, daß die Küste Englands um so länger wurde, je kleiner man den Maßstab wählte. Die sich verringernde Spanne der Elle erzeugte wie durch Zauberei, aber doch nur aufgrund feinerer Auflösung der natürlichen Unebenheiten, ein immer höheres Resultat. Man maß und verkleinerte, es ging ins Mikroskopische, der Geometer, nun schon im Nano-Bereich, verringerte unaufhörlich seinen Zirkelabstand, und die Küste Englands wurde immer länger. Maß war auf einmal Willkür, Abstand Exzeß. Es gab kein ›Halt!‹, kein Ende, alles, was zählte, spielte sich auf der sich auflösenden Linie zwischen Land und Wasser ab mit der Folge einer bis an die Grenzen des Faßlichen schwellenden *wirklichen* Länge. Die Partikel und Stäubchen lösten sich auf, man geriet zwischen Feinststrukturen und Moleküle, Atome; ganz neue Räume, die durchmessen werden mußten, taten sich auf, die wahre Länge wuchs, das Instrumentarium schrumpfte, verlor sich in immer neuen Dimensionen, und auf einmal war nichts mehr wirklich. Kein Wasser, kein Land, überhaupt keine Materie mehr, kein Stoff — ein Maß im Leeren, ein Schwimmen, Verschwinden ... Sicher, das waren alles nur Bilder, obgleich sie für sich selbst eine mathematische Realität abseits der sinnverwirrenden Wirklichkeit darstellten. Aber zugleich übertrugen sie sich auf ganz andere Ebenen der Wirklichkeit, ohne daß man ihnen gebieten konnte, dafür waren es ja Bilder. Ihre Brauchbarkeit bestand darin, daß sie etwas faßbar und benennbar machten, was einen ansonsten stumm werden ließ. Dabei war die politische Wirrnis, in der Lothringer sich befand, vergleichsweise bescheiden. Er war gerade einmal mit einem dieser blaugestreiften Triebwagen des Verkehrsverbunds hinüber nach Wiesbaden gefahren, um in der Botschaft der andern Deutschen Republik vorzusprechen — oder nachzuhaken —, ob Korowski vom Strömungslabor Dessau zum Turbulenztreffen vielleicht doch noch anreisen durfte. Noch einmal hatte er dem Botschafter beteuert, daß die Anberaumung des Treffens zu diesem Zeitpunkt ein Zufall war und daß der fragliche Tag für sie im Institut für Experimentelle Physik ein bloßer Feiertag war, etwa wie Himmelfahrt. Und entsprechend, schob er noch nach, gingen sie auch damit um. »Na, bitte!« hatte der Botschafter darauf gelacht, der seine Worte mit weitausholenden Gesten begleitete, so daß er wie jemand wirkte, der in einer Telephonzelle Freiluftübungen vollführte. Und dann fügte er, immer noch mit diesem Lachen, das er für gewinnend halten mußte, hinzu: »Oder glauben Sie, Ihre Regierung bildet Wissenschaftler aus, um sie zu Himmelfahrt — auf Reisen zu schicken?«

Lothringer sah aus dem Fenster des Nahverkehrszuges in die grünen Hänge des städtischen Hofguts, wo die Trauben blühten. Das Merkwürdige war ja gewesen, daß der Tag, um den es ging, überhaupt nicht erwähnt worden war. Der westdeutsche Wissenschaftler, der gern die Einlassungen Korowskis zur Turbulenzforschung gehört hätte, sprach von Himmelfahrt, weil ihm das Datum des Tags der Deutschen Einheit peinlich war. Und der Botschafter der anderen Republik, der noch nie etwas von Turbulenzforschung gehört hatte, bemühte den internationalen Zuschnitt von Personen, die nicht von Dessau an der Elbe an den Main nach Frankfurt reisen durften. Die Grenze? Man fand sie nicht. Man verlor sich zwischen den Verordnungsbroschüren und dem Gras, das unter einem Zaun wuchs. Und was man fand, das waren immer nur Geschichten, hier wie dort.

Und die Geschichten? Wie entstanden sie? Durch die Bewegung, die einer vollführte, die Richtung, die er nahm? Aber was veranlaßte einen, sich gerade hierhin zu bewegen, um am Ende dort zu landen? Er hatte sich nicht getäuscht, der Mann, den er vor ein paar Tagen durch die Scheibe der Kaffeerösterei entgegen der Fahrtrichtung auf einem blauen Rad die Leipziger hinabhuschen sah, war Bernd Trauter gewesen, der vor einem halben Jahr hier alle Brücken hinter sich abgebrochen hatte, um mit seiner Freundin Anna nach Neuseeland auszuwandern. Für alle, die ihn kannten, war dieser Schritt überraschend gekommen. Bernd Trauter war immer der ungebärdige Junge gewesen, der keine Dummheit ausgelassen, aber auch keinen Freund vergessen hatte. Anders als Brenner, der immer allein flanierte, war Trauter stets mit Leuten unterwegs, mit harten Handkantenschlägen die Absurdität linker Parteipolitik erledigend, mit beschwörend behutsamer Gestik die Vorzüge des Einrads propagierend. Wenn man Bernd einmal allein sah, dann, weil er gerade Brötchen holte, um mit Anna, der blonden Magermilch, Frühstück zu halten. Aber während Lothringer mit Brenner nur das eine Mal in jener Kneipe, wo der andre unbekannte Dichter seine Verse vortrug, ins Gespräch gekommen war, hatte er Bernd näher gekannt. Denn Trauter arbeitete nach seiner proletarischen Etappe bei Opel Rüsselsheim eine ganze Zeit lang unten in der Werkstatt des Instituts. Er stellte dort vor allem Sonden für die Heliumkocher, aber auch Näpfe für die Kristallzüchter her. Wegen der Geschicklichkeit seiner Hände und der Ungezwungenheit seiner Kommentare war er bei den Institutsangehörigen allgemein beliebt. Nicht so bei der Institutsleitung, die ihm vorwarf, linke Propaganda zu treiben. Doch das einzige, was man Trauter vorwerfen konnte, war, daß er etwas von Pembrucks Dur-Aluminium abgezweigt hatte, um sein erstes Einrad zu bauen.

Es war wirklich eine ganze Philosophie, die Trauter in sein Rad baute, das den Fahrer zum Artisten machte. Es war nicht bloß ein Fortbewegungsmittel — es war eine Haltung. »Du bringst die Sache auf den Punkt, weil du der Schwerpunkt bist«, hatte Bernd Trauter, die Schweißerbrille auf der Stirn, damals erklärt. »Der Kopf denkt — aber der Steiß lenkt.« Das war die Erfindung des Einrads, das er übrigens der Stadt als Alternative zur Motorisierung der dreitausend Politessen anbot, die damals eingestellt wurden, um der wachsenden Zahl der Falschparker Herr zu werden. Die Stadt lehnte ab, Trauter sprach vom ›systemimmanten Berufsverbot‹ und gründete eine Arbeitslosen-Hilfe, die sich als eine fröhliche Truppe junger Gärtner und Einrad-Fahrer in den Villen-Gegenden der Stadt sowie im kommerziellen Kurierdienst bald einen Namen machte.

Als er Anna kennenlernte, zog er zu ihr und wohnte wieder im Quartier. Obschon Lothringer mit Bernd, als er noch hinten in der Werkstatt arbeitete, häufig, allein schon wegen der Lagerung der Achse von Gottmanns Pendel, in Disput kam, hatte er später mit ihm keinen Kontakt mehr. Aber immer, wenn Trauter von fern mit seiner Brötchentüte winkte, verspürte Lothringer einen Stich — Trauter lebte das richtige Leben, so hatte er das Gefühl, und er, Lothringer, lebte das falsche.

Daß Trauter dann schließlich, nach mehreren Urlaubsaufenthalten dort unten, mit Anna ganz nach

Neuseeland zog, hatte er überhaupt nur von Nollendorf, dem Klatschmaul der Szene, erfahren. So war Lothringer ganz überrascht, Bernd Trauter auf einmal wieder zu sehen. Heute morgen oben auf der Leipziger, Trauter, wie er aus dem Farbengeschäft Ohlinger kam und zu seinem Rad wollte, das er an eine Parkuhr gekettet hatte, er, Lothringer, der zur U-Bahn eilte, um den nächsten Nahverkehrszug nach Wiesbaden zu bekommen. Beide waren sie bestürzt, Lothringer, weil Trauter wie ein Gespenst aussah, und Trauter, weil er Lothringer wohl den Schrecken ansah, den sein Aussehen dem Physiker verursachte.

»Aber ich dachte —«, sagte Lothringer.

»Ja, dachte ich auch«, lachte Bernd Trauter und stülpte die Plastiktüte mit dem Farbtopf auf den Gepäckträger seines Rads.

Anders als auf ihren früheren Reisen war es nicht gewesen, Neuseeland, aber es war ganz anders ausgegangen, jetzt, da sie dorthin ausgewandert waren. Über Nacht hatte sich Anna in einen der beiden Söhne des Hauses, in dem sie erste Aufnahme fanden, verliebt. Und seine Anna verfiel dem hübschen Buben, einem Photomodell, so, daß er nach ein paar Wochen keinen andern Weg mehr gesehen hatte, als allein wieder nach Hause zu fliegen. Und Bernd Trauter fingerte über seinen Farbtopf hin, der noch nicht richtig saß und erwähnte, daß der Junge dort noch zwei weitere Frauen liebte, ebenfalls auf diese feinversteckte Art. »Die beiden wohnen auch im Haus. Jetzt weißt du, wie es läuft.« Bernd Trauter lachte, es klang kläglich, die Stimme war brüchig und dünn. Das große eingesunkene Gesicht, in dem Lothringer auf einmal tiefe Falten und schlechte Zähne sah, flatterte. »Ich bin erst ein paar Tage hier, hab noch kein eigenes Rad«, sagte er, sich entschuldigend. »Du bist noch im Institut?«

»Bin ich, ja«, sagte Lothringer.

Und Bernd Trauter schob sein Rad an und winkte, aber er winkte irgendwie ab. Und als Lothringer nach fünfzig Schritten verstohlen zurückschaute, sah er, daß Trauter gar nicht aufgestiegen war, sondern sein blaues Rennrad mit dem Farbtopf in einer Art hängendem Trab weit unten die Leipziger immer noch hinabschob.

Das Trauter-Leuchten, der Berni-Glanz der Augen. Der Eigensinn der Stirn. Abgeflammt. War das der Punkt, auf den man seine Geschichte brachte und die Verwerfung, die dieser Punkt, wenn man ein Weilchen später hinsah, erfahren hatte? Der eine Punkt, der Trauter hieß, lag nun jedenfalls fast wieder dort, wo er vorher gelegen hatte, nur eben nach einer weitausholenden Schleife über den halben Globus. Und Anna, die den gleichen Weg zurückgelegt hatte, sie lag nun nah bei Oliver, der sich gar nicht hatte bewegen müssen, sondern mit Mutter und Bruder inmitten grüner Weiden lebte, Photomodell und Meister dreier Frauen, die er beherrschte wie ein Komödiant die Spiegel seines Schminktischs. Die reine Topologie, zu der das Chaos auf einmal wurde, diese mathematische Disziplin, die sich mit den Übergängen vom Lokalen zum Globalen befaßte. Und es war schwer zu sagen, ob es nun beschämend oder tröstlich sein sollte, daß die herrische Turbulenz, die in selbstvergessener Hoffart mischte und neu verquirlte, faltete und streute, so gesehen doch nichts weiter war als ein Feld weithin verflatternder, ortloser Wimpel.

Auch die übrigen Turbulenzforscher, die sich am folgenden Wochenende im Keller treffen wollten, befanden sich an diesem 17. Juni nicht dort, wo sie nach der gemeinsamen Verabredung hätten sein sollen. Mr. Sprong vom Iowa Technological Institute ergriff die Gelegenheit und flog von Rhein-Main gleich nach Wien weiter, um sich nach Antiquitäten umzusehen, und von dort aus nach Budapest, wo er für die neue ungarische Regierung ein Gutachten über ein gigantisches Staudammprojekt im Donaubecken zu erstellen hatte. Ebenso sagte Professor Tandler aus Göttingen ab, weil sein Heuschnupfen, wie er in einem Brief mitteilte, jede objektive Beobachtung einer Turbulenz wohl von vornherein zunichte machen würde. Und schließlich meldete sich am Vorabend des 17. Juni telephonisch Professor Lachmann vom Strömungslabor der Universität in Berlin und fragte, wer alles angereist sei; und als ihm Lothringer eröffnen mußte, daß bisher alle erwarteten Teilnehmer des Wochenend-Treffens verhindert waren oder abgesagt hatten, stellte Lachmann erleichtert fest, daß sich damit ja auch seine Teilnahme erübrige und legte ohne Gruß und Bedauern auf.

Betreten gab Lothringer seinen Mitarbeitern bekannt, daß nun ein freies Wochenende auf sie warte. Fetzer rieb sich seinen Bart und erklärte mit böser Genugtuung, in der Chaosforschung sei eben eine disziplinierte Arbeit nicht möglich; dieser 17. Juni beweise wieder, daß das Leben vor allem Privatleben sei. Raue sah es differenzierter. Seiner Ansicht nach konnte man aus diesen Absagen nur auf eine tiefe Verunsicherung der Turbulenzforscher schließen — keiner der eingeladenen Wissenschaftler sei demnach mit seinen Arbeiten wesentlich weitergekommen und kaschiere das auf diese schnöde Art.

»Korowski ausgenommen«, entgegnete Lothringer. »Und es könnte ja auch sein, daß jeder von ihnen vor einem entscheidenden Durchbruch steht.«

»Gilt das nicht auch für uns?« fragte Raue und lächelte sein mephistophelisches Lächeln.

Nur Albert und Ferdinand, die als tägliche Betreuer der Zisterne und des Schwimmers die ganzen Vorbereitungen getroffen hatten, blieben gleichmütig. Sie beteuerten simultan, daß ihr Einsatz keineswegs umsonst gewesen sei, im Gegenteil, durch diese Vorbereitungen hätten sie sich noch einmal einen gründlichen Überblick über ihr ganzes Arbeitsgebiet verschafft.

»Wir sind jetzt voll auf der Schiene«, meinte Albert.

»Ihr werdet staunen«, ergänzte Ferdinand. Im übrigen waren sie froh, nach ihrem Einsatz in den letzten vierzehn Tagen nun ein freies Wochenende vor sich zu haben. Sie luden ihre Kollegen zu einer Vorstellung ein, die von den Geschwistern an diesem 17. Juni veranstaltet wurde. Erst jetzt fiel den übrigen auf, daß Heide und Saskia, die seit vier Wochen bei allen Besprechungen im Keller mit von der Partie gewesen waren, heute fehlten.

»Sie bereiten ihren Auftritt vor«, sagte Albert.

»Auf dem Gemeindeplatz vor der Markuskirche«, ergänzte Ferdinand. »Ihr seid alle herzlich eingeladen.«

Es war an diesem Wochenende so still im Institut, daß man das geruhsame Summen der Hochfrequenzöfen der Kristallzüchter bis in die Flure der Mathematiker hören konnte. Der einzige Mensch, dem Felix begegnete, war Peter Peile, der Hausmeister, der mit seinen Schlüsseln die Runde machte und der sich, weil Feiertag war, in seinen altmodischen braunen Anzug mit den breiten Revers gesteckt hatte. Er war es auch, der im Keller unten, wo Lothringer hockte, noch einmal vorbeischaute, um zu fragen, ob an der zerbrochenen Trommel der Waschmaschine seiner Frau vielleicht das Wasser schuld sein könnte.

»Wieso?« fragte Lothringer.

»Weil der Mann vom Kundendienst den Motor untersucht hat und ihn in Ordnung fand — am Motor kann es also nicht liegen«, antwortete Peter Peile, indem er hinzutrat und einen neugierigen Blick auf die Bilder warf, die Lothringer auf seinem Schreibtisch ausgebreitet hatte.

»Turbulenzen«, sagte Lothringer. »Vielleicht, ja. Sie können plötzlich zupacken wie Fäuste. Die Annahmen Landaus, des russischen Patriarchen der Strömungsforschung, sind ja längst widerlegt, nach denen Turbulenzen nichts weiter sind als bloße Überlagerungen einfacher Wellen.«

»Eben«, meinte Peter Peile und fingerte den Tabaksbeutel aus seinem braunen Jackett, um sich eine Pfeife zu stopfen. »Aber noch fehlt es an grundlegenden Modellen«, erklärte der sitzengelassene Dozent, der nun einzelne seiner Photos herauszog und sie betrachtete. »Natürlich ist die Turbulenz ein Problem. Alle großen Physiker haben darüber nachgedacht. Da löst sich eine stete Strömung plötzlich in einen Wirbel auf — hier kann man es besonders gut erkennen! — die laminaren Stränge werden regellos, zerstrudeln —«

»Genau!« rief Peter Peile. »Wenn sich nun solch ein Strudel, der sich bei Ihnen hier unten gebildet hat —«

»Sicher —« Lothringer schob Peter Peile eins der Photos hin. »Was Sie an diesem Punkt der laminaren Strömung noch messen können, das können Sie hier, wo die Turbulenz eingesetzt hat, nicht mehr erfassen. Das Interesse der Strömungswissenschaftler, die gemeinhin Strömungstechniker waren, richtete sich auch immer eher auf die Frage: Wie bringe ich die Turbulenzen zum Verschwinden. Hydrologen, Flugzeugbauer. Nun, über einer Tragfläche zerstören sie den Auftrieb. In Pipelines rufen sie ärgerliche Fließwiderstände hervor. Was eine Turbulenz nun aber ausmacht —«

»Sie meinen — eh er hochkommt, muß ein solcher Wirbel sich ja erst einmal bilden?« Peter Peile nahm sein Feuerzeug. »Es ist nicht eigentlich, daß ich rauche«, entschuldigte er sich, »es ist ja nur eine Pfeife.«

»Sehn Sie, das genau ist die Frage! Was ist der Grund zur Wirbelbildung? Wie und warum wechselt eine Strömung vom steten in den turbulenten Verlauf? Solange eine Strömung stetig, also laminar ist, verebben kleinere Störungen. Hier. Treten aber Turbulenzen auf, Bild vier, fünf, wachsen diese Strömungen oft sprunghaft an und gewinnen rasch katastrophisches Ausmaß, da, drei Bilder weiter.«

»Aber bei uns, da sind die Dimensionen ja natürlich viel kleiner.«

»Völlig egal!« rief Lothringer. »Hier. Eine gleichförmige Strömung. Die lange Welle zerfällt auf einmal in kleinere. Wirbel bilden sich. Nun die Vergrößerung. Sehen Sie selbst — in den Wirbeln — kleinere und immer kleinere. Instabil. Nicht homogen. Noch mal vergrößert. Und jetzt sieht man: Auch der kleinere, scheinbar in sich abgeschlossene Wirbel ist ein Feld der Unruhe, der Regellosigkeit — hier treten auch schon wieder welche auf! Sie können plötzlich dasein, an einer Stelle stehn, aber auch fortziehn mit der Strömung. Wohin?«

»Ja, wohin?«

»Rücken wir diesem Wirbelchen noch einmal näher, sehen wir darin oft wieder Zonen der Ruhe — hier am Bug der linksdrehenden Schleife, verblüffend ... Ein besonders penetrantes Beispiel für Selbstähnlichkeit. Wie Wolken, Berge, Küsten ... Es ist wie mit den

Mäandern: Je nachdem, in welcher Größe man sie vor sich hat, sind sie kleine, artig an der Decke sich kräuselnde Muster oder wuchtige, alles verschlingende Wellen, wie wir sie im Brunnen unten machen. Oder aber, wenn Sie noch weiter vergrößern, wieder der Mississippi-Missouri, der still dahinzieht. Und wenn Sie dann hochschaun, tobt über Ihnen wieder die schönste Turbulenz, das rote Auge Jupiters —«

»Sie meinen also, daß bei uns in der Maschine — es kann sich also in der Trommel, obwohl sie nur so groß ist wie ein Suppentopf —«, wunderte sich Peter Peile jetzt und qualmte mächtig.

»Gerade Suppentöpfe«, lachte Lothringer, und er kramte eine Reihe von Photos hervor, »im Grunde ist, was wir hier unten in der Zisterne machen, auch nichts anderes. Hier, der innere Zylinder rotiert und bringt das Wasser in Schwung ... es bilden sich Stränge, Schlieren —«

»Fahnen«, sagte Peter Peile.

»Exakt. Und hat nun dieser innere Zylinder eine gewisse Geschwindigkeit, so stellt sich eine seltsame Erscheinung ein. Während das Wasser nämlich bei einer niedrigeren Geschwindigkeit des Zylinders konzentrische Stromlinien ausbildet, diese Fahnen, entstehen auf einmal ganz andere Muster. Das Wasser fängt, wie Sie leicht sehen können, an, sich in Rollen um den treibenden Zylinder, den Quirl, aufzuschichten, das erkennt man hier —«

»Sieht aus wie ein Stapel aufeinandergeschichteter Pfannkuchen«, befand Peter Peile, der sich über die Photos gebeugt hatte.

»Genau. Wird nun die Geschwindigkeit weiter erhöht, beginnen sich an den Rändern dieser Pfannkuchen regelmäßige Wellen zu bilden. Wie Münder, kurios! Diese Wülste, sie schwingen hin und her, in einer gleichzeitigen Bewegung, sie schwatzen ... Und wenn Sie die Geschwindigkeit des Antriebszylinders abermals erhöhen, dann kompliziert sich die Bewegung noch — die Lippen, Bild 21, 22, schwingen immer heftiger, sie plappern, flattern, schnattern —« Und Lothringer faßte zusammen: »Treiben wir die Geschwindigkeit jetzt über den kritischen Punkt, kräuseln sie sich sogar, bekommen Blasen, bilden Wirbel, und was Sie jetzt wollen, versteht kein Mensch mehr.«

»Na ja«, meinte Peter Peile und stopfte nach, »wenn die Wäsche nur sauber wird.« Und er fügte noch hinzu, wahrscheinlich komme das nur daher, weil das ganze Institut an einer Wasserleitung hänge.

»Ach ja?« fragte Lothringer, der auf seine Photos starrte und dem das gar nicht bekannt war.

»Praktisch gibt es nur ein Rohr, von der alten Hauptleitung bis unter den Speicher«, sagte der Hausmeister, der noch einmal heftig an seiner Pfeife sog, bevor er wieder ging, um seinen Rundgang fortzusetzen.

Lothringer fuhr in seinem Arbeitszimmer auf und ab, in dem die Schwaden von Peter Peiles Pfeife sich zu feinen weißen Schleiern auseinanderzogen, dann zu einem unsichtbaren, angenehmen Aroma. ›Das gibt's doch nicht!‹ sagte er zu sich selbst. Leise bewegten sich die Zettel, auf denen die Sätze standen, die McIntosh in den letzten Wochen produziert hatte. HAVE A GOOD TIME. Nun, McIntosh war ein Mitarbeiter, wie sie alle. Er hatte darum auch das Recht, zu sagen, was er meinte. »Wenn er es meint«, hatte Raue gesagt und alle Sätze auf Zettel geschrieben, die er im ganzen Keller verteilte. Sogar McIntosh selbst hatte einen auf der Stirn: IT'S ALL RIGHT WITH ME. Ob es das war? Die Dinge lassen. Zulassen. Die einen wie die andern. Das Wasser in der Zisterne rauschte und polterte. Es klopfte. Mittenzwei trat ein. »Nanu?« Erstaunt betrachtete Lothringer seinen Kollegen.

»Ich weiß, ich weiß«, meinte der Kristallzüchter, »man macht samstags hier keine besonders gute Figur. Und?« Er spazierte durch die offene Tür hinüber in den Salon. »Donnerwetter!« rief er von dort erstaunt.

»Kann ich dir irgendwie helfen?« Lothringer folgte seinem Kollegen aus dem Speicher in den Salon. »Vielleicht eine Gleichung?«

»Eine Gleichung?« Mittenzwei lachte abwesend und las den Zettel, der an dem Schirm mit dem Taos-Clay-Raster hing. Dann ging er auf einen der beiden Ledersessel zu und patschte auf die abgewetzte Armlehne. »Wenn du etwas Zeit hättest«, sagte er. »Die Sache ist nämlich die — Es handelt sich eher um eine persönliche Angelegenheit.«

»Sicher«, meinte Lothringer, »das Leben ist ja vor allem Privatleben.«

Es stellte sich heraus, daß Mittenzwei Mühe hatte, seinen Vortrag für die Museumsgesellschaft, den er ersatzweise für den französischen Kollegen halten sollte, zusammenzubekommen. Nicht, daß er sich der wissenschaftlichen Bedeutung seiner Ausführung nicht sicher war. Aber er bekam keine rechte Linie in sein Manuskript, die vielen schönen Einfälle zerfielen ihm unter der Hand. Und das, was er eigentlich sagen wollte, bekam er nicht heraus. »Es fließt nicht«, sagte er bekümmert.

»Nein!« rief Lothringer.

»Versteh mich nicht falsch«, sagte Mittenzwei, der an seiner Gabardinehose zupfte, damit sie in dem tiefen Fauteuil nicht unnötig Falten warf. »Ich bin äußerst produktiv. Täglich. Aber es ist, im Endeffekt, nicht das, was ich eigentlich sagen will.«

»Das ist natürlich schlimm.«

»Es ist das, was ich eigentlich nicht sagen will«, bekannte der Kristallzüchter.

»Aber ist das nicht auch wieder — prima?« fragte Lothringer, der sich zu erinnern glaubte, genau das schon einmal gehört zu haben.

»Es liegt an Ilse«, sagte Mittenzwei, und er errötete.

Aus leptomer Phase hatten sie, Mittenzwei und seine Leute, einen Kristall von der Größe eines Barhockers gezüchtet, einen Einkristall von fast makelloser Reinheit. Aber Mittenzwei wurde nicht glücklich damit. Er glaubte, daß Ilse Unbill, seine schmaläugige Therapeutin, den Kristall als ein Geschenk an sie auffassen würde.

»Na und?«

»Lothringer, ein Kristall von dieser Größe —«

»Ich verstehe.«

»Leider nicht. Ilse glaubt, ich sehe den Kristall als unser gemeinsames Kind an.«

»Ist — das nicht irgendwie dasselbe?« Lothringer versuchte das alles auf seine einfache Art zu verstehen. »Da ist die leptome Phase. Da seid ihr, die Züchter —«

»Bitte.« Mittenzwei verzog das Gesicht. »Und dann wächst der Kristall so mir nichts, dir nichts aus dem Dunkel, wie?«

»Dann weiß ich es auch nicht.«

»Du weißt es auch nicht.« Mittenzwei seufzte. »Ilse Unbill behauptet, der Kristall sei das wiedererstandene Abbild unserer, also in diesem Fall eher meiner versunkenen Vergangenheit. Er beweise die ehemals synthetische Einheit meiner Person. Er ist mein Selbst. Wie es Ilse sieht. Unteilbar. Daher ja auch der Name. Einkristall.«

»Ich finde —«

»Ich finde, Ilse geht zu weit«, sagte Mittenzwei, nun erregt. »Denn so gesehen ist es wirklich ihr Kristall. So gesehen bleibt von meiner Arbeit nichts.«

»Klar«, antwortete Lothringer. »Da hast du nun deinen Einkristall, mit Eigenschaften, von denen die Elektro-Optik nur träumen kann, und wie man hört, macht die Branche auch schon solche Augen —«

»Ja?« Mittenzwei sah ihn herausfordernd an.

»Ich meine, vielleicht bist du mit einem Schlag alle Probleme los, wenn du bei der Deutung des Gitters —

denn darum geht es ja, wenn ich alles richtig verstanden habe —, wenn du also bei der Interpretation des Gitters einen andern Ansatz wählst.«

»Welchen«?

»Möglicherweise handelt es sich bei dem Objekt ja — um einen Quasikristall.«

»Quatsch! Fängst du jetzt auch mit diesem Schwander-Kram an?«

Lothringer wußte, daß es hier um eine Kontroverse ging, die das ganze Institut spaltete. »Erstens«, antwortete er daher, so ruhig wie er vermochte, »ist der Quasikristall keine Marotte Schwanders, sondern eine bedeutende Entdeckung, die von den meisten ernstzunehmenden Wissenschaftlern inzwischen anerkannt ist. Und zweitens«, meinte er und deutete zum Monitor, der grün und gelassen in den Salon sah, »haben wir hier im Keller, ganz unabhängig davon, auch so unsere Erfahrungen mit entsprechenden nichtperiodischen Mustern und Gittern, unser Parkett, zum Beispiel —«

»Pfff —«, machte Mittenzwei.

»O ja, die gerade und stabile Welt der Einkristalle, ich weiß, was man hier im Institut denkt; aber es gibt eben eine ganze Reihe von Phänomenen, die du mit fünfzähligen Symmetrien ganz spielend deuten kannst.«

»Spielend. Ach ja.«

»Nimm nur mal so ein Gitter —« Und Lothringer tippte ein paar regelmäßige Fünfecke auf seinen Schirm, ließ sie zusammenfahren, so daß ein Muster entstand, das an ein stilisiertes Kleeblatt erinnerte, bei dem der Stengel herausgerissen war. »Da siehst du also die Lücke —«

»Die Frustration«, machte Mittenzwei, der sich über den Begriff noch mehr zu ärgern schien als über die Tatsache, daß man Fünfecke eben nicht, wie etwa Sechsecke, zusammenlegen konnte, ohne daß ein Spalt blieb.

»Ja, die Frustration«, sagte Lothringer, »die man nur umgehen kann, wenn man eine Parkettierung schafft, die zwar Ausrichtung und Fernwirkung hat, aber unendlich aperiodisch ist, wie unser Taos-Clay —«

»Jaja«, winkte Mittenzwei ab.

»— und eben, wie im Falle unseres Karambolagen-Attraktors, den enormen Vorteil der exakten Beschreibung der chaotischen Struktur des Systems hat. Aber gehn wir ins Gitter.« Lothringer machte mit leichter Hand ein paar Eingaben, und aus dem Parkettfragment der regelmäßigen Fünfecke baute sich eine räumliche Struktur auf, ein Gestänge, das aussah wie ein lichter Pavillon, der in der Luft schwebte und sich langsam drehte.

»Wie schön du mit deinem Computer doch *spielen* kannst«, höhnte Mittenzwei.

Lothringer ließ an den Enden der Stangen, dort wo sie zu spitzen und stumpfen Winkeln zusammentrafen, Kugeln wachsen, so daß nun das Modell eines Moleküls entstand. »Da siehst du die Frustration.« Weitere Kugeln traten hinzu, die das Gebilde immer größer und komplexer werden ließen. »Wie du unschwer erkennst«, erklärte er, »läßt sich mit solch ikosaedrischen Clustern der molekulare Raum nur über relativ kurze Distanzen füllen. Je größer die Cluster werden, um so größer werden auch die Spalten zwischen den benachbarten Atomen — etwa da, und da! Aber zugleich, siehst du, entsteht dadurch die Möglichkeit, daß sich zusätzliche Atome — jetzt im Bild die mit ›s‹ markierten Kugeln — in diese Frustration einnisten. Das Schöne daran ist eben, daß wir damit die Eigenschaften solcher Shechtmaniten — etwa dieser Alu-Zinn-Mangan-Legierung — genau beschreiben können.«

»Und was hat das mit meinem Einkristall zu tun?« fragte Mittenzwei, der angewidert die Traube auf Lothringers Monitor anstarrte.

»Nur so eine Idee. Vielleicht untersuchst du das Spektralbild deines Kristalls mal auf eine fünfzählige Symmetrie. Warte —«

»Hör auf! Mein Kristall ist ein Kristall und kein Quasikristall. In seinem Gitter verschwindet und versteckt sich nichts, er ist aus leptomer Phase gewachsen und er hat somit keine Frustration.«

»Und die Unregelmäßigkeiten im Spektrometer, von denen du mir erzählt hast?«

»Es dürfte sie nicht geben!«

»Nun ja«, meinte Lothringer, indem er den Monitor wieder ausschaltete. »Bei einem Einkristall nicht. Aber die leptome Phase, siehst du, ist eben auch nur eine Lösung. Sozusagen. Und die besteht letztlich nur aus Wasser. Hast du übrigens gewußt, daß hier im Institut alle Leitungen zusammenhängen, vom Brunnen bis zum Wasserhahn bei euch?«

Es pochte draußen an der Eisentür. Vor dem Keller standen die Männer vom Partyservice, die das kalte Buffet brachten, das für die Zusammenkunft der Turbulenzforscher an diesem Wochenende bestellt worden war. Lothringer, der das Buffet völlig vergessen hatte, entschied, daß es zur Feier des Tages den Geschwistern gestiftet werden sollte, einschließlich der beiden Buffets, die für den folgenden Sonntag bestellt worden waren, und die Männer in den roten Blazern machten sich auf, ihre Platten hoch zum Gemeindeplatz an der Markuskirche zu bringen.

»Wir gehn doch auch hin?« fragte er Mittenzwei, indem er die Tür wieder schloß. Aber Mittenzwei war noch nicht fertig mit dem Einkristall, der nur ein Quasikristall sein sollte.

»Es sind oft die entscheidenden Moleküle, die in einer fünfzähligen Symmetrie verschwinden«, sagte Lothringer. »Du wirst es erleben.«

Aber Mittenzwei senkte die Stimme. »Du siehst das Problem nicht«, sagte er. »Du bist ein halbes Leben lang die Treppe hoch. Du stehst jetzt vor dem Zimmer deiner Wünsche. Du greifst nach der Klinke. Und dann kommt sie.«

Abermals klopfte es an der Tür. Diesmal war es Tina Rotermund, die sich darüber beschwerte, daß man sie drüben im Café Bastian, wo man sich treffen wollte, um zum Fest der Geschwister zu gehen, vergessen hatte, und damit beendete sie die Diskussion über ikosaedrische Packungen und die ihnen innewohnenden Frustrationen.

Fünfhundert Leute vielleicht hatten sich vor der Bühne versammelt, die unter den beiden Linden, die bei der Kirche wuchsen, aufgeschlagen war. Das buntgemischte Volk stand dichtgedrängt, aber Felix fand mit Tina und Mittenzwei einen Platz auf der Mauer am Garten des Pfarrhauses, von wo sie gute Sicht auf die Rampe hatten. Mittenzwei sah von hier oben allerdings auch seine Kollegen vom Speicher, und er sprang mit einem »Macht's gut, bis später!« wieder hinunter, wobei er sich einen Winkel in seine Gabardinehose riß und den Fuß verstauchte. Er humpelte durch die Menge, die sich vor seiner gekrümmten Gestalt teilte, und war dann bei seinen Kollegen. Ansonsten erkannte Felix vorerst niemanden bis auf Raue, der an der Ecke gegenüber bei der esoterischen Buchhandlung ›Middle Earth‹ stand. Heide und Saskia auf den Brettern, nackt bis auf die beiden Nationalfahnen, die sie um die mageren Körper geschlungen hatten, kamen mit ihrer Darstellung gerade zu Ende. Sie erklärten diesen 17. Juni zum Tag der anwesenden Vergeßlichkeiten und versammelten Irrtümer.

»Nie — der — ver — einigen!« schrie Heide.

»Über — vor — tei — len!« schrie Saskia.

Sie forderten die Leute auf, ihre angeborene Klugheit gefälligst zu bornieren und ein wenig Spaß an der Freude zu haben. In ihrem hartherzigen Stakkato fügten sie noch hinzu, daß die beiden Mikrophone allen, die nichts zu sagen hätten, zur Verfügung ständen und daß jeder, der heute diese Bühne im Lauf des Abends nicht wenigstens einmal betreten hätte, diesen Tag glatt vergessen könne.

»Nicht Einheit!« rief Heide.

»Bein-heit!« schrillte Saskia und hob das Knie.

»Nicht miteinander!«

»Durcheinander!«

Die Bühne füllte sich mit Jongleuren und Feuerschluckern. Messerwerfer traten auf. Saskia und Heide schwenkten die Fahnen und trällerten *Give Piece a Cheese* in die Mikros. Sie ließen sich an zwei Seilen, die aus den Bäumen fielen, hoch in die Linden ziehn, die Fahnen, die sie getragen hatten, segelten herab und wurden Objekt trunkener Trophäenjäger oder Fetischisten, die sich darum balgten. Aber eine Menge Leute kroch jetzt auf die Bretter, um sich mitzuteilen. Ein Mann, der ein Holzbein trug, drohte mit seiner Krücke in die Menge und forderte die Leute zum aufrechten Gang auf.

»Der Schiffschaukelbremser!« rief Tina und stieß Felix an, der dabei fast von der Mauer flog.

Fetzer stand plötzlich an einem der Mikrophone. Doch er sagte nichts, und es war dann Bernd Trauter, der sich die Stange vor seine spitz gewordene Brust zog und den Leuten erzählte, wie weit weg Neuseeland lag, während Nollendorf am anderen Mikro einen Limerick über umschlungene Millionen zum besten gab. Auf einmal stand ein Esel auf der Bühne. Eine Schlangenbeschwörerin warf schreiend eine Schlange in die Menge, und ein baumlanger Mensch mit Glatze und schwarzen Handschuhen spielte auf einer Posaune ›Ich weiß nicht, was soll es bedeuten.‹ Der Lieferwagen vom Partyservice kam die Kurfürstenstraße herauf. Die Männer mit ihren silbernen Tabletts wurden anstandslos durchgelassen und fanden zur Bühne, wo sie mit schnellen geübten Griffen das Bankett herrichteten, das an diesem Wochenende für die Turbulenzforscher im Keller bestimmt war und auf den Brettern der Geschwister nun allen schmeckte.

Auch Tina und Felix stiegen hinauf, wenn auch nur, wie die meisten, um sich über die Häppchen mit den geräucherten Forellenfilets und den Waldorfsalat herzumachen. »Das weitaus Beste, was diesen Geschwistern heut eingefallen ist«, urteilte Tina, streng wie immer.

Neben Raue, der vitaminsüchtig Krautsalat in seinen weitgeöffneten Mund schob, stand Fetzer, der sein Schnittchen gar nicht herunterbekam, weil er, den Zeigefinger seiner Rechten erhoben, heftig auf den Diplomanden einredete. Mittenzwei besetzte mit seinen Leuten eine ganze Breitseite des Tischs. Schwander pflückte mit leichter Hand die Cocktailkirschen von den Tellern. Auch Gabriele aus der Photoemission war da und sogar Peter Peile, der Hausmeister, und seine Frau, die ein übers andre Mal kopfschüttelnd berieten, was sie nun nehmen sollten.

Nur seine Diplomanden Albert und Ferdinand sah Lothringer nicht. Aber er hörte aus den Zweigen oben ein Gurren und Lachen; und wirklich ließen sich die Geschwister abwechselnd an ihren Seilen aus dem Geäst, griffen sich Forellenhäppchen, Trauben und Ananas und verschwanden damit wieder im duftenden Grün. Er sah auch Brenner, der, die Tafel verschmähend, hin und her flanierte, die Leute beobachtete und lächelnd die Mikrophone betrachtete, die auf einmal nur noch im Weg standen.

»Neues vom Chaos?« fragte Nollendorf, der plötzlich neben Felix stand.

»Wieso?« fragte Lothringer.

»Ich brauche Unterweisung im Chaos«, meinte Nollendorf. »Kannst du mich einführen?«

»Komm doch nächsten Donnerstag einfach in meine Vorlesung«, riet ihm Lothringer. »Geschichte des Chaos I. Da erfährst du die Anfangsgründe.«

»Chaos I, das ist gut«, lachte Nollendorf, und Felix sah, daß die Flasche, aus der Nollendorf trank, das Massenheim-Etikett trug. Felix trank nun ebenfalls, und er verschluckte sich, weil er auf einmal die schöne Lange sah, die dort unten stand und mit ihrem unwahrscheinlich hohen Hals und ihrem aufgesteckten blonden Haar über die Bühne schaute wie eine stolze Giraffe.

»Das kommt alles nur vom Übermaß«, hörte er eine angenehme Stimme neben sich. Es war Lusine Schmuck, die, in einen leichten Schal gehüllt, mit Pembruck, dem Institutsleiter, dastand. Felix verschluckte sich noch einmal, weil er begriff, daß dies ja das erste Mal war, daß er Lusine Schmuck, mit der er letzte Nacht noch zusammengewesen war, unter Bekannten begegnete.

»Er sieht alles«, meinte Nollendorf und ging ein wenig in die Knie, um Lothringer mit zusammengekniffenen Augen ins Gesicht zu starren.

»Er sieht alles nur anders!« rief Tina und nahm ihm die Flasche weg.

Der gute Lothringer, er stand da inmitten der Turbulenzen auf der Bretterbühne, er hörte das Lachen aus den Zweigen über sich, und er konnte vor lauter Tränen nichts mehr erkennen. Und als er sich die Augen mit dem Taschentuch, das ihm Lusine Schmuck reichte, endlich gewischt hatte, sah er die schmaläugige Ilse Unbill, die Fetzer und Raue wie ungezogene Buben mit sich fortnahm und, während sie auf das Palaver der beiden hörte, triumphierend zu ihm herüberzwinkerte.

Felix hatte erwartet, daß Tina ihn auf Lusine ansprechen würde. Das geschah nicht. Weder auf dem Gemeindeplatz noch in der Nacht, die er bei ihr verbrachte, noch am darauffolgenden Sonntag, an dem sie in Tinas Cabrio nach Kronberg brausten, um sich in dem hübschen Schwimmbad am Taunushang von den Strapazen des 17. Juni zu erholen. Umgekehrt fragte Lusine, die er dann Sonntagabend sah, auch nicht nach Tina. Sicher war keiner der zwei Frauen etwas aufgefallen. Und Felix selbst war so in Schwung, daß er den inzwischen fast täglichen Umgang mit den beiden als eine selbstverständliche Dreingabe zu seiner Arbeit ansah, die auf einmal voranging, als hätten alle Schleusen allen Wassern freien Lauf gelassen.

Gleich am folgenden Montag tauchten die Geschwister auf und erklärten, daß sie ihr Fach, die Kunstgeschichte, aufgeben und sich ganz aufs Studium der nichtlinearen Prozesse werfen wollten. Sie bekannten, daß ihr gelungener Auftritt nur möglich gewesen war, weil sie inzwischen Begegnung mit dem Chaos gehabt hatten. Und die Begegnung mit Albert und Ferdinand hätte ihnen auch den Platz gezeigt, wo ihre künftige Forschung beginnen müßte: hier im Keller. Sie baten Lothringer, ihnen für ein interdisziplinäres Forschungsvorhaben, das eine Diplomarbeit einschlösse, ein Gutachten zu verfertigen. Der gute Lothringer, ein wenig erstaunt, ein wenig beglückt, versprach es. Er erbat sich ein Exposé, um das Vorhaben hinreichend begründen zu können, aber Saskia und Heide hielten ihm das Papier mit verschwörerischem

Lächeln auch schon hin. Dann verschwanden sie mit Ferdinand und Albert im Diplomandenzimmerchen, um noch am selben Tag mit der gemeinsamen Beobachtung des Schwimmers zu beginnen. Und noch jemand kam an diesem frohen Montagmorgen, um in Fühlung mit dem Chaos zu treten. Es war Ilse Unbill, die Therapeutin. Sie trat vor Lothringer hin und verlangte mehr zu wissen über Komplexe Strukturen und Seltsame Attraktoren; was ihr seine Mitarbeiter über die Karambolagen erzählt hatten, hatte in ihr eine Lawine von Wiedererkennungsgefühlen und Übereinstimmungsaffekten entfesselt.

»Ist es wahr«, fragte sie, »daß, in alle Ewigkeit, kein Stoß dem andern gleicht, daß die Trefferquote aber trotzdem wächst?«

»Beides stimmt, aber in einem etwas anderen Sinn«, erwiderte Lothringer, indem er die Kappe auf seinen Füllfederhalter schraubte, mit dem er an einem neuen Turbulenz-Manuskript schrieb. »Zuerst wird aber überhaupt nicht gestoßen. Das mag Sie erstaunen, doch wirklich wird hier weniger gestoßen als genickt ... Und was das exponentielle Wachstum betrifft —« Er komplimentierte Ilse Unbill an seinen Schirm, um ein paar Eingaben in die Maschine zu werfen, »— so ist das ebenfalls zu präzisieren. Denn wir spielen hier ja nicht einfach Pool-Billard, wo es darum geht, die Taschen zu füllen, wir spielen klassisches Billard. Mit nur zwei Kugeln und einer dritten, die der Stock schickt, also Karambolagen-Billard, dazu braucht man keine Tasche, unser Tisch hat darum gar kein Loch. Bitte. Wenn Sie einmal schauen —« Und Lothringer baute vor Ilses grünen Augen das Parkett der hunderttausend Rosen auf. »Jede eine Karambolage, und jede anders: dank der fünfzähligen Symmetrie der rhombisch angeordneten Kacheln wird ein lückenloser Zusammenschluß über die ganze Fläche erzielt. Und zugleich eine unendliche Variation der Lage dieser

Kacheln — ohne Frustration, wie man das nennt. Und darum gibt es keine Regelmäßigkeit, keine Periodizität in der Form der Bänder, die Sie jetzt aufleuchten sehn.«

»Ist das nicht gerade das Frustrierende?« fragte Ilse Unbill, indem sie das Taos-Clay-Raster fixierte, über das die Bänder, die zur Skalierung der Ergebnisse benutzt wurden, farbig wie von Sommerhüten flattern.

»Das«, erklärte Lothringer, »liegt in der Natur solcher Karambolagen. Ein guter Spieler wird die Bahn der Kugeln abschätzen können. Ein sehr guter Spieler kann es vielleicht ein bißchen besser machen — aber einen Meister kann es nicht geben. Die Ungenauigkeiten — und nur die sammeln wir hier, das Taos-Clay-Gitter ist sozusagen die Tasche, in die wir einsacken —, die Ungenauigkeiten wachsen darum so schnell, weil die Kugeln rund sind. Deshalb werden kleine Bahnabweichungen bei jedem Zusammenstoß rasch vergrößert. Und dieses Anwachsen der Abweichungen, der Fehler, ist es, das exponentiell verläuft. Aber dieses Anwachsen der Fehler ist für uns die Trefferquote, wenn Sie so wollen, sie zeigt uns die Chaosneigung des Systems an —« Lothringer lehnte sich etwas zurück und betrachtete das Taos-Clay-Parkett mit leicht zusammengekniffenen Augen.

»Interessant«, sagte Ilse Unbill, die sich dagegen ganz nach vorn beugte, um die Bänder mit punktförmigen Pupillen zu verfolgen.

»Billardspieler sind Leute, die weniger gegeneinander spielen, sondern mehr gegen sich selbst; denn sie können nicht glauben, daß sie so schlecht sind — in Wahrheit sind sie ja sehr gut — : aber das«, meinte Lothringer, »können Ihnen am besten meine Mitarbeiter erklären.« Er sah zu Fetzer und Raue, die eben aus dem Salon kamen, um sich, ihre Stöcke fettend, rechts und links hinter die zierliche Ilse zu stellen. »Sie sind beide mit genau dieser Problematik befaßt.« Und Raue und Fetzer verschwanden mit Ilse Unbill, deren Kleid im Rücken so tief ausgeschnitten war, daß man den weißen Ansatz der Bikinihose auf der braunen Haut sah, im Salon.

»HAVE A GOOD TIME«, murmelte Lothringer, indem er die Kappe von seinem Füllfederhalter abnahm, um sich wieder an sein Manuskript zu setzen. Es war später Nachmittag, als er aufsah und sich fragte, wo seine Mitarbeiter waren. Sein Kopf dröhnte, er sah auf die Blätter. Dann begriff er, daß es gar nicht sein Kopf war, der dröhnte, sondern die Zisterne. Er spürte die Vibrationen, die das im Brunnen sich werfende Wasser erzeugte. Und er hörte das Schreien des Stahls, das immer auftrat, wenn die Turbulenzen besonders heftig waren. Er wußte, daß der Stahl des Mantels manchmal mitschwang und dabei ein Seufzen oder ein Heulen erzeugte, und das geschah besonders leicht, wenn externe Kräfte am Wasser mitzogen, wie das bei Vollmond der Fall war. Und heute war Vollmond. Lothringer stand auf und ließ das Manuskript auf seinem Tisch liegen. Er sprang die paar Stufen vom Keller auf den Hof des Instituts, und es fiel ihm erst ein, daß er zum ersten Mal vergessen hatte, den Keller abzuschließen, als er vor der Wohnung Lusine Schmucks stand, die ihn mit einem üppigen Tiramisú empfing.

Zwei Tage darauf erschien Pembruck im Keller. »Professor Veitrepp aus Löwen begehrt Eintritt ins Chaos!« rief er, und der Herr im gerippten Samtjackett, der bei ihm war, ein mächtiger und bedächtiger Graukopf, reichte Lothringer die Hand. Es war so, daß der Professor, der in Löwen einen Lehrstuhl für Synergetik innehatte, in seinem Institut dort eine Abteilung für Chaosforschung einrichten wollte und darum nun von Universität zu Universität reiste, um sich darüber zu informieren, wie die Erforschung nichtlinearer Systeme betrieben wurde. »Nicht zu kopieren«, sagte er in seinem liebenswürdig verbogenen Deutsch, »es ist alles noch offen, lediglich informieren wollte ich mich.«

Und so umriß Lothringer seinem unvermuteten Besucher, der ihm in seinem braunen Riffelsamt wie der Besitzer eines Teekontors erschien, die beiden Arbeitsschwerpunkte hier unten im Keller, Karambolagenproduktion und Turbulenzerzeugung. Von der exponentiellen Chaosneigung im Taos-Clay-Muster sprach er und vom Attraktor des Schwimmers.

»Und mit dem Computer arbeiten Sie«, sagte der Professor für Synergetik und sah mit wachem Kontorsblick neugierig über die Kabelage des Kellers.

»Ja. Und nein«, antwortete Lothringer. Er bemühte sich, das Verhältnis von Computer und Experiment, wie sie es hier unten sahen, zu verdeutlichen. Alle chaotischen Vorgänge waren ja zunächst nichts anderes als Zustandswerte von Systemen, physikalischen wie nichtphysikalischen, die, in der Ebene oder im Raum als scheinbar willkürlich sich verteilende, aber doch nach bestimmten Gesetzen auseinandertretende Punkte erschienen. »Insofern«, meinte er, »stecken alle chaosträchtigen Systeme im Knetwerk exponentieller Gleichungen.« Dehnen, Falten, Mischen, das war es. Streifenbasalt, Blätterteig, galaktische Rotation — wohin gerieten gerade eben noch benachbarte Punkte im nächsten Moment? Wohin im übernächsten und den folgenden und folgenden? »Mischung, aber zugleich auch Mischung von Dimension und Zeit. Wenn Sie die Vorgänge im Erdmantel nehmen, wo die gegenseitige Durchdringung der Magmaschichten Jahrmillionen dauert, die Diffusion ausströmender Gase dagegen in Sekunden geschieht. Oder die Sahne in Ihrem Kaffee, falls Sie zu dem Blätterteig, einem besonders schönen Beispiel chaotischer Transformation, Kaffee trinken, also hier wäre die diffundierende

Rotation, die Ihr Löffel verursacht, noch einigermaßen menschlich, obwohl die Reynoldszahl, Trägheits- zu Zähigkeitskraft, dabei eigentlich ziemlich hoch ist —«

»Buntsandstein also. Oder Marmorkuchen —«

»Das ist nicht unsere Alternative. Entscheidend, sehen Sie, ist das Verhältnis von Technik und Sinnfälligkeit. Um, beispielsweise, die Farbstreifen einfachster auch nur flächiger Mischungen — also elementarster Turbulenzschlingen — Punkt für Punkt zu verfolgen, würde ein Rechner mit einer Leistungsfähigkeit von, sagen wir mal, einer Million Gleitkomma-Operationen pro Sekunde noch eine Rechenzeit von gut dreihundert Jahren benötigen. Zuviel für uns, obwohl McIntosh hier nur knapp darunter liegt. Darum produzieren wir richtige Karambolagen. Darum lassen wir den Schwimmer arbeiten. Und darum eben haben wir den Attraktor entwickelt, um die Kapazität unseres Rechners sinnvoll zu nutzen —«

»Verstehe«, sagte Professor Veitrepp und stoppte damit Lothringers Rechte, die schon über der Tastatur schwebte. »Leistungsgrade der Vernetzung. Synergetik. Lehre vom Zusammenwirken.« Er stützte sich, indem er die Füße in den schweren Löwener Schuhen kreuzte, fest auf den Stuhl, der deutlich hörbar knackte. »Das Erfolgsgeheimnis der Natur.«

Lothringer überlegte, ob er es riskieren konnte, dem Besucher den Salon zu zeigen. Oder vielleicht die Zisterne? Professor Veitrepp selbst schien jetzt mit schräggelegtem Kopf zu lauschen. Hörte er das Rauschen des Wassers? »Es ging natürlich erst einmal darum, den populären Begriff des Chaotischen auszugrenzen. Ganz falsch ist er ja nicht«, begann er vorsichtig, »aber er ist so ohne weiteres nicht auf Erscheinungen anzuwenden, die im wissenschaftlichen Kanon, seit Jahrhunderten, wie wir wissen, ihre eigene Bedeutung erlangt haben. Nehmen Sie die Mechanik.

Das Pendel. Oder die Strömungsforschung, Turbulenzen —«

»Turbulenzen —« brach es aus Veitrepp heraus. Dann knackte der Stuhl wieder, und er fuhr nach einer Pause, die er durch ein kleines sympathisches Stöhnen füllte, fort: »Das ist doch überhaupt kein Widerspruch.«

»Überhaupt nicht«, brummte Pembruck, der das Feigenbaum-Szenario betrachtete, das über Lothringers Schreibtisch hing.

»Aber nein«, sagte Lothringer, »das Chaos, der Zufall, das mechanistische Weltbild, sie leben gut miteinander, wenn Sie so wollen, doch.« Er sah zum Feigenbaum-Szenario. »Computergraphik. Verbindet die Eleganz einer parabolischen Bifurkation mit dem Charme zerrissener Seidenstrümpfe«, scherzte er.

»Wie?« fragte Pembruck, und auch Professor Veitrepp trat überrascht näher.

In diesem Augenblick ging die Tür zum Salon auf. Ilse Unbill kam heraus, kerzengerade. Ihr folgen Fetzer und Raue, die beide frische, wohlgebügelte Hemden anhatten und ihre Jacketts lässig über dem Arm trugen. Ilse Unbill lächelte mit ihrem bestrickend grünen Lächeln erst Pembruck, dann Veitrepp und dann Lothringer an. »Man muß es annehmen. Man muß es lieben. Dann ist alles ganz einfach.« Und sie ging mit kleinen energischen Schritten zum Keller hinaus, die linke Hand mit dem schweren Armreif im schwarzglänzenden Haar. Fetzer und Raue folgten ihr, ebenfalls lächelnd, und ohne Pembruck, Veitrepp oder Lothringer auch nur eines Blickes zu würdigen.

»Sicher, Konflikte aller Art sind zwangsläufig«, sagte Professor Veitrepp abwesend und sah Pembruck an, der den schweren Kopf witternd nach Ilse Unbill gedreht hatte.

»Mein Assistent Fetzer und Raue, mein Diplomand«, sagte Lothringer.

»Aber die Synergetik fragt dann: Lassen sich chaotische Prozesse zähmen?« meinte der Professor. »Und: Sind Revolutionen vorhersagbar?«

Jetzt ging die Tür zum Diplomandenkämmerchen auf und Albert und Ferdinand sprangen hervor, gefolgt von den Geschwistern. Wie ein Wetter tanzten sie durch Lothringers Arbeitszimmer, alle luftig gekleidet, alle, wie es ihm vorkam, mit frischgewaschenen Haaren, an dem erstaunten Löwener Professor und dem Institutsleiter vorbei. »Meine Diplomanden Albert und Ferdinand«, erklärte Lothringer lächelnd seinem Besucher. »Sie betreuen die Zisterne, in der wir unsere Turbulenzen erzeugen. Die beiden jungen Damen, Heide und Saskia, übrigens Geschwister«, wandte er sich an Pembruck, »sind neu hier unten, sie haben sich spontan zum Chaos-Studium entschlossen, beide sehr lebhaft, sehr intelligent.«

»Ach, ja?« machte Pembruck, etwas geistlos.

»Den Antrag, die beiden als Diplomandinnen führen und ihre Arbeit am Brunnen gemäß dem Institutstarif vergüten zu dürfen, bekommen Sie dann in den nächsten Tagen.«

»Bekomme ich«, sagte Pembruck und stemmte seine Fäuste in den Taschen nach außen.

»Ja, vielleicht«, meinte Lothringer, »werfen wir doch einfach mal schnell einen Blick in den Brunnen —«

Aber jetzt war es Tina Rotermund, die mit leichten Schuhen die Kellertreppe vom Hof herunterklapperte. Sie fuhr herein und läutete, ohne auf Pembruck oder Veitrepp zu achten, mit ihrem Autoschlüssel. »Was ist, Dozent?« rief sie und lachte Felix an. »Das Wasser rauscht, aber es rauscht auch woanders. Es ist Sommeranfang! Hast du deine Badesachen?«

Veitrepp, der, als Tina hereinfuhr, einen Schritt zur Seite gemacht hatte, stand in seinem geriffelten Sakko, die Hände erhoben, am Photomagazin. Er sah Lothringers Blick und bemerkte, daß die Badesachen hinter ihm auf der Konsole lagen. »Nun«, sagte er und ergriff kurzentschlossen das blaue Bündel, das er Lothringer reichte, »es ist ja wirklich das Wetter dazu.« Er lächelte gewinnend zu Tina hinüber. »Was unser Gespräch betrifft — wie ich gesehen habe, halten Sie morgen Ihre Vorlesung. Ich werde selbstverständlich dort sein. Vielleicht ergibt sich anschließend eine Möglichkeit zum Gespräch.«

»Sicher«, meinte Felix, und er komplimentierte die beiden hinaus. Mit einem lauten Knall schloß er die Eisentür des Kellers und lief mit Tina über den Parkplatz zur Barriere, wo ihr weißes Cabrio stand.

»Von der Stabilität des globalen Systems her gesehen, sind Eiszeiten auf diesem Planeten eigentlich viel wahrscheinlicher«, begann Lothringer, und sein Auditorium, das aus der Gluthitze dieses nun schon seit Wochen wütenden Sommers in seine Vorlesung gekommen war, quittierte das Paradox mit lautem Gelächter. Lothringer konnte sich nicht erinnern, den kleinen Saal, in dem er nun schon eine ganze Reihe von Jahren dozierte, jemals bis auf die letzte Reihe gefüllt zu haben. Nicht nur die treuen Frontköpfe waren dort alle versammelt und die bekannten Gesichter, die schwarzgekleidete Studentin mit der Meinungsbrosche, ein dünner ältlicher Mann, der alles, was Lothringer sagte, mit einem feinsinnigen Lächeln mitschrieb und demzufolge nie aufsah; da waren heut auch die neuen Gesichter im Chaosfeld, Ilse Unbill und Nollendorf, und Professor Veitrepp aus Löwen, wie angekündigt. Es waren die Geschwister da und Tina, die heute den blonden Heinz mitgebracht hatte. Lusine Schmuck war nicht erschienen, dafür aber Pembruck, der sich noch in den Hörsaal drückte, als er bereits angefangen hatte.

»Wir reden weiter vom Wetter«, fuhr Lothringer fort und begann seiner Zuhörerschaft auseinanderzusetzen, daß die sprichwörtliche Unzuverlässigkeit der atmosphärischen Erscheinungen eben auch in intimer Verwandtschaft mit dem Chaotischen stand. Es war sogar so, daß das erste Kapitel der modernen Chaosforschung, die jetzt mit ihren Einsichten die andern Wissenschaften zu revolutionieren begann, von einem Klimaforscher, Edward Lorenz vom Massachusetts Institute of Technology, geschrieben worden war. Er hatte zu Beginn der sechziger Jahre versucht, ein ›Welt-Wetter-Modell‹ zu entwickeln und zu diesem Zweck eine Handvoll numerischer Regeln aufgestellt, Gleichungen, die das Verhältnis von Temperatur und Luftdruck, Feuchte und Windgeschwindigkeit mathematisch erfaßten. Es war die Zeit, da Amerika davon träumte, unabsehbare Mais- und Weizenfelder mit hausgemachtem Regen zu beträufen und die Naturgewalten in den Dienst einer ungehemmten Wachstumsfreude zu stellen. Städte vom Reißbrett — also warum nicht Wetter vom Computer. Der amerikanische Präsident war der erste Mann auf der Erde, plauderte Lothringer leichthin weiter und schwenkte über die Frontköpfe zu den Hörern der dritten und vierten Reihe, und somit war die Frage, wie man dem Himmel die Möglichkeit einer gesicherten Wettervorhersage abkaufte, eine Frage der geschickten Verhandlungsführung, eine Sache des Arrangements. Lorenz hatte bei der Air Force den Bomberpiloten das schöne Wetter prognostiziert, also konnte es jetzt, in den besten Friedensjahren, wohl nicht allzuschwer werden, für den *American Way of Life* das nötige Quantum Regen zu bekommen. Lothringer sprach mit diesem Satz den überraschenden Zugang Nollendorf an, der darauf mit sarkastischem Lächeln reagierte. »Die Gleichungen, mit denen sich die Bewegung von Luft und Wasser bestimmen ließen, waren da, wie die Gleichungen für die Bewegungen der Planeten«, fuhr er fort, indem er zu Professor Veitrepp aus Löwen sah, der in derselben Reihe saß wie Nollendorf und heute eine rote Fliege trug. »Also warum den Gang des Wetters nicht vorausbestimmen wie die Bewegung der Planeten. Numerische Voraussagen ließen ja auch den Halleyschen Kometen pünktlich erscheinen.« Damit machte er den Kontrollschwenk zur schwarzgekleideten Studentin, die aber gar nicht zuzuhören schien, sondern kritisch auf ihre Meinungsbrosche sah, die sie mit den Fingern ihrer Linken etwas gelupft hatte. »Und ein Computer mit hinreichender Kapazität, so die Überlegung von Lorenz, müßte das leisten können, gleichsam als Entsprechung zur höchsten Intelligenz, von der Laplace geträumt hatte und die bis in dieses Jahrhundert im deterministischen Selbstverständnis der Naturwissenschaften, gleichsam als guter Dämon, unvermindert wirksam blieb. Vor allem die Computertechnik war ja in ihrer Entwicklung von Laplaceschem Optimismus erfüllt und darum eng verbunden mit der Geschichte der Prognostik. Dabei hatte Edward Lorenz an seinem Institut nur ein eher bescheidenes Gerät zur Verfügung, verglichen mit den PCs, in die Sie Ihre Eingaben tippen, eine Art Faustkeil der Computer-Urgeschichte«, scherzte Lothringer, und der blonde Heinz schnellte grinsend den Daumen hoch.

Tatsächlich fühlte sich Lothringer heute in Bestform, und sein Auditorium ging mit, auch als er jetzt, leicht nach hinten gewandt, mit schneller Kreide die drei Gleichungen an die Tafel schrieb, mit denen der Meteorologe gearbeitet hatte. »Einfach läppisch. Sollte man meinen.« Er tippte auf den Knopf, und die Kurven, die unter Zuhilfenahme dieser Gleichungen einen Wetterverlauf, prognostiziert über einen längeren Zeitraum, darstellen sollten, erschienen. »Sehen Sie.«

Die Geschichte des Chaos war in diesem Fall die gewesen: Eines Tages kürzte Lorenz, als er eine seiner

Kurven produzieren wollte, das Verfahren ab und begann mitten im System. Er ließ den Royal McBee, das war sein Faustkeil im Kampf gegen den Bären der meteorologischen Unzuverlässigkeit, rattern und ging in die Kantine, um eine Tasse Kaffee zu trinken. Als er zurückkam, war die Kurve ganz anders ausgefallen als die vorangegangene, obwohl alles genau so reproduziert schien wie vorher. Lorenz hatte auf einmal zwei völlig verschiedene Wetterkurven für ein System. Es stellte sich heraus, daß die Zahl, die er für das letzte Verfahren eingesetzt hatte, für das Ergebnis verantwortlich war. Im Vergleich zu der vorher benutzten war sie ein wenig abgerundet, sie war um ein paar läppische Tausendstel kürzer. »Statt 0,506127 hatte Lorenz, der einen Kaffee trinken wollte, einfach rasch nur 0,506 eingegeben, in der Annahme, daß diese minimale Kürzung für das zu erwartende Resultat völlig belanglos war. Das war sie nicht.«

Zunächst stimmten seine Wetterkurven in den ersten beiden Höckern noch überein. Beim nächsten Höcker waren sie schon deutlich phasenverschoben, und beim vierten und fünften Höcker war jede Ähnlichkeit dahin. »Wie konnten sich zwei nahezu identische Wetterkurven so verschieden entwickeln? Und warum war die Antwort auf diese Frage in jenen Jahren so revolutionär? — Nun«, gab Lothringer seinem neugierigen Auditorium bekannt, »die Zeit klimatischer Expektationen war für Amerika zugleich auch die Zeit, in der zwei neue Technologien in ihre heiße Phase traten. Der Weltraumsatellit und der digitale Computer. Denken Sie bitte daran, daß die ersten Sonden, die im Süden Arizonas mit deutschen Beuteraketen abgeschossen wurden, zunächst und vor allem Wettersatelliten waren. Der V2 wurde ein Barometer okuliert und dann ging es ab in den blauen Himmel. Ein nationales Programm wurde erstellt, Amerika wetterunabhängig zu machen, eine sehr politische Idee;

geodätische Kugeln, so dachte man, würden über den Weizenfeldern schweben, Flugzeuge säten Wolken, es gäbe Wettermacher, wie ein Stamm im fernen Mauretanien sie nicht besser haben konnte. Eine Behörde wurde geschaffen, mit gewaltigem Apparatepark. Zeitschriften und Kongresse verkündeten die Utopie: ein meteorologisches Eden, eine Warmwassergesellschaft im Windschatten des kalten Kriegs. Nun, das einzige, was aus dem Betonbunker in Maryland bei Washington kam, waren die zweitbesten Wetterprognosen der Welt (die besten kamen weiter aus Reading, einer kleinen englischen Universitätsstadt). Und bezogen auf längere Zeit, also etwa eine Weizen-Wachstumsperiode, versagten alle diese Prognosen kläglich. Pech für Amerika.« Lothringer schaltete die Kurven ab. »Womit wir es hier zu tun haben, das ist der sogenannte Schmetterlingseffekt. Weil der Nagel fehlte, ging das Hufeisen verloren, damit das Pferd, damit die Schlacht, damit ein Königreich. Dynamische Systeme. Wie wir bereits gesehen haben, sind solche Systeme außerordentlich empfindlich, was auch nur kleinste Verschiebungen ihrer Ausgangsbedingungen betrifft. Und das Wetter ist ja nur *ein* Beispiel für Systeme, die nie zum Stillstand kommen und sich fast wiederholen, ohne daß ihnen das jemals völlig gelänge — denken Sie an Tierpopulationen, die sich unvorhersehbar entwickeln, an Epidemien, die mit geradezu provozierender Beflissenheit chaotisch auftreten und wieder verschwinden: Was Lorenz entdeckte, war die hochgradig sensitive Abhängigkeit eines solchen Systems von seinen Anfangsbedingungen. Schauen wir uns das mal im Phasenraum an.«

Er drückte noch einmal den Knopf. Auf dem Bildschirm erschien das Kurvenbüschel, diese seltsame Doppelspirale von betörender Grazie, die ihre konzentrischen Ringe wie Punkte auf den Flügeln eines Falters warf. »Das ist der Lorenz-Attraktor, das magische

Doppelauge, das zum Emblem der ersten Chaosforscher wurde. Beachten Sie, daß er durch eine einzige Kurve im Raum gebildet wird, die, von dieser imaginären Mitte her, die das prekäre Gleichgewicht des Systems symbolisiert, mal in diese, mal in jene Schlinge fährt. Ohne sich ein einziges Mal zu berühren oder zu schneiden. Und es ist unvorhersagbar, ob sich die Kurve nun zum rechten oder zum linken Feld wenden wird. Atmosphäre entsteht durch die spontane Lust, entweder dieses oder aber auch das andre Auge zu riskieren.« Lothringer sah die Gesichter im undifferenzierten Mittelfeld seines Auditoriums, die am Attraktor hingen. Nur der Blick der schwarzgekleideten Studentin traf dieses Mal überraschenderweise genau in den seinen, und zum ersten Mal schien es, als ob sie ihn wirklich ansähe, mit einer gewissen Sympathie, so daß Lothringer irritiert von ihrem Gesicht abglitt und auf die Meinungsbrosche sah, die, groß wie eine Visitenkarte, an ihrer Bluse stak. »Jede Wendung der Kurve von dieser Mittelschiene aus nach rechts oder links zeigt einen Wetterumschwung an«, fuhr er fort und sah noch einmal kurz auf die Brosche der Studentin (stand dort EROS oder gar — CHAOS?), »mithin eine Reaktion des Systems auf eine minimale Veränderung seiner Ausgangsbedingungen, und es mag, wie man so schön sagt, tatsächlich der Schlag eines Schmetterlingsflügels am Himalaya sein, der dann das Wetter über dem Atlantik bestimmt. Übrigens war es ja für Amerika insgesamt, wenn Sie so wollen, der Flügel eines Schmetterlings am Himalaya, der eine Änderung des gesamten nationalen Klimas, dann der ganzen Welt bewirkte. Erinnern wir uns, daß das Rauschen im Bart Ho-Tschi-Minhs tatsächlich den amerikanischen Traum ins Trudeln geraten ließ«, band Lothringer seine Bemerkung zum Geschehen in jenen frühen Jahren der Chaosforschung ab. Er hatte das Gefühl, heut *alles* sagen zu können, so wach und aufmerksam war das Auditorium, trotz der heißen Temperaturen, vielleicht auch wegen dieser Temperaturen. »Und wenn die Eiszeit auch wahrscheinlicher ist als der mögliche Gleichgewichtszustand unseres Planeten,« schloß er daher seine Vorlesung, »so vergessen Sie nicht, daß Wärme und Leben ihn allein bewohnbar machen und daß beide von außerordentlicher Zufälligkeit und Gebrechlichkeit sind. Ob wir jetzt ins rechte Auge des Attraktors fliegen oder ins linke — wir wissen es nicht. Es gehört zu den Stärken des Chaos, daß es bis zuletzt sein Gesicht wahrt. Sollte Sie dieser Attraktor darum an das Gesicht einer Eule erinnern, so haben Sie nicht unrecht: Weisheit ist nur die eine Seite der Prophetie — Dunkelheit die andre.«

Der Regen kam wie auf Bestellung. Doch zuvor war noch Johannistag. Und da Lusine Schmuck an diesem Wochenende ihre Schwester mit den beiden Kindern erwartete, konnte Felix unbesorgt mit Tina hinausfahren zum Sachsenhäuser Berg, wo unter Kirschbäumen und unter der Einflugschneise des Airports eine Grillparty stattfand. Geladen hatte Mittenzwei, aber neben den Institutsangehörigen trafen sie dort, so waren die Verbindungen im Quartier, auch wieder eine Menge anderer Leute.

Nollendorf war da, weil er an diesem Samstagnachmittag bei Lothringer aufgekreuzt war, um sich eine Privatlektion über nichtlineare Systeme zu erbitten; er ließ sich auch nicht abwimmeln, als Tina kam, um Felix abzuholen, sondern erkärte sarkastisch, wenn die Party nicht gerade schlechter wäre als die am vergangenen Samstag, dann sei er mit dabei. Und er stieg zu dem Korb mit den Salaten und Flaschen im Fond des weißen Cabrios. Brenner war da, weil er Saskia und Heide durch die halbe Stadt gefolgt war in der Meinung, sie seien Krankenschwestern aus dem Nordwest-Krankenhaus und darum bekannt mit seiner großen Freundin, die plötzlich verschwunden war. Saskia und Heide, die ihn am Eisernen Steg stellten, weil sie beide glaubten, in ihm ihren Vergewaltiger wiedererkannt zu haben, gaben, als er ihnen den Grund für sein beharrliches Nachstellen eröffnete, lachend ihren Irrtum zu und nahmen den Widerstrebenden mit. Und Bernd Trauter kreuzte auf, der, um Neuseeland und Anna zu vergessen, auf seinem Einrad durch die Gärten gestürmt und dem Schein der Feuer nachgefahren war. Auch ein ganzer Schwarm Volks- und Betriebswirtschaftler hatte sich eingefunden, junge Frauen mit blondgetöntem langem Haar und schmalhüftige Männer in Partyhemden, unter denen sich auch der blonde Heinz befand. Da diese Menschen, die sich auf einem gemächlich schwingenden Rost ihre Steaks und Würste brieten, Optimismus und gute Laune verbreiteten, gesellte Lothringer sich zunächst zu ihnen, zumal auch Tina eine Kommilitonin und Kollegin getroffen hatte, mit der sie gleich in ein Gespräch geriet über mögliche Termine, die sie bei ihrer Marketing-Gesellschaft teilen oder tauschen konnten. Wovon die Rede sonst noch war? Von Warentermingeschäften, dem ausgesprochen matten Immobilienmarkt dieses Sommers und den Chancen der Wertschöpfung beim Devisenhandel, feste Wechselkurse vorausgesetzt. Einer wollte gehört haben, daß Investitionen bei privaten Sendern plötzlich lohnten. Und ein anderer fragte seinen Kollegen, ob er nicht einen Rechtsanwalt kenne, der auf Räumungsklagen spezialisiert sei. Nun habe er eins der letzten freien Häuser im Westend, aber das sei bis unters Dach mit alten Mietern vollgestopft. »Fast aussichtslos.« »Klag doch auf Eigenbedarf«, riet ihm der Kommilitone, »das klappt fast immer.« »Ach was, Eigenbedarf«, warf seine Begleiterin ein, die sich, um keine Fettspritzer auf ihren hellen Hosenanzug zu bekommen, hinter ihn gestellt hatte und jede seiner Bewegungen wie eine Schattenboxerin mitmachte,

»damit kriegst du heut keinen Türken mehr aus dem Souterrain. Wenn du nicht gleich mit deinem Sofa anrückst und im Vorgarten kampierst, glaubt dir den Eigenbedarf kein Richter mehr.« »Eben«, sagte der junge Mensch, der eins der letzten freien Häuser im Westend hatte. »Eigentum ist wahrscheinlich Diebstahl.«

Waren das nicht die Sorgen, die man sich wünschte? Die Aussichten, mit denen sich leben ließ? Bratwurst von einem Draht zu essen, einem Stück Stacheldraht vom ungarischen Grenzzaun, der dieser Tage gefallen war? Die neuen Märkte dort. Der gigantische Anlagenschwindel vor drei Jahren. Drehscheibe dieser unwahrscheinlichen Schiebung war Budapest gewesen. Hatte Mr. Sprong nicht richtig gebucht? Wien, dann Budapest. Erst die Antiquitäten, dann das Gutachten über das Strömungsverhalten der Donau. Die Donau war dort unten äußerst tückisch, starke Strömungen bei flachem Wasserstand und allgemeine Wirbelbildungen, die dem Schiffsverkehr leicht gefährlich werden konnten. Er hörte das Rauschen, das die Turbulenz der laufenden Ereignisse hervorrief, und er wollte sich zu Tina wenden, um ihr das mitzuteilen. Doch Tina war nicht mehr hier. So trennte sich Lothringer von den Volks- und Betriebswirtschaftlern und tappte, einen Pappbecher mit Apfelwein in der Linken, durch die Gräser des verwilderten Gartens. Eine ganze Reihe von Feuern spukte und glimmte zwischen den Kirschbäumen und Johannisbeersträuchern, umlagert von Gruppen essender und plaudernder Gäste, die, weil der Himmel jetzt bewölkt war und tief herabhing, seltsam schemenhafte Scharaden bildeten. Die Leute von der Photoemission, die natürlich ihre Platten dabeihatten, die sie immer wieder gegen das Feuer hielten, erschienen ihm wie eine Horde miteinander ringender Affen. Erschreckend sahen die Kollegen von der Supraleiter-Abteilung nebenan aus. Da sie nämlich alle sehr groß waren und ihr Feuer standesgemäß aus einer Flasche mit einem Sauerstoff-Helium-Gemisch speisten, wirkten sie wie eine Gruppe von Riesen, die sich lachend über ein brennendes Gehöft beugten.

Plötzlich stieß Lothringer fast mit jemandem zusammen. Die Gestalt, die aus der Dunkelheit direkt auf ihn zugetreten war, murmelte eine Entschuldigung, und Felix erkannte Brenner, den Dichter, der, ebenso wie er, durch das verfilzte Gras fernab der Feuer streifte und die zwielichtige Atmosphäre genoß. Unmittelbar darauf ertönten Schreie. Lothringer sah, daß man eins der Feuer wieder angefacht hatte, um durch die Flammen zu springen. An den schrillen Lauten und den mageren Silhouetten erkannte er die Geschwister, die, paarweise mit Albert und Ferdinand, ihr Johannisspiel trieben. Lothringer ging hinüber, und es gab jetzt gleich eine Reihe von Pärchen, die ebenfalls sprangen. So Schwander mit Gabriele, und Nor Wiborg, der riesige Finne von den Heliumleuten, der Lisbeth Kronauer, die Mathematikerin, wie eine kleine Tochter an sich gedrückt, über die Flammen trug. Sogar Bernd Trauter sprang — und zwar samt seinem Einrad, das er mit einer stolzen Steißbewegung einfach vom zertrampelten Grasboden abheben ließ.

Von überallher kam jetzt Geschrei. Es regnete. Lothringer sah, wie ringsum die Gestalten mit ihren Feuern verloschen. Dann strahlten plötzlich die Scheinwerfer zahlreicher Autos auf, die auf den Wegen ringsum geparkt hatten. Und abermals stand Lothringer im strömenden Regen, den Pappbecher in der Hand, und betrachtete erstaunt den Hügel, der von den Lichtkegeln zerteilt war, durch die die Leute mit Körben und Decken rannten, lachend, rufend, fallend.

»Was ist —«, schrie Tina, die ihn am Handgelenk riß, so daß der Apfelwein spritzte. »Willst du dich erkälten?«

»Natürlich«, rief Lothringer, »Eiszeiten sind sowieso der normalere Zustand«, und ließ sich von seiner jungen Freundin durch den warmen Johannisregen zum Auto ziehn.

20 ############ *SIEBENSCHLÄFER*

Es regnete drei Tage und es regnete am Siebenschläfer noch. Gegen Abend saß Felix mit Frau Lusine Schmuck und ihrer Schwester samt deren Kindern beim Essen. Die Schwester, Hedwig mit Namen, thronte an der Breitseite des Tischs, der, obwohl es nur Spaghetti gab, überladen wirkte wie eine Papsttafel, während Lusine und Felix gegenüber Platz genommen hatten und die Kinder, Ella, ein blasses Mädchen von knapp sechzehn, und Roy, ein wurstiger Fant im postpubertären Alter, an den Tischenden saßen.

Frau Hedwig, die wie ihre Schwester wieder ihren Mädchennamen trug und also ebenfalls Schmuck hieß, hatte indessen mit Lusine wahrlich nichts gemeinsam. Alles, was bei Lusine so gesetzt und stabil war, erschien bei ihr plump und monströs, die kompetente Art ihrer Schwester verzog sich bei ihr, wenn sie das massige Kinn bewegte und sprach, zu einem leidenden impertinenten Affettuoso. Ihr Haar war gefährlich dünn und lag, obwohl in sichtbar frischer Dauerwelle, wie ein gelbes Toupet auf Hinterkopf und Nacken. Einzig ihr Blick erinnerte an ihre Schwester. Sie hatte, genetische Laune oder früh verschweißtes Familiengeschick, ebenfalls die Angewohnheit, über die Menschen, mit denen sie sprach, ganz knapp hinwegzusehn. Das gab ihr dieses Wehleidige, Anklägerische, aber andererseits auch wieder etwas Flehendes, das, weil es Mitleid hervorrief, dann vielleicht noch schwerer zu ertragen war. Am schlimmsten war es, wenn die Schwestern miteinander sprachen und dabei ihre Blicke eine über das Haar der andern warfen. Sie wirkten dann wie zwei Mamas, die darin wetteiferten, den Blick des Pfarrers bei der Konfirmation heute morgen nachzuahmen, und auch von Lusine Schmuck blieb in diesem Augenblick nicht mehr viel übrig.

Die Tochter Ella trug das Leiden der Mutter. Mißbraucht von deren Exzessen, hatte sie wohl schon früh aufgehört, einen eigenen Körper zu besitzen und saß nun da, eine unterentwickelte Göre, deren hauptsächliche Lebensäußerung ihr Ekel vor allem und jedem war. Ihr Bruder Roy, hochaufgeschossen, robust, hatte sich dagegen, wie es schien, vom wechselnden Tisch stets nur die besten Brocken zugeführt und wartete nun, ein Tölpel aus Berechnung, bloß noch darauf, bis ihn die Säfte bis zum Platzen füllten, um aufzustehn und den ganzen verdammten Eßtisch endlich umzuschmeißen. Wie alle vom Leben bestraften Mütter war auch Hedwig Schmuck stolz auf ihre beiden nichtsnutzigen Kinder und darauf, daß ausgerechnet sie es sein mußte, die mit solchen Kindern geschlagen war. Darum war der Urlaub, in den sie jetzt mit den beiden fuhr, auch das endgültige Opfer, das sie für diese Familie brachte, und das letzte große Martyrium, das noch auszustehen war. »Was machen wir bloß erst auf Norderney?« kicherte oder ächzte sie, indem sie die Schüssel nahm und die letzten Spaghetti auf ihren Teller schaufelte. »Daß ihr mich nicht liebt, das weiß ich ja«, rief sie kläglich, indem sie jedes ihrer Kinder rasch mit einem dieser El Greco-Blicke segnete. »Mutter«, hauchte Ella, und es gelang ihr nicht einmal, rot zu werden vor lauter körperlosem Abscheu. »Soße?« fragte Roy in ungerührter Sohnestäterschaft und reichte ihr das Schnabelkännchen.

Hedwig Schmuck bestand darauf, mit ihren Kindern an diesem Abend ins Exotarium zu gehn, einmal, weil das Exotarium bis zehn Uhr offen hatte und dann auch, weil sie glaubte, daß ihre Schwester Lusine und deren »Bekannter von der Unität«, wie sie hinwegschwimmend flötete, sicher noch ein wenig für sich allein sein wollten. »Mein Gott, ich und Schlangen«, stöhnte Ella, und Roy fragte pampig: »Kannst du mir sagen, was ich in deinem Exotarium soll, wo ich in drei Monaten zum Bund muß?« Doch Hedwig drängte ihre Kinder in den Flur und schob dann los.

Lusine lächelte nur. Sie räumte den Tisch ab, öffnete die Fenster. Sie stellte die Stimmung durch ein paar Atemzüge und durch die bloße Anwesenheit ihres Körpers auf ihrem frischbezogenen Bett mühelos wieder her, und Felix fragte sich, ob er jemals zuvor in seinem Leben einer Frau begegnet war, die sich, ohne sich selbst auch nur ein Haarbreit aufzugeben, so auf einen anderen Menschen einlassen konnte. Aber auch Lusine Schmuck hatte etwas zu fragen: »Was machst du eigentlich in den Semesterferien?«

»Du meinst — Urlaub?« fragte Felix zurück und hatte auch schon das Wort ausgesprochen, das er bisher aus gutem Grund sorgsam vermieden hatte.

»Fährst du weg?«

»Ich hatte eigentlich gedacht, in den Ferien in aller Ruhe meine Arbeit über die Turbulenzen zu schreiben«, antwortete Felix, der auch nicht aussprechen wollte, daß er damit rechne, die Veränderungen, die Pembruck angedeutet hatte, beträfen den Keller und die endliche Einrichtung einer Professur für Chaosforschung hier am Institut. »Ich habe das Gefühl, man wartet irgendwie darauf. Und du?«

»Norderney auf jeden Fall nicht«, sagte Lusine und gähnte. Dann drückte sie sich an ihn. »Aber ich hatte schon daran gedacht, daß wir vielleicht zusammen fahren.«

»Wie schön«, erwiderte Felix, der am Tonfall ihrer Stimme hörte, daß sie nun nicht wirklich mehr damit rechnete, sondern ihm nur zu verstehen geben wollte, wie sehr ihr doch an ihm gelegen war. Und noch einmal seufzte er leise über sein Glück und döste ein wenig ein. Lusine stieß ihn an. »Du mußt jetzt gehen.«

»O ja«, brabbelte Felix, »das Exotarium schließt und die Matratzen im Westend werden gewendet.«

»Miststück«, sagte Frau Schmuck und küßte ihn auf die Nasenspitze. Sie gab ihm an diesem Abend den Film, der so viele Jahre in der Kamera ihres eines frühen Morgens verschwundenen Mannes gesteckt hatte, und bat ihn, diesen Film entwickeln zu lassen. »Vielleicht ist ja was drauf«, sagte sie. »Ich jedenfalls schaff es nicht, ihn wegzubringen«. Und so lief Lothringer, in der Faust den geblümten Schirm Frau Schmucks, in der Jackentasche den Film eines verschwundenen Statistikers, hinüber in die Robert-Mayer-Straße.

Um der besten aller Welten schneller auf die Spur zu kommen, hatte Lothringer sein Spiel bedenklich seiner Wissenschaft angenähert. Nachdem ihm der kleine Planet zwischen den gewaltigen Sonnen entsprungen war wie ein Ball, beschritt er einen andern Weg. Nicht mehr nach imaginären Bahnen suchte er, auf denen sich ein solcher Planet in den Unbilden des Weltraums erfolgversprechend bewegen mochte — er setzte die Existenz eines solch idealen Körpers einfach systembildend fest. Wollte sich im Kräftefeld des Alls das Nest, gut, ein derartiges Ei zu erbrüten, partout nicht finden, mußte man es eben umgekehrt versuchen. Und so machte er die Erde selbst zum Attraktor. Die Pfeile der Zeit, sowohl die unerbittlichen der Entropie als auch die kreativen des sich dagegen empörenden Lebens, fanden ein doppelt faszinierendes Ziel: der Planet mit den Vulkanen und Tänzen zog beide an. Gefährlich zwar. Da lauerte die Teleologie, so als ob das Weltall gerade nach menschlichem Gusto gebacken wäre. Andererseits ließ sich aber auch ein geradezu klassisches (genaugenommen: statistisches) Argument für sein Vorgehen finden — selbst wenn die Erde ein singuläres Phänomen war, mußten von ihr Rückschlüsse auf ein System, dessen stochastisches Produkt sie schließlich war, möglich sein. Schwerer wog für Lothringer, daß er, indem er die Erde seines Spiels als Attraktor setzte, die Grenze zu seiner eigenen exakten Wissenschaft überschritt. Konnte Mac denn unterscheiden zwischen Tausenden und Abertausenden von Werten, Natur- *wie* Kulturwerten? Aber war es überhaupt zu unterscheiden? Im oszillierenden Chaos des irdischen Lebens stand unüberhörbar ein Schrei nach Währung und Klärung, während umgekehrt in den exakten Welten seiner Berechnungen Kaulbach winkte wie ein froher Idiot.

Als Lothringer seine Wohnung betrat, blinkte die Diode an der Basis seines Atari heftig, zum Zeichen dafür, daß ein Kontakt zu einem Rechner hergestellt war, der über das definierte Problem etwas wußte. Wo im uns bekannten Universum waren die Bedingungen so, daß die beste aller Welten dort entstehen konnte? Lothringer rief sich das Angebot auf den Schirm. Es handelte sich um das Programm eines kalifornischen Rechners, der sich, vielleicht um sich unter den Augen der stets wachen Security zu verbergen, schlicht ›Baby‹ nannte. Der Name des Programms lautete ›Square and it's circle‹. Als Eintrittskarte verlangte der ferne Computer lediglich die Bestätigung seines Namens. Lächelnd tippte Lothringer sein BABY ein und schaltete die Übersetzer-Einheit des Atari dazu, um sich bequemer verständigen zu können. Doch als unter dem Logo QUADRAT UND KREIS der erste Satz erschien, erschrak er. Er hatte sich ein Virus eingefangen. Die Botschaft, die ›Baby‹ ihm offerierte, lautete: BIN ICH NICHT DER SATZ, DEN DU GERADE SCHREIBEN WOLLTEST? Solche Sätze wurden gelegentlich von besonders witzigen Programmierern als Fallstricke ausgelegt. Sie wirkten wie gewisse Kettenbriefe, die Geld und Gold versprachen, wenn man sie weiter verbreitete

(›Sprich mich‹, ›Kopier mich — *oder* . . .‹). Lothringer überlegte fieberhaft. Dann siegte seine Neugier. WENN ICH DEN ATTRAKTOR BEKOMME!

Der kalifornische Rechner antwortete mit einer Flut von Zahlen. Das war nicht ungewöhnlich. Viele Rechner codierten so ihre Programme. Dann erkannte er auf einmal einige der irregulären Zahlen, die sich bei der Abbildung der Karambolagen im Keller bildeten: zu vertraut waren ihm diese Ziffernfolgen. Lothringer wurde hellwach. WAS IST MIT DEM QUADRAT? Die Zahlenflut stoppte. Es erschien der Satz: GEHÖRST DU NICHT AUCH ZU DEM KREIS?

Lothringer tippte ein vorsichtiges VIELLEICHT. — ZÄHL NACH, meinte der Rechner und eine neuerliche Flut von Zahlen ergoß sich über den Schirm. Abermals machte Lothringer einige der irregulären Zahlen des Taos-Clay-Rasters aus. Nun war kein Zweifel mehr möglich. Wer immer mit jenem Computer arbeitete, er mußte ebenfalls auf die Probleme gestoßen sein, mit denen sie hier im Salon bei der Auftragung ihrer Ergebnisse zu tun hatten. Kaulbach in Kalifornien! Lothringer schaltete die numerischen Filter zu, die er entwickelt hatte, um in Zahlenkolonnen Konstanten und Perioden rasch identifizieren zu können. Doch es kam kein Befund. Das war zunächst nicht erstaunlich, sondern bei der Darstellung eines chaotischen Attraktors eher normal. Weil die Orbits durch die Streckung sehr schnell auseinandergerieten und durch die Faltung benachbarte Information leicht verlorenging, konnte es zwischen dem Auftauchen relevanter Daten erhebliche zeitliche Distanzen geben. Dann aber erkannte Lothringer aufgrund der typischen Verkettung, was der ferne Computer dort machte, und er hing nun wie magnetisiert im Katarakt seiner Ziffern. Der kalifornische Rechner hatte sich die irregulären Zahlen genommen und speiste damit eine simple quadratische Gleichung. Er iterierte diese Zahlen einfach in der logistischen Form! (Warum waren sie im Keller darauf nie gekommen?) Vage begriff Lothringer, daß es tatsächlich einen Zusammenhang geben mußte zwischen chaotischem Verhalten und quadratischer Funktion. Eine Funktion, die beim Iterieren nicht einfach steigendes, sondern eben zyklisches Verhalten zeigte, also Attraktorschlingen legte, konnte ja keine lineare sein, sondern eben nur eine, deren Graph gefaltet war, wie etwa die der logistischen Gleichung, die einen unschuldigen Kegelschnitt zeigte, eine Parabel . . . Lothringer wußte nicht, wohin mit seinen Händen. Am liebsten hätte er in den Datenstrom auf seinem Schirm gegriffen, um sich darin die Augen zu waschen, zu baden . . .

Um vier Uhr in der Früh, als es aufgehört hatte zu regnen und eine Amsel flötete, trennte sich Lothringer endlich von dem kalifornischen Rechner, der sich mit ›Baby‹ vorgestellt hatte und sich nun mit einem leisen Trällern empfahl:

›You can't know how happy
I am that we met
I'm strangely attracted to you . . .‹

Es war fast Mittag, als er erwachte. Auf dem Schirm seines Computers fand sich noch eine Frucht seiner nächtlichen Begegnung. BABY'LONE stand dort stumm und entrückt. Lothringer ging, unrasiert wie er war, hinüber ins Institut. Im Hof trockneten die letzten Pfützen. Die Tür des Kellers stand offen. Niemand war da. Er ging in den Salon und erbleichte. Da standen die beiden Ledersessel und da standen die Konsolen mit den Apparaten. Der Ständer mit den Queues; trüb brannten die grünen Lampen — der Billardtisch war weg. »Mein Gott«, murmelte Lothringer und sah bestürzt auf den Teppich, auf dem verstreut Raues gesammelte *Playboys* lagen. Einsam starrten die Kontakte aus der Sammelleitung, die zu den Apparaten führte. Er sah auf den Monitor des Computers. BABY 'LONE. Alles schien an seinem Platz, aber nichts war wie sonst. Lothringer brauchte eine Weile, bis er begriff, daß der große Fleck auf dem Teppich nicht das Abbild des Kellerfensters war, das die helle Sonne von draußen auf den Boden warf, sondern der Umriß des Billardtischs, der an dieser Stelle viele Jahre gestanden hatte. Was war passiert? Das einzige, was sich regte, waren die Zettel, die Raue überall hingeklebt hatte und die von der Klimaanlage bewegt wurden wie kleine Segel.

Er lief hinüber zum Aufzug, um nach oben zu fahren. In der rötlich prunkenden Halle des Instituts überkam ihn ein Frösteln. Er rannte die Freitreppe des Haupteingangs hinab und blieb auf dem Bürgersteig davor abrupt stehen, weil er sich beim Herausspringen aus dem Portal einen Muskel gezerrt hatte. Sehr langsam, die eine Hand im Kreuz, ging Lothringer nun die Max-Planck-Straße Richtung Grafensteiner Allee hoch, den ganzen sonnendurchglühten Weg am Institut entlang, erst am alten Teil, der noch aus dem Anfang des Jahrhunderts stammte, dann an seinem neuen Teil vorbei, der in den sechziger Jahren angebaut worden war. Vor den schmalen Kellerfenstern blieb er stehn. Er hörte, wie von fernen Wasserfällen, das Brausen der Zisterne tief unten im Gelaß und er verspürte die Vibrationen bis in die Platten des Gehsteigs. Er sah auf seine Schuhe und er begann zu rennen, eine Hand im Kreuz, die andre vorgestreckt, und wer ihn jetzt gesehen hätte, wie er, hüpfend wie ein Känguruh, die Grafensteiner Allee mit ihren Akazien zu erreichen suchte, der hätte bestimmt nicht geglaubt, daß dies der gedankenvolle, chaoserfahrene Mann war, der, unmittelbar vor dem zweihundertsten Jahrestag der glorreichen Erstürmung der Bastille zwei so verschiedene Frauen wie Lusine Schmuck und Tina Rotermund glücklich machen und dabei noch auf das Rauschen der Sonde Voyager lauschen konnte, die im Begriff stand, dieses Sonnensystem auf immer zu verlassen.

Lothringer traf seinen Assistenten Fetzer im ›Palais des Bières‹, wie er gerade ein frischgezapftes Helles an den Mund hob.

»Was tust du hier, um diese Zeit?«

»Und du?«

Das einzige, was Lothringer von seinem Assistenten erfuhr, war, daß beide, Raue und er, am gestrigen Abend an den Sammelwerten der Karambolagen der letzten Monate gesessen hatten, als Ilse Unbill in ihrem schwarzen Kleid mit dem tumultarischen Rückenausschnitt hereinkam, um eine weitere Lektion in Chaostheorie zu erhalten. Und kurz darauf sei dann auch Tina erschienen.

»Tina? Rotermund?«

»Die Frau, mit der du letzthin rumgeschossen bist.«

»Hör mal, Fetzer —«

»Na, dann halt nicht«, lachte Fetzer und rieb sich sein Kinn, das einen äußerst gepflegten Dreitagebart zeigte. »Oder hast du Probleme?«

Felix lief Tina gerade in die Arme, als er vom ›Palais des Bières‹ über die Straße eilte, um in die Telephonzelle gegenüber zu gelangen. Sie trug ein ärmelloses weißes Kleid mit roten Bordüren und sah hinreißend aus.

»Eben wollte ich zu dir.«

»Toll.«

»Aber ich treffe alle Leute, die ich suche, dort, wo ich sie gar nicht treffen sollte.«

»Was heißt das jetzt wieder?« Tinas Laune war sofort dahin. Und Felix erfuhr über den gestrigen Abend auch von ihr nichts.

»Der Billardtisch ist weg.«

»Ach.« Tina errötete.

»Eben«, sagte Felix und spürte den Film, den ihm Lusine zum Entwickeln gegeben hatte, in seiner Jakkentasche. Dann sah er das Kettchen um Tinas Hals und daran den Schlüssel. »Wie kommst du zu dem Schlüssel?«

Tina lächelte. »Ein Geschenk.«

»Es ist der Haustürschlüssel meines Diplomanden Claus Raue.«

»Mach dich nicht lächerlich.«

Es stellte sich heraus, daß es tatsächlich der Ersatzschlüssel zu Raues Wohnung war, den sein Diplomand sonst um den Hals getragen hatte, aber Lothringer sah nun mit Erstaunen, daß es kein einfaches Messing war, wie er immer angenommen hatte. Raues zweiter Schlüssel war aus Gold. Mehr hatte Ilse Unbill zu sagen. Sie war sofort im Bild, als er sie anrief und antwortete kurz und ganz auf der Ebene der Kräfte, auf der sich die Sache für sie darstellte. »Wenn ein derartiger Stau sich löst«, meinte sie, »kommt es natürlich zu Reaktionen. Aber gut ist ja vor allem, daß es heraus ist. Daß er es zugelassen hat.« Sie komme selbst immer mehr dahin, es zuzulassen, sprach Ilse Unbill ins Telephon, und Lothringer begriff erst jetzt, daß sie das Chaos meinte. Im übrigen, sagte sie, dürfe man in derart komplexe Prozesse auch nicht störend eingreifen. Eine Suizidgefahr bestehe ihrer Meinung nach nicht.

»Suizidgefahr?«

»Ich sagte: besteht nicht«, meinte Ilse Unbill und legte mit einem freundlichen »Au revoir« auf.

Mit derselben Linie 19, die ihn am Dienstag nach Pfingsten in den Stadtwald gebracht hatte, fuhr Lothringer in die Psychiatrie und fragte, ob sich sein Diplomand Claus Raue im Verlauf der letzten Nacht oder des heutigen Tags hier gemeldet habe. Er beschrieb ihn auch, da der Arzt meinte, nach Namen könne man hier nicht gehen.

»Und warum glauben Sie, hat dieser Mann sich hier bei uns gemeldet?« fragte der junge Mensch mit den allesverstehenden Augen. Lothringer sagte ihm, daß Raue möglicherweise unter Schockeinwirkung stehe und erwähnte auch, daß Raue große Angst davor habe, nicht mehr in seine Wohnung zu können, daß er aber manchmal, wenn diese Angst zu stark sei, gleich hierherkomme, um sich freiwillig einweisen zu lassen.

»Meinen Sie?« Der Arzt ließ einige provozierende Augenblicke der Stille verstreichen. Eine eilig vorbeiflottierende Schwester fragte er: »Hat es Neuzugänge gegeben?«

»Alles im Bau«, rief die Frau und stob weiter.

Der Arzt führte ihn durch die hellgrau gestrichenen Gänge, an deren Wände die Bilder hingen, die die Patienten malten. Lothringer, der schon einige Male hier war, meinte, daß er die Örtlichkeiten langsam kennen müßte. Aber es war so wie immer: es ging durch Flure und Türen und jedesmal öffneten sich weitere Flure und Türen von bestürzender Vertrautheit. »Vielleicht — ist er ja im Bau«, meinte er, bekam aber keine Antwort.

»Hier«, sagte der Arzt, indem er stehenblieb und den Schieber einer derben blechbeschlagenen Tür zurückwarf.

Lothringer sah durch das Glas. In einem weiten Raum zogen mehr als ein Dutzend Männer herum, schleppend, mit diesen seltsam gedämpften Bewegungen, als zögen sie in einem ganz anderen Leben umher. Einige vollführten Kreise, andere schlugen mit den Armen, ein paar trabten, halbentkleidet, ihre Jacken wie Bündel auf den Armen, quer durch den Raum. Wieder andere standen mit dem Gesicht zur Wand und bewegten sich überhaupt nicht oder hoben, nach einem Jahrhundert, wie es schien, langsam die Schultern. Zu hören war nichts, obwohl einige, wie an ihren Mündern zu sehen war, offenbar laut schrien. Lothringer erkannte rasch, daß Raue sich nicht unter den Männern befand. Doch er konnte den Blick von den Gestalten auch nicht wegnehmen, etwas stieß ihn ab an diesem aussichtslosen Treiben, aber etwas rührte ihn auch wieder an dieser Vergeblichkeit. Er spürte die kühle blechbeschlagene Tür mit Händen und Knien, leichte, ballonartige Empfindungen durchflossen ihn. »Ein anderes Leben«, murmelte er, dicht an dem Glas. Er verspürte ein Zittern in seinen Beinen. Jemand ergriff seinen Arm. Er wandte sich um. Neben ihm stand ein Mann, deutlich kleiner als er, aber von untersetzter kräftiger Gestalt, mit einem kahlen Kopf und dunkelbraunen Augen im verquollenen Gesicht. Der Mund kaute Schaum. Lothringer schrie auf. Aber der kleine Mann krampfte sich mit unglaublicher Kraft in seinen Arm und zog sich an ihm hoch. »Ich — will da rein —«, blubberten die dicken Lippen, und er brachte sein Gesicht mit den braunen Augen nah an das Gesicht Lothringers. Der Arzt kam aus dem Zimmer, das gleich nebenan lag, und führte den kleinen Mann, der solche Kräfte hatte, aber plötzlich keinen Widerstand mehr leistete, dorthin. »Wir sind ja noch nicht fertig«, sagte er, indem er sich bei Lothringer mit einem Lächeln entschuldigte. Doch der kleine Mann drehte sich unter der Tür wieder um und schien es sich anders überlegt zu haben. »Unterschreiben —«, murmelte er und sah Lothringer an, indem er sich an die Stirn tippte. »Ich soll unterschreiben . . .«

In diesem Augenblick kam die Schwester wieder. »Übernehmen Sie doch mal«, sagte der Arzt, und sie griff sich den kleinen Mann und zog ihn in das Zimmer, wo Lothringer auf einem Tisch ein Formular und einen Kugelschreiber liegen sah. Durch viele Gänge brachte ihn der Arzt zurück. »Wir können Alkoholiker nur dabehalten, wenn sie unterschreiben«, erklärte er, »das ist Gesetz.«

»Verstehe«, sagte Lothringer, der willenlos neben ihm herging. Am Empfang bat ihn der Arzt noch um seine Personalien, die er festhalten müsse.

»Meine Personalien?« fragte Lothringer und sah den Mann im weißen Kittel an, der schon wieder einen Kugelschreiber parat hatte und ein Formblatt zurechtschob.

»Es könnte ja sein, daß Ihr Assistent auftaucht und nach Ihnen fragt«, meinte der Arzt lächelnd, und Felix machte die gewünschten Angaben.

Er fuhr nicht mit der Bahn zurück, sondern nahm den langen Weg am Fluß entlang zu Fuß. Der Verkehr brach sich gleich neben ihm dröhnend Bahn, die Bäume, die das Ufer säumten, begannen sich, obwohl es erst eine Woche nach Sommeranfang war, schon zu verfärben. Es roch nach Teer, und die Sonne, die aus einem grauen Himmel brannte, betäubte ihn. Seine Jacke, die er über die Schulter warf, streifte einen der Bäume; er hörte den hohlen Ton, den die Filmkassette machte, und er ging weiter, um den Film, damit er es nicht wieder vergaß, in einem kleinen Photogeschäft zum Entwickeln zu geben. Dann setzte er sich, benommen von der Sonne, in ein Bistro und trank ein kühles Bier. Das war vielleicht falsch bei der Hitze, aber was war jetzt schon falsch und was war richtig. Die Welt war auf einmal brüchig wie ein zerschossenes Haus. Es war wohl das beste, sich im Zeitlupentempo zu bewegen wie jene Gestalten vorhin, die den Tag nicht mehr kannten und die Nacht und die sprachen und schrien, ohne daß jemand sie hörte. Es schien ihm lachhaft, daß Raue wahr gemacht haben sollte, was er schon vor Wochen angekündigt oder jedenfalls erwogen hatte — den Billardtisch zu verkaufen. Und doch war das wohl die beste Bezeichnung für das, was geschehen war. Der Tisch war verkauft, ausverkauft — und mit ihm unter Umständen die ganze Arbeit von Jahren der Karambolagenforschung. Lothringer sah die Kontakte des Hauptkabels, wie sie aus dem Teppich ragten; die gewaltsame Unterbrechung konnte das System leicht abstürzen lassen und den Speicher zerstören, er wußte es. Aber hatte Raue das schwere Stück denn allein wegschaffen können? Er erinnerte sich an die Kraft, mit der der kleine Mann sich vorhin in seinen Arm gekrallt hatte. Doch wenn Raue, wie auch immer, den Tisch hinausgeschafft haben sollte — hatte das im Institut keiner bemerkt? Aber wenn der Billardtisch den Keller nun überhaupt nicht verlassen hatte; und auch Claus Raue, sein Diplomand, nicht — Lothringer sprang auf und stürzte zum Telephon. Wie hatte Peter Peile gesagt? Die alte Hauptleitung unten? Oder sogar — die alte Hauptader?

21 ########## *KAULBACHS STUNDE*

Peter Peile war nicht da. Er, der ewig im Institut durch die Gänge strich und nach dem Rechten sah, der nie Urlaub machte, er fuhr einmal im Jahr zu seinem Bruder nach Dortmund, um den gemeinsamen Namenstag zu begehen, wie seine Frau, Roswitha Peile, Auskunft gab; vor einer Stunde war er abgefahren und erst Sonntagabend sei er wieder zurück, ob sie vielleicht ausnahmsweise einmal helfen könne?

Es war Peter und Paul, und Lothringer hatte für diesen Donnerstag seine Vorlesung kurzfristig abgesagt, um statt dessen mit seinen Mitarbeitern die Situation im Keller zu besprechen. Er war fest entschlossen, das, was er wußte, zu sagen und auch seinen Verdacht zu äußern. Doch als er in den Keller kam, wo die andern schon auf ihn warteten, erschien ihm alles, was er sich zurechtgelegt hatte, absurd und überflüssig. Albert und Ferdinand saßen mit den Geschwistern da wie Examenskandidaten, gefaßt und konzentriert. Fetzer, der einen mächtigen Spiralblock auf den übereinandergeschlagenen Knien hielt, auf dem er alles, was von Belang war, aufgelistet hatte, machte ebenfalls einen irritierend gelassenen Eindruck und begann mit abgewogenen Worten seine Ausführungen. Es stimmte, das System war abgestürzt, alle Daten der diesjährigen Versuchsreihe mußten als verloren gelten. Sie waren zwar weitgehend ausgedruckt, aber da die Versuchsanordnung nicht mehr bestand und auch so nicht mehr rekonstruiert werden konnte, waren sie weitgehend Makulatur. Aufs ganze gesehen, erschien das aber wieder nicht *so* schlimm, denn es lagen doch die bereits ausgewerteten Ergebnisse der vergangenen Jahre vor, die zum Teil ja auch schon veröffentlicht waren. Und da hatten sie für die stochastische Karambolagenforschung einiges geleistet, voran die Erfassung des Attraktors im Taos-Clay-Raster, zuerst natürlich sein, Lothringers, Verdienst. Was allerdings als wirklich verloren gelten müsse und weshalb sie die letzte Versuchsreihe ja durchgezogen hatten, das waren die Kaulbachschen Deformationen, die jetzt tatsächlich nur noch als nicht mehr herleitbare Irregularitäten in der Datenmenge steckten und diese leider absolet machten.

»Obsolet?« fragte Lothringer, dem nicht klar war, worauf sein Assistent hinauswollte.

Nun, antwortete Fetzer, so wie die Dinge sich einmal entwickelt hätten, sei es ja nicht mehr auszuschließen, daß die Deformationen, denen sie nun fast anderthalb Jahre nachgegangen seien, vielleicht nur Manipulationen gewesen seien. »Mit andern Worten«, sagte Fetzer und lächelte fein, »daß der böse Kaulbach eigentlich nur unser lieber Claus Raue war.« Er komme damit, fuhr er resümierend fort und wechselte die Knie, zum menschlichen und vielleicht auch tragischen Aspekt der Sache. Denn ohne auch nur im entferntesten den Stab über seinen sonst ja sehr schätzenswerten Kollegen Raue zu brechen (die möglichen strafrechtlichen Konsequenzen einmal ganz hintangestellt), sei das Verschwinden oder der ›Verlust‹ des Tischs in jedem Falle nicht mehr rückgängig zu machen. Wo immer der Tisch jetzt sei und wo immer Raue, ob mit, ob ohne Tisch, sich aufhalten mochte, es ändere nichts an der eigentlichen Konsequenz, die jetzt gezogen werden müsse.

»Welche Konsequenz?«

Fetzer, der offenbar alles, was in der Sache erwähnenswert war, gesagt hatte, klappte seinen Spiralblock zu. »Daß man die Karambolagenforschung für beendet erklären muß.« Er jedenfalls, setzte er abschließend hinzu, tue das für seine Person. Da er sich nicht vorstellen könne, daß der Salon künftig in seinem alten Zustand wieder hergerichtet würde, sei er dafür, den Salon einer neuen Verwendung zuzuführen.

»Welcher neuen Verwendung?« fragte Lothringer.

»Den Chaosgedanken erweitern. Von der Karambolagenforschung zur Konfliktstrategie. Ausbau unserer fundamentalen Einsichten im Sinne einer psychopraktischen und erfolgsorientierten Handlungstheorie«, entgegnete Fetzer mit einer etwas nonchalanten Handbewegung, die ganz neu bei ihm war. Übrigens bitte er Lothringer, ihn durch Beurlaubung schon etwas früher in die Ferien zu entlassen. Bis zum Semesterende in vierzehn Tagen sei hier sowieso nichts mehr zu tun für ihn, umgekehrt könne er sich sehr viel nützlicher machen, wenn er bald Zeit fände, nicht nur bestimmte eigene Projekte zu Ende zu führen, sondern auch seine ganze bisherige Arbeit hier im Keller einer gewissen Reflexion zu unterziehen. Er plane übrigens, an dem Chaos-Kongreß in Graz Mitte September teilzunehmen, und er hoffe, mit einem Bericht darüber zu Beginn des Wintersemesters seine Gedanken zur Neugestaltung des ehemaligen Salons darlegen zu können.

Alles Nervöse, was in Fetzers Händen und Augen gelegen hatte, war verschwunden, und in seinem gepflegten Dreitagebart, der ihm ein asketisches Aussehen gab, war nicht die leiseste Spur von Kalk zu entdecken. Alles, was er vorgebracht hatte, war überaus einleuchtend gewesen und klar. Lothringer nickte nur und sagte: »Gut.«

Es hatte keinen Sinn mehr, sein Problem auch nur zu erwähnen, und so fügte er lediglich hinzu, daß man hinsichtlich der Kaulbachschen Deformationen abwarten müsse, da sie ja schließlich auch beim Attraktor des Schwimmers aufgetreten waren. Hier setzten nun Albert und Ferdinand ein. Sie erklärten spontan, für sie habe sich durch den Wegfall des Tischs nichts geändert. »Wir machen weiter wie bisher«, meinte Albert, »unverdrossen.« »Dem Schwimmer auf der Spur«, ergänzte Ferdinand, »und Kaulbach ebenso.«

»Nun, über die Zisterne sollten wir noch einmal sprechen«, tippte Lothringer vorsichtig an. Aber das war für die Geschwister der Anlaß, jetzt mit erneuter Begeisterung ihre solidarische Mithilfe anzubieten, die morgen auf der Freitagssitzung durch einen entsprechenden Vertrag von Pembruck zudem finanziell abgesichert werden sollte. »Wir haben auch Pläne«, rief Saskia, und Heide unterstützte sie: »Neues Denken auch in der Zisterne.« Wenn sich Albert und Ferdinand dem Schwimmer und der stereometrischen Auswertung der von ihm verzeichneten Turbulenzen widmeten, so wollten sie sich mehr um die Basis dieser Bewegungen kümmern, also um das Element selbst. Ihre Aufgabe sähen sie vor allem darin, der Qualität und Güte des Wassers ihre Aufmerksamkeit zu schenken. »Denn was ist unser Element schon, wenn es nicht sauber ist!« rief Heide. Und Saskia ergänzte: »Mit dem Wasser kommt und geht zuletzt auch unser Leben.«

»Natürlich, wunderbar«, stimmte Lothringer zu, und er konnte nicht verhindern, daß es ihm den Hals zuschnürte. Er gab seinen Mitarbeitern für den Rest des Tages frei, und als er allein war, rief er das Universitätsbauamt an. Den Planungsleiter Dr. Lohmeier fragte er, ob er die Freundlichkeit hätte, ihm die Pläne für den Anbau des Instituts für Experimentelle Physik, der Ende der sechziger Jahre erstellt wurde, zugänglich zu machen. Insbesondere interessiere er sich für den Abschnitt West, und hier vor allem für das Kellergeschoß mit dem Gelaß, in das ursprünglich der Teilchenbeschleuniger eingebaut werden sollte, der später, nach einer vorübergehenden Nutzung durch Gottmanns großes Pendel, zur Zisterne für die Turbulenzforschung umgebaut wurde. Gern hätte er in diesem Zusammenhang auch noch erfahren, wie das Gelände vor dieser Umgestaltung ausgesehen habe und ob sich dort irgendwelche älteren — eventuell auch unterirdischen — Baulichkeiten befunden hätten. Dr. Lohmeier erklärte sich in seinem breitversichernden Honoratiorenschwäbisch bereit, den Wünschen des Kollegen zu entsprechen und das Material bis Anfang nächster Woche zur Verfügung zu stellen.

Sein PC zu Hause hatte sein unschuldiges IT'S ALL RIGHT WITH ME aufgesetzt. In einem Anfall von kalter Wut warf sich Lothringer vors Terminal, gab abermals die Kennung für den kalifornischen Rechner ein und fragte ihn nochmals, was es mit dem Quadrat und dem Kreis auf sich hatte. Und wieder antwortete der ferne Computer mit einer Zahlenflut. Lothringer erkannte darin charakteristische Lücken, ein Check ergab, daß der Computer lauter Reihen schickte, in denen die ganzen Zahlen und ihre Vielfachen fehlten. Folgen also irrationaler Zahlen. Nun, das war weiter nicht beunruhigend, die Mehrzahl aller denkbaren Zahlen war irrational, und keinen ernstzunehmenden Wissenschaftler hinderte das, mit Zahlen zu hantieren: es kam darauf an, was man damit machte. Grimmig fragte Lothringer, ob die irrationalen Zahlen vielleicht der einzige Berührungspunkt ihrer Programme seien. Der Rechner stoppte und druckte den Satz aus: DIES VORAUSGESETZT SIND ALSO IMMER NUR ZWEI UND NIE EINS?

Und wieder hatte Lothringer das Gefühl, an der Angel zu sitzen. Der Ehrgeiz packte ihn, und er stellte seine Fragen jetzt mit der Gewitztheit des Betrogenen. Wenn das kryptische Programm da draußen seinen Austausch wirklich über die Zahlentheorie suchte, bitte. Andererseits: Wer sich auf dieses schwankende Gebiet wagte, der mußte Bescheid wissen über die Abgründe beim Übergang von Ziffer zu Ziffer; dem waren auch die absonderlichen Effekte, die bei der Skalierung bestimmter Reihen auftraten, bekannt. Und er mußte eine Menge wissen über Seltsame Attraktoren. Denn die Darstellungsprobleme irrationaler oder auch komplexer Zahlen waren allesamt topologischer Natur ... Mit starren Fingern machte Lothringer seine Eingaben, und er glaubte das ferne Programm, das weiter Zahlen auf Zahlen auswarf, langsam zu verstehen. Wo ein Punkt wuchs, war ein anderer Punkt, aus dem er hervorgegangen war, oder einer, in den er übergehen würde. Darin bestand das Wesen der Trajektorien, die alles, was geschah, beschreibbar machten, und insofern waren tatsächlich immer nur zwei und nie eins. Seltsam war das nur, solange man die Zahlen, ob sie nun komplex oder irrational oder auch nur irregulär waren, nicht ernst nahm. Lothringer sah, wie sich die Werte auf dem Bildschirm zu einer Bewegungsgleichung ordneten, die er ohne Mühe als die Trajektorie eines wirbelnden Ellipsoids identifizierte. Es war die Bewegungsgleichung, die er für den Schwimmer im Brunnen aufgestellt hatte, aber nun mit den Werten, die das Auftreten der Kaulbachschen Schwünge begleiteten. Bevor er sich in seiner Verblüffung fangen und den Vorgang mit einer Frage stoppen konnte, hatte der Rechner seine Kaskade selbst unterbrochen und offerierte ihm den Satz: WER VERSTEHT DICH BESSER ALS ICH?

Doch auch dieser Satz erschien Lothringer völlig klar, denn er bedeutete ja nur, daß die Selbstbezüglichkeit des Programms, das hier auf den Welt-Attraktor befragt wurde, wuchs. Je komplexer ein System wurde, um so mehr wuchs seine Selbstbezüglichkeit, das hatte schon Gödel erkannt, als er sein berühmtes Theorem formulierte, nach dem die Wahrheit ein stärkerer Begriff war als der Beweis. Das gehörte ebenso in den Kreis, den das Quadrat, das nur die permanente Dehnung und Faltung einer Trajektorie war, kontrollierte. Wenn er es recht verstand, war doch die ganze Entropie, die sich in Tänzen und Schlangenlinien unbekannten Gründen näherte, nichts als ein einziger Seltsamer Attraktor, das gesamte Weltall in seinem stürmischen Bedürfnis, zu überleben ...

Lothringers Finger wurden kalt, dann begannen sie zu leuchten. Lächerliche Leichtigkeit erfaßte ihn. Er sah, wie sich die Daten auf dem Schirm zu einer Darstellung ordneten, aber als er sich über die Augen wischte, um das Dargestellte besser zu erkennen, stand dort wieder nur ein einziger Satz. WIEVIEL SCHRITTE BRAUCHST DU UM DEN TURM BRAHMAS ZU UMSCHREITEN? Lothringer lachte laut, denn er glaubte die Lösung endlich gefunden zu haben. Aber statt der goldnen Scheiben, die sich im Großen Tempel zu Benares auf einem Diamantstift zu jenem strahlenden Kegel türmten, war in seinem Kopf auf einmal wieder nur das weiße selbsterzeugte Rauschen, das alles Denken begleitete.

»Hörst du mich nicht?«

Tina Rotermund war zu ihm hergefahren, weil sie sich in ihrer Wohnung nicht mehr sicher fühlte.

»Nicht sicher?«

»Jemand schlich ums Haus.«

»Und, als du dann zum Wagen bist — hast du ihn gesehen?«

»Es war nur ein *Gefühl.* Es hängt mit meiner Kindheit zusammen. Kann ich heut nacht bei dir bleiben?«

Felix fragte nicht weiter. Sie saßen eine Weile stumm in der Küche und tranken heißen Kaffee.

»Machst du mal Musik?«

Lothringer ging hinüber und legte eine der neuen Platten auf, die er sich gekauft hatte. Als er zurückkam, saß Tina da auf ihrem Hocker mitten in der Küche und begann mit lauter, tonloser Stimme, ohne ihn anzusehen, zu sprechen.

»Du denkst ja immer, es passiert dir nicht. Aber es passiert natürlich auch dir, dir zuerst. Aber du darfst es niemandem sagen, denn keiner glaubt es.«

»Was denn, Tina.«

Doch Tina fuhr, ohne ihn zu beachten, laut zu sprechen fort, so als erstatte sie Bericht vor einem Ausschuß.

»Jeder denkt, du erzählst ihm was, und es ist auch meistens wirklich ein Trick dabei. Das erste Mal, als ich es hatte, es war Sommer wie jetzt, ich war vielleicht sieben oder acht Jahre, und ich lief im Garten herum in meinem ersten dummen Bikini. Ich hörte ihn, und ich sah ihn, als ich mich umschaute, gegen die Sonne. Ich rannte ins Haus, und er rannte mir nach. Alle lachten mich aus. Ich weinte und gab keine Ruhe, bis mein Vater mit mir hinausging. Natürlich war nichts mehr zu sehen. ›So ein Riese, der muß doch Spuren hinterlassen‹, sagte mein Vater und suchte auf seinem sauber gestutzten Rasen herum. Aber was willst du, er ist mir ja auf den Platten nachgerannt, und bei all dem Palaver waren die Spuren längst getrocknet.«

»Willst du damit sagen —«

»Ich will gar nichts sagen«, meinte Tina Rotermund auf ihrem Hocker. »Ich habe viel später einmal den Fehler gemacht, das meinem Therapeuten zu erzählen. ›Aber das paßt doch alles wunderbar‹, hat der Märchenonkel gemeint. Weil es ja eigentlich die feurigen Füße meines Vaters gewesen sind, wie er aus dem Ofen kam. Ich hätte das nur umgedreht. Verfälscht. Feuer und Wasser ist für das Unbewußte nämlich dasselbe, mußt du wissen.« Tina Rotermund lachte ein ärgerliches tonloses Lachen, und zum erstenmal graute Felix vor seiner Freundin.

»Gehn wir ins Bett?« fragte er, da Tina keine Anstalten machte, weiterzusprechen, sondern nur, die Augen aufgerissen, auf ihrem Hocker mitten in der

Küche saß. »Ah, Chet Baker, schön«, sagte sie endlich und bewegte leise den Kopf.

Dann schliefen sie beide traumlos und tief, aneinandergedrückt wie Kinder, und Raues goldener Schlüssel war zwischen ihnen.

Die Schatten der Nacht waren verschwunden. Als wäre es eine Verabredung, berührten beide nicht mehr die Ereignisse der vergangenen Tage, aber die Sätze, die sie einander zuwarfen, waren voll übermütiger Anspielungen.

»Ich kenne ein Land, wo man sich niemals die Füße verbrennt«, sagte Tina.

»Und ich weiß, wie man hinkommt«, sagte Felix. Er hatte das Gefühl, sein Leben heute in der Hand zu halten wie einen Gegenstand. ›Eine Billardkugel‹, dachte er, und das Schöne daran war, daß man sie gar nicht für das vorgesehene Spiel benutzen mußte, sondern sie einfach in der Hand halten konnte, weil sie so glatt und so vollkommen war.

»Übrigens ein ganz besonderer Tag, meine ich«, sagte Tina. »Ich habe zum ersten Mal bei dir übernachtet. Kein schlechtes Ergebnis, wenn man bedenkt, daß ich sonst schon Leute mit dem Telephonhörer umbringe.«

Felix betrachtete seine Freundin, wie sie da mit dem Messer hantierte, und er überlegte allen Ernstes, ob er sie fragen sollte, ob sie schon Pläne für die Semesterferien hatte. Aber da fragte Tina ihrerseits etwas: Wie es denn jetzt mit Mittenzweis Vortrag stehe, der sei doch heute dran.

»Woher weißt du denn das?«

»Die Unbill hat es mir erzählt. Gehst du hin?«

»Ich weiß nicht«, machte er gedehnt, »leptome Einkristalle. Ich glaube nicht.«

Das Telephon klingelte. Es war der Arzt aus der Nervenklinik, der ihm mitteilte, daß heute früh ein junger Mann aufgetaucht war, auf den die Beschreibung Lothringers paßte.

»Raue!«

»Ich weiß natürlich nicht, ob er es ist«, meinte der Arzt. »Er hat keine Papiere dabei und nennt sich ›Sohn der Sonne‹. Er trägt seltsame Stöcke, mit denen er herumfuchtelt.«

»Ein Queue!« rief Lothringer und er sah, wie Tina den goldenen Schüssel, den sie um den Hals trug, an die Lippen führte. »Ein Billardstock.«

»Ich weiß nicht«, entgegnete der Arzt. »Der junge Mann wirkt auf jeden Fall sehr kriegerisch.«

»Ich komme sofort«, sagte Felix und legte auf.

»Ist er wieder aufgetaucht?«

Felix bat Tina um Raues Schlüssel. »Du bekommst ihn wieder.«

Sie waren schon auf dem Treppenabsatz, als das Telephon abermals läutete. Felix lief noch einmal in die Wohnung und hob ab. Es war Lusine Schmuck. Sie wünschte Felix einen guten Morgen und fragte ihn, ob er sich auch so prächtig fühle wie sie.

»Aber sicher«, sagte Felix halblaut und schielte zur Tür.

»Sie sind weg!« rief Lusine am andern Ende der Leitung und meinte ihre Schwester und deren Kinder. »Weißt du, woran ich denke?« Lusine Schmuck dachte an den Vortrag im Naturkundlichen Museum, und sie erinnerte Felix mit einem kleinen Lachen daran, daß es eigentlich dieser Vortrag, den sein Kollege Mittenzwei heute abend halten würde, gewesen sei, durch den sie sich kennengelernt hatten. Sie könnten sich auf jeden Fall wieder wegschleichen, wie das letzte Mal, wenn die Sache zu langatmig würde. »Du kommst doch?«

Bei dem jungen Mann, der an diesem Freitagmorgen in der Psychiatrie aufgetaucht war, handelte es sich nicht um den Diplomanden Raue. Auch hatte er sich nicht, wie Raue das zu tun pflegte, wenn er aus diesem oder jenem Grund nicht mehr in seine Wohnung fand, die Nervenklinik als letzte Zuflucht ausgesucht; die Absicht dieses Mannes war es vielmehr, die Psychiatrie zu zerstören. Und so war es auch kein Billardstock, den er bei sich hatte, es waren japanische Kampfhölzer; zwei ellenlange, schwarz polierte Knüttel, die durch eine Kette miteinander verbunden waren. Damit vollführte er im Foyer der Klinik Attacken ins Leere mit der Absicht, Schneisen für das Licht zu schlagen. Lothringer bedankte sich dennoch bei dem Arzt und bat ihn, wieder anzurufen, wenn er meinte, es könnte sich um seinen Diplomanden handeln.

Diesmal ging er den langen staubigen Weg nicht zu Fuß. Er sprang in ein Taxi und ließ sich unverzüglich in die Hesselbachstraße fahren, wo Raues Wohnung lag. Er brauchte den goldenen Schlüssel nicht — die Tür zu Raues Wohnung war nur angelehnt. Er betrat die Wohnung seines Diplomanden, die völlig leer war. Aber darüber wunderte sich Lothringer nicht, denn eben das hatte er erwartet. Von den schwarzweiß gewürfelten Platten des Flurs, die Raue zum Namen des Programms inspiriert hatten und die zum Schachspiel wurden, das er gegen sich selbst spielte, ging er über die Dielen des ersten Zimmers, die sauber gefegt waren und über die auch Raue beim Versuch, die Geometrie der Karambolagen zu finden, immer wieder geschritten war und die ihn, da sie unendlich waren, immer wieder im Kreis führten; über die Schwelle ins zweite Zimmer, in dem sich die Linien, die sich zum Raster der Selbstbezüglichkeit geschlossen hatten, wieder fanden und wo auf einem einfachen Schemel der Computer stand.

»Parkettverformungen«, flüsterte er und begriff, daß die Muster, die dort über den Schirm rasten, alle einem einzigen Algorithmus folgten. Es waren die auseinanderfliegenden Quader der Bastille, die neue Freiheitsgrade setzten, aber auch die Labyrinthe des Geists. Es war das Wissen, das der Drache an den Himmel schrieb, aber auch der Turm der Sprachverwirrung. Die Spur der Punkte, die beim Versuch, diese Welt zu durchmessen, auseinandergetreten waren, aber auch die Schnitte, in denen Ängste und Absichten sich plötzlich kreuzten. Irgendwann mußte Raue, der sein Programm ebenfalls über den Institutsrechner gefahren hatte, in ein ehrgeiziges und unberechenbares Spiel geraten sein, und Lothringer begriff, daß er selbst sein ganzes Material an Raue verspielt hatte, der, wissend oder nichtwissend, damit Parkette um Parkette baute, bis er schließlich, im Übergang von einer Quadratur in einen fünfzähligen Raum, auf der Linie zwischen dem Berechenbaren und dem Imaginären verschwand. Es war der Ort, wo ihn keiner mehr fand, weil die Ebene der komplexen Zahlen unendlich war. Lothringer wußte nun, daß der Algorithmus, nach dem die Muster auf dem Schirm dort rannen, der Kaulbach war, den sein genialer Diplomand bei der unermüdlichen Durchsicht nichtlinearer Symmetrien aufgespürt hatte. Er sah die Muster laufen und zerrinnen, und er begriff, daß er keine Möglichkeit mehr hatte, den Schlüssel dazu zu decodieren, weil das Programm sich vor seinen Augen zerstörte.

22 ## DIE BOTSCHAFT DES REISENDEN

Vom Ende seiner doppelten Beziehung wußte Lothringer später nur noch, daß es sehr schnell gekommen war. Er hatte seinen Platz in der letzten Reihe des Museumsfoyers, wo die Veranstaltung bereits begonnen hatte, gleich gefunden. Frau Lusine Schmuck, die sich in diesem Augenblick, als er sich hinsetzte, umdrehte, lächelte ihm zu, worauf auch Tina Rotermund, die eine Reihe vor ihm saß, sich umwandte und die Hand aufhielt, in die er Raues goldnen Schlüssel legte. Mittenzwei, bleich hinter dem Pult, sprach mit halber Stimme langsame Sätze; der Riesenkristall daneben war noch mit einem weißen Tuch bedeckt. Die Veranstaltung war überraschend gut besucht, vielleicht, weil es die letzte der Saison war oder weil das Thema viele interessierte. Neben dem gebildeten Publikum der Museumsgesellschaft und den Vertretern der Industrie sah Felix auch seine Diplomanden Albert und Ferdinand, die Geschwister und sogar Nollendorf. Mittenzwei sprach weitschweifig und verworren, Lothringer sah nur noch, wie der Riesenkristall, den Mittenzwei schließlich enthüllte, mit einem Geräusch, das wie ein Zähneknirschen klang, zerbarst. Mittenzwei stand da, vom Donner gerührt, aber Ilse Unbill, die dem Vortrag ihres Patienten beigewohnt hatte, trat ans Pult und erklärte, das Resultat von Mittenzweis Forschung sei trotzdem positiv, weil sich ihr Patient seinem Unbewußten gestellt habe. Sie sprach von den chaotischen Momenten der schöpferischen Arbeit und davon, daß man dieses Chaos auch zulassen müsse, um zu einer neuen Ordnung zu gelangen. Als Lothringer das hörte, ging er selbst nach vorn, erklärte das alles für ein furchtbares Mißverständnis und versuchte, dem Auditorium das Wesen der Chaosforschung in einigen kurzen Sätzen darzustellen, in denen der Seltsame Attraktor, das Gesicht der Eule sowie die verschlingende Tendenz des Wassers und der Geometrien eine Rolle spielten. Er geriet mit Ilse Unbill aneinander, die seine Begriffe als Metaphern von lediglich heuristischem Wert bezeichnete und die am Ende sogar handgreiflich wurde. Dann stand das ganze Auditorium, das von den Plätzen aufgesprungen war, vorn am Pult um die beiden herum und verfolgte die Auseinandersetzung unter den riesigen Stoßzähnen des Mammuts aus der Nähe. Albert und Ferdinand und die Geschwister feuerten Lothringer an, die Kristallzüchter pfiffen beide, Lothringer und Ilse Unbill, aus. Professor Veitrepp aus Löwen, der immer noch in der Stadt war, klatschte Beifall und sprach von einer richtigen Disputation, während Pembruck, die Hände tief in den Taschen, die Szene mit nachdenklicher Miene betrachtete. Mittenzwei stand da, das weiße Tuch um die Faust gewickelt, und keiner wußte zu sagen, ob die leptome Phase, in die sich die Trümmer seines Kristalls aufzulösen begannen, nicht vielleicht die Tränen waren, die ihm aus den Augen stürzten. Schließlich trat Frau Lusine Schmuck hinzu und zog Lothringer aus dem Kreis, der sich nun laut an der Diskussion zu beteiligen begann, heraus. Tina Rotermund, die sogleich begriff, was die Geste Lusine Schmucks zu bedeuten hatte, trat den beiden in den Weg und erklärte laut vor allen Anwesenden, entweder gehe Lothringer jetzt mit ihr, oder er gehe überhaupt nicht mehr mit ihr. Auf das Gelächter, das ihren Worten folgte, antwortete Tina mit einem urtümlichen Schrei. Die Tränen der Beschämung verbarg sie, indem sie rasch durch die gläserne Tür des Naturkundlichen Museums nach draußen sprang.

Während in Paris die Feiern zum zweihundertsten Jahrestag der Erstürmung der Bastille ihrem Höhepunkt zustrebten und Voyager am Himmel dem Ende seiner Mission entgegeneilte, mußte Lothringer mit dem Problem fertig werden, daß er zwei Frauen liebte. Aber was konnte er tun? Lusine reiste mit der Zusage, die Situation für sich noch einmal in aller Ruhe zu bedenken, auf die Azoren, wo sie Urlaub machte; Tina fuhr überstürzt nach Hause, weil ihr Vater einen Schlaganfall erlitten hatte.

Alle waren sie auf einmal fort, die Kristallzüchter, die sich in einem Feriencamp in Südfrankreich erholten, die Diplomanden Albert und Ferdinand, die mit den Geschwistern ans Tyrrhenische Meer fuhren, Fetzer, der in einer norwegischen Hütte sein Buch schreiben und Ilse Unbill, die im Jungschen Tiefenzentrum in der Schweiz eine Nachbesserung ihres Unbewußten vornehmen lassen wollte.

Das Dreikörperproblem, es war vorderhand nicht lösbar, und so nutzte Lothringer die Ruhe der Semesterferien, um das, was er in Jahren der Turbulenzforschung erkannt hatte, in einer ersten vorläufigen Arbeit zusammenzufassen. Er stieg durch sein Material, das in Stößen auf dem Teppich im Salon lag, um von einem Terminal zum andern zu gelangen. ›Wie bei einem Umzug sieht es hier aus‹, dachte er, und das stimmte in einer gewissen Weise ja auch. Tage war er damit beschäftigt, die Ergebnisse des Schwimmers nach den verschiedenen Strömungsbildern zu ordnen, und dazwischen setzte er sich immer wieder in einen der Ledersessel, um über die geeignete Art der Darstellung seiner Ergebnisse nachzudenken.

Die Hemmschwelle lag diesmal an einer ganz anderen Stelle. Er brütete über den Turbulenzen eines Brunnens, der sich, vor allem im vergangenen Semester, durch eine Reihe höchst sonderbarer, vielleicht auch schlimmer Vorkommnisse ausgezeichnet hatte. Die

Zisterne, dessen war sich Lothringer jetzt ganz sicher, spielte auch bei den Vorgängen, die im Salon stattgefunden haben mußten, eine entscheidende Rolle. Sie war alles andre als nur eine Maschine, die Turbulenzen erzeugte. Sie war vielmehr ein Datenschlund und ein Laboratorium, in dem offenbar noch ganz andere Interessen und Kräfte experimentierten als die, denen er im Namen der Wissenschaft mit seinen Untersuchungen das Wort redete. Aber hatte er eine andere Wahl? Objektivität in dem Sinne gab es ja nicht, und die Erscheinungen, in welch absurder Weise sie sich auch zeigten, gehörten eben zu seinem Untersuchungsgegenstand. Sie hingen mit dem Wasser, diesem unsichern Element, das zugleich Träger und Gegenstand der Untersuchung war, zusammen. Schlimmstenfalls würden eben eine Reihe von Annahmen über die Natur des Wassers und die Entstehung der Turbulenzen revidiert werden müssen; schließlich war es die Aufgabe der Wissenschaft, falsche Voraussetzungen zu beseitigen und neue Türen aufzustoßen. Mach es wie der Schwimmer, sagte er sich — überlaß dich dem Strudel: Du behältst deine Richtung, und wenn du nur durchhältst, tauchst du wieder auf. Und so schritt er durch seine in Jahren erhobenen Turbulenz-Daten von Terminal zu Terminal, prüfte, rechnete und verglich.

Grund zur Irritation gab es allerdings. So hatte er eine Überraschung erlebt, als er bei Dr. Lohmeier, dem leitenden Architekten des Universitätsbauamtes wegen der erbetenen Pläne vorstellig geworden war. Die Pläne, nach denen der neue Trakt des Instituts Ende der sechziger Jahre erbaut worden war, gab es nicht mehr. Entweder waren sie bereits in jenen chaotischen Jahren, wie Dr. Lohmeier resigniert lächelnd feststellte, verschwunden, oder sie waren in der letzten Zeit bei einem der häufigen Umzüge des Bauamts von einem Universitätsgebäude zum andern abhanden gekommen. Der wackere Stuttgarter konnte nur bedauernd die Schultern heben. Auch von den Plänen des ehemaligen Teilchenbeschleunigers und späteren Turbulenzerzeugers war nichts mehr aufzufinden. »Entweder hat sie sich einer der jüngeren Aspiranten mal ausgeliehen, um sie zu studieren, so was kommt vor, oder sie sind den gleichen Weg gegangen«, sagte Dr. Lohmeier mit einer matten Handbewegung. »Vielleicht fragen Sie mal direkt bei den Firmen, die den Beschleuniger gebaut haben. Dort müßte ja noch etwas sein.« Bedauern mußte der Leiter des Universitätsbauamtes ebenso, was Unterlagen über das fragliche Areal vor seiner Bebauung anging. Hier fand sich nichts im Archiv, und er selbst wisse darüber nicht Bescheid. »So lange«, erklärte er mit einem glücklichen Lächeln, »bin ich ja noch gar nicht im Amt.«

Lothringer war froh, daß seine Nachfrage beim Bauamt erfolglos geblieben war. Aus irgendeinem Grunde war es ihm auf einmal ganz recht, daß da nichts zu finden, also auch nichts mehr zu suchen war, wie er sich, auf einmal schlau wie sein eigener verschwundener Diplomand, sagte. In einer dunklen oder hellen Art vertraute er auf einmal dem Brunnen. Nicht die Zisterne war sein eigentliches Studienobjekt, sondern das Wasser, das in ihr rauschte. Und da führten allzu weitläufige Recherchen im Unterkeller womöglich doch nur in die Irre. Denn was fügten all die Apparate und Instrumente dem Wasser, das durch sie strömte, hinzu? War es nicht eher umgekehrt, daß nämlich erst das Wasser, das strudelnde, springende Wasser diesen Armaturen und Versuchsanordnungen etwas hinzufügte?

Viel beunruhigender freilich als der ungewisse Grund, in dem die Zisterne ruhte, war die Tatsache, daß nun auch Herr Peile, der Hausmeister verschwunden war. Er war bei seinem Bruder in Dortmund, mit dem er, wie jedes Jahr, den gemeinsamen Namenstag begehen wollte, gar nicht erst angekommen. Für die Reise hatte er nichts weiter bei sich als das, was man für ein

Wochenende bei Verwandten eben braucht. Sogar seinen Personalausweis hatte Peter Peile, zusammen mit seiner Taschenuhr und den Schlüsseln, die er sonst immer bei sich trug, auf der Glasplatte des Nachttischs zurückgelassen. Was Lothringer aber am meisten erstaunte, war die Haltung seiner Gattin, die er, als er vom Verschwinden Peiles hörte, sogleich besuchte. »Es hat doch mal so kommen müssen«, sagte die glatte Roswitha Peile und goß ihm von dem Kaffee nach, den sie für ihn gekocht hatte. »Dreißig Jahre unter demselben Dach — da muß man ja verlorengehn.« Diese Bemerkung von Frau Peile über ihren verschwundenen Mann erschien Lothringer so treffend und so richtig, daß er gar nichts mehr sagte und ihr auch keine der Fragen stellte, die er ihr eigentlich hatte stellen wollen. Antworten gab es ja wohl sowieso keine mehr; und was er nun zurückbehielt, war eben lediglich jene seltsame Geschichte, die ihm Peter Peile, an seiner Pfeife saugend, einmal erzählt hatte, als er ihm im Zwischengeschoß begegnete, wo Peter Peile den Aufenthaltsraum nach dem Freitagsroulotto in Ordnung brachte. Lothringer war in den flachen langgestreckten Raum mit den bis auf die Dielen reichenden Fenstern noch einmal zurückgekehrt, weil er dort sein Notizbuch liegengelassen hatte. Aber Peter Peile hatte nichts gefunden. Das Buch war fort, obwohl es nur Formeln enthielt, die keinem außer Lothringer, der damals mit den ersten Schwimmermodellen experimentierte, etwas nutzen konnte. Aber das Verschwinden hatte ja Tradition im Institut — wenn auch vielleicht nicht immer in der Nacht davor der große Wirbeltrichter, wie von Geisterhand gefahren, sang und dabei Peter Peiles Uhr und Schlüsselbund auf der Glaspalette neben dem Bett leise marschieren ließ.

Der Kaulbach — er war das Problem. Diese abstrusen Klingen, die den Attraktor des Schwimmers zerstückten. Die Krallen des Habichts. Was war das richtige Bild? O nein, es waren keine Deformationen. Die abenteuerlichen Hiebe, mit denen Kaulbach ihm in die Parade fuhr, waren schimmernde Zeichen, sie gehörten zur Turbulenz wie der Überschuß zur Kraft.

Und so mühte sich Lothringer in den ersten Wochen dieser Semesterferien erst einmal um Kaulbach, diesen seltsamen Professor mit der Schellenkappe, der seine Programme zum Narren hielt. Der überall auftauchte und doch niemals da war. Der Wirkung zeigte, ohne daß er ihm irgend mit einer Gleichung hätte kommen können.

In immer neuen Bildern und Vergleichen drängte Kaulbach sich auf, ohne daß er ein eigenes Wesen, ein Gesicht hatte; aus der Tiefe des Orbits trat er wie ein Proteus auf den Plan und war doch nicht einmal ein fahler Begriff. Die langen Augenblicke, die Lothringer nach der Durchforstung seiner Skripten und Skalen im Sessel sitzend verbrachte, um über dem Wesen dieses Irrwischs zu brüten, waren ihm die liebsten. Wenn er sich gegen vier Uhr nachmittags in einen der beiden Sessel setzte, um seinen Kaffee zu schlürfen und den Ergebnissen seines Tagwerks nachzuhängen, dann hatte er das Gefühl, daß er erst jetzt beginne mit dem, was wichtig und richtig war. Stunden konnte er damit zubringen, dort zu sitzen und sich Theoreme zurechtzulegen. Und dann, wenn die Sonne tiefer sank und er überrascht war, wie heiß das abgewetzte Leder der Armpolster sich anfühlte, dann stand er auf, schloß den Keller ab und ging mit Kaulbach spazieren. Er überquerte den Ring bei der kleinen Brücke und kam in den Park, wo er oft bis zum Einbruch der Dunkelheit über die Wiesen kreuzte, ehe er, zwischen den Kastanien und Platanen des Hauptwegs, wieder in die Stadt gelangte. Dann kehrte er ein, aß auch mit Appetit und trank sich geruhsam, oft durch mehrere Kneipen, in die Nacht. Diese Spaziergänge zwischen seinen Ledersesseln im Keller und den Bistrostühlen im Westend oder auch in der City verbanden seine wissenschaftliche Arbeit mit den Dingen, die das Leben darstellten und das wissenschaftliche Treiben erst begründeten. Auf ihnen fand er von den stieren Masken der Attraktor-Schnitte zu den Gesichtern der Menschen, die, in einer geheimen Weise, zu Prüfsteinen wurden, an denen er seine Keller-Physiognomien maß.

In einem gewissen Sinne war es auch die Wiederaufnahme des ›milden Blicks‹, den er nach den Trennungsmonaten von Silvia damals geübt und der ihm geholfen hatte, sich in einer Welt plötzlicher Kränkung und Verstörung wieder zurechtzufinden. Silvia hatte ihn damals verlassen, endgültig und für immer; seine beiden so verschiedenen Freundinnen dagegen, sie hatten, jede auf ihre Weise, lediglich ihrer Überraschung, ihrer Empörung Ausdruck gegeben. Ausgemacht war hier noch nichts. Lusine Schmuck wollte ja über ihr Verhältnis noch einmal in aller Ruhe nachdenken, außerdem war für sie das eigentlich Schockierende, wie es ihm vorgekommen war, nur das auftrumpfende Verhalten Tinas gewesen, ihn selbst, wie sie trotz ihrer Empörung versteckt zugegeben hatte, liebte sie ja. Und Tina, die sich in diesem Semester selbst, offenbar ohne Schaden zu nehmen, durch allerhand Karambolagen geboxt hatte, nun, sie hatte ja eigentlich gar keinen Grund, eifersüchtig zu sein. Zu einem klärenden Gespräch war es nur nicht mehr gekommen, weil sie ganz plötzlich ans Krankenbett ihres Vaters mußte. Aber auch sie würde spätestens zum Semesterbeginn im Herbst wieder da sein, und dann sah man weiter. Wenn es gar nicht anders ging, mußte er sich entscheiden . . . Aber das war noch lange hin, bis dahin würde er seine Turbulenz-Arbeit, wie er hoffte, abgeschlossen haben. Auch im Keller würde sich einiges ändern Schwerpunkt bliebe natürlich weiter die Turbulenzforschung. Pembruck hatte in der letzten Freitagsstunde den Geschwistern einen Zweijahresvertrag spendiert und damit sein Interesse am Keller erneut bekräftigt. Einigen Bemerkungen Lusines hatte er außerdem entnehmen können, daß Pembruck zu Beginn des Wintersemesters auch einen H5-Stuhl für den Keller vorschlagen würde, der dann in einer Hausberufung besetzt werden konnte, und die würde, soviel war klar, dem guten Lothringer endlich das zuerkennen, was ihm aufgrund seiner Leistungen und Jahre im Institut ja schon lange zustand.

Inzwischen war es hoher August geworden, und alle Zeitungen waren voll davon: Voyager steuerte mit einer Geschwindigkeit von fast hunderttausend Stundenkilometern die letzte Station seiner gewaltigen Fahrt an, Neptun, den kalten Nöck am äußersten Rand unsrer Welt. Zusammen mit einer Schwestersonde war er vor fast zwölf Jahren auf die Reise gegangen, um Kunde zu bringen über den genaueren Aufbau dieser abgelegenen Region. Vor mehr als einem Jahrzehnt hatte er bereits jene aufsehnerregenden Bilder vom Jupiter herabgefunkt, unter denen die spektakulärsten eben jene Serie bildeten, die erstmals den Roten Fleck zum Greifen nah vor den Blick rückte. Während aber Voyager 1, die etwas früher gestartete Sonde, nach dem erfolgreichen Jupiter-Rendezvous und einem flüchtigen Gleitflug über den Saturn aus dem Feld der Planeten entschwand, setzte Voyager 2, den die Techniker durch all die Raumdistanzen mit immer neuen Tricks und viel Glück auf der Schußlinie halten konnten, seine Reise stoisch fort. Er knöpfte sich, Monate nach dem Abdrehn des Geschwisterschiffs, den Saturn im August des darauffolgenden Jahres noch einmal vor und ließ, mit der beschleunigenden Schwerkraft des wütenden Alten wie mit einer Wegzehrung versehen, sich zum Uranus schleudern, dessen Bahn er mehr als vier Jahre später kreuzte. Von erneuten Programmen und Aufträgen seiner Erbauer in Pasadena und einem Schleuderschub aus der Masse dieses Gesellen noch einmal beflügelt, raste Voyager 2 dann der letzten Bahn am Rande des Systems entgegen, wo er, fast abermals ein halbes Jahrzehnt später, Neptun treffen sollte, was eben in diesen hellen Tagen des mählich verstreichenden August geschah.

Die Mission war bald in allen ihren Stadien berühmt. In keinem ähnlich überschaubaren Zeitraum waren je so viele Informationen über unser Sonnensystem gesammelt worden. Und nie zuvor konnte das erstaunte Auge der Menschheit gleichsam im Überflug einen derart faszinierten Blick auf das Geschiebe und Getriebe der Planeten werfen. Dem vergleichsweise unergiebigen Mondspektakel lief der Kundflug, schon gleich, als die ersten Datenströme flossen, den Rang ab. Und gegenüber jener Landung, die eben doch ein voluntaristischer Akt voll nationaler Töne war, hatte die Reise der Geschwistersonden wahrhaft astronomische Dignität. Nur alle hundertsiebenundsiebzig Jahre traten die Planeten in diese Konstellation, die es erlaubte, sie im Handstreich nacheinander zu erwischen und sich jene Gratisdosen an Beschleunigung zu holen, die das Schiff in diesem genial kalkulierten Wurfsystem von Planet zu Planet katapultierte.

Nach dem aufregenden Doppelblick ins rote Auge des Jupiter, der nicht nur so manche Vorstellung von seiner brodelnden Hoheit revolutionierte, sondern auch der Chaosforschung so glänzende Bestätigung lieferte, brachte Voyager 2 noch andere Sensationen in seinen zeissbestückten schwarzen Kasten. Spektakulärstes Resultat, gleich nachdem er der kochenden Methan-Suppe Jupiters enteilt war: sein Blick zum stolz in seinen Ringen kreisenden Saturn hinüber. Nicht sechs, nicht zehn, nicht hundert — Tausende von Ringen enthüllte die enorme Auflösungskapazität seiner Instrumente; eine wachsende Zahl kosmischer Rennbahnen, auf denen Monden-Müll und Sternen-Trümmer, Staub,

Fels und Eis in unendlicher Korpuskulation kreisten. Ringwellensysteme preßten Glas und Schotter zu farbigen Kreiseln. Fahle Eisballschlachten unwirklicher Kräfte erzeugten fallende Straßen von gleißender Majestät. Über all das spielten seltsame optische Erscheinungen, radiale Flecken, die wie Speichen über das gigantische Rad aus Rädern wanderten. Und während Voyager 1, ausgeklinkt vom Geschehen und mit sich ins Leere verströmenden Batterien immer tiefere Schwärze um sich herum aufnahm, knipste unser Reisender, der zu Beginn der Schwächere gewesen war und nur über allerhand Kinderkrankheiten und massive Immun-Sprüche aus Pasadena sein reifes Alter erreicht und seine Reiselust behalten hatte, noch manchen Exoten. Gerade die nächste Station, Uranus, war von einer Trabantencorona umlagert, die jeder gutgemeinten Beschreibung spottete. Ariel, der sich, seinem Namen zum Trotz, als Greis erwies, dessen graue Verwerfungen auf rohe, unversöhnliche Tektonik schließen ließ. Titania, deren blatternarbiges Gesicht so viele Begegnungen mit ihren steinernen Liebhabern aufwies, daß es schwer war, an ihr überhaupt noch Züge zu erkennen. Miranda, schräger, vorher unbemerkter Wechselbalg, der, aus seinen eigenen Trümmern zusammengebacken, dem Reisenden einen siderischen Kramladen voller Dreck und Wunder bot. Die Infektionsgefahr in diesen Breiten war groß, gerade Uranus galt als der neuralgische Punkt der ganzen Voyage. Die Ingenieure in Pasadena, Animateure und Schiffschaukelbremser zugleich, hatten schon hier mit dem Absturz des hochgetriebenen Pakets gerechnet. Elektrische Schauer, Magnetfelder, der fahle blaue Gasplanet, verfroren in einem Meer von Ammoniak und Methan, tief im Innern ein Kern aus Stein und Eisen, er hielt alles bereit. Schief kam er daher auf seiner trüben Straße, auf der das Licht der Sonne vielhundertmal schwächer schien als bei uns, seine Rotationsachse gut 20° gegen den Umlauf geneigt, lag er auf der Seite wie ein angeschossenes, düsteres Schiff.

Als Voyager das Ziel seiner Reise erreichte, an diesem 24. August, saß Lothringer an allen Schirmen des Kellers und verfolgte über einige seiner getreusten Nebelschaltungen das Manöver. Die Stunde der größten Annäherung an den blauen Gaskörper, dessen Hülle 210° kaltes Methan und Helium und dessen Innerstes Eis und Fels war, wurde auch von ihm festlich begangen. War es doch nicht nur jener Planet, der 1846 aufgrund unerwarteter Unregelmäßigkeiten in der Uranus-Bahn erst entdeckt wurde und das Newtonsche Weltbild aufs schönste bestätigte: Neptun war ja auch der Planet, dessen Erscheinen — über die Antwort Poincarés auf das Dreikörperproblem — die Chaostheorie auf den Plan rief, die jenes deterministische Weltbild wieder aufzulösen begann. Ab 21 Uhr pazifischer Sommerzeit (denn er war an die Monitore des *Deep Space Control Room* im kalifornischen ›Jet Propulsion Laboratory‹ in Pasadena angeschlossen) strömten die Daten. Von McIntosh, der frisch und präsent war wie eine eben geschlüpfte Natter, wurden sie gleich auf die verschiedenen Terminals verteilt und gebündelt, verwahrt für seinen Atari daheim. Lothringer saß da und starrte, dann sprang er auf, tanzte zwischen den Terminals hin und her, deren eins die reglos kalte Kugel Neptuns, ein andres in erstaunter Vergrößerung ein unerwartetes Ringsystem zeigte, das auch dieser Planet hatte, das dritte seinen Mond Triton, den der Reisende in einer scharfen Abwärtskralle nach dem Tête-à-Tête noch mitnahm. Und als dann der Reisende, nach diesem letzten Rendezvous seiner fast zwölfjährigen Tour, den mißgünstigen Pluto, der von der Mission ausgespart blieb, links oder rechts liegen lassend, endlich das Weite suchte und unser

System, ein Freier auf elektromagnetischen Füßen, für immer verließ, da hatte er rund 5000 Milliarden Informationen nach Hause gefunkt, was leicht dem Inhalt von 2000 Lexika gleichkam, gerechnet auf die neunundzwanzig Bände der *Encyclopedia Britannica.* Und wenn sie auch nur zum geringen Teil in den Speichern Lothringers landeten, gefiltert, sortiert für sein besonderes Programm, das er zu Beginn dieser Reise entwickelt und, je nach dem Stand der Dinge, erweitert, verfeinert, verändert hatte, so war es doch eine umwerfende Menge von Material, die sein PC jetzt mit Hilfe des Institutsrechners würde bewältigen müssen. Aber es war auch die stille Krönung des Spiels, das er über die Jahre hin gespielt hatte mit dem aufreizenden Ziel, die beste aller Welten in einer einzigen Formel zusammenzufassen.

Doch war es das, was der Reisende sagte? Sicher, es würde noch eine Reihe von Tagen, Wochen vielleicht, dauern, bis die Anlage alles komplett verarbeitet hätte und das letzte Resultat in einem einzigen Satz würde ausdrucken können. Aber Lothringer hatte noch eine ganz andere Vision. Denn es war ja gar nicht der Reisende mit der narrengoldnen Plakette dieses alten Hotels auf dem Koffer, der sprach; es war Neptun, dem er auf einen rasch verflatternden Zug seiner kostbaren Zigarre endlich das Wort abgerungen hatte. Es war das Wort des Wassermanns. Zuerst verstand es Lothringer nicht, weil er nicht damit rechnete, daß die Botschaft so einfach sein konnte. Dann suchte er zwar dort, wo das Wort stand; aber er erkannte die Schrift nicht. Das Wasserzeichen stand nur blaß in den Papieren.

Unterdessen erreichten ihn aber zwei andere Botschaften, die ihn ebenso beschäftigten. Die eine war eine Postkarte von den Azoren, auf der Lusine Schmuck ihm mitteilte, daß sie ihren Urlaub um vier Wochen verlängere, weil sie erst jetzt langsam beginne, sich zu erholen. Sie bedaure aber ihre heftige Reaktion und wünsche ihm für seine Arbeit inzwischen alles Gute. Die andere Botschaft bestand ebenfalls in einer Postkarte. Sie war von Tina und kam aus Spanien. Auf ihr stand lediglich der Satz: »Uns geht es prima, wie immer.«

Viel zu überlegen, wo es eigentlich nichts mehr zu überlegen gab. Lusine Schmuck, sie hatte ihm verziehen in ihrer großzügigen und souveränen Art, die alte Vertrautheit war also wiederhergestellt. Tina erwies sich wieder einmal als unberechenbar; offenbar war es mit ihrem Vater doch nicht so schlimm — oder Papa Rotermund mit den brennenden Füßen hatte sich von seinem Schlaganfall so rasch wieder erholt, daß er jetzt mit seiner tumultuarischen Tochter in Santander einen gemeinsamen Urlaub riskieren konnte. Es würde also bleiben, wie es war, und das war auch das beste. Eine Entscheidung zwischen zwei derart starken Attraktoren war für einen Körper seiner Bauart ja auch gar nicht denkbar. Und so bewegte sich Lothringer in Freude und Vorfreude wie der fiktive Planet seines Spiels wieder zwischen zwei mächtigen Sonnen, deren eine vielleicht auch der Mond war, während Neptun, der alte Wassermann, seine Stirn runzelte und der Reisende sich dem Stern mit der Katalognummer Ross 248 zuwandte, den er im Jahr 43000 erreichen würde, taub und blind auf allen Instrumenten.

Eine erste Ahnung davon, daß die Frage, die er spielend seinem Atari stellte, vielleicht auch die Frage war, die er nun schon eine Weile an McIntosh hatte, bekam Lothringer, als er versuchte, die Kaulbachschen Schwünge im Attraktor des Schwimmers auf ihre Fernwirkung hin zu untersuchen. Eine Eigenart dieser Schwünge war nämlich, daß sie, wenn man sie für die Dauer eines bestimmten Phasenverlaufs sampelte, immer nur für eine ihrer Richtungen sichtbar gemacht werden konnten. Das war um so merkwürdiger, als die Segmente, wenn sie spontan auftraten, sich scheinbar ohne Sinn und Ordnung ausrichteten. Doch es war nicht möglich, auch nur zwei dieser funkelnden Dolche etwa so abzubilden, daß sie zueinander standen. Versammelte man mehrere von ihnen, erschienen sie stets wie ein Kranz von Parabolantennen, gerichtet auf ein unbekanntes Zentrum. Dennoch mußte es eine übergreifende Symmetrie für sie geben. Nur war sie absurderweise auf dem Schirm nicht herstellbar. Lothringer fand keine Trajektorie, die das ermöglichte, und Mac, den er mit allen nur denkbaren Gleichungen fütterte, fand auch keine.

Und so verfiel der gute Lothringer an einem dieser letzten Augusttage auf den ketzerischen Gedanken, der Wissenschaft mit Spielereien aufzuhelfen. Zwar versicherte er sich gern der Dienste McIntoshs, wenn er daheim die beste aller Welten suchte. Aber das Spiel dort und die Arbeit hier hielt er streng voneinander getrennt. Doch was war sie wert, die Wissenschaft, wenn sie den Kaulbach nicht fand? Wenn ihr ein paar glitzernde Spangen auf der Nase herumtanzten? Und Lothringer gab dem Impuls kurzerhand nach. Wo immer sonst die Daten in sein Terminal zu Hause geströmt waren, fluteten die Daten jetzt zurück. Mächtig hatte sein PC immer am großen Rechner gesogen — jetzt speiste Atari Mac. Es war ein Handgriff, ein Tip. Spiel. Drei Tage währte der Austausch, der McIntosh auf das Niveau bringen würde, auf das er selbst den Atari gehoben hatte. Osmose. Druckausgleich. Kommunizierende Röhren.

Lothringer saß in seinem Ledersessel im Salon, die Tasse mit dem sehr starken Kaffee, den ihm Frau Peile nun mittags gegen vier herunterbrachte, in der Hand, und sah gespannt auf den Schirm. Endlich war der Austausch abgeschlossen. Blaß flimmernd erschien auf dem Schirm im Salon das Ergebnis. Verblüffend, doch aus der ganzen Operation fiel bloß ein einziges Tool, klirrend wie auf den Boden einer leeren Halle. Dort stand nur: SCHRAUBENSCHLÜSSEL.

Erst dachte Lothringer an einen Scherz des Rechners. Dann begriff er, daß der Rechner unmöglich all die Bezüge, die sich für ihn selbst mit Worten, die er als Denkender und Lesender über ein halbes Leben hin mit Bedeutungen angereichert hatte, kennen konnte. Und was noch schwerer wog, der Rechner konnte den Begriffen, die sich für ihn mit der Anschauung seiner individuellen Geschichte gefüllt hatten, nie folgen, die Synthesen, die er anbot, nur in einer lexikalisch sehr allgemeinen Weise verstehen. Vielleicht war das Wort ›Schraubenschlüssel‹ der Versuch, sich über dieses Defizit hinaus trotzdem verständlich zu machen und den kleinsten gemeinsamen Nenner zu finden. Oder den größten? Möglicherweise war das Wort darum als eine Art Rebus zu verstehn, eine Computer-Hieroglyphe. Lothringer bat also den Rechner, das Wort, das er ausgegeben hatte, nun auch einmal in einem Bild auszudrücken. Auf dem Schirm erschienen daraufhin zwei Symbole — ein Dollar-Zeichen und ein Kleeblatt.

»Dollar-Glück?« murmelte Lothringer einigermaßen überrascht und drückte die Research-Taste. Aber der Rechner bestätigte nur. Doch was hatte ›Dollar-Glück‹ mit ›Schraubenschlüssel‹ zu tun? Lothringer machte eine zusätzliche Eingabe und bat den Rechner, über die Begriffe ›Form‹ und ›Wesen‹ ein weiteres Angebot zu machen. Jetzt erschien auf dem Schirm ein Violinschlüssel und abermals ein Kleeblatt. Das Kleeblatt war dem Rechner offenbar wichtig — er hatte sein Angebot sogar präzisiert: es war jetzt nämlich kein vierblättriges, sondern nur noch ein dreiblättriges Kleeblatt. »Also kein Glück«, murrte Lothringer etwas entnervt. Andrerseits war in dem ersten Symbol wieder der Schlüssel, wenn es auch diesmal nur ein Violinschlüssel war. Auf eine Reihe von Anfragen reagierte der Rechner immer wieder nur mit diesem Bild: dem Violinschlüssel und dem Kleeblatt. Er hatte, was er zu sagen wußte, wohl auf den Punkt gebracht und konnte es, von seiner Sicht her, offenbar nicht weiter präzisieren. Lothringer hatte Mac nach der möglichen Fernwirkung der Kaulbachschen Schwünge gefragt. Mac präsentierte ihm ein musikalisches und ein botanisches Symbol. Doch diese Symbole waren im übetragenen Sinn zu verstehen, der Rechner hatte sein Möglichstes getan, um sein Wissen in die für ihn eindeutigste Chiffre zu gießen — es war jetzt an ihm, den Rebus zu lösen und die entscheidende Übersetzung zu finden.

Einen langen Nachmittag hindurch grübelte Lothringer in seinem Ledersessel, derweil die späte Augustsonne durch das schmutzige Fenster zu seinen Häupten fiel und den Staub des Kellers tanzen ließ. Das einzige, was er McIntosh noch hatte abringen können, war ein kleines Zeichen zwischen den Symbolen, eine kurze Wellenlinie, mit der in der Mathematik der Näherungswert ausgedrückt wurde. Sollte das heißen, daß die beiden Bilder zwar nicht gleich, aber fast gleich waren, der Violinschlüssel *ungefähr* das Kleeblatt war, das Kleeblatt *fast* der Schlüssel? Da begriff Lothringer, daß der Rechner längst verstanden hatte und nur warten mußte, bis auch er verstand, sah, was zu sehen war und was nur so und nicht anders gemeint war.

Die kleine Schlangenlinie war kein mathematisches Symbol, sondern das, was sie zeigte: die Welle. Und nun erkannte Lothringer, daß der Violinschlüssel zwar ein Violinschlüssel, das Kleeblatt aber kein Kleeblatt, sondern eine Schiffsschraube war, genauer: eine Wasserschraube. Und auf einmal fiel es ihm wie Schuppen von den Augen. Und er sah. Was er wußte, was er kannte, was immer dagewesen war und was er immer gesehen hatte — es war der Schrauben-Schlüssel. Das, was der Rechner ihm bereits vor Stunden gesagt hatte und was er nur nicht glauben wollte. Es bedurfte der Kapazität eines mit allen schweren und leichten Wassern gewaschenen Institutsrechners, um ihm begreiflich zu machen, was ihm selbst, dem Turbulenzforscher der ersten Garnitur, dem Herrn und Meister der Zisterne, eigentlich am ehesten hätte auffallen müssen: daß der Schlüssel, um den es hier ging, nicht zu einer Maschine gehörte, sondern ins Wasser. Und nun sah Felix Lothringer die Figur vor sich in ihrer eleganten Einfachheit, ihrer schnörkellosen Strenge. Es war die Form der Schraube, die entstand, wenn Wasser sich zu einem Strudel öffnete und Wirbel, Trichter bildete — es war das Bild der Turbulenz. Er kannte dieses Signum, er hatte es in hundert- und tausendfacher Weise bei der Abbildung der Strömungsvorgänge im Brunnen belegt. Einen Wandschrank voll mit Photographien hatte er drüben in seinem Arbeitszimmer stehn, die alle, in immer andern Ansichten, immer neuen Variationen diesen für die Fließbewegung des Wassers so typischen

Wendestrom zeigten. Am deutlichsten trat er bei Wirbeltrichtern auf. Die Stromlinien des Wassers in der Umgebung eines solchen Trichters hatten in der Tat eine Form, deren durchgehender Schwung an einen Violinschlüssel erinnerte. Und es war andrerseits auch wirklich eine Schraube, die das Wasser, wo es sich zu einem Wirbel schloß oder öffnete, vollführte: das Wasser bewegte sich nämlich, Halt in sich selbst suchend, an der hohlen Innenseite des Trichters bis in seine fadenförmige Spitze nach unten hin drehend hinab — und schraubte sich von dort dann in einer Gegenbewegung wieder hoch bis an seinen unruhig kreisenden Rand, um sich, schneller und schneller werdend, abermals wieder nach unten zu drehn. Endlose Doppelschraube, die in ihrer Ausdehnung, der Breite und Tiefe nach jede beliebige Dimension annehmen konnte, die aber stets ihre typisch gegenläufig ineinander und umeinander drängende Gestalt behielt. Ja, das war der Schrauben-Schlüssel, und es war zugleich der Schlüssel für das, was Lothringer so lange in seinem Brunnen gesucht hatte: die Natur der Turbulenz. Es war der Schlüssel, der nicht schloß, sondern die Räume öffnete, in denen das Wasser sein elbisches Spiel trieb. Er mußte lächeln über die einfache Lösung und auch darüber, wie beharrlich und konsequent ihn McIntosh mit seinen platt-numerischen Mitteln auf die Wahrheit gestoßen hatte. Der gute alte Mac! Er hatte in den Jahren, in denen die Daten aus der Zisterne durch seine Röhren strudelten und strömten, wohl einiges gelernt über die Natur des Flüssigen. Und er hatte, angestoßen vom Atari, endlich das Spiel begriffen und mitspielen können, das der Schwimmer dort unten spielte, der unaufhörlich durch die Wirbel des Brunnens tanzte. Kaulbach! Er war der Schraubenschlüssel. Er ging nicht auf den Schirm, jedenfalls nicht in seiner ganzen drehenden und widerdrehenden Bewegung. Deshalb waren es stets nur Segmente, die, wie aus einer andern Dimension, in den Orbit schlugen und den Attraktor sprengten: und eine *andere* Dimension stellte dieser Schrauben-Schlüssel ja auch dar — die Dimension der Wirklichkeit, der tatsächlichen Bewegung des Elements. Während nebenan die Zisterne rauschte und der Schwimmer immer wieder mit diesem metallischen Klicken die Wände des Brunnens berührte, schaute Lothringer hier in die Wirbel der Bilder, die sich kreisend zu einem Trichter verschraubten, ineinander verwanden, verschwanden, um wieder aufzutauchen und sich erneut in ein Bild aus Bildern zu winden. Und ihm verging Hören und Sehen, da er zwar hörte und sah, aber zugleich auch begriff, daß er am Wasser gelebt hatte, ohne zu schwimmen, an der Quelle gesessen, ohne zu trinken. Jahrelang hatte er da nun geforscht und geackert, um die Bewegung des Wassers in einem Phasenraum durch einen Attraktor sichtbar zu machen, und die Bewegung des Wassers doch nicht gesehen. Da hatte er mit ungeheurer Rechenkunst und einer der begabtesten Maschinen einen erstaunlichen Orbit geschaffen, ein Kurvensortiment von solcher Raffinesse und Komplexität, daß es selbst dem Rechner zuviel wurde und er Wirklichkeiten ins Attraktorbild warf. Habichtskrallen. Oder vielleicht nur die Monde geschnittener Nägel? Die Kratzer der Tauben im Staub, die sich gleich, wenn er zwischen sie trat, erhoben, um sich zu jenem transparenten Block zwischen Erde und Himmel zu schließen, dessen Schönheit Flügelschlag, dessen Geheimnis der richtige Abstand voneinander und dessen Reich die Atmosphäre war?

Die nun folgenden, immer noch sehr langen Tage und Wochen des September verbrachte Lothringer damit, seine Forschungsergebnisse zur Natur der Turbulenz noch einmal, jetzt unter dem so ganz neu gewonnenen Gesichtspunkt der Wasserschraube zu betrachten. Von den Meßergebnissen des Schwimmers und dem Abbild des Attraktors kam er dabei sehr schnell auf das Element selbst, und am Ende verließ er sich nur noch auf seinen Blick, der ebenfalls ganz frisch und neu in das Strudeln und Toben der Zisterne fiel und schließlich selbst zum Schwimmer wurde, der den Bewegungen des Wassers bis in die kleinsten Wirbel und Ausläufer hinein folgte. Stundenlang stand Lothringer nun auf der Brücke des Brunnens und schaute durchs Glas. Immer wieder schritt er die Eisentreppe hinab, die sich um die gewaltige Trommel wand wie eine Spirale und sah, ans Geländer gelehnt, in die länglichen Fenster, durch die man die Bewegungen des Wassers wie in geologischen Schnitten beobachten konnte. Dann ging er wieder hinüber in den Salon, stand zwischen Hunderten von Photos, die er von den Strömungsbildern gemacht hatte, oder warf sich, eins der Blätter in den Händen, in einen der Sessel, um die abgebildeten Formen wieder und wieder mit dem ›Schrauben-Schlüssel‹, wie er die Bezeichnung McIntoshs dafür ironisch beibehielt, zu öffnen, zu schließen. Es stimmte.

Es gab keinen andern Stoff in der Welt, der seine Verlaufs- und Bewegungsformen mit dieser Konsequenz, mit dieser Unbedingtheit verfolgte und dabei immer ganz anderes im Sinn hatte und spielte. Das war das Muster, das dieses Element, ohne Anfang und Ende, ohne Eifer und Weile, aus seiner Sphäre rollend, dem Lauf der Welt, den es umfaßte, einschrieb: sich selbst ähnlich zu sehn in der Verwandlung der eigenen Züge.

Vieles von dem, was Lothringer nun auf einen Blick fand, kam selbst von weit her und war sich, wie eine Welle, die den halben Globus umrundet, doch gleich geblieben. Es waren Fragen seines alten Lehrers, Dr. Merseburgs, die ihn jetzt als die Imperative seiner Forschung erreichten. Warum nimmt das Wasser, als Bach, als Fluß, als Strom der Schwerkraft folgend, nicht den kürzesten Weg? Warum wirft es sich noch in der Ebene hin und her, mäandert es? »Es kann gar nicht anders!« hatte Dr. Merseburg mit seinem Irrwisch-Lächeln unter seinem afrikanischen Haarschopf gerufen. Es konnte nicht anders. Sogar in kilometergeraden Rohren verwand und verdrehte sich das Wasser, scheinbar ohne Grund und Absicht, einfach, weil es ihm so paßte, und schuf damit die für die Ingenieure und Techniker so ärgerlichen Probleme. Keine Staumauer, die es nicht benagte und unterhöhlte; kein Kanal, dem es nicht nach und nach wieder seine noch den stärksten Beton korrodierenden Ausflüchte aufzwang. Noch in einem harmlosen Gartenschlauch machte es, wenn man ihn nicht festhielt, Spektakel — der Schlauch hüpfte und warf sich wie eine Schlange und gab sein Wasser in dieser mutwilligen, aber auch verschwenderischen Geste nach rechts und nach links. Egal, welchen Durchmesser ein Rohr hatte, ob dreieckig, rhombisch — stets bildeten sich nach den Winkeln hin Sekundärbewegungen, die immer aus einem Strömungs-Paar, nämlich zwei gegenläufig sich drehenden Walzen bestanden. Sogar im einfach runden Rohr teilte sich das Wasser in zwei Rollen, die sich voranbewegten, indem sie sich gegeneinander drehten. Stets bildete das strömende Wasser in sich selbst eine Grenze. Es arbeitete gegen sich selbst, wie um mit sich ins reine zu kommen. Aber auch das nie für lange. Nach einer derart verflossenen Weile wechselten sich diese Partialströmungen ab. Sie wandten sich einander zu, gingen aus sich heraus, der eine floß nun in den andern, und dieser jetzt strömte in jenen; und jeder nahm die Richtung und Bewegung dessen ein, von dem er sich eben noch weggedreht hatte. Seltsames Tauschen, Vertauschen. Auch ein Täuschen, Trug und Gaukelei, sie herrschten ebenso in diesem Element. Das Wasser lief durch sich hindurch, und es ließ einfach zurück, was es gerade noch war.

Längst hatte Lothringer den Attraktor des Schwimmers gestoppt. Die Monitore des Kellers lagen still wie grüne Tümpel, und McIntosh war wieder ganz an den Atari daheim angeschlossen und hatte dort fürs Spiel der besten aller Welten zu schuften (und für die Lösung des Dreikörperproblems). Hier bedurfte es vorderhand keiner Maschine. Sein Attraktor war Kaulbach, der Phasenraum das Reich der Welle, sein Orbit die Strömung. Das Wasser im Brunnen, es rauschte, der Schwimmer tanzte, was er an Anschauung brauchte, hatte er dort. Er wußte jetzt, was Turbulenz war: immer ein Wirbeltrichter, der, je nach Stärke von Strömung, Wassertiefe und Widerstand, flach oder tief, weit oder eng sein konnte — entscheidend war, daß das Wasser in sich selbst Grenzflächen bilden konnte, die immer und in allen Fällen aus dieser elbisch-ungenügsamen Drehbewegung entstanden. Dahin mußte er schauen, dort, an dieser Naht zwischen Wasser und Wasser die Erscheinungen suchen. Er vertraute ganz seinem Blick und den Einflüsterungen, die ihn aus der Vergangenheit und dem Element erreichten.

Er überließ sich Neptun, überließ sich der Welle. Sie war die ruhende und zugleich die irritierend bewegende Einheit, aus der sich die breite Strömung regte. Zunächst war es einfach. Zwei Formen der Welle gab es. Die, die im Bach sprang, weil dort der Stein lag, der Pfeiler der Brücke stand: so stand auch die Welle. Doch hier bereits beschlich einen das Gefühl des Abgründigen — immer das gleiche Bild, die leicht oszillierende Welle, aber immer ziehendes Wasser. Das Wasser ging, die Welle nährte sich von seinem Schwinden. Anders war es beim ruhenden Wasser. Hier pflanzte sich die Welle durch den Steinwurf fort, das Wasser blieb, der Ring, in Ringen kreisend, wanderte. Diese beiden grundverschiedenen Wellentypen besagten, daß im Wasser offenbar etwas stattfinden konnte, was es in andern Körpern so nicht gab. Das

Wasser war Mittler, aber es war nie bloß Mittler. So hatte Lothringer durch farbige Schwebeteilchen ein seltsames Phänomen sichtbar machen können: Während die Welle voranging, blieb jedes dieser Schwebeteilchen an Ort und Stelle, wo es eine weitgehende Kreisbewegung vollführte. Die Tendenz zur permanenten und allgegenwärtigen Eindrehung mußte dem Element also eingeschrieben sein wie ein Zeichen. Mit andern Worten schlief — oder wachte — im Wasser also eine ständige Bereitschaft, zu drehen, zu wälzen, zu rollen . . .

Überhaupt lag hier das eigentlich Verwunderliche des Flüssigen, die Tendenz der Strömung — aus der Bewegung, dem Zusammenwirken von Formwelle und Fließwelle, entstanden jene Grenzflächen, die, wie es aussah, nicht nur für bewegtes und bewegendes Wasser typisch waren, sondern für die ganze Erscheinungswelt. Wie hatte Dr. Merseburg, der Schamane im weißen Kittel, gerufen? »Rhythmisch plastiziert das Wasser Leben!« Erstaunlich haltbar, erstaunlich triftig. Er hatte es dem Wasser nur nicht zugetraut. Und auch nicht seinem eigenen Blick. Jetzt sah er in den Brunnen und las, was dort geschah, so als schlüge jede Welle dort unten einen neue Seite auf. Und Welle auf Welle brachten sich die Gestalten her, ufernd, ländend. »Das Feste strömt aus Flüssigem hervor.«

Noch einmal fand sich der gute Lothringer in der Deutschen Bibliothek, in der er vor so manchem Jahr auf sein Diplom gelernt hatte. Er saß auf dem gleichen Platz rechts in der letzten Reihe, Blick auf den kleinen See des Palmengartens, der nun ganz anders aussah, gleich neben sich die große Glaswand, hinter sich die zum Foyer, wo die Garderobe lag, in der immer noch dieselbe Frau den Dienst versah. Immer noch hockte sie da oder stand, die Hände gefaltet, über die Ablage gebeugt, und sah hinab in die angeregte Langeweile des

Lesesaals, wo die Studentinnen und Studenten ihre Bücher und ihre Gedanken bewegten. Die Frisuren waren andere, stellte Lothringer fest und wandte sich den neuen Ansichten zu, die auf einmal so viele Dinge für ihn bekommen hatten.

Es waren sehr unterschiedliche Werke, die er auf seinen Tisch und auf den rechts und links davon häufte: Arbeiten über Morphologie, Anatomie, Entwicklungsgeschichte, aber auch dicke Wälzer über Wetterkunde, Geologie und Meeresforschung.

Weitreichend waren die Spuren des Lebens auf diesem Planeten, doch seine tiefste Linie war immer die des Wassers, durch das es hindurchging, um Leben zu bleiben. Unvorstellbar lange Zeiträume hatte sich das Leben ja überhaupt nur im Wasser abgespielt, weite Gebiete des Lands, in dem Lothringer hier wohnte, waren über Jahrmillionen von warmen Meeren bedeckt, in denen sich die erste Röte des Lebens in urtümlich fremdartigen Gestalten fing. Was Wunder, daß eine Menge dieser Wesen die Fließ- und Spielformen des umgebenden Elements angenommen hatten. Viele der Einzeller, die im Wasser lebten, zeigten deutlich die gewundene Bewegung, diese Infusorien waren gar nichts anderes als kleine, mit feinsten Härchen besetzte Schrauben, die sich, mal gestreckt, mal kugelig, mal schneckenförmig, durch ihren Lebensraum drehten, selbst kaum verfestigt, selbst fast noch Wasser. Dennoch war es nun ja nicht so, daß sie in langer, allzulanger Zeit, knochenlos und formbar wie sie waren, das Strömungsbild des Wassers einfach angenommen hätten wie der Schlick im Watt. Tatsächlich war es umgekehrt. Das Wasser, das im Fließen solche Formen annahm, war, so erstaunlich das klang, selbst im hohen Maß beeindruckbar. Narzißtisches Element, das es war, verliebt in sein eigenes Vermögen, brachte es unwillkürlich selbstähnliche Formen hervor. Lothringer hatte oft die Strömungsmuster studiert, die das

Wasser veranstaltete, wenn es in Wasser floß. Dabei mußte es nicht einmal Wasser verschiedener Temperaturen sein, obwohl die Grenzflächen am besten zutage traten, wenn verschieden temperierte Fluide ineinanderströmten; man mußte es nicht einmal färben. Die neuen Diffusions-Kameras machten den Vorgang auch so sichtbar: ließ man Wasser in ruhendes Wasser fließen, entstand eine Wirbelstraße, die ihren drehenden, kreiselnden Impulsen folgte. Reduzierte man den Einstrom auf einen kurzen, einmaligen Stoß, so bildete das einpulsende Wasser eine Glocke, deren Rand sich nach außen einrollte, während das Gebilde selbst weiterwanderte. Frappierend war nun, daß dieser Vorgang, den er im Experiment oft und oft vollzogen hatte, in der natürlichen Umwelt bei vielen Wassertieren vorkam: es war ganz einfach die Art und Weise, wie sie sich, Wasser aus ihrem hohlen Körper stoßend, fortbewegten. Besonders deutlich bei der Qualle, die selbst die kugelige Form der Einströmglocke hatte. Es war für Lothringer eine äußerst aufregende Stunde dort in der Bibliothek, als er in einem Werk über die Bewegungsformen der Mollusken und Tintenfische ein Bild fand, das den ganzen Umkreis einer sich fortstoßenden Qualle zeigte. Deutlich erkennbar waren drei, vier dieser Wasserglocken, die von der Qualle schräg nach der rechten Bildunterseite abwanderten, während das Tier selbst nach oben stieg: die von ihr erzeugten Wasserglocken zeigten genau die Form, die das Tier selbst hatte, nur eben spiegelbildlich zur Ausstoßebene. Mit jedem Wasserstoß, den die Qualle abschickte, bildete sie sich gleichsam in ihrer Umgebung selbst ab, für einen flüssig-verschwimmenden Moment zitterte sie da als die Glocke jener Pulsbewegung, aus der sie selbst einmal, in den urtümlichsten Fernen der warmen Meere, entstanden war.

Doch nicht nur die runden, pulsenden Formen und die schraubend verdrehten fanden sich, auch die auf den ersten Blick so ganz anders gearteten langgezogenen, spitzen, auch scheinbar diffusen. So war Lothringer beim Hantieren mit Strömungswiderständen immer wieder ein Gebilde aufgefallen, das ihn an eine bestimmte Kreatur erinnerte, ohne daß er hätte sagen können, welche. Das Gebilde entstand, wenn man eine Platte quer zur Strömung stellte. Vor dem Brett staute sich das Wasser und wurde von dem nachströmenden Wasser zu einer Art Keil geformt, um dann zu beiden Seiten dieses sogenannten ›Totwasserraums‹ über die Ecken des Bretts abzufließen und hinter ihm zwei Wirbel zu bilden. Das Interessante dabei war, daß dieser ›Totwasserraum‹ alles andere als tot war; vielmehr veränderte er sich in seiner spitz zulaufenden Keilform je nach Wasserdruck und Strömungsgeschwindigkeit. Doch nicht nur dem Aussehen nach waren die Strömungsfäden, die das Wasser in diesem Vorstauraum annahm, tastende Sonden, sie regulierten tatsächlich den Wasserfluß am Hindernis. Und auf einmal fiel Lothringer auch die Kreatur ein, der das Gebilde glich: es war der Kopf des Krebses oder des Hummers, der Languste. Die flache harte Stirn, die in ein der Strömung entgegentastendes Gewirr von Fühlern auslief; die beiden typischen Wirbel, die sich, im Erscheinungsbild stark exponiert, als die beiden glotzenden Augen darstellten; die leicht gebuckelte Schulter- und Rückenpartie, die, ganz wie im Strömungsbild, in eine Anzahl sich einfächernder Glocken-Glieder auslief, den Schwanz des Tiers, nun wieder schneckenförmig eingekrümmt, wie bei so vielen dieser sonderbaren Wasser-Existenzen.

Übrigens fand er in einem Werk über embryologische Stufen ein Kapitel über die Ausbildung der Augenbläschen, die sich wie ein Exempel auf die hinter der Stirn des Widerstands sich einrollenden Wirbel ausnahm. Denn nicht nur die Bewohner des Wassers waren es, die in ihrer Bildung den Einfluß des Elements festgehalten und seine Bewegung angenommen hatten, in allen Organismen waren diese Strömungsbilder zu studieren. Die Verwindungen und Verdrehungen des Wassers, wie sie in Schnecken und Muscheln allenthalben auch veräußerlichte Schale geworden waren, sie wirkten auch im sensiblen Bereich der Keimvorgänge im Vegetativen, den embryonalen Prozessen der niederen und höheren Tiere weiter. Und hier ganz besonders. Ob es sich um die sukzessive Hervorschiebung der Schichten und Blätter eines Pflanzenkeimlings handelte, die, wie der Schnitt durch einen solchen sich entwickelnden Vegetationskegel zeigte, genau diese Fließmuster aufwiesen, oder die Verpuppungen der Schmetterlingslarve, die ihre einzelnen Organe durch das verschieden schnelle Wachstum ihrer einzelnen Hüllen hervorbrachte — immer waren es jene urtümlichen Fließ- und Strömungsbewegungen, die schließlich zu den bestimmten Formen der Lebewesen führten. Grenzflächenverschiebung unterschiedlich temperierter Ströme, Wirbelbildung; Einschnürung, Entstehung von Hohlformen, Organen. Um- und Ineinanderdrängen viskoser Schichten. Faltung, Einrollung, Umstülpung — das Hervortreten des individuellen Körpers aus dem diffusen Element, es fand überall und immer in dieser strömungstypischen, in sich verwundenen, in sich ausgreifenden Art und Weise statt. Vom Flüssigen zum Festen, vom Wirbel zum funktionsfähigen Organ — aus der Turbulenz trat spezifische Bildung hervor, aus dem Chaos Gestalt. Noch in den scheinbar festen Bestandteilen der Körper, im Faserverlauf der Muskeln, zeigten sich diese Strömungs- und Ballungsmuster. Und noch in der letzten Verhärtung des Lebens, im Knochen, wuchs die tragende Verbalkung in erstaunlicher Weise nach der Struktur, wie es das Wasser zeigte, wenn es um Widerstände schoß. Schwindelerregend die Gemeinsamkeiten der entlegensten organischen Bilder; abgründig ihre

Verwandtschaft im Zeichen des ständig wendigen Elements. Und während der Reisende am Himmel unserm Sonnensystem längst den antennengespickten Rücken gekehrt hatte, während der verlängerte Urlaub Frau Lusine Schmucks von der Museumsgesellschaft sich seinem Ende zuneigte und auch Tina Rotermund und ihr Papa im spanischen Santander wohl schon wieder ihre Koffer gepackt hatten, während Fetzer und Nollendorf auf dem elftägigen Chaos-Kongreß in Graz auch Ilse Unbill trafen, während die ersten Pulks der aus den Semesterferien zurückgekehrten Studenten schon die Aushänge zu den Vorlesungen und Übungen in der Eingangshalle der Universität umlagerten und Studienanfänger um die letzten freien Zimmer konkurrierten, sank Lothringer immer tiefer in die alles umgreifenden, alles durchdringenden Arme Neptuns.

Narziß und blindes Neunauge, Schnecke; Taubenflügel und Wolke, Botschafter des Reisenden — alles floß in diesen einen weltbewegenden Wirbel. Alles fing sich in diesem sich selbst umfassenden Brunnen. Die Turbulenz, war sie Exempel eines neuen Sehens? Hatte die Chaosforschung nicht hochgemut verkündet, einen Paradigmenwechsel in der Wissenschaft herbeizuführen, der das deterministische Weltbild, diesen ungefügen Robot von simpler Gravitation und mechanistischer Einfalt, umstürzen würde? Hatten sie hier die Gezeiten-Ablösung, den Phasenübergang? Das Reich des Wassermanns, es war betreten, die Zeichen standen auf Entgrenzung, die Flut sprang, und so mancher Erlkönig war unterwegs.

Lothringer war strömungsgeschädigt. Er ging und stand in der Ebbe und Flut hybrider Räusche und demütiger Betrachtungen. Er selbst war nur noch eine hier und da aus den Verschraubungen und Verwindungen auftauchende Grenzfläche, die Blatt, Arm, Gewand suchte. Er stand da, das Ohr an die Zisterne gelegt, und hörte Gesänge. Er saß in seinem Ledersessel, das Notizbuch auf den Knien. Frau Peile, die ihm den Kaffee gebracht hatte, fragte, ob sie sich die *Playboy*-Hefte nehmen dürfe. Sie hob den ganzen Stapel auf und sagte: »So was hab ich ja noch nie gesehn.« Und sie meinte, jetzt, wo ihr Gatte fort sei, könne sie endlich erfahren, was die Männer eigentlich wollten. Er wurde, als er abends den Keller abgeschlossen hatte und ins Quartier ging, von Brenner angesprochen, der ihn zu einem Bier einlud und ihm erzählte, daß die große blonde Frau, die er liebte, nun doch nicht mit ihrem Ritter nach Bogota gehe, aber auch nicht mit ihm, dem Dichter, leben wolle. Sie werde hierbleiben, ihren Beruf als Krankenschwester aufgeben und das Abitur machen. Ob er eine ähnlich dumme oder kluge Geschichte wisse? Er traf, nach einer Reihe von Jahren, seine frühere Freundin Silvia wieder, die kurz nach ihrer Trennung nach Heidelberg gezogen war, wo sie als Kinderpsychologin arbeitete. Ihr Mann, ein Veterinär, hatte bei ihrem ersten gemeinsamen Urlaub in El Mandeb beim Tauchen, als er einen Freund retten wollte, einen schweren Unfall erlitten, weil er dabei zu rasch aufgetaucht war, und zog jetzt das linke Bein etwas nach.

Aber die Welt, sie kam gar nicht aus ohne Verwerfung, Verdrehung, Verströmung. Wer hatte recht, wer durfte fröhlich sein? Ungeheure Ströme von Waren flossen und ungeheure Ströme von Geld. Es floß Blut, weil die kolumbianischen Bosse beschlossen hatten, den Berufsstand der Richter auszurotten. Es flossen Informationen. An der ungarischen Grenze sammelten sich plötzlich Tausende und Abertausende von Menschen aus dem anderen Deutschland, die aus dem Urlaub nicht mehr heimwollten nach Cottbus und Leipzig, sondern in hellen Scharen in dieses Deutschland strömten, in dem Lothringer lebte und das für sie das andere Deutschland war. Kam es zu Phasenübergängen? Bildeten sich neue Strukturen? Es floß zunächst wieder Geld, es floß in die verkehrte Richtung, ein Riesenkrach an der Börse brütete sich aus. Die Verkehrsströme flossen, stauten und verdichteten sich zur vierundzwanzigsten Automobilausstellung, wo die Stromlinienform gegen den Ölfluß abermals Front machte, um noch mehr Wagenschlangen in die Welt zu schicken.

Was war der Grund für all diese Bewegungen, die ausfuhren, um Wasser, Land, Stern oder Geld zu gewinnen? War es die Selbstbezüglichkeit der Dinge, typischer Effekt des Lebens, das immer komplexer wurde in den Verästelungen seiner Zeit? Es wuchs auch die Blindheit der Schwimmer in diesem Meer der Dinge und Daten, und da war sie wieder, die Frage, die aus den Daten und Strömen auftauchte wie die dunkle Spindel im Wasser unten, die gegen die Wand der Zisterne pochte und im blauen Licht unaufhörliche Botschaften schrieb: Warum sind immer nur zwei und nie eins? Was war Fratze, was Gesicht? Grenzfläche zwischen Welle und Welle, Furche oder auch Rist. Beides war möglich. Nach dieser Seite oder nach jener, wie der Attraktor in der Willkür seines Spiels entschied, was ihm gefiel im Rechts oder Links seines Wegs, wie er sich, in unendlichen Fächern, in sein anderes trieb. Fand man sich in der Schleife? Oder ging man ein in die Gründe der Geometrie wie sein Diplomand Raue, der jetzt in den Labyrinthen dieser Grade seine Freiheit suchte, irre geworden an dem Geheimnis der Grenze, des Übergangs. Ach, ja: der Apfel, den der Schwimmer teilte! Die komplexe Ebene, sie war doch nur das Feld dieses Apfels, wie sie, aufgeschnitten, leuchtete im feuchten Inkarnat ihres Fleischs. Da war die eine, ausladend, mütterlich gefurcht und fast vollkommen. Doch an den Rändern, wenn er richtig sah, schlangen sich aus der paradiesischen Fülle auch schon die andern Figuren, Julien die Menge, und es war beim besten Willen nicht zu sagen, wo die eine aufhörte und die andere begann . . .

Das Ergebnis des langen Spiels, das er gespielt hatte, erreichte ihn an einem der letzten Septembertage, und es wurde ihm von der jüngeren seiner beiden Freundinnen mitgeteilt. Die Wagen stauten sich an diesem Tag so dicht, daß man die Ausstellungspavillons der Automobilausstellung bequem über die Dächer der Fahrzeuge erreichen konnte. Als Lothringer den Telephonhörer abnahm, war er freudig überrascht, Tinas Stimme zu hören. Aber bereits nach den ersten Worten begriff er, daß die Botschaft von seinem Anrufbeantworter kam und bereits vor vielen Wochen auf das Band gesprochen worden war. Eine sinnreiche Schaltung hatte den Apparat, der an seinen Atari angeschlossen war, mit dem Programm des Spiels in der Weise verknüpft, daß er das Telephon zum Ende dieses Spiels läuten und das Band laufen ließ. »Es ist die Erde«, sagte Tinas Stimme, und sie enthüllte ihm in den knappen Sätzen der versierten Telephonistin, was er längst hätte sehen können. Nachdem sie sich den Code seines Atari, eine neunstellige Zahl, die auf einem kleinen Zettel am untern Rand des Monitors stand, notiert hatte, war es ihr möglich geworden, zu jedem beliebigen Zeitpunkt in das System einzutreten. So war sie bald nicht nur genau über sein Spiel informiert, sondern hatte nun auch Zugang zu den Künsten und Speichern des Universitätsrechners. Und es waren vor allem dessen Kapazitäten, für die sie sich interessierte. Zusammen mit ihrem Freund und Kommilitonen Heinz, dem braungebrannten Blauauge, ließ Tina einen Sommer lang die Muskeln McIntoshs für ihre Aktienspekulationen und Termingeschäfte spielen. Über die diversen Nebelschaltungen, deren Wert die beiden sofort erkannten, waren sie zudem weltweit an Informationen gelangt, die als Interna der einzelnen Bankinstitute von den Börsianern selbst gar nicht fruchtbar gemacht werden konnten, die aber unter ihren geschickten vier Händen zu wachsen und zu blühen begannen. Und so war es natürlich auch gar nicht ihr Papa mit den glühenden Füßen, mit dem sie in Spanien zusammen Urlaub gemacht hatte, sondern eben wieder Heinz, der unverwüstliche Junge, der einen Sonnenbrand tragen konnte wie ein modisches Hemd. »Warum ich dich mochte«, hörte der gute Lothringer ihre Stimme, die vor vielen Wochen auf seinen Anrufbeantworter gesprochen hatte, aber aufgrund dieser trickreichen, von ihm selbst erfundenen Schaltung erst jetzt erklang, »— ich weiß es nicht. Vielleicht, weil ich an dir alle Vorzüge und Fehler, die Männer haben, so deutlich sehen konnte. Vergiß mich nicht, du warst kein Schiffschaukelbremser, aber ein wirklich guter Papa.«

Lothringer starrte auf das vergilbte Blatt des Notizblocks, auf den er das letzte Mal etwas notiert hatte, als er mit Lusine Schmuck telefonierte, im fernen Mai; kaum sichtbar standen dort die neun Zahlen, die sich durchgedrückt hatten, als Tina sie sich rasch notierte. Dann schaute er auf seinen Monitor, wo das blaue Abbild eines Planeten stand, zitternd in der Hinfälligkeit seiner Facetten und umgeben von einer Hülle glitzernden Wassers.

Es war am Tag darauf, als Felix die andere Botschaft bekam. Er sammelte im Salon die Photos vom Boden auf, die ihm durch Wochen hindurch dazu gedient hatten, die Strömungsmerkmale der verschiedenen Turbulenzformen zu vergleichen. Die Nachricht steckte in einem länglichen Kuvert, das ihm Frau Peile zusammen mit dem Kaffee brachte, den sie an diesem

Nachmittag wieder extra stark gemacht hatte. Auf dem anspruchslosen Weiß der Karte gaben Frau Lusine Schmuck und Hansjörg Pembruck ihre Vermählung bekannt. Lothringer saß in seinem alten Ledersessel und schaute, die Karte in der Linken, auf den leergefegten Teppich des Salons; aber das einzige, was er sah, war, daß der helle Fleck, wo einmal der Billardtisch gestanden hatte, nicht mehr vorhanden war.

Die ganze folgende Woche verbrachte Lothringer damit, seine gesamten Unterlagen im Keller zu sichten und neu zu ordnen. Doch er tat es nicht, weil das neue Semester bald anfangen würde, zu dessen Beginn es ja eine ganze Reihe Veränderungen geben sollte, sondern er tat es eher wie jemand, der im Begriff steht, eine längere Reise zu machen. Er fühlte sich matt wie nach der Vollendung eines Werks, obwohl er ja mit seiner Arbeit über die Natur der Turbulenz bis auf jene in einer Vollmondnacht verschwundene Einleitung und ein paar verstreute Notizen gar nicht hinausgekommen war. Und er hatte dieses Bedürfnis nach Ruhe oder nach Ferne, das, wie er sich einredete, die Folge seiner überzogenen Studien und des starken Kaffees war, den ihm Frau Peile immer heruntergebracht hatte. Eine dritte Nachricht war für ihn gekommen, ebenfalls als Brief, der ihm ins Institut geschickt wurde. Er kam von Professor Veitrepp aus Löwen, und der Professor sprach darin seine Vermutung aus, daß Lothringer inzwischen wahrscheinlich von der Veränderung, die sich für sein Institut bereits zum kommenden Semester ergeben würde, unterrichtet war. Er gab seiner Freude Ausdruck darüber, daß bei der Besetzung des neugeschaffenen Lehrstuhls für Chaosforschung, eine H 5-Planstelle, die Wahl auf ihn, einen Synergetiker, gefallen war. Er wolle keine Vorentscheidungen treffen, aber da er noch zwei Assistenten und vier Diplomanden mitbrächte, könne die Neugestaltung der Abteilung und die Arbeitszuweisung wohl nur das Ergebnis eines ausführlichen Gesprächs mit allen Beteiligten vor Ort sein. Was ihn selbst, Dr. Lothringer, angehe, so gedenke er, die Turbulenzforschung im bisherigen Umfang aufrechtzuerhalten. Er habe seine Arbeiten dazu in den verschiedenen Zeitschriften mit großem Interesse gelesen, und er sähe es durchaus als Gewinn an, zu seinem Team auch einen Wissenschaftler zu rechnen, der mit seiner ungewöhnlichen Fähigkeit zur Mathematisierung ungewisser Strömungsbilder in der Disziplin anerkanntermaßen eine Kapazität sei. Er bedaure ein wenig die Geschwindigkeit, mit der sich die ganze Angelegenheit nun entwickelt habe, letztlich aber komme das alles ja auch der Wissenschaft zugute, die ihr verbindendes Interesse sei, und so hoffe er auf eine fruchtbare Zusammenarbeit im Sinne des Goetheschen ›Und wir können sagen, wir sind dabeigewesen‹.

Lothringer stand auf der Brücke und sah in den Brunnen, wo der große Wirbeltrichter entstand. Langsam zog der Strudel das Wasser von seinen Rändern herab mit dieser erst harmlosen, dann wilden Bewegung, mit der Tischdecken heruntergerissen wurden. Die verzogenen Flächen legten sich in schräge Falten, und dann waren sie auch schon, für das bloße Auge nicht mehr unterscheidbar, im Sturz des Trichters verschwunden. Er sah, wie sich der Durchmesser des Trichters veränderte, sich zusammenzog, wieder erweiterte, Folge der Schraubbewegung, mit der das Wasser in den von ihm angerichteten Schlund stürzte. Lothringer hatte die pulsierende Schraube des großen Wirbels immer mit Grauen betrachtet; die Bewegung des Trichters, dieses grundlose Ziehen und Saugen ging auf die Nerven, und es ging an die Nieren. Er hörte das Tosen der in sich stürzenden Massen, das, wenn der Abflußwirbel gefahren wurde, besonders hohl und erschreckend klang. Doch zugleich waren da auch wieder leichte und hohe Frequenzen, Klänge, die aus dem Tosen stiegen ähnlich dem Wassergestäub über Katarakten, die wie Obertöne über den Unlaut des Trichters schwangen, hin und her geisterten, verschwanden, wieder auftauchten und das Ohr narrten, das im Kleinen ihrem wild-spiraligen Instrument da unten entsprach. Manchmal klang es wie Pfeifen, dann wie Gesang, und manchmal schnitt es in den Nerv, als bräche oben im letzten Himmel ein Glas. Und im Entsetzen des Tosen und Singens, des Schrillen und Lachens hörte Lothringer nun, was er sah, und er gab selbst Töne von sich, hohe und unmenschliche oder auch ein Gelächter, weil er in den Schnecken seines Gehörs verstand, was sein Kopf nicht begriff. Er hielt sich die Ohren zu, aber er hörte es dennoch. Er stieß den Kopf ans Glas und ließ die Frequenzen, das Auge auf den Monitoren über der Brücke, durch sich hindurch. Er riß die Schleuse auf. Das Brüllen traf sein schutzloses Ohr. Er sah das stürzende Wasser und er hatte ein Gefühl, als würde ihm ein Verband von der Wunde gerissen. Er spürte den Zug, so wie er als Kind den Zug des Wassers aus dem Fluß, in dem er gebadet hatte, noch abends im Bett um Knie und Schulter spürte. ›Das Gitter‹, dachte er und sah den Eisenrost vor sich, der unter dem Abfluß angebracht war, die wüste Krone, in der Leichenteile, Ratten, aber auch Blumen hingen. Doch dann öffnete sich ein System von Kanälen und Gängen, düstre Gewölbe, in denen Gestalten lagen, die miteinander sprachen und rauchten. Und auch das Wasser, das zu ihrer Seite hinfloß, brachte Laute und Töne hervor, die dem noch ungeübten Ohr wie die Geschichte vorkamen, die sie erlebt hatten, bevor sie hierher kamen. Es roch nach Algen, aber auch nach Lavendel und Haschisch. Er bestieg einen der Schwimmer, es war einer der ersten, den sie gebaut hatten, noch in der Form eines Kanus, aber auch er war verlorengegangen. Felix wußte, daß es auch seine Zeit war, die hier floß, und so fuhr er auf dem Schwimmer die Kanäle, die sich verzweigten, hinab. Einmal glaubte er Peter Peile zu sehen, den Hausmeister, wie er seiner goldenen Uhr Tabak entnahm, um damit seine Pfeife zu stopfen. Dann sah er Bernd Trauter, der, sein Einrad an der Brust, die Pedale mit der Hand drehend, langsam übers Wasser schwebte. Und einmal seinen Diplomanden Raue, der dort kniete, in jeder Hand eine Billardkugel, die er abwechselnd wie ein Kurzsichtiger betrachtete. Dann öffneten sich die Gewölbe und ihre Wasser flossen zusammen, um eine Landschaft weithin glänzender Lagunen zu bilden, und Lothringer war überrascht, wie einfach es war, den Schwimmer zu steuern. Und er sah, daß er gar nicht mehr steuern mußte, weil er seine Gegenwart erreicht und die Geschichte, die dazugehörte, gefunden hatte. Aber er sah auch, daß zwischen ihm und den Wiesen, auf der sich die beiden Ringe der Tanzenden gegeneinander oder miteinander bewegten, das Wasser immer breiter wurde und daß immer mehr Wasser aus den Gewölben herfloß, je näher er den Wiesen kam. Und auf einmal sah er den Schwimmer, wie er sich in der immer breiter werdenden Mündung der Strömung verlor, und er wußte, daß die Arme, die ihn einmal gerettet hatten, sich diesmal nicht mehr für ihn öffnen würden. Mit der Kraft des Genarrten warf er die Schleuse zu. Und nun, da der Trichter flacher und heftiger wurde, erkannte er, was ihn genarrt und getäuscht hatte. Eine Spirale, weit ausholend an ihrer Peripherie, gedrungen in ihren immer enger werdenden Schlingen, im Zentrum oszillierend um einen unauffindbaren Punkt. Jede Schnecke wußte, jede Muschel behielt es. Lothringer mußte nicht mehr die Kamera ausfahren, um das Strömungsbild zu fixieren, er sah das Verhältnis, in dem die Achsen der pulsierenden Spirale zueinander standen, auch so. Und er brauchte auch den Schwimmer nicht mehr auszuwerfen, um zu wissen, daß die Kaulbachschen Segmente, die ihn so lange verfolgt hatten, die Bögen waren, die sich über den Winkelhalbierenden der Wirbelquadrate der Spirale bildeten. Während das Wasser verstrudelte und der Brunnen dalag wie ein leergefegtes Herz, verließ er die Brücke und ging hinüber in sein Arbeitszimmer. ›Die Windungszahlen‹, schrieb er auf einen Block, ›Turbulenz als Exempel der logarithmischen Wachstumsspirale. Nicht anders als bei Sonnenblumen und Sternhaufen. Entsteht als Kompromißbildung nachdrängender Entitäten — Blätter, Keimanlagen, beim Wasser wahrscheinlich aufgrund der starken konvalenten Bindung seiner Moleküle (Oberflächenspannung, Wasserstoffbrücke). Die Gewalt der Turbulenz offenbar proportional zu den fluxalen Abweichungen von der Spirale.‹ Und darunter machte er sich noch, abermals in Klammern, die Notiz: ›Die sog. Fibonacci-Reihe. Seit Jahrhunderten bekannt. Aufgrund der chaosträchtigen Frequenzen zugl. weißes selbsterzeugtes Rauschen, wissenschaftl. offenbar nie von Interesse. Die Windungszahl der Spirale freilich die irrationalste Zahl überhaupt, Produkt von zwei und der Quadratwurzel aus fünf, minus eins, paradoxerweise die proportio divina, der Goldene Schnitt.‹

Alle waren sie nun wieder eingetroffen, braungebrannt und hochmotiviert. Die Kristallzüchter waren die ersten, die, Mittenzwei als neugekürtem Teamchef provençalische Lieder singend, sich gleich wieder an die Züchtung neuer großer Einkristalle machten. Die Kollegen von der Photoemission um Schwander, zugleich Henriette und die übrigen Laser-Leute, die ihre Arbeit an einem gemeinsamen Projekt, einem Silber-Licht-Gitter, aufnahmen. Am Tag darauf ließen auch die Supraleiter-Forscher nebenan ihre Heliumflaschen zischen, als begössen sie den Semesterbeginn mit Sekt, und in der Schmiede dahinter hämmerte es, als wären ganze Waggonladungen neuer Aluminiumlegierungen angekommen.

Auch die Kollegen vom Keller hatten sich wieder eingefunden, Albert und Ferdinand und die Geschwister, die in ihren Haaren so viel Sonne und in ihren Augen so viel Meer hatten, daß es schwerfiel, ihnen ins Gesicht zu sehen.

Fetzer kam zusammen mit Ilse Unbill, sie waren einander auf dem großen Chaos-Kongreß in Österreich noch nähergekommen und planten, die Chaostheorie für die ambulante Psychotherapie gemeinsam fruchtbar zu machen. Alle nahmen sie die Nachricht, daß in den nächsten Tagen Professor Veitrepp aus Löwen hier den neugeschaffenen Lehrstuhl für synergetische Chaosforschung übernehmen würde, gleichmütig erfreut und ohne jeden scheelen oder bedauernden Seitenblick auf Lothringer zur Kenntnis, wie er aufatmend feststellte. Wieso auch nicht, es bedeutete Perspektive, Aufbruch. Besonders Fetzer war sehr interessiert an einem baldigen Austausch mit Veitrepp, da er dessen synergetischen Ansatz der von ihm und Ilse Unbill projektierten Konflikt-Potential-Strategie als sehr nahestehend empfand.

Zuversicht und frohe Erwartung auch bei den Diplomanden und den Geschwistern, da Lothringer ihnen versichern konnte, daß zumindest die Turbulenzforschung im bisherigen Umfang und unter seiner Leitung weitergeführt würde, ihre Diplomanden- und Hospitantenplätze also erhalten blieben. Es herrschte sogar Ungeduld, vor allem bei den Geschwistern, und da die Arbeit an der Anlage binnen kurzem sowieso wieder aufgenommen würde, erlaubte Lothringer ihnen, die Zisterne zu fluten. Er selbst zeigte ihnen die notwendigen Handgriffe an den entsprechenden Armaturen, und Heide und Saskia standen auf der Brücke und starrten mit aufgerissenen Mündern durch die Schleuse in den Brunnen, wo das Wasser aus den

Düsen hervorsprang und sich, langsam steigend, verquirlte. Von dem gewaltigen Börsenkrach, der die Finanzwelt an diesem Freitag, dem 13. Oktober wie ein Erdbeben heimsuchte, spürte man im Institut, wo es vor Optimismus und Arbeitslust summte, rein gar nichts.

Lothringer begegnete auf dem Flur Pembruck, der aus der Schmiede geeilt kam, ein Blech in den gewaltigen Händen. Auch er war braungebrannt und die Falten an seinem Hals strotzten wie Putergehänge. »Der gute Lothringer!« rief er und entschuldigte sich lachend, weil er es versäumt hatte, Lothringer noch rechtzeitig von der Berufung Veitrepps zu unterrichten. »Ist mir ja noch nie passiert!« rief er und preßte die zerhämmerte Aluminiumplatte an sich, um Lothringer vorbeizulassen. »Aber Sie wissen, wie das ist, Verpflichtungen, Verpflichtungen — und ein Privatleben hat man auch noch.« Er wünschte noch gute Zusammenarbeit mit Veitrepp und war in seinen weiten Hosen, seinen Weg mit der Aluplatte wie mit einem Höhenruder steuernd, Richtung Haupteingang und Treppe, auch schon wieder fort.

Frau Schmuck tauchte nicht wieder auf. Ihre Stelle bei der Museumsgesellschaft wurde anderweitig besetzt, sie selbst lebte künftig als Frau Pembruck in ihrem neuen Haus in Falkenstein.

Doch Tina Rotermund sah er noch einmal. Er traf sie, zusammen mit Heinz, mitten auf dem Opernplatz, als er aus der U-Bahn-Station kam, um sich die neuen Programme für Ballett und Theater zu besorgen. Eine junge, sehr schmale Frau in einem herbstlich gedeckten Kostüm kam auf ihn zu und reichte ihm die Hand. Das wilde, kleingelockte Haar, es war straff nach hinten frisiert, der olivfarbene Teint machte ihr Gesicht überlegen und ernst, und nur auf ihrem Nasenrücken, wo sich die Haut ein wenig geschält hatte, war ein Rest Sommer geblieben. Tina und Heinz hatten glücklich spekuliert. Der Börsenkrach vom dreizehnten hatte sie reich gemacht. Beide würden ihr Studium nicht weiterführen. Tinas Vater hatte sich von dem Schlaganfall nicht wieder erholt und lag mit seinen glühenden Füßen im Grab. Die Leitung des Betriebs hatte sie nun selbst übernommen, Heinz war ihr Geschäftsführer geworden. Die beiden jungen Leute waren in der Stadt wegen umfänglicher Kredite bei einigen Großbanken, die weitere Bauxitclaims in Kanada und jetzt auch in der Tschechoslowakei und in Rußland sichern und ihre Produktion von Feuerfeststeinen zu einer der ersten überhaupt machen würde. »Geben Sie Geld aus«, verabschiedete sich Tina von ihm und noch einmal kam das verflixte Lächeln der rabiaten Tochter in ihr Gesicht. Lothringer sah, daß Tina Rotermund keinen Schmuck trug außer dem goldenen Schlüssel Raues, der an seinem Kettchen um ihren Hals hing. »Lassen Sie das Leben«, antwortete er, ebenfalls lächelnd, und Heinz, der das Aktenköfferchen trug, machte noch einmal den ›Alles-Klar‹-Schnick mit dem Daumen.

Es erstaunte Lothringer, der darauf in einem Café saß, um die Programme zu studieren, auch weiter nicht, als er sah, daß er die Programme der letzten Saison eingesteckt hatte. Er blätterte sie durch, mit wachem Interesse, und eine ganze Reihe von Tagen, deren Daten, Uhrzeit, Preise und Namen er studierte, kamen ihm vertraut vor wie Gesichter. Die Ballett-Truppe, wegen der er sich die Programme eigentlich geholt hatte und deren Produktionen er in der kommenden Saison unbedingt hatte anschauen wollen, war nicht mehr in der Stadt. Der Choreograph war nach Jahren produktiver Arbeit hier am Haus wieder nach New York zurückgekehrt, und viele aus der Truppe waren ihm gefolgt. Auf der Rückseite des Programmhefts zur Abschlußvorstellung (auf der es auch wieder das ›Rotkäppchen‹ gegeben hatte und auch jenes tumultarische Stück mit dem rotierenden Eimer) las Lothringer einen Satz, der ihm sehr bekannt vorkam, ohne daß er sagen konnte, woher er ihn kannte. *Chaos is used up,* stand dort. *It was our best time.* — Das Chaos ist aufgebraucht. Es war die beste Zeit.

Und noch ein anderes Pärchen sah Lothringer wieder, als er, am Tag vor seinem zweiundvierzigsten Geburtstag, in einem Gartenlokal am Rande der Stadt unter gelben Kastanien saß. Es war reger Verkehr, die satte Herbstsonne lockte die Menschen noch einmal hinaus, die meisten der weißen Tische auf der weitläufigen Terrasse waren besetzt. Lothringer hatte nach einem zweistündigen Fußmarsch eine gute Mahlzeit genossen, ein frisches Bier getrunken, und er freute sich über die angenehme Müdigkeit seines Körpers und die Willfährigkeit seiner Gedanken. Es war auf einmal, jetzt, wo die Semesterferien vorüber waren und an der Universität wieder heftige Betriebsamkeit herrschte, so etwas wie ein kurzer schwerverdienter Urlaub. Professor Veitrepp würde erst in der folgenden Woche eintreffen, und so blieben ihm ein paar freie und sonnige Tage. Er sah über die Terrasse, über der das gelbe Licht lag, und er wußte nicht, ob es ein Schmerz oder ein Glück war, was er empfand. Er starrte auf die Platte des Tischs, von dem er sein Glas hob. Die Ringe vieler Gläser waren dort geblieben, und er fügte ihnen mit jedem Schluck neue hinzu.

Dreikörperprobleme, mehr oder weniger glücklich gelöst. Die meisten hielten erst gar nicht, ihre Bahnen waren einfach zu wenig stabil. Zwei Körper, das ging ja noch. Aber weil immer zwei waren und nie eins, waren es immer auch gleich drei oder vier ... Neigungswinkel. Trümmerfelder. Ein Rauschen. Und es war nötig, das weiße Rauschen, es war der Ort und die Zeit, wo sich die Dinge auf sich selbst bezogen und so lange mit oder gegen sich spielten, bis sie die Bahnen fanden, auf denen sich leben ließ, ein wenig Dauer möglich war ... Wie ihm erst kürzlich Voyager ins Haus spielte, waren die Ringe des großen Saturn, dieses Orglers, ja auch nur Trümmerfelder, bestimmt durch Abstände und Leerfelder, in die sie sich begeben hatten. Seltsam, daß es ausgerechnet harmonische Verhältnisse waren, in die sie sich, über lange Zeiträume hin, fanden. Ebenso stellte das Umlaufverhältnis von Jupiter und Saturn ein harmonisches Verhältnis dar, dito die Menage Sonne-Jupiter-Saturn. Die drei hatten sich ebenfalls auf pythagoräischen Umgang geeinigt. Quarten. Quinten. Teilen. Mitteilen. Aber für welche Zeiträume galt das! Wie lange mußte sich einer durch die Klatschmohnfelder, die runden Betten lothringern, um auch nur eine Sternsekunde wach zu sein oder zu schlafen? Maßstäbe. Verhältnisse. Die Stabilität der Bahnen war immer nur der bestmögliche Zustand im Chaos des ganzen Systems. Merkwürdig bloß, daß die mögliche Bahn, die schließlich übrigblieb im Tohuwabohu brennender, surrender, platzender Körper, eine Ellipse meist, durchaus nicht rational war. Wenn man ihre Windungszahl angab, so mußte man vielmehr feststellen, daß die rationalen Zahlen solcher Trajektorien äußerst anfällig waren für das Durcheinander und das Aufbrechen des Systems. Umgekehrt trotzten die irrationalen, die Zahlen, die am meisten Chaos und Kaulbach enthielten, der Strapaze am ehesten. Und daß die irrationalste aller Zahlen ausgerechnet die Goldene Windungszahl war, nach der die Sterne tanzten, Sonnenblumen ihre Fruchtspiralen warfen ... Lothringer starrte in die Ringe auf dem grünen Blech des Tischs — da bewegten sich die Ringe, schwebten, fuhren: die Zyklen der Spiralnebel, der Faserverlauf seines Herzmuskels, das Rad des Pfaus. Hin und Her der Punkte, die im Dehnen und Auseinandertreten die farbige Mandel des Achats und den tausendfältig gehämmerten Glanz der Toledoklinge erzeugten. Kreise nur im Anfang und Ende der Welt, sonst eher Ellipsen, die sich tapfer hielten im entropischen Geschehen, dann Parabeln, Entwürfe gegen die bübische Gravitation, Hyperbeln, in denen offen das Chaos lachte ... Das Quadrat und sein Kreis. Die goldnen Scheiben, die sich zu einem Kegel türmten, die aber, nach dem unumstößlichen Gesetz, beständig umgeschichtet werden mußten. Und während die Mönche die einzelnen Scheiben von einem Diamantstift zum andern schleppten, um sie auf einem dritten erneut zu einem Turm zu stapeln (den zweiten Stift benützend, weil nach dem Wort Brahmas keine der Scheiben auf eine kleinere gelegt werden durfte), entstanden aus den Kreisen dieser Scheiben wechselnde Ereignisse, projiziert auf die Ebene unseres Verstehens, eben jene Kurven, Maximen des quadrierten Kreises, Kegelschnitte ... Und Lothringer hörte das Stammeln der Mönche, die Glocken des Doms, aber auch das Flüstern Descartes, der hinter einem Ofenschirm seinen Traum einem weiteren Traum zu erzählen begann.

Es war das kurze Lachen einer jungen Frau an einem Tisch zu seiner Linken. Sie betrachtete, zusammen mit einem jungen Mann, der sich sein sandfarbenes Blouson der warmen Witterung wegen lose über die Schultern gelegt hatte, eine Reihe von Photos, die ihnen ein anderer Mann in einem blauen Blazer, der mit dem Rücken zu Lothringer saß, nacheinander reichte. Die Frau neben ihm, eine Person mit breiten Schultern und roter Haarpracht, sammelte die Photos dann wieder ein wie ein Kartenspiel, das sie, wie um es neu zu mischen, in ihrer Linken verwahrte. Noch einmal lachte die junge Frau gegenüber in dieser juchzenden Art auf, wobei sie wieder die Hand vor den Mund warf, während ihr Begleiter sich mit der seinen vor die Augen schlug. Die rothaarige Frau hämmerte mit der Faust auf die wattierte Schulter des Herrn im blauen Blazer neben ihr, worauf sich der Herr zu ihr herumdrehte. Lothringer sah sein Gesicht. Die hochfahrenden

Brauen, die theatralischen Gesten, das schüttere, naß nach hinten gekämmte Haar und das spärliche Menjou-Bärtchen, ja, es war jener Hugo, mit dem sie, in einem fernen Sommer, an einen Badesee gefahren waren. Und Marianne, die Sorgenbraut, jetzt rot statt blond, aber immer noch drall und dreist in der Enge ihrer Lastexhosen. Lothringer fiel nur der Film ein, den er für Lusine Schmuck einmal zum Entwickeln gebracht und den er nie abgeholt hatte.

Von den Auen, wo die Pavillons der Gartenschau geräumt waren und wo es aussah wie nach einem Manöver, gelangte Lothringer in seinen Park und von dort aus schließlich in den Botanischen Garten, wo er im warmen Gelb des fallenden Jahrs umherlief und sein Leben zu begreifen suchte. War es nicht sonderbar, wie er die Liebe verlor in eben dem Augenblick, als er sich fähig fühlte zu lieben, und wie er als Forscher in der Senke der akademischen Bedeutungslosigkeit verschwand, gerade als er begonnen hatte, wirklich etwas zu entdecken? Lothringer suchte im Alpengarten herum wie ein Mann, der, um dem Zerfall der Welt zu begegnen, Mausefallen aufgestellt hat. Er fragte sich, ob er den falschen Namen trug. Sogar Nollendorf hatte gewonnen und aufgrund seiner Artikelserie über den Grazer Chaos-Kongreß einen Vertrag bei der *Zeit* bekommen. Aber was war die Zeit? Er durchstreifte das Hochmoor, und er begriff, daß man den Geheimnissen des Wassers auf der Spur sein konnte, ohne ein Gefäß zu haben, um das Fließende darin zu halten. Der Sommer war vorbei und vom Scharfen Hahnenfuß wie auch vom Mädesüß blieben die Namen, die bald andern etwas bedeuten konnten. Die Bücher, die Silvia mit nach Heidelberg genommen hatte, würde er niemals lesen, weil er ihre Titel nicht mehr wußte, und die wirkliche Geschichte seiner Freundinnen würde in einer Moccatasse stehn, die Pembruck in seiner mächtigen Hand hielt, sowie in den versilberten Kontakten eines Billardtischs, der in einer blauen Grotte schwamm. Der Teufelsabbiß stand noch immer nah beim Gottesgnadenkraut, und es war auch nicht einfach, sich das Leben zu nehmen. Über den Sandpfad ging er zum Hauptweg zurück, vorbei an der trockenen Wiese, die wieder abgemäht war bis zum Boden. Ihm wurde noch einmal schwindlig am sonnigen Kalkhang, Schlehdorn und Rauhgras gaben ihre Formen, aus denen sich das Wasser zurückzog, an die Farbe weiter, und im Rot und Gelb des Gartens schwand nun auch die Bitterkeit, die ja nur eine Folge des Hungers oder des Dursts war. Eine verspätete Hummel zog dicht an seinem Kopf vorbei. Er ging den Weg zu den Institutsgebäuden hinab. Zur Rechten bäumten sich die letzten Blüten, die das Jahr zu geben hatte. Und ganz unten, am Ende des Wegs, fast schon am Ausgang des Gartens, sah er sie dann.

Es war eine einzelne Rose am Ende eines langen Zweigs, der sich aus dem Strauch herausbog wie der Fühler einer Meduse. Während ihre Schwestern sich dem letzten Licht bereits alle geöffnet hatten und erschöpft waren in ihrer zerfahrenen Pracht, war sie noch fast geschlossen, eben brachen die äußersten Blattränder auf, um jenen Mund zu bilden, dessen erster Laut das Erstaunen und dessen Schönheit Jammer war. Lothringer sah auf die märzfrische Blüte, die ihm entgegenwuchs, und er sah jene ineinander verschlungenen Blätter, die sich herausdrehten aus dem unverwundeten Herzen; Duftschraube, die entstand, wo eine Julia-Menge vergessen mit sich selber spielte, ein Staub- und Stempel-Geheimnis, das nie eine Frucht bilden würde und sich doch anschickte aufzugehn, wo die Stunde des Jahres bereits alle Ziffern abgedeckt hatte. Und Lothringer verließ den Garten, eilig, denn er hatte gesehen, was für die Zeit nach den Verwandlungen bestimmt war.

Er durchmaß noch den Palmengarten, der sich gleich anschloß, denn er würde damit seinen Weg ins Quartier abkürzen, und er hatte den Palmengarten seit mehr als zehn Jahren nicht mehr betreten. Es waren immer noch die älteren Damen, die sich hier einfanden und unter denen er sich bewegte wie ein kranker Fuchs zwischen Daunenkissen. Schließlich stand er vor dem Brunnen. Er bestand aus einem unbearbeiteten Granitblock von der Größe eines in die Erde abgesunkenen Altars, der noch die Bohrschächte zeigte, die ihn aus dem Muttergestein gerissen hatten. In seiner Mitte aber, aus dem gleichen rötlichen Stein, diese Kugel, poliert; für sie war in den Block ein Bett geschliffen, in dem sie saß, ein Globus von dem Durchmesser eines Lastwagenrads. Doch die Kugel berührte den Stein, auf dem sie saß, nicht. Denn zwischen ihr und dem Block quoll das Wasser, das, mit großem Druck aus dem Innern des Blocks gespreßt, der Kugel den Halt gab. Tatsächlich ritt sie in ihrem Granitbett auf einem Wasserstrahl, und darum wurde ihr Gewicht aufgehoben: sie bewegte sich. Lothringer stand vor der Kugel, die sich, vom Wasser schwerelos gemacht, drehte wie ein ferner Planet. Mit ihm stand ein älteres Ehepaar da, und auch diese beiden sahen erstaunt auf die rollende Kugel.

»Was ist das für ein Stein?« fragte die Frau.

»Sie hat kein Gewicht«, sagte der Mann, trat hinzu, legte seine Hände auf die Kugel und gab ihr, durch eine mutwillige Drehung, einen weiteren Impuls. Die Granitkugel, schwerelos in ihrem Wasserbett, begann sich in eine andere Richtung zu drehn. Der Mann trocknete sich die Hände an seinem Taschentuch ab und sah auf sein Werk. Dann ging er mit seiner Frau, die ihren weißen Mantel zusammen mit seinem schwarzen Jackett über dem Arm trug, fort. Die Kugel drehte sich weiter, Wasser aufnehmend, Wasser abgebend, und das Blau des Oktoberhimmels spiegelte sich in dem polierten Stein, düster und weit wie ein brennendes Meer. Lothringer aber eilte nun wirklich nach Hause. Er wußte jetzt, daß dieses Leben, das zufällig oder aus Vorbedacht sein Leben war, keine andere Größe erreichen konnte als die Größe des ersten Staunens, und er begriff, daß diese Welt, die sich selbst so ähnlich sah, nicht schwerer war als der Stein, der auf dem Wasser schwimmend sein Gewicht verlor.

ÜBER DEN AUTOR

Volker Erbes, geboren 1943, lebt in Frankfurt am Main. Er schrieb Erzählungen, Hörspiele, Theaterstücke, Lyrik.

1982 ist von ihm die Erzählung *Die blauen Hunde* erschienen.

INHALT

ZUM EINBAND DIESES BUCHES ####

Das Überzugspapier zeigt eine fraktale Menge, die einem Korallenstock ähnelt. Solche Figuren werden auf dem Bildschirm eines Rechners durch ein Programm erzeugt, das aus zwei Algorithmen besteht: der erste beschreibt einen zufallsgesteuerten Torkelgang; ein Lichtpunkt wandert auf diese Weise so lange über den Schirm, bis er sich, nach einem zweiten Algorithmus, an ein bereits vorhandenes Teilchen anlagert.

Es entstehen auf diese Weise bei jedem Durchgang neue, unvorhersehbare Figuren mit zahlreichen Verzweigungen. Die Menge wächst schneller als linear, aber langsamer als quadratisch im Verhältnis zum Radius ihrer vorgegebenen räumlichen Ausdehnung. Daraus folgt, daß ihre Dimension zwischen 1 und 2 liegen muß. Eine solche gebrochene Dimension nennt man fraktal.

Die abgebildete Menge wurde von Kevin Ebner und Jon Saken an der Universität von Boulder, Colorado, erzeugt. Die verschiedenen Farben zeigen an, wie sie in Abschnitten von je hundert Iterationen gewachsen ist.

Die Illustration erscheint mit freundlicher Genehmigung der Zeitschrift *Spektrum der Wissenschaft,* in der sie zuerst veröffentlicht worden ist.

Die Spur des Schwimmers von Volker Erbes ist im April 1991 als sechsundsiebzigster Band der Anderen Bibliothek im Eichborn Verlag, Frankfurt am Main, erschienen.

Dieses Buch wurde in der Werkstatt von Franz Greno in Nördlingen aus der Korpus Bodoni Monotype gesetzt und auf einer Condor-Schnellpresse gedruckt. Das holz- und säurefreie mattgeglättete 100 g/qm Bücherpapier stammt aus der Papierfabrik Niefern. Den Einband besorgte die Buchbinderei G. Lachenmaier in Reutlingen.

1. bis 8. Tausend, April 1991. Einmalige, limiterte Ausgabe im Buchdruck vom Bleisatz.

ISBN 3-8218-4076-5. Printed in Germany.

Von jedem Buch der Anderen Bibliothek gibt es eine Vorzugsausgabe mit den Nummern 1–999.